中國古典文學基本叢書

王褒集校注

〔北周〕王褒 著
牛貴琥 校注

中華書局

圖書在版編目(CIP)數據

王褒集校注/(北周)王褒著;牛貴琥校注. —北京:中華書局,2021.8
(中國古典文學基本叢書)
ISBN 978-7-101-15217-3

Ⅰ.王… Ⅱ.①王…②牛… Ⅲ.①古典詩歌-中國-北朝時代-選集②古典散文-中國-北朝時代-選集
Ⅳ.I213.92

中國版本圖書館CIP數據核字(2021)第098912號

封面題簽:姚奠中
責任編輯:汪 煜 劉 明

中國古典文學基本叢書
王褒集校注
〔北周〕王 褒 著
牛貴琥 校注
*
中華書局出版發行
(北京市豐臺區太平橋西里38號 100073)
http://www.zhbc.com.cn
E-mail:zhbc@zhbc.com.cn
北京瑞古冠中印刷廠印刷
*
850×1168毫米 1/32 · 11印張 · 2插頁 · 210千字
2021年8月北京第1版 2021年8月北京第1次印刷
印數:1-3000册 定價:38.00元

ISBN 978-7-101-15217-3

序

一九八五年在山西忻州召開的元好問誕辰七九五周年學術討論會的論文集上，我寫的前言，一開始是從北朝談起的。首先我提到：

「在中國幾千年的文學史研究上，有兩個時期比較冷落：一個是北朝，一個是遼金元。北朝的北魏、北周、北齊和南朝的宋、齊、梁、陳時代相當。北朝共一百九十五年，南朝一百六十九年。北朝占領着淮河以北以及漠北、東北的廣大地區，時間又近二百年之久，盡管中原文化隨着晉室的南遷在南中國得到巨大發展，但北朝那樣既久且大的政權又占有中原地區，它的文化、文學是絶對不容忽視的，而過去却被忽視了，至少是重視不够的。……現實的情況是：一般文學史，大多對北朝很少談，除概説外，重點只談一談由南入北的庾子山等人和《梁鼓角横吹曲》中的一些北方歌辭而已。」

這段引文，是删去了金元部分而只談北朝的。我所説的「重點只談一談庾子山等人」，其中主要的就指王褒。而實際上連王褒也只略談幾句而已，更不論其他人了，所以對北朝文學的忽視，是普遍存在的現象。在那篇序中我還説：「過去的歷史家比較公正。

在所謂「正史」的「廿二史」中，既有南朝的《宋》《齊》《梁》《陳》等「書」；同時也有北朝的《魏書》《周書》《齊書》；既有《南史》，也有《北史》；既有包括北宋、南宋的《宋史》，也有獨立的《遼史》《金史》。這是科學的歷史的態度。」單就文學來看，單看《北史》和《南史》，也可看出作史者比較忠於事實。《南史·文學傳》除陶淵明、謝靈運、顏延之、沈約、任昉、江淹等大名家另有專傳外，凡載二十五人；《北史·文苑傳》除魏收、邢邵另有專傳外，凡載二十一人，庾信、王褒未列專傳。北之比南，名家、大家雖不及南，而作者也還不少。應該予以研究，而過去文學史家却没有重視。如果先選重點，我以爲北魏、北齊首先是温子昇、魏收、邢邵，而北周則首先是庾信和王褒。對庾信，過去研究者還不寂寞，而對王褒的研究，牛貴琥同志這本《王褒集校注》才算走了第一步。

在中國文學史上，散文從東漢到魏、晉，一步步走向駢儷化，到六朝達到了最高峰。美麗的辭藻，巧妙的用典，精煉的字句，諧和的韻律，無疑是一種美的創造。然而脱離社會、脱離現實的傾向，却也越來越嚴重。至于詩歌的發展，也差不多與之同步。「建安」「正始」，標志着五言詩的成熟，而太康時的大家，却以繁縟的辭藻，損傷了詩歌的生氣。經「玄言」「山水」之後，迄「永明」，則以音節的瀏亮諧和、屬詞的清新綺麗爲務，至梁、陳而成風，徐陵、庾信實爲代表。所可惜的是這時的一批作者大都是貴胄宫廷文人，生活圈子太窄，除更爲妖艷的「宫體」不論外，一般作者思想感情都受狹隘的生活束縛，使作品内容不能隨新形式的創造而大有進展。這時的北方，在整個文風上雖也受到南方的影響，但另一面又具有北土獨具的風格。李延壽《北史·文苑傳》所説的「江左宫商發越」、「河朔詞義貞剛」，雖不一定能概括其全面，然亦足見其各自不同的特點。到了庾信、王褒由南入北，遂兼有南北之長，令人耳目一新。

庾、王二人都是南朝的名門貴胄，都以文章著名，都曾身膺顯秩；入北朝後，都受到周王室的寵遇，都被視爲「文學之冠冕」，被史臣稱爲「奇才秀出，牢籠於一代」（《周書》四十一）；他們又都有亡國之痛、羈旅之懷、今昔之感；都由江南烟水之鄉到關塞苦寒之地。他們以高度的唯美化的文學修養，注入了深刻的悽愴感慨的心情，又面對着異國異鄉異地不同的政治和社會環境，遂使他們的文學創作起了一種質的轉變，爲隋唐統一後文學的高度繁榮開闢了一條通路。「宫商發越」與「詞義貞剛」於此結合了，而王褒更具有清剛之氣。

王褒的作品，《隋書·經籍志》登録了《王褒集》二十一卷，卷數和《庾信集》相同。但《庾集》現存而《王集》早佚。現存的王褒詩文散見於各種類書總集之中，總數遠較《庾集》爲少。牛貴琥同志對此進行了詳盡的收集、考訂與校勘。對其詩文的特色與成就，在他所寫《前言》中也有所論列。這裏不贅。

我上初中的時候，家裏有一部倪璠注木版的《庾子山集》，出于好奇，時常翻閱。雖多半不懂，但也從其中摘録過些華麗詞句，用作編寫春聯之助。多年之後，才深愛其美。而《王褒集》則一直没看見過。直到四十年代中期，雖已於張溥的《漢魏六朝百三家集》中看到了《王司空集》，但仍置于略讀之列，完全没有重視。到八十年代初山西大學成立古典文學研究所時，作爲文學史的全面回顧，才深感過去研究上的不平衡，也才把北朝、金元作爲研究所内的重點。而對王褒的研究，也才定爲北朝重點之一。

牛貴琥同志是山西大學中文系畢業，又於一九八二年考取我的研究生的。八五年畢業後留研究所工作，是北朝組的負責人。幾年來，除比他早四年畢業也是我的研究生的康金聲已完成出版《温子昇集編年校注》外，他現在的這部《王褒集校注》則是他的多項研究成果之一。他出身教師家庭，不願追求名利，勤謹扎實，是其特點。《王褒集》從來没有人注釋過，而其中詩文用典使事之多，又大大增加了注釋上的難度。由于《王集》原書早佚，雖從明以來多人多次輯佚、增删、校刊，而舛誤之處仍到處存在。貴琥這次校注，對王褒的詩文均重新從各總集、類書中輯校，每首每篇都注明出處，然後用其他各本對勘，並一律寫出校記，連用以參校的各書的版本，也都予以注明。真可謂慎之又慎。在注釋方面，除字解句釋之外，典故必舉出處，用事必引原文。文雖稍繁，然能使讀者在弄通詩文詞旨的同時，又增進不少文史知識。

記得聞一多在四十年代初寫過一篇《宫體詩的自贖》，從全面否定「宫體」進而全面否定六朝。他認爲盧照鄰、駱賓王的長篇——《長安古意》《帝京篇》是「宫體詩中一個破天荒的大轉變」，經劉希夷到張若虚的《春江花月夜》，便達到了詩的「頂峰」，替「宫體詩」贖清了「罪」。難道真的如此嗎？答案是否定的。試拿王褒的《燕歌行》和盧、駱等人的幾首長歌行相比，就會發現王作絶不比盧、駱所作差，庾信的《楊柳歌》等作也一樣，都不比盧、駱差。題材雖不盡相同，但情調、句法、節奏、格式都無不同，而王褒比之還更健康些。從骨子裏邊看，只能看出他們之間的一脈相承。也可以説盧、駱仍不脱「齊梁餘風」！真正對詩歌發展起推動作用的，是以五言爲主（包括五言樂府）的新體。在數量上，王褒的五言最多，庾也如此。王勃、楊炯、「沈宋」繼之，既完成了五言律體，而七律也在此基礎上走向成熟。這裏，六朝的駢體文在對偶、修辭、練句、用典各方面也給新體以有益的營養。這才是詩歌新時代的主脈。惟其如此，我以爲要瞭解唐詩以至唐文，必須從瞭解六朝始；欲學習格律詩，也必須從六朝五言始，特別是能代表新動向的庾信、王褒，則是過渡中的關鍵。貴琥這本《王褒集校注》的出版，對讀者、研究者都會起到有益的學習和參考作用。寫得太拉雜了。有些問題也没有講透，只是把心裏想到的略述如上，權作本書的序言吧。

姚奠中

一九九三年十一月

前　言

王褒（公元五一三年—五七六年），字子淵，是南北朝時期北周的重要作家。他出身于著名的世家大族琅邪王氏，九世祖即是輔佐晉元帝建立東晉政權的丞相王導。王氏子弟在南朝歷任顯職，有着極優越的地位。王褒的父親王規爲梁朝的侍中、左民尚書、南昌章侯。他的姑姑是梁簡文帝蕭綱的皇后。他自己則是梁武帝的弟弟鄱陽王蕭恢的女婿。王褒便成長于這樣一個顯赫的世族家庭。

王氏的子弟都受過良好的教育，加之社會風氣的影響，很多人長於文學。王褒尤其突出。他七歲便能屬文，表現出特異的才能，後來博覽史傳，隨姑夫蕭子雲學習書法，受到社會的重視。二十歲時舉秀才，任祕書郎、太子舍人。二十六歲襲封南昌縣侯，爲簡文帝蕭綱之子宣成王文學，不久出任安成内史。這一時期，梁王朝處於「五十年中，江表無事」〔一〕的階段，王褒走的是世族子弟依靠門第「平流進取，坐至公卿」〔二〕的老路。他寫於這一期間的詩文也留存甚少。

公元五四八年開始的侯景之亂，使整個梁王朝土崩瓦解，陷於動亂之中。此時王褒仍在安成任上。他據郡拒敵，爲人所稱道。公元五五二年，梁元帝蕭繹使王僧辯等平定了侯景之亂，在江陵當上皇帝。王褒受其徵招，歷任吏部尚書、侍中、右僕射、左僕射。但是，僅不到三年，西魏軍就攻下江陵。元帝被害，王褒和百官及數萬百姓被俘入長安。這年王褒四十二歲。西魏丞相宇文泰給予王褒較好的待遇，授以車騎大將軍、儀同三司。西魏禪位北周以後，王褒歷仕孝閔帝、明帝、武帝三朝，任内史中大夫、文學博士。公元五七三年，任太子少保、小司空。最後出爲宜州刺史。公元五七六年卒於任上，終年六十四歲。王褒現存的作品，大部分寫於他在北朝期間。

縱觀王褒的一生，他只是凭借門第在那個世族的社會裏享受優越的地位和待遇，在政治上並没有什麽重要建樹和作爲。而且他在江陵城破時主張投降一節，也多爲後人所詬病。不過，我們也要看到，在南北朝那樣一個「亂也看慣了，篡也看慣了」〔三〕的歷史環境下，當時人們的道德觀念也和後人不同。江左世族一貫是「與時推遷，爲興朝佐命，以保其家世。雖朝市革易，而我之門第如故」〔四〕。王褒之曾祖王儉便以「劉宋國戚，販附蕭齊」〔五〕。魯迅先生也説：「例如看北朝的墓誌，官位升進，往往詳細寫着。再仔細一看，他是已經經歷過兩三個朝代了。但當時似乎并不爲奇。」〔六〕之所以能形成這種局面，原因在於東晉政權是依靠世家大族建立起來的，于是「王綱弛紊，朝權國命，遞歸台輔。君道雖存，主威久謝」〔七〕。到了南朝，具有實力的劉宋、蕭齊，爲了權歸朝廷，除了任用寒人外，對於世家大族採取了打擊和籠絡的手段。關於打擊，王謝家族的謝晦、謝靈運、王晏被誅和王僧達、王融賜死，就是例子。至於籠絡，則是授予世家大族級别甚高但無實權的官職，而且是按門第高低、資歷深淺來授予。這固然造成世家大族的退化和腐朽，同時也使得世家大族和王室的感情更加淡漠。蔡興宗講：「吾素門平進，與主上甚疎，未容有患。」〔八〕王褒的祖父王騫對諸子講：「吾家本素族，自可依流平進，不須苟求也。」〔九〕他們普遍存有「殉國之感無因，保家之念宜切。市朝亟革，寵貴方來。陵闕雖殊，顧眄如一」〔一〇〕的觀念，即由于此。這並不能簡單地歸結到個人的品格上去。具體到梁代末年，還存在着梁室子孫互相傾軋，梁元帝既多猜忌而又目光短淺，並非可輔佐的英明之主的情況。所以看不到世族的腐朽當然是不對的，但一味指斥王褒、庾信不忠於一姓、身仕異朝，並由此而否定其人的一切也是不合理的。對於王褒入北以後的待遇，我們也要具體分析。雖然他和其他入北的南朝人士一律授予車騎大將軍、儀同三司，但這只是空官銜。《通典·職官二十一》載北周車騎大將軍、儀同三司屬九命，太府計部等中大夫、内史屬正五命，小司空等上大夫、刺史户不滿五千以上者屬正六命，刺史的最高級别是正八命。而王褒剛入北就授車騎大將軍、儀同三司屬九命的官階，於十年後的保定中卻授屬五命的内史中大夫，約十八年後的建德年間所任的小司空僅爲正六命，二十二年後所任的宜州刺史屬八命以下。何以如此不合常理？這在於儀同三司「乃大臣之加銜，其本身必另有其他職務。」〔一二〕王褒其時並没有其他職務的記載。《周書·蕭圓肅傳》在言授「驃騎大將軍、開府儀同三司、侍中，封安化縣公、邑一千户」後，特别又記：「以圓肅有歸款之勳，別賜食思君縣五百户，收其租賦」。説明王褒等人不僅所授是空頭銜，就是以後封的「石泉縣子，邑三百户」也没有實際收益。由《隋書·庾季才傳》和庾信等人作品中的資料看，初入北的南朝人士多依靠統治者的賞賜饋贈，那麽，就是對王褒「資餼甚厚」，所得也是有限的。史載西魏政權的執掌者宇文泰，對王褒等人入北表示了極大的熱情。而到了周明帝時期，則《周書·于翼傳》載于翼諫帝曰：「蕭撝，梁之宗子；王褒，梁之公卿。今與趨走同儕，恐非尚賢貴爵之義。」這便是「特加親待」的最好解讀。周武帝時期，據《周書·藝術傳》載執掌軍國大權的齊王宇文憲對醫生姚僧垣的兒子姚最講：「爾博學高才，何如王褒、庾信。王、庾名重兩國，吾視之蔑如。接待資給，非爾家比也。」王褒在統治者心中的地位暴露無遺。在這種環境中，要王褒「忘其羈旅」是不可能的。因此，在江陵敗亡之後，王褒經歷了社會的動亂，體驗了人生的悲涼，使他的作品有了充實的内容。特别是二十多年的異鄉生活，激起了他對南國故土的深深思念，是其優秀作品中的一個重要内容。

在《贈周處士》詩裹他説自己「猶持漢使節，尚服楚臣冠。」在《致梁處士周弘讓書》中傾訴：「河陽北臨，空思鞏洛；霸陵南望，還見長安。」並在絶望之餘，只能希望「書生之魂，來依舊壤；射聲之鬼，無恨他鄉。」酸痛入骨，凄婉動人。其他作品如《和庾司水修渭橋》《送觀寧侯葬》《别王都官》，都飽含着這種真摯深沉的感情。因此，《周書·王褒傳》説他在北周「並荷恩眄，忘其羈旅焉」，是不符合事實的。以《周書·庾信傳》評庾信的「鄉關之思」來評價王褒，倒是很恰當的。

在王褒的時代，南朝正盛行輕綺淫靡的文風，北朝文人的創作也以模仿南人爲能事，而王褒的作品則異於此。從作品的題材來看，王褒極少有像齊梁文人所作的，以婦女題材爲主要内容的「宫體」作品。相反，《從軍行》《飲馬長城窟》《出塞》《入塞》《關山月》一類邊塞題材占有不小的份量。特别是王褒還有一些揭露現實社會黑暗的詩篇，更屬難能可貴。如《墻上難爲趨》説「末代多僥倖，卿相盡經由。」「當朝少直筆，趨代皆曲鈎。」《和殷廷尉歲暮》訴説他在「他鄉念索居」的情况下，「産空交道絶，財殫密親疎」。這是南北朝文人作品中很少見到的。就是一些咏物詩中，王褒也不只以徵引故實、極鏤繪之工爲能事，而是將典故與手法用來即物達情。如《看鬭雞》以「誰知函谷下，人去獨開城。」譏諷不務正業。《詠雁》以「園池若可至，不復怯虞機」來表達自己希望歸南的决心。與此相聯係，王褒的詩作，表現了鉦鐃鏗鏘，渾成蒼勁的北音特點。如《渡河北》：「秋風吹木葉，還似洞庭波。」《送別裴儀同》：「沙飛似軍幕，蓬卷若車輪。」《送劉中書葬》：「塞近邊雲黑，塵昏野日黄。」把北國的景象和鄉關之思融爲一體，有風有骨。又如《出塞》：「塞禽唯有鴈，關樹但生榆。」《入塞》：「建章樓闕迥，長安陵樹高。」《關山月》：「天寒光轉白，風多暈欲生。」都給人真實的感受，富有邊塞的氣氛。這和南朝文人一些邊塞詩「月中含桂樹，流影自徘徊」、「團團婕妤扇，纖纖秦女鈎」〔一二〕表現出的綺艷特點形成鮮明的對比。劉師培在《南北文學不同論》中説：「又初明（沈炯）、子淵（王褒）身居北土，恥操南音，詩歌勁直，習爲北鄙之聲，而六朝文體，亦自是而稍更矣。」可以説王褒的詩作體現了在文風日卑的情况下對漢魏風骨的回歸，自然也有北朝樂府的影響。（王褒、庾信都有流行於北朝而南朝很少有人創作的六言樂府，便是證明。）從這裏可以窺見隋唐文風轉變的端倪，其影響也是不可忽視的。另外，在聲律已趨成熟的情况下，王褒和庾信、徐陵等人一樣，對格律詩和歌行體的形成作出了貢獻。明人許學夷就説：「王褒五言，聲盡入律，而綺靡者少。至如《飲馬》《從軍》《關山》《遊俠》《渡河》諸作，皆有似初唐。」又言：「樂府七言亦近初唐。」〔一三〕王應麟説李白的「兩水夾明鏡，雙橋落彩虹」是祖於王褒「石壁如明鏡，飛橋類飲虹」的詩句〔一四〕。陸時雍也説劉長卿「黄葉減餘年」是庾信、王褒語氣〔一五〕。由此可見王褒對唐人的影響。

王褒的散文，只有《致梁處士周弘讓書》是北朝駢文中的佳作。不過就是在其他一些應酬之作中，也有真情流露的章節。如《太保尉遲綱碑銘》中：「北郭人希，西山景落。三千不見，九原誰作。」《太子太保中都公陸逞碑銘》中：「賓階昔遇，風月相思。卿門今别，宿草何悲。輪環不已，零落無時。永矣元伯，長從此辭。」寄寓了自己的傷感之情。這和北朝大量的呆板碑文是不同的。此外，這些文章有的可補史之闕文。如《周書·陸騰傳》中所言陸騰之紀績碑，即載在本集。

在北周，王褒和庾信齊名。他們的經歷相似，又同以文才爲北朝所重視，促進了南北文學和文化的交流。當然，不論從作品的數量、質量和對後世的影響來看，王褒都是不能和庾信相比的。但是，庾信的詩賦華實相扶、情文兼至，出以哀艷之辭，是南朝文學的一個有力的總結，而王褒的詩歌則慷慨任氣、古直剛勁，是繼承漢魏以來北朝文學傳統的結果。所以王褒有着庾信所不能替代的地位。然而，對於王褒這樣一位作家，歷代都不够重視。而且同南北朝文人一樣，其詩文的大量用典也造成了人們閱讀上的困難。因此，我對他的詩文做了注釋，并考定其生卒年代，爲之編製年譜，力圖爲廣大讀者研究、閱讀和欣賞提供方便。

王褒的詩文，據《隋書・經籍志》載，有集二十一卷，（《舊唐書・經籍志》載有三十卷，《新唐書・藝文志》載有二十卷）早已散佚。今之所存，都是明人從《文苑英華》及各類書、史書中輯録而成。明馮惟訥《詩紀》輯有王褒樂府十九首、詩三十首，共四十九首。張溥《漢魏六朝百三家集》中的《王司空集》，除《詩紀》所載之詩外，又輯有散文二十六篇。其中包括周武帝的三篇詔令。梅鼎祚編的《後周文紀》輯有王褒散文二十篇。其中《服要紀序》《論》兩篇爲《百三家集》中所無，《百三家集》有而《後周文紀》無者八篇。後來清人嚴可均編《全上古三代秦漢三國六朝文》，合張、梅兩家所集爲一，刪去張集中周武帝詔令三篇[一六]，增《爲庫狄峙致仕表》一篇，共收王褒散文二十六篇。經過查考，《詩紀》《百三家集》中王褒之樂府《陌上桑》，實爲梁代王筠的作品，《文苑英華》《樂府詩集》均已注明。（逯欽立所編《先秦漢魏晉南北朝詩》已從王褒詩中刪去。）《關山篇》一首，雖《藝文類聚》言是王褒之作，但實爲《樂府詩集》《文苑英華》中所載王訓之《度關山》中的一段，故極可能是《藝文類聚》所誤題。《後周文紀》所收之《白孔六帖》所載《論》一篇，實爲漢代作家王褒《聖主得賢臣頌》中的一小段而已。所以現今所存確爲北周王褒所作的詩文，有樂府十七首、詩三十首、文二十五篇。另外再加上和梁元帝、劉毅宴清言殿時聯句中的一句詩。

經過比校，明人所輯，有隨意改動字詞的毛病，錯誤甚多。其中《後周文紀》《百三家集》出入不大，《詩紀》失誤較少。而嚴可均《全上古三代秦漢三國六朝文》基本依據舊本，逯欽立《先秦漢魏晉南北朝詩》於校對也間有疏漏。所以本書中王褒的詩文均重新從各總集、類書中輯校，又參校以《詩紀》和《百三家集》中的散文部分。遇有異文，擇善而從，並一律寫出校記。（一般異體字不出校。）所用各書，《文苑英華》爲中華書局一九六六年影宋明刊本。《樂府詩集》爲中華書局一九七九年所出以宋本影印本爲底本之點校本。《藝文類聚》爲上海古籍出版社一九八二年所出以紹興刻本爲底本的汪紹楹校訂本。《初學記》爲中華書局一九六二年所出以古香齋本爲底本的校勘本。《太平御覽》爲中華書局一九六〇年重印之影宋本。《梁書》爲中華書局一九七三年版標點本。《周書》爲中華書局一九七一年版標點本。《廣弘明集》爲影印宋磧砂版《大藏經》本。《北堂書鈔》爲光緒十四年南海孔氏刊本。《詩紀》爲明嘉靖三十七年秦州李宋刊本。《百三家集》爲明末刻本。還需説明的是：王褒之「襃」，異體頗多。一般依《説文》以「褎」爲正體，其次多作「襃」，「裒」「褎」間有採用。《禮記・雜記》：「内子以鞠衣、褎衣、素紗」，《經典釋文》云：「裒衣，本又作褎。」可見唐時有作「裒」。《詩・邶風・旄丘》：「褎如充耳」，《經典釋文》云：「本亦作裒。」《廣韻・下平聲・六豪》「褎」字下云：「襃，俗。」《集韻・平聲・六豪》「褎」字下云：

「或作褒、裦、褎。」《梁書・王規傳》裦、褒混用。同書《王僧辯傳》作「裒」。是以《周書・王褒傳》中之《致梁處士周弘讓書》，《藝文類聚》作者作「王裒」。《送别裴儀同》作者，《藝文類聚》爲「王裒」，《文苑英華》作「王裦」。《看鬭雞》作者，《初學記》作王襃，《藝文類聚》《文苑英華》作王褒。此例甚多，校語中不再列出，以免繁雜。

由于本人才疏學淺，所見不廣，工作中一定有不少錯誤，希望能得到指正。

牛貴琥

一九八八年四月一日初稿於山西大學古典文學研究所

二〇二一年三月修訂於山西大學蘊華莊

拙作《王褒集校注》一九九三年於新華出版社出版，至今已將近三十年了。其間時有人關注，頗不寂寞。舊作再版，理應修訂。除了必須的校訂錯字、改正誤注之外，所增加的内容主要有以下幾項：

一、「前言」之中，加入了世家大族與王室感情淡漠之原因，以及王褒在北方實際處境的内容，並對古籍著録王褒之褒的異體現象進行了辨析。以便於讀者深入理解王褒其人與其詩文。

二、原作所用《樂府詩集》《藝文類聚》均爲點校本。此次以文學古籍刊行社一九五五年影印之宋本《樂府詩集》、上海古籍出版社二〇一三年影印之《宋本藝文類聚》覆校一過。校語冠以「宋本」字樣。原作所用《廣弘明集》爲影印宋磧砂版《大藏經》本，此次改以國家圖書館出版社二〇一八年影印之《宋思溪藏本廣弘明集》。

三、由於嚴可均《全上古三代秦漢三國六朝文》、逯欽立《先秦漢魏晉南北朝詩》爲學界廣泛引用，是以此次又重新對勘。逯輯底本基本與《詩紀》相同，故不再出校記。嚴輯則所用底本複雜，故將其與《百三家集》不同者，補出校語，冠以「嚴可均《全後周文》」字樣。

四、本次修訂所增内容，主要在於對各異文之辨析。原版遇有異文，擇善而從，寫出校記。所擇之善與不善，留給讀者判斷。有讀者提出：「中古文獻，時代久遠。或以音訛，或以文變。不僅以芋爲羊、將束作宋者是處皆有，更不乏以胸臆塗竄，以合辭章之現象。若不理清所誤之來源，只能徒增困惑。」有感是言，乘此再版之機會，將所有異文，條分縷析，何者當從，何者爲誤，均儘量交代清楚原因所在。至於當與不當，校語俱在，讀者可自行分辨。

此項工作，起始於一九八五年。其時小兒初生，雜務繁重。選擇校注，主要在於可隨時利用零碎時間，不致如寫論文專著擔心打斷思路。時作時輟，至一九八八年第三次修改完畢。當時出版之難爲學界所共知。本項工作主要立足於熟悉文獻，提高自我研讀能力。因此，每個詞語典故均未放過，雖不無郢書燕説之弊，總可集中有關資料，實爲本人學術研究之權輿。回顧整個過程，有先師姚奠中先生之鼓勵，上海古籍出版社編輯先生之指瑕與建議，同門王一娟、落馥香女史之幫助出版。如今中華書局汪煜同志又提出並糾正許多未逮。如此種種受益，没齒難忘。所愧者，失誤如落葉，隨掃隨生。每一觸目，汗頓發背。感求知之無涯，惜梯航之難覓。唯期博雅君子，匡我不逮。此乃發自肺腑，並非虚語。

牛貴琥

二〇二一年三月於山西大學蘊華莊

〔一〕庾信《哀江南賦》。

〔二〕《南齊書·褚淵王儉傳論》。

〔三〕魯迅《魏晉風度及文章與藥及酒之關係》。

〔四〕趙翼《廿二史劄記》「江左世族無功臣」條。

〔五〕張溥《漢魏六朝百三家集·王司空集題辭》。

〔六〕魯迅《魏晉風度及文章與藥及酒之關係》。

〔七〕《南史·宋本紀上第一·史論》。

〔八〕《南史·蔡廓附子興宗傳》。

〔九〕《南史·王曇首附曾孫騫傳》。

〔一〇〕《南齊書·褚淵王儉傳論》。

〔一一〕瞿蜕園《歷代職官簡釋》「開府儀同三司」條。

〔一二〕蕭繹、陸瓊《關山月》。

〔一三〕《詩源辨體》卷十。

〔一四〕《詩藪·三國》。

〔一五〕《詩鏡總論》。

〔一六〕嚴可均認爲張溥的根據是《周書·王褒傳》中言:「建德以後,凡大詔册,皆令褒具草。」但建德間的詔令現存三十二篇,張溥僅收三篇,顯然是不合理的。所以把那些詔令編入周武帝文。按:詔册難以考訂那些確爲王褒所作,故本集均不收入。

目録

王褒集校注卷三　文

附録

王褒集校注卷一　樂府

從軍行二首〔一〕

兵書久閑習，征戰數曾經〔二〕。講戎平樂觀〔三〕，學戲羽林亭〔四〕。西征度疏勒，東驅出井陘〔五〕。牧馬濱長渭〔六〕，營軍毒上涇〔七〕。平雲如陣色〔八〕，半月類城形〔九〕。羽書封信璽〔一〇〕，詔使動流星〔一一〕。對岸流沙白，緣河柳色青〔一二〕。將幕恒臨斗〔一三〕，旌門常背刑〔一四〕。勳封瀚海石〔一五〕，功勒燕然銘〔一六〕。兵勢因麾下〔一七〕，軍圖送掖庭〔一八〕。誰憐下玉筯，向暮掩金屏〔一九〕。

〔一〕從軍行：樂府舊題。屬相和歌辭。《樂府詩集》引《樂府解題》曰：「從軍行，皆軍旅苦辛之辭」。《樂府詩集》三十二、《文苑英華》百九十九。

〔二〕閑：與習同義。《詩·大雅·卷阿》：「既閑且馳」，鄭玄箋：「閑，習也。」數曾經：曾多次經歷。

〔三〕講戎：習武操練。同講武、講旅。《國語·周語上》：「三時務農而一時講武」，韋昭注：「講，習也。」平樂觀：西漢、東漢都建有平樂觀。《漢書·武帝紀》載元封六年夏，「京師民觀角觝於上林平樂觀。」此平樂觀在今陝西省長安西。《後漢書·何進列傳》載漢靈帝於中平五年

「詔進大發四方兵講武於平樂觀。」李尤《平樂觀賦》敘觀之位置是「南切洛濱，北陵倉山。」

〔四〕學戲：練武。《説文》「戲」字下云：「一曰兵也。」羽林：禁軍。《漢書·百官公卿表上》：「郎中令，秦官，掌宮殿掖門户。……又期門、羽林皆屬焉。」師古注：「羽林，亦宿衛之官。言其如羽之疾，如林之多也。一説，羽，所以爲王者羽翼也。」羽林亭：即禁軍所駐之地。《漢書·甘延壽傳》載延壽善騎射，「嘗超踰羽林亭樓，由是遷爲郎」。學戲，《文苑》注云：「一作『覽獻』。」《詩紀》注云：「一作『攬劍』。」按：覽獻、攬劍均非。獻，爲獻俘，羽林亭非其所。似因形近致「戲」誤爲「獻」，從而又改「學」爲「覽」。又因「覽獻」不通，而改爲「攬劍」。

〔五〕疏勒：漢西域諸國之一。亦作娑勒。故治在今新疆喀什市。漢宣帝神爵二年起，屬西域都護府。其後爲莎車、于闐所并。井陘：井陘關。又名土門關。故址在今河北井陘縣北井陘山上。又縣西有故關，爲井陘西出之口。秦王翦伐趙，出兵井陘，即指此。爲太行山區進入華北平原的隘口，「太行八陘」之一。

〔六〕濱：近。《國語·齊語》：「(桓公曰)是以濱於死。」韋昭注：「三君皆云：濱，近也。」《史記·秦本紀》載秦之先人非子「居犬丘，好馬及畜，善養息之。犬丘人言之周孝王，孝王召使主馬于汧渭之間，馬大蕃息。」周時秦地在今甘肅清水縣東北，濱鄰西戎。

〔七〕毒上涇句：《左傳·襄公十四年》載晉與諸侯之大夫伐秦，「秦人毒涇上流，師人多死」。牧馬靠近渭水，駐紮軍營于涇河上游，都是用來泛指西北邊地。

〔八〕陣：戰陣，軍隊之行列。平雲：即古時所望之雲氣。《漢書·天文志》：「凡望雲氣，仰而望之，三四百里；平望在桑榆上，千餘里，二千里；登高而望之，下屬地者居三千里。雲氣有獸居上者，勝。」又云：「捎雲精白者，其將悍，其士怯。其大根而前絶遠者，戰。精白，其芒低者，戰勝；其前赤而卬者，戰不勝。陣雲如立垣。……諸此雲見，以五色占。」

〔九〕城：軍隊所駐之邊城。《太平御覽》卷三三五引《太白陰經》：「偃月營，形象偃月。皆背山崗，面陂澤，輪逐山勢，弦隨面直，地窄山狹之所營。」

〔一〇〕羽書：徵兵之書信。徵兵貴速，故於書信上插鳥羽，欲其急行如飛。信璽：皇帝發兵所用之印。璽，皇帝之印。《隋書·禮儀志六》：「天子六璽：文曰『皇帝行璽』，封常行詔勑則用之。『皇帝之璽』，賜諸王書則用之。『皇帝信璽』，下銅獸符，發諸州征鎮兵，下竹使符，拜代徵召諸州刺史，則用之。並白玉爲之，方一寸二分，螭獸鈕。『天子行璽』，封拜外國則用之。『天子之璽』，賜諸外國書則用之。『天子信璽』，發兵外國，若徵召外國，及有事鬼神，則用之。並黄金爲之，方一寸二分，螭獸鈕。」古代書信是兩片木版，用繩縛之，泥封其結，蓋上印章，故曰「封信璽」。

〔一一〕詔：皇帝之命令。流星：天使之星。《晉書·天文志中》：「流星，天使也。」《開元占經》卷七十一引《河圖》曰：「諸流星，皆鉤陳之精，天一之御也。」又引孟康曰：「流星，光相連也。大如瓜桃，名曰使星、飛星，主謀事。」又曰：「流星主兵事。」以上兩句言朝廷有軍事行動。

〔一二〕流沙：沙漠之古稱。泛指西北之沙漠。《漢書·地理志上》引《書·禹貢》：「道弱水，至于合黎，餘波入于流沙。」師古注：「流沙在敦煌西。」緣河句：邊地宜榆柳。《水經注》卷三《河水》：「（諸次）水東逕榆林塞。世又謂之榆林山。即《漢書》所謂榆谿舊塞者也。自谿西去，悉榆柳之藪矣。」此二句言來到邊疆，自己這邊河岸楊柳青青，對岸即是沙漠了。緣，宋本《樂府》所配清鈔作「緑」。雖《真誥》卷四有「褰裳濟緑河」，于闐有緑玉河，然與上句「對岸」相對，自應是「緣」。

〔一三〕將幕：將軍之幕府。《漢書·張湯傳》：「（張）放爲侍中中郎將，監平樂屯兵，置莫府，儀比將軍。」莫，古同幕。斗：北斗。《史記·天官書》：「斗魁載匡六星曰文昌宫。一曰上將，二曰次將。」文昌宫象徵上將和次將之第一、第二星正對斗魁，將幕上應天象，故言恒臨斗。薛道衡《出塞》：「文昌動將星。」

〔一四〕旌門：臨時駐營時，樹旗以爲門。《周禮·天官·掌舍》：「爲帷宫，設旌門。」鄭玄注：「謂王行書止，有所展肆。若食息，張帷爲宫，則樹旌以表門。」《後漢書·岑彭列傳》：「光武知其謀，大怒，收欿置鼓下，將斬之。」李賢注：「中將軍最尊，自執旗鼓。若置營則立旗以爲軍門，并設鼓，戮人，必於旗下。」刑：星名。《韓非子·飾邪》：「又非天缺、弧逆、刑星、熒惑、奎台，非數年在東也。」梁啓雄《韓子淺解》於「刑星」下引尹桐陽之注曰：「太白也。」又引《星經》曰：「太白主刑殺。」旌門背刑，言不輕用刑戮。即《漢書·刑法志》所謂：「以仁誼綏民者，無敵於天下也。」「三代之盛，至於刑錯兵寢者，其本末有序，帝王之極功也。」刑，《詩紀》作「形」。古可互通。《荀子·彊國》：「刑範正，金錫美。」楊倞注：「刑與形同。」

〔一五〕勳：功勳。瀚海：沙漠。今蒙古之大沙漠，古稱瀚海。《漢書·霍去病傳》：「封狼居胥山，禪於姑衍，登臨翰海。」師古注：「積土增山曰封。爲墠祭地曰禪也。」王先謙《補注》：「翰海，《北史》作瀚海，即大漠之別名。沙磧四際無涯，故謂之海。」

〔一六〕燕然：燕然山。即今蒙古之杭愛山。《後漢書·竇憲列傳》載竇憲爲車騎將軍，執金吾耿秉爲副，與匈奴北單于戰于稽落山，大破之。「遂登燕然山，去塞三千餘里，刻石勒功，紀漢威德。令班固作銘。」勒：刻而記之。此二句言所立功勳如竇憲、霍去病。

〔一七〕兵勢：軍隊之威勢。因：依仗。《呂氏春秋·盡數》：「因智而明之。」高誘注：「因，依也。」麾下：將帥。《三國志·吴書·張紘傳》：「今麾下恃盛壯之氣。」麾是將帥用來指揮之旗，崔豹《古今注》：「麾，所以指麾。」是以麾下稱將帥。

〔一八〕軍圖：軍事行動及布置之圖。掖庭：本是后妃居處，此處指皇帝所居之宫庭。《漢書·東方朔傳》載館陶公主曰：「願陛下時忘萬事，養精游神，從中掖庭回輿，枉路臨妾山林。得獻觴上壽，娯樂左右。」

〔一九〕玉筯：比喻美人之淚。《白孔六帖》：「魏甄后面白，淚雙垂如玉筯。」劉孝威《獨不見》：「誰憐雙玉筯，流面復流襟。」向暮：天將要黑的時候。金屏：以金爲飾的屏風。何遜《和蕭諮議岑離閨怨詩》：「含悲下翠帳，掩泣閉金屏。」詩末言男兒在外從軍立功，誰知其愛人却獨自在家哭泣于金屏之後。

黄河流水急，驄馬送征人〔一〕。谷望河陽縣，橋渡小平津〔二〕。年少多遊俠，結客好輕身〔三〕。代風愁櫪馬〔四〕，胡霜宜角筋〔五〕。羽書勞警急，邊鞍倦苦辛〔六〕。康居因漢使〔七〕，盧龍稱魏臣〔八〕。荒戍唯看柳，邊城不識春〔九〕。男兒重意氣，無爲羞賤貧〔一〇〕。同上。

〔一〕驄馬：淺青色馬。《説文》：「驄，馬青白雜毛也。」漢樂府横吹曲辭中有《驄馬曲》，皆言征役之事。《樂府詩集》卷二十一引《樂府解題》：「漢横吹曲，二十八解，李延年造。魏晋已來，唯傳十曲。……後又有《關山月》、《洛陽道》、《長安道》、《梅花落》、《紫騮馬》、《驄馬》、《雨雪》、《劉生》八曲，合十八曲。」《驄馬》解題：「一曰《驄馬驅》，皆言關塞征役之事。」送：《詩紀》作「遠」。按：《樂府》卷三十三又載王褒《遠征人》，僅爲本詩前四句。第二句爲「驅馬送征人」。《文苑》《樂府》均爲「送」，而本詩全篇亦送别口吻，末二句尤爲明顯，故應是「送」。《詩紀》作「遠」，當因陸機、顔延之、沈約《從軍行》皆有「苦哉遠征人」之故。

〔二〕河陽縣：漢置。故城在今河南省孟州市西。谷：指晋石崇之金谷别館。《晋書·石崇傳》：「崇有别館在河陽之金谷，一名梓澤。」這裏是用來代指遠征人之家園。江淹《别賦》：「君居淄右，妾家河陽。」故本詩乃以河陽喻妻子與征夫的離别之情。之所以言「谷」，乃指其貴族身份。小平津：古渡名。在今河南孟津東北。爲古代黄河重要渡口，東漢時八關之一。望河陽金谷，渡小平津橋。謂其妻送征人至黄河對岸。

〔三〕遊俠：輕死重義之人。《文選·張衡·西京賦》：「都邑遊俠，張趙之倫，齊志無忌，擬迹田文。輕死重氣，結黨連羣。」吕向注：「遊俠，謂交結豪彊也。」又曰：「遊俠，謂輕死重義也。」結客：結交俠客。輕身：不重其身。《樂府詩集》卷六十六《結客少年場行》解題引《樂府解題》曰：「結客少年場行，言輕生重義，慷慨以立功名也。」年少句：《樂府》「年」下注：「一作『惡』」。又，《文苑》「年少多」作「惡少年」，于「年」下注云：「一作『多』」。按：《樂府解題》既有《結客少年場行》，本篇又言「結客好輕身」，故不應作「惡少」。

〔四〕代：古地名。戰國時趙滅代國置代郡，大致相當今山西東北以及河北懷安、蔚縣以西之地區。櫪馬：指飼養馴良的馬。櫪，馬槽。《方言》卷五「櫪」字下郭璞注：「養馬器也。」《鹽鐵論·未通》：「樹木數徙則㱚，蟲獸徙居則壞。故代馬依北風，飛鳥翔故巢，莫不哀其生。」本是以代馬依北風來喻不忘故土，本句則反用其意，言代風使到邊地征戰的馬愁。

〔五〕胡霜：胡地多霜，故稱胡霜。角筋：指角弓。筋與角并爲做弓之材料。《周禮·考工記·弓人》：「弓人爲弓，取六材必以其時，……角也者，以爲疾也；筋也者，以爲深也。……漆也者，以爲受霜露也。」胡地天寒，弓强勁有力。《説文》：「䚩，角䚩獸也。狀似豕，角善爲弓。出胡尸國，一曰出休尸國。」（依段注本。）

〔六〕羽書：見前詩注〔一〇〕。警急：警報緊急。此二句言征戰不可避免。

〔七〕康居：漢魏時西域國名。約在今巴爾喀什湖、鹹海之間。《史記·大宛列傳》載張騫「西走數十日至大宛。大宛聞漢之饒財，欲通不得，見騫，喜，問曰：『若欲何之？』騫曰：『爲漢使月氏，而爲匈奴所閉道。今亡，唯王使人導送我。誠得至，反漢，漢之賂遺王財物不可勝言。』大宛以爲然，遣騫，爲發導繹，抵康居。康居傳致大月氏。」

〔八〕盧龍：古塞名。今河北喜峰口附近。《三國志·魏書·田疇傳》載建安十二年秋，曹操北征烏丸，先收撫當地武裝勢力田疇。時天大雨，軍不得進。田疇教以「從盧龍口越白檀之險，出空虛之地，路近而便，掩其不備」，並爲鄉導，是以大破烏丸單于。軍還入塞，疇固讓不受封。康居、盧龍，乃以之爲例，提示應充分利用塞外各部落，不必全憑征戰。稱：《文苑》作「有」。注云：「一作『稱』。」按：稱有嚮往之意，以「稱」爲長。

〔九〕荒戍：荒凉的邊防地。邊地多生榆柳，見前詩注〔三〕。東漢西域長史駐柳中城，在今新疆鄯善西南。西漢又有柳城，在今遼寧朝陽南。故言「唯看柳」。不識春：不知道春天。

〔一〇〕意氣：知遇之義氣。《樂府詩集》卷四十一引《西京雜記》：「司馬相如將聘茂陵人女爲妾，卓文君作《白頭吟》以自絶。相如乃止。」詩有云：「男兒重意氣，何用錢刀爲。」羞賤貧：以貧賤爲羞。此二句乃妻子告誡征人應以夫妻之義爲重，而不要因追求富貴忘了自己。

長安有狹邪行〔一〕

威紆狹邪道，車騎動相喧〔二〕。博徒稱劇孟，遊俠號王孫〔三〕。勢傾魏侯府〔四〕，交盡翟公門〔五〕。路邪勞夾轂，塗艱倦折轅〔六〕。日斜宣曲觀〔七〕，春還御宿園〔八〕。塗歌楊柳曲〔九〕，巷飲榴花樽〔一〇〕。獨有游梁倦，還守孝文園〔一一〕。《樂府詩集》三十五。

〔一〕長安有狹邪行：屬相和歌辭。其内容除陸機等人寫有少數反映世路險狹邪僻之作品外，大部分是對統治階級富貴行樂生活之描寫。《樂府詩集·相逢行》解題：「一曰《相逢狹路間行》亦曰《長安有狹邪行》。《樂府解題》曰：『古辭文意與《鷄鳴曲》同。』」《樂府詩集》卷二十八《鷄鳴》解題又引《樂府解題》：「古辭云『鷄鳴高樹巔，狗吠深宫中。』初言天下方太平，蕩子何所之，次言黄金爲門，白玉爲堂，置酒作倡樂爲樂，終言桃傷而李仆，喻兄弟當相爲表裏。兄弟三人近侍，榮耀道路，與《相逢狹路間行》同。」

〔二〕狹邪：窄路曲巷。漢樂府古辭：「長安有狹斜，狹斜不容車。」威紆：曲折而長的樣子。《文選·謝朓·郡内登望》：「威紆距遥甸」，李善注：「威紆，威夷紆餘，流長之貌也。」喧：喧鬧。威，《詩紀》云：「一作『透』。」義同。

〔三〕博徒：賭徒。劇孟：漢之游俠。《漢書·游俠傳》：「劇孟者，洛陽人也。周人以商賈爲資，劇孟以俠顯。……劇孟行大類朱家，而好博，多少年之戲。然孟母死，自遠方送喪蓋千乘。及孟死，家無十金之財。」王孫：漢之王孫卿。以賣豉致富。《漢書·貨殖傳》：「王孫卿以財養士，與雄桀交。王莽以爲京司市師，漢司東市令也。」師古注：「樊少翁及王孫大卿賣豉，亦致高訾。」

〔四〕勢傾魏侯府：用田蚡之典。勢，權勢。傾，壓倒。《漢書·田蚡傳》：「欲以傾諸將相」，師古注：「傾，謂踰越而勝之也。」魏侯：魏其侯。漢竇嬰的封號。《史記·魏其武安侯列傳》載孝景帝三年「乃拜嬰爲大將軍，賜金千斤。嬰乃言爰盎、欒布諸名將賢士在家者進之。所賜金，陳之廊廡下，軍吏過，輒令財取爲用，金無入家者。竇嬰守滎陽，監齊趙兵。七國兵已盡破，封嬰爲魏其侯。諸遊士賓客爭歸魏其侯。」孝景后同母弟田蚡封爲武安侯後，「欲用事爲相，卑下賓客，進名士家居者貴之，欲以傾魏其諸將相」。

〔五〕交：結交。翟公：《史記·汲鄭列傳贊》：「夫以汲、鄭之賢，有勢則賓客十倍，無勢則否，況衆人乎！下邽翟公有言，始翟公爲廷尉，賓客闐門，及廢，門外可設雀羅。翟公復爲廷尉，賓客欲往，翟公乃大署其門曰：『一死一生，乃知交情。一貧一富，乃知交態。一貴一賤，交情乃見。』」本句意謂將翟公爲廷尉時門下的賓客都結交遍了。極寫此輩正是身居高位得志之時。

〔六〕邪：窄。勞：苦於。《淮南子·精神訓》：「竭力而勞萬民。」高誘注：「勞，憂也。」轂：指車。《漢書·食貨志下》：「轉轂百數」，李奇注：「轂，車也。」夾轂：兩車並排或交錯而行。漢樂府古辭：「長安有狹斜，狹斜不容車。適逢兩少年，挾轂問君家。」倦：極。表程度之詞。《文選・潘岳・西征賦》：「倦狹路之迫隘，軌踦嶇以低仰。」李善注：「倦，極也。」折轅：敝車。《後漢書・張堪列傳》：「堪去職之日，乘折轅車，布被囊而已。」《南史・齊宗室傳》記齊武帝年少時和蕭景先共車，「行泥路，車久故壞，至領軍府西門，車轅折，俱狼狽。景先謂帝曰：『兩人脱作領軍，亦不得忘今日艱辛。』」此二句意謂在狹窄的鬧市行進艱難。

〔七〕宣曲觀：宣曲宫是漢武帝時所置的離宫。觀，宫前之闕。《上林賦》：「西馳宣曲。」《史記・貨殖列傳》：「宣曲任氏之先，爲督道倉吏。」《正義》引張揖云：「宣曲，宫名。在昆明池西。」

〔八〕御宿園：《三輔黄圖》卷四：「御宿苑，在長安城南御宿川中。漢武帝爲離宫別館，禁禦人不得入。往來遊觀，止宿其中，故曰御宿。」此二句寫環境。春天來到，日已西斜。

〔九〕楊柳曲：古樂府有《折楊柳》曲。崔豹《古今注・音樂》稱漢李延年因胡曲更造新聲二十八解：「世用者，《黄鵠》、《隴頭》、《出關》、《入關》、《出塞》、《入塞》、《折楊柳》、《黄華子》、《赤之陽》、《望行人》等十曲。」

〔一〇〕榴花樽：石榴花酒。樽，酒樽，代指酒。《梁書・諸夷傳》：「（頓遜國）又有酒樹，似安石榴，採其花汁停甕中，數日成酒。」

〔一一〕獨有：唯有。《廣雅・釋詁三》：「唯、特，獨也。」梁：西漢時梁國大致在今河南商丘一帶。孝文園：霸陵墓園。漢孝文帝劉恒葬於霸陵。在今長安東。「倦」下《詩紀》云：「一作『客』。」按：倦，即「倦游客」之意。《史記・司馬相如列傳》：「是時梁孝王來朝，從游説之士齊人鄒陽、淮陰枚乘、吴嚴忌夫子之徒，相如見而説之，因病免，客游梁。梁孝王令與諸生同舍，相如得與諸生游士居。數歲，乃著子虚之賦。」天子因以爲郎，後「相如拜爲孝文園令」。此二句意謂自己是司馬相如一類文士，並非長安道上顯示富貴權勢之流。晉陸機《長安有狹斜行》：「余本倦游客，豪彦多舊親。傾蓋承芳訊，欲鳴當及晨。……將遂殊塗軌，要子同歸津。」孔欣《相逢狹路間》：「淳朴久已凋，榮利迭相驅。……狹路安足游，方外可寄娱。」本詩亦有此義。

飲馬長城窟行〔一〕

北走長安道，征騎每經過〔二〕。戰垣臨八陣〔三〕，旌門對兩和〔四〕。屯兵戍隴北，飲馬傍城阿〔五〕。雪深無復道，冰合不生波〔六〕。塵飛連陣聚，沙平騎跡多。昏昏隴坻月，耿耿霧中河〔七〕。羽林猶角觝〔八〕，將軍尚雅歌〔九〕。臨戎常拔劍，蒙險屢提戈〔一〇〕。秋風鳴馬首，薄暮欲如何〔一一〕。《樂府詩集》三十八、《文苑英華》二百零九。

〔一〕飲馬長城窟行：樂府舊題，屬相和歌辭，大都以征戍之苦爲題材。《樂府詩集》解題：「一曰《飲馬行》。長城，秦所築以備胡者，其下有泉窟，可以飲馬。古辭云：『青青河畔草，綿綿思遠道。』言征戍之客，至於長城而飲其馬，婦人思念其勤勞，故作是曲也。」詩題，《文苑》作《擬飲馬長城窟》。

〔二〕北走兩句：意謂長安通向北方的道路上，常有征騎奔走。每，常。騎，《文苑》作「旅」，注云：「一作『騎』。」按：旅人與屯戍關系不密切，以「騎」爲長。

〔三〕戰垣：軍壘之垣。《漢書·胡建傳》：「時監軍御史爲姦，穿北軍壘垣以爲賈區。」《説文》：「垣，墻也。」陣：軍伍行列之稱。八陣：古陣法之一。其資料時代最早見於銀雀山漢墓出土之《孫臏兵法·八陣篇》：「孫子曰：用八陣戰者，因地之利，用八陣之宜。」《三國志·諸葛亮傳》：「（亮）推演兵法，作八陣圖。」據《兵略纂聞》，其八陣爲天、地、風、雲、龍、虎、蛇、鳥。《水經注》卷二十七《沔水》言諸葛亮墓在定軍山東，是亮宿營處，「鍾士季征蜀，枉駕設祠。塋東，即八陣圖也。遺基略在，崩褫難識」。

〔四〕旌門，以旗爲門。《周禮·天官·掌舍》：「爲帷宫，設旌門。」鄭玄注：「張帷爲宫，則樹旌以表門。」庾信《周驃騎大將軍開府侯莫陳道生墓誌銘》：「雖復身參末將，而勇冠旌門。」兩和：也是兩軍門。《周禮·夏官·大司馬》：「遂以狩田，以旌爲左右和之門。」鄭玄注：「軍門曰和。今謂之壘門。立兩旌以爲之。」賈公彦疏：「六軍分三軍，各處東西爲左右，各爲一門。」《韓非子·外儲説左上》：「李悝警其兩和曰：『謹警敵人，旦暮且至擊汝。』」以上兩句言戰垣、旌門正對古之八陣、兩和，意謂駐營之處正是古戰場。如《出塞》詩中「背山看故壘」一樣。旌門，《文苑》作「門屢」，注云：「一作『旌門』。」按：「戰垣」「旌門」相對爲是。

〔五〕屯兵：駐扎軍隊。戍：守衛。隴北：隴山以北。城阿：城角。《楚辭·少司命》：「晞女髮兮陽之阿」，王逸注：「阿，曲隅。」

〔六〕無復：不再。如《晉書·王導傳》載桓彝往見王導還，謂周顗曰：「向見管夷吾，無復憂矣。」無復道：不再見有道路。冰合：冰封河水。

〔七〕隴坻：即隴山。《通典》卷一七四「天水郡」下：「郡有大阪，名曰隴坻，亦曰隴山，即漢隴關也。」在今陝甘之間。按：《文苑》「坻月」作「底日」，注云：「一作『月』」。按：「日」「月」皆可通。耿耿：清浄、明浄貌。《文選·謝朓·暫使下都發新林至京邑贈西府同僚詩》：「秋河曙耿耿」，吕延濟注：「耿耿，明浄也。」

〔八〕羽林：《漢書·百官公卿表上》：「羽林掌送從，次期門，武帝太初元年初置，名曰建章營騎，後更名羽林騎。又取從軍死事之子孫養羽林，官教以五兵，號曰羽林孤兒。」《漢書·宣帝紀》載神爵元年，發「羽林孤兒」等詣金城，從趙充國等擊西羌。角觝：古代一種相撲之戲。《漢書·武帝紀》：「（元封）三年春，作角抵戲，三百里内皆觀。」文穎注：「名此樂爲角抵者，兩兩相當角力，角技藝射御，故名角抵，蓋雜技樂也。」

〔九〕雅歌：典雅的樂歌。《後漢書·祭遵列傳》：「遵爲將軍，取士皆用儒術。對酒設樂，必雅歌投壺。」李賢注：「雅歌，謂歌雅詩也。」

〔一〇〕臨戎：遇到戰鬥。蒙險：冒險。《後漢書·陸康列傳》：「獻帝即位，天下大亂。康蒙險遣孝廉計吏奉貢朝廷。」《漢書・宣帝紀》：「雖有患禍，猶蒙死而存之。」師古注：「蒙，冒也。」戈：武器的一種。

〔二〕鳴：響。凡發聲都可謂鳴。《禮記・學記》言鐘「叩之以小者則小鳴，叩之以大者則大鳴」。薄暮：將近天黑。欲如何：該怎麼辦呢。

輕舉篇〔一〕

天地能長久，神仙壽不窮。白玉東華檢〔二〕，方諸西岳童〔三〕。俄瞻少海北〔四〕，暫別扶桑東〔五〕。俯觀雲似蓋〔六〕，低望月如弓。看棊城邑改〔七〕，辭家墟巷空〔八〕。流珠餘舊竈〔九〕，種杏發新叢〔一〇〕。酒釀瀛洲玉〔一一〕，劍鑄昆吾銅〔一二〕。誰能攬六博〔一三〕，還當訪井公〔一四〕。《樂府詩集》六十四。

〔一〕輕舉篇：屬雜曲歌辭。輕舉，即身輕高舉升天，成仙之意。本篇和《樂府詩集》中《昇天行》《仙人》《遠游篇》相同，都以傷人世不永，欲求神仙，翱翔六合之外爲内容。《樂府詩集・遠游篇》解題：「《楚辭・遠游章句》曰：『悲時俗之迫阨兮，願輕舉而遠遊。質非薄而無因兮，焉託乘而上浮。』王逸云：『遠遊者，屈原之所作也。屈原履方直之行，不容于世，困於讒佞，無所告訴，乃思與仙人俱遊戲，周歷天地，無所不至焉。』周王褒又有《輕舉篇》，亦出於此。」

〔二〕東華：仙人所居處。《雲笈七籤》卷八《釋三十九章經》第三十四章云：「東華者，仙真之州也。在始暉之間，高晨玉保王所治也。」白玉東華檢，意即東華檢白玉。《太平御覽》卷六七六《道部》「簡章」條引《金根經》：「領仙玉郎賚金簡紫籍，來於東華青宮，校定玉名。」檢：檢校。《世説新語・政事》：「（賀邵）於是至諸屯邸，檢校諸顧、陸役使官兵及藏逋亡，悉以事言上，罪者甚衆。」

〔三〕方諸：方諸宫。也是仙人所居處。《真誥》卷九：「方諸正四方，故謂之方諸。一面長一千三百里，四面合五千二百里。上高九千丈，有長明太山，夜月高邱。各周迴四百里。小小山川，如此間耳。但草木多茂蔚，而華實多倩粲，饒不死草，甘泉水所在有之。飲食者不死。」又言方諸東西面各有小方諸，「特多中仙人及靈鳥靈獸輩」。「大方諸宫，青君常治處也。其上人皆天真高仙、太極公卿，諸司命所在也」。西岳童：仙童。魏文帝《折楊柳行》：「西山一何高，高高殊無極。上有兩仙童，不飲亦不食。與我一丸藥，光耀有五色。」此二句講壽不窮的神仙，便是東華、方諸那些仙人、仙童。

〔四〕俄：俄頃，言時間很短。少海：東方澤名。《淮南子・墬形訓》：「東方曰大渚，曰少海。」高誘注：「水中可居者曰渚。東方多水，故曰少海，亦澤名也。」俄，《樂府》作「我」。按：俄、我古通。《説文》「我」字下：「或説：我，頃頓也。」然一般用「俄」，故從《詩紀》。

〔五〕扶桑：傳説東海中的神木，爲日出之處。《山海經・海外東經》：「湯谷之上有扶桑，十日所浴。」《海内十洲記》：「扶桑在碧海之中，地方萬里。上有大帝宫，太真東王父所治處。地多林木，葉皆如桑。」

〔六〕蓋：車蓋。

〔七〕看棊：《述異記》上：「信安郡石室山，晉時王質伐木至，見童子數人棊而歌。質因聽之。童子以一物與質，如棗核，質含之，不覺飢。俄頃童子謂曰：『何不去？』質起，視斧柯盡爛。既歸，無復時人。」

〔八〕墟巷：街巷村落。陶潛《歸園田居》：「曖曖遠人村，依依墟里煙。」墟：村落。《神仙傳》卷三載丹溪人皇初起入金華山隨弟皇初平學仙道，「共服松脂茯苓。至五百歲，能坐在立亡。行於日中無影，而有童子之色。後乃俱還鄉里，親族死終略盡。乃復還去」。

〔九〕流珠：水銀。古時神仙家用來煉丹藥的材料之一。《初學記》卷二十五引李蘭《漏刻法》：「流珠者，水銀之别名。」竈：煉丹藥之爐。藥成服食成仙，故餘舊竈。張正見《神仙篇》：「年深毁丹竈，學久棄青泥。」《神仙傳》卷四載淮南王劉安時，八公中之一人「能煎泥成金，凝鉛爲銀，水煉八石、飛騰流珠」。又言劉安和八公白日昇天成仙，「時人傳八公、安臨去時，餘藥器置在中庭，雞犬舐啄之，盡得昇天」。

〔一〇〕種杏：《神仙傳》卷六載董奉「日爲人治病，亦不取錢。重病愈者，使栽杏五株，輕者一株。如此數年，計得十萬餘株，鬱然成林」。《述異記》下：「杏園洲在南海洲中，多杏。海上人云仙人種杏處。漢時嘗有人舟行，遇風泊此洲五六日，食杏，故免死云。」

〔二〕瀛洲：傳説中的海上仙山。《十洲記》：「（瀛洲）又有玉石，高且千丈。出泉如酒。味甘。名之爲玉醴泉。飲之數升輒醉，令人長生。」本句言仙人所飲酒乃瀛洲之玉醴泉。

〔三〕昆吾：古産精銅之地。《山海經·中山經》：「又西二百里，曰昆吾之山，其上多赤銅。」郭璞注：「此山出名銅，色赤如火，以之作刀，切玉如割泥也。周穆王時西戎獻之。《尸子》所謂昆吾之劍也。」本句言仙人所服劍用昆吾銅鑄成。

〔三〕攬：拿。《廣雅·釋詁三》：「攬，持也。」六博：古代的一種遊戲。《楚辭·招魂》：「有六簙些。」王逸注：「投六箸、行六棊，故爲六簙也。簙，一作博。」洪興祖《補注》引古《博經》：「博法，二人相對坐嚮局。局分爲十二道。兩頭當中名爲水，用棊十二枚。六白六黑。又用魚二枚，置於水中。其擲采以瓊爲之。二人互擲采行棊，棊行到處即豎之，名爲驍棊，即入水食魚，亦名牽魚。每牽一魚獲二籌，翻一魚獲三籌。」曹植《仙人篇》：「仙人攬六著，對博太山隅。」

〔四〕井公：《穆天子傳》卷五：「是日也，天子北入于邴，與井公博。三日而決。」《升菴詩話》卷一：「古樂府『井公能六博，玉女善投壺』。蓋因井星形如博局，而附會之。亦詩人『北斗挹酒漿』之意也。」此二句意謂：誰能取來六博與之游戲呢？看來還應找井公這類人。

陵雲臺〔一〕

高臺懸百尺，中天殊未窮〔二〕。北臨酸棗寺，西眺明光宫〔三〕。城旁抵雙府，林裏對相風〔四〕。

書題鹿盧榜〔五〕，觀寫飛廉銅〔六〕。窗開神女電，梁映美人虹〔七〕。虞捐濫失寵〔八〕，鄭督特懷忠〔九〕。莊生垂翠釣〔一〇〕，昭儀拒鬥熊〔一一〕。馳輪有盈缺，人道亦汙隆〔一二〕。還念西陵舞，非復鄴城中〔一三〕。《樂府詩集》七十五、《文苑英華》百九十二。

〔一〕陵雲臺：屬雜曲歌辭。《樂府詩集·陵雲臺》解題：「《魏志》曰：『文帝黄初元年十二月，初營洛陽宮。戊午，幸洛陽。二年，築陵雲臺。』劉義慶《世説》曰：『陵雲臺，樓觀精巧，先秤衆木輕重，然後構造。無錙銖相負揭。臺高峻，恒隨風動摇。』楊龍驤《洛陽記》曰：『陵雲臺高二十三丈，登之見孟津也。』」

〔二〕懸：言其高。中天：中天之臺。《列子·周穆王篇》載穆王爲化人築臺，「其高千仞，臨終南之上，號曰中天之臺。……王執化人之袪，騰而上者，中天廼止。」中天，謂天之中部。本句乃言臺之高，就是周穆王的中天之臺也達不到。孫綽《遊天臺山賦》：「瓊臺中天而懸居。」殊：猶。魏文帝《秋胡行》：「朝與佳人期，日夕殊不來。」窮：極。《楚辭·九歌·雲中君》：「横四海兮焉窮。」王逸注：「窮，極也。」天，《文苑》作「夭」，即「天」之草書之隸化。《樂府》《詩紀》作「夕」，疑應因草書之「天」而誤。中夕：夜半。人不會登臺到半夜，故應爲「中天」。

〔三〕臨：從高處往下看。酸棗：古縣名。治所在今河南省延津縣西南。《漢書·地理志》言陳留郡十七縣中有「酸棗」。眺：遠望。明光宮：漢宮殿名。武帝時建。《漢書·武帝紀》：「（太初四年)秋，起明光宮。」

〔四〕此兩句意思是：抵城旁之雙府，對林裏之相風。府：儲藏文書或財物之處。林裏：即林内。相風：古代的風向標。也稱相風烏、相風竿。傅玄《相風賦》：「栖神烏于竿首，候祥風之來征。」陵云臺正對着超出林中的相風高竿，言其高。鄭義真《奉和過温湯詩》：「相風出樹端。」亦是此意。

〔五〕榜：即牓，牌。書題：題寫。王僧虔《名書録》云：「魏明帝立陵雲臺，誤先釘牓而未之題。籠盛韋誕，轆轤引上書之。去地二十五丈，誕甚危懼，乃誡子孫，絶此楷法。」韋誕是三國時的大書法家。

〔六〕觀：可能是指陵霄闕。古代稱門闕爲觀。《三國志·魏書·高堂隆傳》：「帝愈增崇宫殿，雕飾觀閣。鑿太行之石英，採谷城之文石，起景陽山於芳林之園，建昭陽殿於太極之北。鑄作黄龍鳳皇奇偉之獸，飾金墉陵雲臺、陵霄闕。百役繁興，作者萬數。」是陵霄闕和陵雲臺在一起，爲一組建築，這裏的觀應指陵霄闕。寫：鑄、造象。《國語·越語》：「王命工以良金寫范蠡之狀，而朝禮之。」韋昭注：「以善金鑄其形狀，而自朝禮之。」飛廉：神話中之風伯、神禽。《漢書·武帝紀》言元封二年作「長安飛廉館」。應劭注：「飛廉，神禽，能致風氣者也。」晉灼注：「身似鹿，頭如爵，有角而蛇尾，文如豹文。」這句意謂觀上裝飾着銅鑄的飛廉。

〔七〕神女雹：《神異經·東荒經》載東王公「恒與一玉女投壺，每投千二百矯。設有入不出者，天爲之嚼噓，矯出而脱誤不接者，天爲之笑。」張華注：「言笑者，天口流火炤灼；今天上不雨而有電光是天笑也。」王延壽《魯靈光殿賦》：「玉女闚窻而下視。」窻，宋本《樂府》作「牕」，均爲窗之異體。梁：屋樑。虹又名美人。《釋名·釋天》：「虹，攻也。……又曰美人。」此二句意謂臺高入天，開窗後接近天上的電光，屋梁和虹彩相映照。映，《詩紀》作「應」，亦可。

〔八〕虞捐：戰國齊威王之姬，名捐之。《列女傳》卷六載齊威王即位後九年而國不治。佞臣周破胡專權，嫉賢妬能。即墨大夫賢而日毁之，阿大夫不肖反日譽之。虞姬謂王：「破胡，讒諛之臣也，不可不退。齊有北郭先生者，賢明有道，可置左右。」破胡聞之，乃毁虞姬幼時與北郭先生通。王疑而閉虞姬于九層之臺，使有司驗問。破胡賂執事誣其詞而上之。威王視其詞不合於意，乃召虞姬自問，因姬之言方大悟。烹阿大夫與周破胡，齊國大治。濫失寵：不當失寵而失寵。濫，如《漢書·五行志》「自上而降，及濫炎妄起」之濫。失，《樂府》《詩紀》作「天」。按：「濫天寵」與虞捐之事不合，當因兩字形近致誤。今從《文苑》。

〔九〕鄭瞀：春秋時楚成王夫人。鄭女。《列女傳》卷五載成王登臺臨後宫，宫人皆傾觀，唯瞀直行不顧，徐步不變。王曰：「顧，吾以女爲夫人。」瞀復不顧。王又曰：「顧，吾又與女千金，而封若父兄。」瞀仍不顧。王下臺而問，子瞀對曰：「妾聞婦人以端正和顔爲容。今者大王在臺上而妾顧，則是失儀節也。不顧，告以夫人之尊、示以封爵之重而後顧，則是妾貪貴樂利以忘義理也。苟忘義理何以事王。」王曰：「善。」遂立爲夫人。後期年，王將立商臣爲太子，令尹子上以爲其爲人忍，不可立。子晳亦以令尹之言爲是。王不聽，立商臣，商臣終譖殺子上。後王又欲立商臣之庶弟公子職爲太子，子晳退而與其保言曰：「吾聞信不見疑。今者王必將以職易太子，吾懼禍亂之作也。而言之于王，王不吾應。其以太子爲非吾子，疑吾譖之者乎？夫見疑而生，衆人孰知其不然。與其無義而生，不如死以明之。且王聞吾死，必寤太子之不可釋也。」遂自殺。不久太子興師作亂，逼殺成王。

〔一〇〕莊生：莊周。《莊子·秋水》：「莊子釣於濮水，楚王使大夫二人往先焉。曰：『願以境内累矣』。莊子持竿不顧，曰：『吾聞楚有神龜，死已三千歲矣。王巾笥而藏之廟堂之上。此龜者，寧其死爲留骨而貴乎，寧其生而曳尾於塗中乎？』二大夫曰：『寧生而曳尾塗中。』莊子曰：『往矣，吾將曳尾於塗中。』」《晉書·嵇含傳》載王弘遠圖莊生垂綸之象，嵇含爲之作贊，其中有「於是借玄虚以助溺，引道德以自獎，户詠恬曠之辭，家畫老莊之象」之句，説明當時習俗多圖莊子垂釣爲内容的畫。

〔一一〕昭儀：馮昭儀。漢元帝的倢伃。《漢書·馮昭儀傳》：「建昭中，上幸虎圈鬥獸。後宫皆坐。熊佚出圈，攀檻欲上殿。左右貴人傅昭儀等皆驚走，馮倢伃直前當熊而立，左右格殺熊。上問：『人情驚懼，何故前當熊？』倢伃對曰：『猛獸得人而止，妾恐熊至御坐，故以身當之。』元帝嗟嘆，以此倍敬重焉。傅昭儀等皆慙。」拒：《樂府》作「抵」。《文苑》注云：「一作『抵』。」義同。以上四事是指陵雲臺上圖畫之内容。漢世殿閣多有彩畫，如麒麟閣之《功臣圖》、明光殿之《古列士圖》。

〔二〕輪：月。梁簡文帝《十空·水月詩》：「圓輪既照水」。月行如車，故曰「馳輪」。如馳暉之馳。盈缺：圓缺。人道：人世。汙隆：高下升降。汙，低洼地。隆，高起處。引申爲盛衰隆替。《晉書·后妃傳序》：「晉承其末，與世汙隆。」

〔三〕西陵：魏武帝曹操的陵墓。在今河北臨漳縣西。《曹操集》載曹操《遺令》：「吾死之後，……葬于鄴之西岡上，與西門豹祠相近。無藏金玉珍寶。吾婢妾與伎人皆勤苦，使著銅雀臺，善待之。于臺堂上安六尺床，施繐帳，朝晡上脯糒之屬，月旦十五日，自朝至午，輒嚮帳中作伎樂。汝等時時登銅雀臺，望吾西陵墓田。」本詩意謂世事有盛衰變化。當年銅雀臺上的歌伎雖然懷念着對西陵而歌舞，但現在卻歌舞于陵雲臺上，已不是在鄴城里了。按：《世説新語·賢媛》：「魏武帝崩，文帝悉取武帝宮人自侍。」本詩末句實有譏諷之意。

出塞〔一〕

飛蓬似征客〔二〕，千里自長驅。塞禽唯有鴈，關樹但生楡〔三〕。背山看故壘，繫馬識餘蒲〔四〕。還因麾下騎，來送月支圖〔五〕。《樂府詩集》二十一、《文苑英華》百九十七。

〔一〕出塞：樂府舊題。古横吹曲之一。以出征爲寫作題材。《樂府詩集·出塞》解題引《晉書·

樂志》「《出塞》《入塞》曲，李延年造。」又對此表示懷疑説：「按《西京雜記》曰：『戚夫人善歌《出塞》《入塞》《望歸》之曲。』則高帝時已有之，疑不起於延年也。」塞：邊關。《詩紀》題下注：「一作《塞下曲》。」

〔二〕飛蓬：滚動着的蓬草。《埤雅》：「蓬，末大于本，遇風輒拔而旋。」是以用來比喻征客的飄零不定。《商君書·禁使》：「今夫飛蓬遇飄風而行千里，乘風之勢也。」

〔三〕關樹句：《漢書·韓安國傳》：「蒙恬爲秦侵胡，辟數千里。以河爲竟，累石爲城，樹榆爲塞。」邊塞荒凉，只宜生榆柳，故言「關樹但生榆」。

〔四〕繫馬：《水經注》卷五《河水》引晉伏琛《三齊略記》：「鬲城東南有蒲臺。秦始皇東遊海上，于臺下蟠蒲繫馬。至今每歲蒲生，縈委若有繫狀，似水楊，可以爲箭。」此二句意謂：出塞後，背着高山可看見山下以前之營地遺址，繫馬時還能認出以前繫馬處之蒲草。表明此地是古戰場。按：塞榆事在内蒙，繫馬事在山東。用典可超越時空，並非實指。

〔五〕因：凭。麾：是軍隊中大將的旗。麾下即部下。《史記·李將軍列傳》：「(廣)得賞賜，輒分其麾下。」麾下騎，部下的騎兵。月支：即月氏。古代西域國名。秦漢之際，遊牧于敦煌、祁連之間。漢文帝時遭匈奴攻擊，大部分西遷於今新疆西部，稱大月氏。没有西遷的入南山，與羌人雜居，稱小月氏。此處用以指代塞外諸國。圖：地圖。

入塞〔一〕

戍久風塵色，勳多意氣豪〔二〕。建章樓闕迥，長安陵樹高〔三〕。度冰傷馬骨，經寒墜節旄〔四〕。行當見天子，何假用錢刀〔五〕。《樂府詩集》二十二、《文苑英華》百九十七。

〔一〕入塞：與《出塞》同爲樂府舊題，屬橫吹曲辭。所咏多征戰歸來之内容。

〔二〕戍：在邊塞防守。風塵色：沾滿征戰的塵土。此二句寫長期征戰，立下功勳。

〔三〕建章：漢宮殿名。《漢書·武帝紀》載太初元年「二月，起建章宮。」師古注：「在未央宮西，長安故城西俗所呼貞女樓者，即建章宮之闕也。」《三輔黃圖》卷二言：建章宮正門「高二十五丈，亦曰璧門。左鳳闕，高二十五丈。右神明臺，門内北起別風闕，高五十丈。對峙井幹樓，高五十丈，輦道相屬焉。」又引繁欽《建章鳳闕賦序》云：「秦漢規模，廓然泯毀，惟建章鳳闕，聳然獨存。雖非象魏之制，亦一代之巨觀。」迥：高遠貌。本句言塞外歸來之時，遠遠地先看到高高的建章宮。陵樹：陵墓上的樹。陵，指天子或諸侯之墓。長安是古都，故多陵墓，古樹參天。《後漢書·虞延列傳》：「其陵樹株蘖，皆諳其數。」此二句寫塞外歸回，來到京城外。闕：《樂府》《詩紀》作「閣」。按：既然建章宮有鳳闕，則應是「闕」。迥：《文苑》云：「一作『近』，一作『迥』。」按：三字形近。迥，遠也。近見陵樹，遠望未央宮西之建章宮闕，於入塞之情景相符。故應爲「迥」。

〔四〕度冰句：陳琳《飲馬長城窟行》：「飲馬長城窟，水寒傷馬骨。」節旄：天子賜給使者的信物。用犛牛尾編成注于竿頭。《漢書·蘇武傳》載漢武帝時，蘇武出使匈奴。單于欲其投降，蘇武不從。「仗漢節牧羊，卧起操持，節旄盡落」。十九年後，才得歸漢。此二句寫在邊塞多年之苦。旄，《文苑》作「毛」。依「蘇武節」典，應爲「旄」。

〔五〕行當：將要。錢刀：錢幣。古時錢有鑄成刀形的。傳爲卓文君所作的古樂府《白頭吟》：「男兒重意氣，何用錢刀爲。」此二句意謂：塞外歸來，將要見到天子，但却不是以所建功勳來求得金錢的賞賜。《漢書·蘇武傳》載蘇武從匈奴歸後，天子「拜爲典屬國，秩中二千石。賜錢二百萬，公田二頃，宅一區」。其餘六人賜錢各十萬。何：《樂府》《詩紀》作「無」。按：「何」字語氣較强。

關山月〔一〕

關山夜月明，秋色照孤城〔二〕。影虧同漢陣〔三〕，輪滿逐胡兵〔四〕。天寒光轉白〔五〕，風多暈欲生〔六〕。寄言亭上吏〔七〕，遊客解雞鳴〔八〕。《樂府詩集》二十三、《初學記》一、《文苑英華》百九十八、《太平御覽》四。

〔一〕關山月：横吹曲辭中魏晉後所加之曲。也是以征戰之苦爲描寫對象。《樂府詩集·横吹曲辭》解題謂李延年二十八解，魏晉以來不復具存，「又有《關山月》等八曲，後世之所加也。」又《關山月》解題：「《樂府解題》曰：『《關山月》，傷離别也。古《木蘭詩》曰：萬里赴戎機，關山度若飛。朔氣傳金柝，寒光照鐵衣。』按相和曲有《度關山》，亦類此也。」

〔二〕秋色：秋夜之月色。孤城：邊塞荒涼無人烟，故所戍之城稱孤城。夜月明：《文苑》注：「一作『今夜月』。」按：全詩言「影虧」「輪滿」等，不應只言「今夜」。又：《御覽》《初學記》「秋色」作「愁色」，《文苑》同，並注：「一作『秋』。」「孤」下，《文苑》注：「一作『關』。」按：「愁色」、「關城」，嫌直白，應從《樂府》。

〔三〕影虧：半圓，月缺之時。古代把擺成半月形的戰陣稱爲却月陣。《資治通鑑·晉紀·安帝義熙十三年》：「夏，四月。（劉）裕遣白直隊主丁旿帥仗士七百人、車百乘，渡北岸，去水百餘步爲却月陣。兩端抱河。車置七仗士。事畢，使豎一白毦；魏人不解其意，皆未動。」按：《初學記》《御覽》《文苑》「影虧」作「半形」，《詩紀》注：「一作『半形』。」《文苑》注云：「一作『影虧』。」考「虧」爲減損之意，包括月缺的全過程，形象而有動感。「半形」則較呆板。故從《樂府》。

〔四〕輪滿：月圓時。北周之西北邊陲爲患者有稽胡。《周書·異域列傳上》：「稽胡一曰步落稽，蓋匈奴别種，劉元海五部之苗裔也。」周太祖、高祖曾多次征討。據《漢書·匈奴傳上》載，匈奴之俗崇日月，「舉事常隨月。盛壯以攻戰，月虧則退兵」。是胡俗常以月圓時進行侵略，所以本詩言於此時擊退其進攻。按：《初學記》「輪滿」作「全影」，《文苑》同，並注云：「一作『輪滿』。」《御覽》作「金影」。《詩紀》注：「一作『全影』。」考「輪滿」一詞，頗有動感，引人聯想。「金影」、「全影」則呆板。故從《樂府》。

〔五〕天寒光轉白：秋天寒冷，空氣中水氣較少，故月色特别皎潔明徹。宋南平王劉鑠《秋歌》：「旻天晴且高，秋氣發初涼。白露下微津，明月流素光。」按：《初學記》「天」作「灰」，「光」作「色」。《文苑》「天」作「灰」，注云：「一作『天』。」今按：作「灰」是因下句而誤。

〔六〕暈：月暈。環繞在月四周的光氣。月暈爲有風之兆。梁代朱超《舟中望月》：「微風光遶暈，薄霧急移輪。」《田家五行·雜占·論月》：「月暈主風。何方有闕，即此方風來。」月暈亦象徵軍事。《淮南子·覽冥訓》：「畫隨灰而月暈闕。」《初學記》卷一《月部》引許慎注曰：「有軍事相圍守則月暈。以蘆灰環，缺其一面，則月暈亦闕於上。」《隋書·天文志下》：「軍在外，月暈師上，其將戰必勝。」

〔七〕亭：亭戍，邊塞哨所。《後漢書·光武帝紀下》：「築亭候，修烽燧。」李賢注：「亭候，伺候望敵之所。」

〔八〕《史記·孟嘗君列傳》載孟嘗君入秦，秦昭王起初欲用爲相，後又因禁起來想殺掉。孟嘗君賄昭王幸姬得以脱身，變姓名而出關。昭王悔，使人追之。「孟嘗君至關，關法雞鳴而出客。孟嘗君恐追至，客之居下坐者有能爲雞鳴，而雞齊鳴。遂發傳出。出如食頃，秦追果至關，已後孟嘗君出，乃還」。此二句意謂關塞守衛者應提高警惕。

長安道〔一〕

槐衢回北第〔二〕，馳道度西宮〔三〕。樹陰連袖色，塵影雜衣風〔四〕。採桑逢五馬〔五〕，停車對兩童〔六〕。喧喧許史座，鍾鳴賓未窮〔七〕。《樂府詩集》二十三。

〔一〕長安道：屬樂府横吹曲辭。多描寫都市之繁華與統治者豪奢之生活。

〔二〕槐衢：長安的大街。《晉書·符堅載記上》：「自長安至于諸州，皆夾路樹槐柳。二十里一亭。四十里一驛。旅行者取給於塗，工商貿販於道。百姓歌之曰：『長安大街，夾樹楊槐，下走朱輪，上有鸞栖。英彦雲集，誨我萌黎。』」北第：漢代列候公卿在京師所居謂之第，并以近北闕者爲尊。《漢書·夏侯嬰傳》：「乃賜嬰北第第一，曰：『近我。』以尊異之。」師古注：「北第者，近北闕之第，嬰最第一也。故張衡《西京賦》云：『北闕甲第，當道直啓。』」哀帝也爲董賢起大第北闕下。

〔三〕馳道：車馬馳行的大道。《漢書·賈山傳》：「(秦)爲馳道於天下，東窮燕齊，南極吴楚，江湖之上、濱海之觀畢至。道廣五十步，三丈而樹，厚築其外，隱以金椎，樹以青松。」度：經過。張正見《釣竿篇》：「人來水鳥没，檝度岸花沈。」西宫：在西邊的宫室。《左傳·襄公十年》：

「晨攻執政于西宫之朝。」又《襄公九年》曰：「穆姜薨于東宫。」説明西宫是相對于東宫而言的。漢代萬户侯之宅院皆當大道。《初學記》卷二十四引《魏王奏事》：「出不由里門，面大道者名曰第。爵雖列侯，食邑不滿萬户，不得作第。其舍在里中，皆不稱第。」以上言通過大街，路經西宫回到近北闕的住所。表明此人身份是大貴族。

〔四〕此二句意謂：通過大道時，兩旁槐樹的陰影和衣袖色相混合，塵土隨風飄到衣服上。塵影：塵土之影。指塵。

〔五〕五馬：代指太守。《潘子真詩話》云漢制「九卿則中二千石亦右驂，太守駟馬而已。其有加秩，中二千石乃右驂，故以五馬爲太守美稱」。此句暗用古樂府《陌上桑》「羅敷喜蠶桑，採桑城南隅。……使君從南來，五馬立踟躕」之典。

〔六〕兩童：《列子·湯問》：「孔子東遊，見兩小兒辯鬥。問其故，一兒曰：『我以日始出時去人近，而日中時遠也。』一兒以日初出遠，而日中時近也。一兒曰：『日初出大如車蓋，及日中則如盤盂，此不爲遠者小而近者大乎？』一兒曰：『日初出則滄滄涼涼，及其日中如探湯，此不爲近者熱而遠者涼乎？』孔子不能決也。兩小兒笑曰：『孰謂汝多智乎？』」此二句言長安道上車馬往來，皆達官大儒，行走於道旁者亦有如采桑美女與多智童子一類人物。

〔七〕許史：漢宣帝時外戚許、史兩姓。泛指貴族。《漢書·王商史丹傅喜傳贊》：「自宣、元、成、哀，外戚興者，許、史、三王、丁、傅之家，皆重侯累將，窮貴極富。見其位矣，未見其人也。」《文選・張衡・西京賦》：「彼肆人之男女，麗美奢乎許史。」李善注：「《漢書》曰：孝宣許皇后，元帝母。帝封外祖父廣漢爲平恩侯。又曰：衛太子史良娣，宣帝祖母也，兄恭。宣帝立，恭已死，封恭長子高爲樂陵侯。」座：客座。鍾鳴：夜半使人休息的鍾聲。《後漢書・禮儀志中》：「日夏至禮亦如之」，劉昭注引《獨斷》：「鼓以動衆，鍾以止衆。故夜漏盡，鼓鳴則起；晝漏盡，鍾鳴則息。」此二句意思是：貴族家裏的客座上，一直到半夜還有客人。喧喧：鬧哄哄。窮：盡。

明君詞〔一〕

蘭殿辭新寵，椒房餘故情〔二〕。鴻飛漸南陸〔三〕，馬首倦西征〔四〕。寄書參漢使，銜涕望秦城〔五〕。唯餘馬上曲，猶作出關聲〔六〕。《樂府詩集》二十九。

〔一〕明君詞：屬相和歌辭。明君，即王昭君。因避晉文帝司馬昭之諱，晉人稱明君。《樂府詩集・王明君》解題：「一曰《王昭君》。《唐書・樂志》曰：『《明君》，漢曲也。元帝時，匈奴單于入朝，詔以王嬙配之，即昭君也。及將去，入辭，光彩射人，悚動左右，天子悔焉。漢人憐其遠嫁，爲作此歌。晉石崇妓緑珠善舞，以此曲教之，而自製新歌。』按此本中朝舊曲，唐爲吴聲，蓋吴人傳授訛變使然也。」又引《古今樂録》：「晉宋以來，《明君》止以絃隸少許爲上舞而已。梁天監中，斯宣達爲樂府令，與諸樂工以清商兩相閒絃爲《明君》上舞，傳之至今。」

〔二〕蘭殿、椒房：並漢代后妃所居之宫殿。郭憲《别國洞冥記》卷一：「漢武帝未誕之時，景帝夢一赤彘，從雲中直下，入崇蘭閣。帝覺而坐於閣上，果見赤氣如烟霧來蔽户牖，望上有丹霞蓊鬱而起，乃改崇蘭閣爲猗蘭殿。後王夫人誕武帝于此殿。」《三輔黄圖》卷三：「椒房殿，在未央宫。以椒和泥塗，取其温而芬芳也。」寵：寵幸。元帝是昭君出發時才見到，而産生愛憐之情，所以説是「辭新寵」。昭君已去，只留下住過的房子，所以説是「餘故情」。

〔三〕鴻飛句：《易·漸卦》：「九三，鴻漸于陸。」王弼注：「陸，高之頂也。進而之陸。」本句是以鴻雁飛嚮南土來喻昭君思戀漢地。

〔四〕馬首句：《左傳·襄公十四年》：「荀偃令曰：『雞鳴而駕，塞井夷竈，惟余馬首是瞻。』欒黡曰：『晉國之命，未是有也。余馬首欲東。』」本句是以馬不願西行來喻昭君不願去塞外。

〔五〕寄書：寄信。參：謁見。《通俗編·仕進》「參」條引《能改齋漫録》：「下之見上謂之參，始戰國時也。」漢使：漢朝的使者。銜涕：含淚。秦城：即秦亭。《後漢書·郡國志五》載漢陽郡：「隴刺史治。有大坂名隴坻。豲坻聚有秦亭。」在今甘肅清水縣東北之白河鎮。本詩用來代指漢地邊關。此二句寫昭君在匈奴思鄉。

〔六〕唯餘兩句：《文選·石崇·王明君詞一首》序曰：「匈奴盛，請婚於漢，元帝以後宫良家子昭君配焉。昔公主嫁烏孫，令琵琶馬上作樂，以慰其道路之思，其送明君，亦必爾也。其造新曲，多哀怨之聲。」昭君無可奈何地生活在塞外，所彈之琵琶曲，還是出關時馬上所奏之聲。説明其哀怨之情無片時消歇。

遊俠篇〔一〕

京洛出名謳，豪俠競交遊〔二〕。河南期四姓〔三〕，關西謁五侯〔四〕。鬬雞横大道，走馬出長楸〔五〕。桑陰徙將夕，槐路轉淹留〔六〕。《樂府詩集》六十七、《文苑英華》百九十六、《藝文類聚》三十三。

〔一〕遊俠篇：屬雜曲歌辭。以輕死重義、報仇解怨之人爲寫作題材。《樂府詩集·遊俠篇》解題引《漢書·遊俠傳》曰：「戰國時，列國公子，魏有信陵，趙有平原，齊有孟嘗，楚有春申，皆藉王公之勢，競爲遊俠，以取重諸侯，顯名天下。故後世稱遊俠者，以四豪爲首焉。漢興，有魯人朱家及劇孟、郭解之徒，馳鶩於閭里，皆以俠聞。其後長安熾盛，街閭各有豪俠。時萬章在城西柳市，號曰城西萬章。酒市有趙君都、賈子光，皆長安名豪，報仇怨、養刺客者也。」又引《魏志》曰：「楊阿若後名豐，字伯陽，少遊俠，常以報仇解怨爲事。故時人爲之號曰：『東市相斫楊阿若，西市相斫楊阿若。』後世遂有《遊俠曲》。」本題，《文苑》作《俠客行》。

〔二〕京洛：洛陽。東漢建都洛陽，故稱京洛。名謳：有名的歌者。曹植《野田黄雀行》：「陽阿奏奇舞，京洛出名謳。」豪俠：富豪和俠客。交遊：交往結友。

〔三〕河南：大河以南的地區。期：會見。《説文》：「期，會也。」四姓：應是東漢明帝外戚樊、郭、陰、馬四姓。《後漢書・孝明帝紀》：「爲四姓小侯，開立學校，置五經師。」李賢注引《漢紀》：「又爲外戚樊氏、郭氏、陰氏、馬氏諸子弟立學，號四姓小侯，置五經師。以非列侯，故曰小侯。《禮記》曰：『庶方小侯』，亦其義也。」東漢都洛陽，故稱河南四姓。按：《類聚》《樂府》「期」作「朝」，《文苑》注：「一作『朝』。」今按：後句有「謁五侯」，「朝」與「謁」義近，故應從《文苑》作「期」。

〔四〕關西：函谷關以西。謁：拜見。五侯：西漢成帝時王氏五侯。《漢書・元后傳》：「上悉封舅譚爲平阿侯。商，成都侯。立，紅陽侯。根，曲陽侯。逢時，高平侯。五人同日封，故世謂之五侯。」又曰：「五侯群弟，争爲奢侈，賂遺珍寶，四面而至。後庭姬妾，各數十人。僮奴以千百數。羅鐘磬，舞鄭女，作倡優，狗馬馳逐，大治弟室。起土山漸臺，洞門高廊閣道，連屬彌望。百姓歌之曰：『五侯初起，曲陽最怒，壞決高都，連竟外杜，土山漸臺西白虎。』其奢僭如此。然皆通敏人事，好士養賢，傾財施予，以相高尚。」西漢都長安，故稱「關西謁五侯」。

〔五〕鬭雞：以雞相鬥爲戲。横大道：在大道上鬥雞。走馬：跑馬。出：遠去。長楸：大梓樹，一般生長在郊外。曹植《名都篇》：「鬭雞東郊道，走馬長楸間。」楸，《文苑》作「秋」。按：長秋，長秋宫，爲皇后之宫。《後漢書・明德馬皇后紀》：「有司奏立長秋宫」，李賢注：「皇后所居宫也。」顯然不能走馬。故應是「楸」。

〔六〕桑陰：桑樹的樹蔭。代指日影。《三國志・魏書・文帝紀》漢帝禪位册文後，裴注引桓階之奏：「周武中流有白魚之應，不待師期而大號已建。舜受大麓，桑蔭未移而已陟帝位。」徙：移。槐路：大街。左思《魏都賦》：「疏通溝以濱路，羅青槐以蔭塗。」淹留：徘徊不進。意思是遊戲作樂到天黑時還在路上逗留而不願歸去。按：《樂府》「徙」作「徒」，《文苑》注：「一作『徙』。」兩字形近。以文義，應作「徙」。

古曲〔一〕

青樓臨大道，遊俠盡淹留〔二〕。陳王金被馬〔三〕，秦女桂爲鈎〔四〕。馳輪洛城巷，鬬雞南陌頭〔五〕。薄暮風塵起，聊爲清夜遊〔六〕。《樂府詩集》七十七、《文苑英華》二百七。

〔一〕古曲：摹倣古代曲辭。《詩紀》注云：「一作《雜曲》。」都屬雜曲歌辭。本詩和前首《遊俠篇》內容相同。

〔二〕青樓：塗以青漆的樓，指豪家顯貴之所居，也指美女居處。《晉書・麴允傳》：「麴允，金城人也。與游氏世爲豪族。西州爲之語曰：『麴與游，牛羊不數頭。南開朱門，北望青樓。』」曹植《美女篇》：「借問女安居，乃在城南端。青樓臨大路，高門結重關。」此二句謂遊俠們都在青樓聚會作樂。按：「盡」下《詩紀》注：「一作『任』。」考「任」雖有縱恣之意，然不若「盡」於程度上爲優。淹留：逗留。

〔三〕陳王：曹植。《三國志·陳思王植傳》：「（太和六年）二月，以陳四縣封植爲陳王，邑三千五百户。」金被馬：以金飾馬具。曹植《白馬篇》：「白馬飾金羈，連翩西北馳。借問誰家子，幽并遊俠兒。」

〔四〕秦女：秦羅敷。鉤：籠鉤。古樂府《陌上桑》：「日出東南隅，照我秦氏樓。秦氏有好女，自名爲羅敷。羅敷喜蠶桑，採桑城南隅。青絲爲籠係，桂枝爲籠鉤。」此二句意謂青樓集聚的都是陳王、羅敷一類貴族豪家子女。

〔五〕馳輪：馳車。南陌：南街。《廣雅·釋宫》：「陌，道也。」《後漢書·蔡邕列傳》：「及碑（石經）始立，其觀視及摹寫者，車乘日千餘兩，填塞街陌。」按：「洛城」，《樂府》作「洛陽」，亦可。

〔六〕聊：姑且。清夜：寂静的夜。曹植《公讌詩》：「公子敬愛客，終宴不知疲。清夜遊西園，飛蓋相追隨。」此句意謂已到黄昏仍不願散去，還要在夜中歡樂一番。按：「風塵」，《文苑》作「飛塵」，亦可。

高句麗〔一〕

蕭蕭易水生波〔二〕，燕趙佳人自多〔三〕。傾盃覆盌漼漼〔四〕，垂手奮袖婆娑〔五〕。不惜黄金散盡，只畏白日蹉跎〔六〕。《樂府詩集》七十八。

〔一〕高句麗：屬雜曲歌辭。《樂府詩集·高句麗》解題：「《通典》曰：『高句麗，東夷之國也。其先曰朱蒙，本出於夫餘。朱蒙善射，國人欲殺之，遂棄夫餘。東南走，渡普述水，至紇升骨城居焉。號曰句麗，以高爲氏。』按唐亦有《高麗曲》，李勣破高麗所進，後改《夷賓引》者是也。」按：高句麗即今之朝鮮。王褒此作和庾信之《舞媚娘》等六言詩作相同，皆爲入北周後所作，抒發了陷北傷世的慷慨之情。

〔二〕易水：水名。在今河北省易縣境内。《史記·刺客列傳》載戰國時燕太子丹使荆軻刺秦王。送至易水，荆軻作歌：「風蕭蕭兮易水寒，壯士一去兮不復還。」

〔三〕燕趙：古國名。大約在今河北和山西北部。《古詩十九首》：「燕趙多佳人，美者顔如玉。被服羅裳衣，當户理清曲。」佳人：美女。自：本自。梁元帝《燕歌行》：「燕趙佳人本自多，遼東少婦學春歌。」

〔四〕盃：杯。盌：碗。杯碗在此處都是指飲酒器。傾、覆：都是喝干酒的意思。灌灌：垂淚哭泣的樣子。《文選·陸機·弔魏武帝文》：「指季豹而灌焉」，李善注：「灌，涕泣垂貌。」此句是説佳人于狂飲之後垂淚。

〔五〕垂手：舞的一種。《樂府詩集》卷七十六引《樂府解題》云：「《大垂手》《小垂手》，皆言舞而垂其手也。」婆娑：《樂府》作「娑娑」。今從《詩紀》。按：婆娑、娑娑，皆是舞時盤旋的姿態。

〔六〕白日：指時光。蹉跎：空度時光。作者是以詩中佳人自喻。濫飲狂舞，傷心垂淚，非惜金錢，乃因空度時光，無所作爲。反映了他在北周被當擺設，倡優畜之的無聊而痛苦的生活。

燕歌行〔一〕

初春麗景鶯欲嬌〔二〕，桃花流水没河橋〔三〕。薔薇開花百重葉，楊柳拂地數千條〔四〕。隴西將軍號都護〔五〕，樓蘭校尉稱嫖姚〔六〕。自從昔别春燕分，經年一去不相聞〔七〕。無復漢地關山月〔八〕，唯有漠北薊城雲〔九〕。淮南桂中明月影〔一〇〕，流黄機上織成文〔一一〕。充國行軍屢築營〔一二〕，陽史討虜陷平城〔一三〕。城下風多能却陣，沙中雪淺詎停兵〔一四〕。屬國小婦猶年少〔一五〕，羽林輕騎數征行〔一六〕。遥聞陌頭採桑曲〔一七〕，猶勝胡笳邊地聲〔一八〕。胡笳向暮使人泣，長望閨中空佇立〔一九〕。桃花落地杏花舒〔二〇〕，桐生井底寒葉疏〔二一〕。試爲來看上林雁，應有遥寄隴頭書〔二二〕。《樂府詩集》三十二、《文苑英華》百九十六、《藝文類聚》四十二引嬌、橋、條、分、聞、雲、行、聲、泣、立、舒、疏、書十三韻。

〔一〕燕歌行：屬相和歌辭。以征婦怨爲題材。《樂府詩集·燕歌行》解題：「《樂府解題》曰：『晉樂奏魏文帝《秋風》《别日》二曲，言時序遷换，行役不歸，婦人怨曠無所訴也。』《廣題》曰：『燕，地名也。言良人從役於燕，而爲此曲。』」《秋風》《别日》，即曹丕的兩首《燕歌行》。《周書·王褒傳》：「褒曾作《燕歌行》，妙盡關塞寒苦之狀。元帝及諸文士竝和之，而競爲淒切之詞。」説明本詩作於江陵。

〔二〕麗景：《樂府》《類聚》作「麗日」。「景」下，《詩紀》注：「一作『日』。」義同。鶯：亦稱歌鶯或告春鳥。美麗而善鳴。嬌：柔美和調的聲音。全句謂春天來到，鶯鳥將要唱出嬌柔之音了。

〔三〕桃花流水：即桃花汛。《漢書·溝洫志》：「來春桃華水盛，必羨溢，有填淤反壤之害。」師古注：「《月令》：『仲春之月，始雨水，桃始華。』蓋桃方華時，既有雨水，川谷冰泮，衆流猥集，波瀾盛長，故謂之桃華水耳。」没：淹。《文苑辨證》卷六作「遶」，亦可。河橋：黄河上之橋。《史記·秦本紀》昭襄王五十年十二月「初作河橋」，《正義》：「此橋在同州臨晉縣東，渡河至蒲州，今蒲津橋也。」晉杜預亦建河橋於富平津。

〔四〕開花：《類聚》《詩紀》《樂府》作「花開」，《樂府》注：「一作『開花』。」義同。百重葉：形容葉之密。拂：《類聚》作「覆」。《樂府》云：「一作『覆』。」拂地數千條：《文苑》作「覆池數千條」，「數」下注：「一作『楊柳拂地散』。」數，《樂府》作「散」。按：「開花」與「拂地」對，「百」與「數」對，楊柳未能覆地而長條可，故應是「花開千重葉」，「拂地數千條」。百重，《文苑》作「百里」，誤。

〔五〕隴西將軍：漢代管轄隴西的將軍。《史記·匈奴列傳》孝文帝拜「隆慮侯周竈爲隴西將軍」。都護：官名。漢宣帝置西域都護，使護西域三十六國。《漢書·鄭吉傳》：「吉既破車師，降日逐，威震西域，遂并護車師以西北道，故號都護。都護之置，自吉始焉。」

〔六〕樓蘭：漢西域諸國之一。《漢書·西域傳》：「鄯善國，本名樓蘭。王治扜泥城，去陽關千六百里，去長安六千一百里。」校尉：官名。《通典·職官·武散官·諸校尉》：「漢武帝初置中壘、屯騎、步兵、越騎、長水、胡騎、射聲、虎賁等校尉爲八校，各有司馬。」嫖姚：霍去病的稱號。剽、驃、嫖相通。《史記·衛將軍驃騎列傳》：「是歲也，大將軍姊子霍去病年十八，幸，爲天子侍中。善騎射，再從大將軍，受詔與壯士，爲剽姚校尉。」又云：「元狩二年春，以冠軍侯去病爲驃騎將軍」，《集解》引徐廣曰：「驃，一亦作『剽』。」《史記·建元以來侯者年表》則云：「以嫖姚校尉再從大將軍。」

〔七〕春燕分：春分時節。《左傳·昭公十七年》：「（郯子曰）玄鳥氏，司分者也。」杜預注：「玄鳥，燕也。以春分來，秋分去。」庾信《燕歌行》：「春分燕來能幾日。」經年：經過一年或若干年。《晉書·簡文帝紀》咸安元年十二月「詔以京都有經年之儲，權停一年之運。」意謂自從征人春天離家出征和愛人相别之後，直到現在又是春天到來之時，一直毫無音信。自從昔别，《文苑》作「自惜别如」。不相聞，作「無相親」。注云：「一作『相聞』。」按：昔、惜音同易混。然自憐别如回歸之春燕，不若自從以前於春燕回歸時相别，表達明晰。又，不相聞，自然無相親，故從《樂府》《類聚》。

〔八〕無復：不再有。《文苑》作「不復」，「不」下注：「一作『無』。」皆可。關山月：《樂府》作「長安月」。《詩紀》注：「一作『長安月』。」《文苑》注：「一作『長安』。」按：關山之月都難以看見，表遠離邊塞，優於「長安月」。

〔九〕漢北：戈壁沙漠以北。《漢書·王莽傳》天鳳二年「又令匈奴卻塞於漢北」。薊城：在今北京城西南。秦置縣，戰國時燕國首都。此是用漢北、薊城來代指征人征戍的塞外。薊，宋本《類聚》作「蒯」。塞外無蒯城，應形近致誤。

〔一〇〕淮南：漢淮南王劉安。他好神仙，招致賓客。其門客淮南小山所作《招隱士》中有「桂樹叢生兮山之幽，偃蹇連蜷兮枝相繚」、「攀援桂枝兮聊淹留」之句。古人傳説月中有桂樹。《酉陽雜俎·天咫》：「舊言，月中有桂，有蟾蜍。故異書言月桂高五百丈，下有一人常斫之，樹創隨合。人姓吴名剛，西河人，學仙有過，謫令伐樹。」王褒《詠定林寺桂樹》：「月輪三五映。」桂：《文苑》作「鏡」，注：「一作『桂』。」按：《淮南子》中無與月有關的鏡的典故，不應是「鏡」。

〔一一〕流黄機：織素之機。流黄：素的一種。古樂府《相逢行》：「大婦織綺羅，中婦織流黄。」張載《擬四愁詩》：「佳人贈我筒中布，何以報之流黄素。」文：花紋。此二句之意爲：思婦在織機上把含有如淮南小山所寫桂樹的明月織進絹花中去。因爲明月象徵團圓，是思婦的願望。

〔一二〕充國：漢將趙充國。《漢書·趙充國傳》：「充國至金城，須兵滿萬騎，欲渡河，恐爲虜所遮，即夜遣三校銜枚先渡，渡輒營陳。……充國常以遠斥候爲務，行必爲戰備，止必堅營壁，尤能持重，愛士卒，先計而後戰。」按此即所謂「行軍屢築營」。行軍，《文苑》作「軍行」，義同。

〔一三〕陽史句：平城，在今山西大同。《漢書·高帝紀下》載高祖七年冬十月，擊韓王信。信走匈奴，與匈奴共距漢。劉邦從晉陽連戰，「乘勝逐北，至樓煩。會大寒，士卒墮指者十二三。遂至平城，爲匈奴所圍七日，用陳平祕計得出」。陽史：疑即指劉邦。《漢書・高帝紀上》謂劉邦是「沛豐邑中陽里人也」，「及壯試吏，爲泗上亭長。廷中吏無所不狎侮」。應劭注謂「試吏」，乃「試用補吏。」師古注謂：「亭長者，主亭之吏也。」「廷中，郡府廷之中。」《周禮・天官》：「府六人，史十有二人。」鄭玄注：「凡府史皆其官長所自辟除。」《後漢書・楊震列傳》：「召大臣令史考校之。」李賢注：「史，謂府吏也。」因此「史」乃下級小吏。劉邦爲中陽里人，又試用補吏，故稱陽史。陽，《文苑》作「楊」。按：楊史，史無其人。

〔一四〕却陣：退陣。《廣韻・入聲・藥韻》：「卻，退也。」却爲卻之俗字。言塞外城下之風能把戰陣吹亂。詎：《廣韻・上聲・語韻》：「詎，豈也。」言沙漠中下了雪也不能停止作戰。「城下風多」，《文苑》作「下風不多」。當是因前句末字「城」而漏掉本句首字「城」所致。

〔一五〕屬國：屬國都尉之簡稱。後漢時爲治邊郡而設。《後漢書・孝安帝紀》：「(永初二年)分廣漢北部爲屬國都尉。」小婦：妾。《漢書・元后傳》：「又(王)鳳知其小婦弟張美人已嘗適人，於禮不宜配御至尊，託以爲宜子，内之後宮。」師古注：「小婦，妾也。」按：《樂府》「小婦」作「少婦」。考句下有「猶年少」，此應爲「小」。

〔一六〕羽林騎：漢武帝置。《漢書・百官公卿表上》：「羽林掌送從，次期門，武帝太初元年初置，名曰建章營騎，後更名羽林騎。又取從軍死事之子孫養羽林，官教以五兵，號曰羽林孤兒。」《漢書・宣帝紀》載神爵元年，發「羽林孤兒」等詣金城，從趙充國等擊西羌。輕：輕裝疾行。這裏用以指少婦之良人所在之軍隊。言少婦很年輕，可是其丈夫却多次從軍作戰，不在她身邊。數征行：《樂府》作「散征行」。按：分散征行不若多次征行於義爲長。

〔一七〕陌：田間小道。《漢書・成帝紀》：「出入阡陌」，師古注：「阡陌，田間道也。南北曰阡，東西曰陌。」採桑曲：採桑女唱的歌曲。古樂府有《陌上桑》。按：「陌頭」，《文苑》作「陌上」，均可。

〔一八〕胡笳：樂器名。胡地傳入。《太平御覽》卷五百八十一《樂部》「笳」條引《晉先蠶儀注》曰：「胡笳，漢舊録有其曲，不記所出本末。笳者，胡人卷蘆葉吹之以作樂也，故謂曰胡笳。」現在所傳是木管所制。胡笳曲多爲哀苦之音。蔡文姬曾作《胡笳十八拍》。「胡笳邊地」，《文苑》《樂府》作「邊地胡笳」。本句意謂少婦不願聽到胡笳所奏、能勾起思念良人的邊地之曲。故應從《藝文類聚》作「胡笳邊地」。

〔一九〕向暮：將天黑時。閨中：富貴人家婦女所居之地。佇立：久立。《詩・邶風・燕燕》：「瞻望弗及，佇立以泣。」毛傳：「佇立，久立也。」長望：《樂府》《文苑》作「還使」。《文苑》注：「一作『長望』。」《詩紀》注：「一作『還使』。」此處應是用《詩經》之典，「長望」即「瞻望」，故從《類聚》。又，《文苑》「向暮」前脱「胡笳」二字。

〔二〇〕桃花句：《樂府》作「桃花落，杏花舒」，《類聚》作「桃抽覆地春花舒」，《文苑》注云：「一作『桃花復地桃花舒』。」按：抽，發芽。束晳《補亡詩》：「木以秋零，草以春抽。」然桃非草，不應言「覆地」。桃花既言「覆地」又言「舒」，亦嫌重復。故《樂府》《文苑》均可，今從《文苑》。

〔二〕桐生井底：魏明帝《猛虎行》：「雙桐生空井，枝葉自相加，通泉溉其根，玄雨潤其柯。緑葉何蓩蓩，青條視曲阿。上有雙棲鳥，交頸鳴相和。何意行路者，秉丸彈是窠。」《樂府詩集》卷三十一引《樂府解題》認爲《猛虎行》「言從遠役，猶耿介，不以艱險改節也。」本句亦含此意。以生于井中之雙桐喻少婦征人相愛之情。寒葉：寒天彫敗之葉。鮑照《過銅山掘黄精詩》：「蹀蹀寒葉離，灇灇秋水積。」按：杏開花在桃前，卻言「桃花落地杏花舒」。雙桐生井底，本應枝葉茂盛，如今卻寒葉彫疏。本是交頸相和雙棲之鳥，卻遭意外之彈打散。作者以此種種反常現象，喻少婦與征人本應過着幸福生活，卻因戰争而遭到破壞。又，《文苑》「寒」誤「塞」。

〔三〕上林雁：上林，漢代皇家園囿之一。《漢書·蘇武傳》載蘇武被匈奴單于留十九年，「漢求武等，匈奴詭言武死。後漢使復至匈奴，常惠請其守者與俱，得夜見漢使，具自陳道。教使者謂單于，言天子射上林中，得雁，足有係帛書，言武等在某澤中。使者大喜，如惠語以讓單于。單于視左右而驚，謝漢使曰：『武等實在。』」是以後世以雁爲傳信之使者。隴頭：隴山。在陝甘之間。代指邊塞征夫所在之地。《隴頭歌辭》：「朝發欣城，暮宿隴頭，寒不能語，舌卷入喉。」遥寄隴頭：從遥遠的邊地寄來。意謂少婦盼望着征夫寄來書信。按：應，《樂府》作「必」。《文苑》注：「一作『必』。」今按：書不一定能寄來，故從「應」。

日出東南隅行〔一〕

曉星西北没，朝日東南隅〔二〕。陽窗臨玉女〔三〕，蓮帳照金鋪〔四〕。鳳樓稱獨立，絶世良所無〔五〕。鏡懸四龍網，枕畫七星圖〔六〕。銀鏤明光帶，金地織成襦〔七〕。調絃《大垂手》，歌曲《鳳將雛》〔八〕。採桑三市路〔九〕，賣酒七條衢〔一〇〕。道逢五馬客，夾轂來相趨〔一一〕。將軍多事勢，夫壻好形模〔一二〕。高箱照雲母〔一三〕，壯馬飾當顱〔一四〕。單衣火浣布〔一五〕，利劍水精珠〔一六〕。自知心所愛，仕宦執金吾〔一七〕。飛甍彫翡翠〔一八〕，繡桷畫屠蘇〔一九〕。銀燭附蟬映雞羽〔二〇〕，黄金步摇動襜褕〔二一〕。兄弟五日時來歸〔二二〕，高車竟道生光輝〔二三〕。名倡兩行堂上起，鴛鴦七十階前飛〔二四〕。少年任俠輕年月，珠丸出彈遂難追〔二五〕。《樂府詩集》二十八。

〔一〕日出東南隅行：屬相和歌辭。古樂府《陌上桑》首句爲「日出東南隅」，故《玉臺新咏》題作《日出東南隅行》。漢樂府《陌上桑》本是敍羅敷採桑，被使君調戲，羅敷以誇其夫爲侍中郎來抗拒。而後來文人之擬作則變成以描寫美人好合爲内容，與古辭本意不同。王褒本篇亦如此。

〔二〕曉星：晨星。謝朓《京路夜發》：「曉星正寥落，晨光復泱漭。」隅：角。

〔三〕陽窗：朝南的窗户。玉女：美女。《禮記・祭統》：「故國君取夫人之辭曰：『請君之玉女，與寡人共有敝邑，事宗廟社稷。』此求助之本也。」鄭玄注：「言玉女者，美言之也。君子於玉比德焉。」「陽窗臨玉女」，即玉女臨陽窗。言太陽出來之時，恰逢美女起床來到窗前。

〔四〕蓮帳：綉有蓮花的帳子。《太平御覽》卷六九九引《鄴中記》言石虎御床，冬月施熟錦流蘇斗帳，「帳頂上安金蓮花，花中懸金箔，織成綩囊」。金鋪：門上用以銜門環的金飾獸頭。《三輔黄圖》卷二載未央宫「文杏爲梁柱，金鋪玉户」。原注：「金鋪，扉上有金華，中作獸及龍蛇鋪首以銜環也。」本句意謂美女在居住的屋裏能看見打開的大門。言其居在樓上。

〔五〕鳳樓：綺閣。借蕭史吹簫引鳳之典指婦女所居之樓臺。《水經注·渭水》：「（雍）又有鳳臺、鳳女祠。秦穆公時有蕭史者，善吹簫，能致白鵠、孔雀，穆公女弄玉好之，公爲作鳳臺以居之。積數十年，一旦隨鳳去。」良：信。《漢書·吴王濞傳》：「誅罰良重」，師古注：「良，實也，信也。」絶世良所無：言美女舉世無雙。漢辛延年《羽林郎》：「兩鬟何窈窕，一世良所無。」

〔六〕鏡懸句：意謂鏡子懸掛在結成四條龍形的網上。梁簡文帝《鏡象》：「精金宛成器，懸鏡在高堂，後掛七龍網，前發四珠光。」七星圖：畫有北斗七星的圖案。

〔七〕鏤：把圖案挖空的一種彫刻。明光帶：帶名。金地：染成金色底子的布。襦：古代的短衣。《説文》：「襦，短衣也。」

〔八〕調弦：調和琴瑟的音調。大垂手：舞名。《樂府詩集》卷七十六云：「《大垂手》《小垂手》，皆言舞而垂其手也。」鳳將雛：歌的一種。漢樂府《隴西行》：「鳳凰鳴啾啾，一母將九雛。」《晉書·樂志》：「《鳳將雛歌》者，舊曲也。」

〔九〕三市：街市之稱。《周禮·地官·司市》：「大市，日昃而市，百族爲主。朝市，朝時而市，商賈爲主。夕市，夕時而市，販夫販婦爲主。」左思《魏都賦》：「廓三市而開廛。」此句意謂美女在通向繁華街市的道路邊採桑。古樂府《陌上桑》：「羅敷喜蠶桑，採桑城南隅。」

〔一〇〕七條衢：《爾雅·釋宫》：「四達謂之衢，五達謂之康，六達謂之莊，七達謂之劇驂。」郭璞注「七達」云：「三道交，復有一歧出者。」按《荀子·王霸》：「楊朱哭衢塗。」則七條衢是指歧路的交會點。這句意謂美女在繁華的路口賣酒。辛延年《羽林郎》：「胡姬年十五，春日獨當壚。」

〔一一〕五馬：太守。《書言故事·郡守類》：「常稱太守曰五馬。」此處套用漢樂府《陌上桑》「使君從南來，五馬立踟躕。使君遣吏往，問是誰家姝」之意。夾轂：兩車相并争馳。轂是車輪。《公羊傳·哀公十三年》：「公會晉侯及吴子于黄池。吴何以稱子，吴主會也。」何休注：「時吴彊而無道，敗齊臨菑，乘勝大會中國。齊晉前驅，魯衛驂乘，滕薛俠轂而趨。」俠，即夾。《釋名·釋姿容》：「疾行曰趨。趨，赴也，赴所期也。」本句意謂見到美女的這些人争着趕來相就。

〔一二〕事勢：權勢。《韓非子·亡徵》：「大臣兩重，父兄衆强，内黨外援，以争事勢者，可亡也。」形模：模樣。意謂來追求美女的這些人有權有勢，就是作爲夫婿的話，模樣也是好的。勢，宋本作「埶」，即藝。古無「藝」與「勢」，俱以「埶」爲之。《禮記·禮運》：「在埶者去」，《釋文》：「本亦作勢。」即是一例。壻，宋本作「聟」，皆爲「婿」之異體。《集韻·去聲·霽韻》「壻」下：

「《説文》：夫也。引《詩》『女也不爽，士二其行』。士者，夫也。或從女。亦作壻。俗作聟、
𡜊，非是。」

〔一三〕高箱：高車。顯貴人所乘。箱：車箱，代指車。《後漢書・郭丹列傳讚》：「少卿志仕，終乘
高箱。」照：耀。本句謂以雲母飾車。

〔一四〕當顱：馬額上的裝飾。《詩・大雅・韓奕》：「鉤膺鏤錫」，鄭玄箋：「眉上曰錫，刻金飾之，今
當盧也。」孔穎達疏：「當盧者，當馬之額盧，在眉眼之上。」盧，同顱。

〔一五〕火浣布：耐火之布，此處代指貴重衣料。浣：洗。《列子・湯問》：「火浣之布，浣之必投於
火。布則火色，垢則布色。出火而振之，皓然疑乎雪。」《後漢書・南蠻西南夷列傳》：「又其
賨幏火毳馴禽封獸之賦」，李賢注引《傅子》曰：「長老説漢桓時，梁冀作火浣布單衣，會賓客，
行酒公卿朝臣前，佯争酒失杯而汙之，冀僞怒，解衣而燒之，布得火，爗然而熾，如燒凡布，垢盡
火滅，粲然潔白，如水澣也。」

〔一六〕水精珠：古水精多指珍珠。此處指珍寶。《國語・楚語下》：「珠足以禦火災。」韋昭注：
「珠，水精，故以禦火災。」故《初學記》卷二十七引沈懷遠《南越志》曰：「海中有大珠、明月珠、
水精珠。」而《山海經・南山經》：「堂庭之山，多水玉。」郭璞注：「水玉，今水精也。」則爲陸地
之玉。古鑄劍之美金多出水中，淬劍亦須好水。如《史記・蘇秦列傳》「龍淵、太阿」下，《索
隱》引《太康地記》：「汝南西平有龍泉水，可以淬刀劍，特堅利，故有龍泉之劍，楚之寶劍也。」

是以《越絶書》卷十一載「赤堇之山，破而出錫；若耶之溪，涸而出銅」，歐冶子因造寶劍。泰阿之劍，「觀其釽，巍巍翼翼，如流水之波」；工布之劍，「釽從文起，至脊而止，如珠不可衽，文若流水不絶。」《海内十洲記》亦云：「流洲，在西海中。地方三千里，去東岸十九萬里。上多山川，積石名爲昆吾。冶其石成鐵作劍，光明洞照，如水精狀，割玉物如割泥。」故上句與本句應是講：身上所著之單衣，乃是以火浣布製成；腰間所佩之利劍，乃是以水精之珠鍛造。以上描寫來相趨之豪貴們車騎服飾之奢華。

〔一七〕仕宦：做官。執金吾：官名。《漢書·百官公卿表》：「中尉，秦官，掌徼循京師，有兩丞、候、司馬、千人。武帝太初元年，更名執金吾。」崔豹《古今注·輿服》：「漢朝執金吾，金吾亦棒也。以銅爲之，黄金塗兩末，謂爲金吾。御史大夫、司隸校尉，亦得執焉。」《後漢書·光烈陰皇后紀》：「初光武適新野，聞后美，心悦之。後至長安，見執金吾車騎甚盛，因歎曰：『仕宦當作執金吾，娶妻當得陰麗華。』」此二句是寫雖追求者衆，但美女所愛者乃是執金吾之人。從此以下是套用漢樂府《陌上桑》：「羅敷前置辭，使君一何愚。使君自有婦，羅敷自有夫。東方千餘騎，夫婿居上頭。何用識夫婿，白馬從驪駒。」美人誇夫以拒絶追求者之意。

〔一八〕飛甍：翹起的屋脊。兩頭翹起像要飛一樣，故稱飛甍。《釋名·釋宫室》：「屋脊曰甍。甍，蒙也。在上覆蒙屋也。」謝朓《晚登三山還望京邑》：「白日麗飛甍。」翡翠：緑色的硬玉。很珍貴。班固《西都賦》：「翡翠、火齊，流耀含英。」按：《詩紀》注：「《玉臺》作『翠羽』。」非。

〔一九〕繡桷：用油漆繪上花紋的椽。《文選·何晏·景福殿賦》：「於是列髹彤之繡桷。」李善注：「言桷以髹漆飾之而爲藻繡。」桷：方椽。屠蘇：草名。《通雅》四十一：「屠蘇，闊葉草也。因爲屋名、爲冠名、爲飲名。」

〔二〇〕銀燭附蟬：銀燭做成的附蟬。《拾遺記》卷五：「元封元年，浮忻國貢蘭金之泥。此金出湯泉，盛夏之時，水常沸湧，有若湯火，飛鳥不能過。國人常見水邊有人冶此金爲器，金狀混混若泥，如紫磨之色。百鑄，其色變白，有光如銀，即『銀燭』是也。」附蟬：蟬形的裝飾物，侍中冠用之。《文選·任昉·爲范尚書讓禮部表》：「附蟬之飾，空成寵章。」李周翰注：「侍中之官，飾以黄金附蟬。」蟬，《詩紀》作「彈」。非。雞羽：以雞羽爲裝飾的冠。《史記·仲尼弟子列傳》：「子路性鄙，好勇力，志伉直，冠雄雞，佩猳豚。」

〔二一〕步摇：冠上的一種裝飾。《漢書·江充傳》：「冠襌纚步摇冠，飛翮之纓。」《釋名·釋首飾》：「步摇，上有垂珠，步則摇動也。」襜褕：一種短衣。爲平時的便服。《史記·魏其武安侯列傳》：「元朔三年，武安侯坐衣襜褕入宫，不敬。」《正義》：「《爾雅》云：『衣蔽前謂之襜。』郭璞云：『蔽膝也。』《説文》《字林》並謂之短衣。」《索隱》：「謂非正朝衣，若婦人服也。」又按：步摇，宋本《樂府》作「摇步」，誤倒。

〔二二〕五日一來歸句：《漢書·萬石君石奮傳》載萬石君長子石建爲郎中令，「每五日洗沐歸謁親，入子舍，竊問侍者，取親中帬廁牏，身自澣洒，復與侍者，不敢令萬石君知之，以爲常」。文穎

注：「郎官五日一下。」萬石君四個兒子都以馴行孝謹，官至二千石。漢景帝曰：「石君及四子皆二千石，人臣尊寵乃舉集其門。」故用來代指顯赫之家勢。

〔二三〕高車：高蓋車。顯貴者所乘。《漢書·于定國傳》：「始定國父于公，其閭門壞，父老方共治之。于公謂曰：『少高大閭門，令容駟馬高蓋車。我治獄多陰德，未嘗有所冤，子孫必有興者。』至定國，爲丞相。永（定國子）爲御史大夫。封侯傳世云。」竟道：滿道。《漢書·王莽傳上》：「奉羊酒，勞遺其師，恩施下竟同學。」師古注：「竟，周徧也。」

〔二四〕名倡：有名的歌者。《漢書·禮樂志》載成帝時：「是時鄭聲尤甚。黄門名倡丙彊、景武之屬富顯於世。貴戚五侯定陵、富平外戚之家淫侈過度，至與人主争女樂。」倡，《詩紀》作「唱」。倡、唱古通。起：起唱。開始歌唱。鴛鴦：鳥名。雌雄不離，毛色鮮麗。以上四句暗用古樂府《相逢行》：「黄金爲君門，白玉爲君堂。堂上置樽酒，作使邯鄲倡。中庭生桂樹，華燈何煌煌。兄弟兩三人，中子爲侍郎。五日一來歸，道上自生光。黄金絡馬頭，觀者盈道傍。入門時左顧，但見雙鴛鴦。鴛鴦七十二，羅列自成行。音聲何噰噰，鶴鳴東西廂。」借以寫美女所愛者家中之豪奢和勢力。

〔二五〕少年二句：任俠：行俠義之事。《史記·季布傳》：「季布者，楚人也。爲氣任俠，有名於楚。」《集解》引如淳注：「相與信爲任，同是非爲俠。所謂『權行州里，力折公侯』者也。」輕年月：不看重時光。何遜《贈諸遊舊詩》：「少壯輕年月，遲暮惜光輝。」珠丸出彈：時光流逝。

古以珠和彈丸喻日。《太平御覽》卷三引《易參同契》：「日爲流珠，青龍之俱。」《禮記·月令》題下孔穎達疏引《京房易》：「先師以爲日似彈丸，月似鏡體。」故「珠丸出彈遂難追」，即言時光如彈出之珠丸一樣難以追回。《樂府詩集》卷六十八載劉孝威《東飛伯勞歌》：「美人年幾可十餘，含羞騁笑斂風裾。珠丸出彈不可追，空留可憐持與誰。」《東飛伯勞歌》都以女兒虛度青春無人愛憐爲内容。本詩末二句也套用此意。言美女所愛之少年任俠交遊，不重時光，使美女有青春虛度不可追回之歎。

牆上難爲趨〔一〕

昔稱梁孟子，兼聞魯孔丘〔二〕。訪政聊爲述，問陳豈相酬〔三〕。末代多僥倖，卿相盡經由〔四〕。臺郎百金價，台司千萬求〔五〕。當朝少直筆，趨代皆曲鈎〔六〕。廷尉十年不得調〔七〕，將軍百戰未封侯〔八〕。夜伏擁門作常伯〔九〕，自有蒲萄得涼州〔一〇〕。白璧求善價〔一一〕，明珠難暗投〔一二〕。高牆不可踐，井水自難浮。風胡有年歲〔一三〕，銛利比吴鈎〔一四〕。《樂府詩集》四十。

〔一〕牆上難爲趨：屬相和歌辭。《樂府詩集》引《古今樂録》云：「王僧虔《技録》云：『《牆上難用趨行》，荀《録》所載《牆上》一篇，今不傳。』」現僅存傅玄與王褒此作兩篇。内容是寫世途艱難，猶如在牆上難以快步走一樣。本篇對于社會腐敗現象作了較深刻的揭露。

〔二〕昔稱二句：梁孟子，即孟軻。人稱孟子。戰國時鄒人。曾遊説梁惠王、齊宣王，皆不見用。梁：大梁。戰國時魏國國都。「孟子見梁惠王」爲《孟子》一書的第一句，所以本詩稱孟子爲「梁孟子」。孔丘：孔子。春秋時魯國人。周遊列國，其道不行。

〔三〕訪政二句：訪政：問政。《孟子·梁惠王上》：「孟子見梁惠王。王曰：『叟，不遠千里而來，亦將有以利吾國乎？』孟子對曰：『王何必曰利，亦有仁義而已矣。』」又「梁惠王曰：『寡人之於國也，盡心焉耳矣。河内凶，則移其民於河東，移其粟於河内。河東凶亦然。察鄰國之政，無如寡人之用心者，鄰國之民不加少，寡人之民不加多，何也？』孟子對曰：『王好戰，請以戰喻。』」聊爲述：姑且爲其陳述。問陳：問軍事。陳，同陣，軍陣行列之法。《論語·衛靈公》：「衛靈公問陳于孔子。孔子對曰：『俎豆之事，則嘗聞之矣；軍旅之事，未之學也。』明日遂行。」豈相酬：難道對他的回答是真心話嗎？孔子是不滿意靈公熱衷于戰爭才這樣回答的。《易·繫辭上》：「是故可與酬酢」，韓康伯注：「酬酢，猶應對也。」

〔四〕末代：衰落王朝的時代。僥幸：意外地得到本不該得到的。卿相：朝廷之官僚。經由：即由經。走捷徑小路，用不正當的鑽營手段爬上高位。《論語·雍也》：「子游爲武城宰。子曰：『女得人焉耳乎？』曰：『有澹臺滅明者，行不由徑，非公事未嘗至於偃之室也。』」邢昺疏：「行遵大路，不由小徑。」

〔五〕臺郎：尚書郎。《文選·孔融·薦禰衡表》：「近日路粹、嚴象，亦用異才，擢拜臺郎，衡宜與爲比。」李善注引《典略》：「路粹，字文蔚，少學於蔡邕，高才，與京兆嚴象拜尚書郎。」台司：三公之位。司，是主持之意。《文選·任昉·王文憲集序》：「時（袁）粲位亞台司，公年始弱冠。」李善注：「《春秋漢含孳》曰：『三公象五嶽，在天法三能。』台與能同。」此二句是説官爵由錢來買。《後漢書·孝靈帝紀》：「（光和元年）初開西邸賣官。自關内侯、虎賁、羽林，入錢各有差。私令左右賣公卿。公千萬，卿五百萬。」同書《羊續傳》：「靈帝欲以續爲太尉。時拜三公者，皆輸東園禮錢千萬，令中使督之，名爲左騶。其所之往，輒迎致禮敬，厚加贈賂。續乃坐使人於單席，舉緼袍以示之，曰：『臣之所資，唯斯而已。』左騶白之，帝不悦，以此故不登公位。」

〔六〕當朝：在朝的大臣們。直筆：據事直書。《晉書·郭璞傳》：「忝荷史任，敢忘直筆，惟義是規。」《左傳·宣公二年》載晉太史董狐直筆書趙盾弒靈公事，孔子曰：「董狐，古之良史也。」此言大臣中很少有董狐一類正直人。趨代：應是趨世，因避唐諱而改。隨和時世之人。曲鈎：指不正道直行。《後漢書·五行志》：「順帝之末，京都童謡曰：直如弦，死道邊。曲如鈎，反封侯。」

〔七〕廷尉：官名。指張釋之。《漢書·張釋之傳》：「張釋之字季，南陽堵陽人也。與兄仲同居，以貲爲騎郎。事文帝，十年不得調，亡所知名。釋之曰：『久宦減仲之産，不遂。』欲免歸。」後來爰盎使釋之補謁者，因朝畢和文帝論秦漢間事，文帝稱善，拜爲謁者僕射，遷中大夫，又拜爲廷尉。

〔八〕將軍：指飛將軍李廣。《漢書·李廣傳》：「然廣不得爵邑，官不過九卿。廣之軍吏及士卒或取封侯。廣與望氣王朔語云：『自漢擊匈奴，廣未嘗不在其中，而諸妄校尉已下，材能不及中，以軍功取侯者數十人。廣不爲後人，然終無尺寸功以得封邑者，何也。豈吾相不當侯耶？』」

〔九〕夜伏擁門：指宦官。《説文》：「伏，司也。」徐鉉注：「司，今人作伺。」擁門：守門。擁：衛。《後漢書·虞延列傳》：「延常嬰甲冑，擁衛親族。」《後漢書·宦者列傳序》：「宦者四星，在皇位之側。故《周禮》置官，亦備其數。閽者守中門之禁，寺人掌女宫之戒。又云『王之正内者五人』。《月令》：『仲冬，命閹尹審門閭，謹房室。』《詩》之《小雅》，亦有巷伯刺讒之篇。然宦人之在王朝者，其來舊矣。」嚴可均輯仲長統《昌言》：「宦竪者，傳言給使之臣也。拚埽是爲，超走是供，傳近房卧之内，交錯婦人之間，又亦實刑者之所宜也。」故「夜伏擁門」指宦官。常伯：侍中。《後漢書·襄楷列傳》載漢桓帝時宦官專朝，政刑暴濫。襄楷詣闕上疏。中言：「今黄門常侍，天刑之人，陛下愛待，兼倍常寵。係嗣未兆，豈不爲此？天官宦者星，不在紫宫而在天市，明當給使主市里也。今乃反處常伯之位，實非天意。」李賢注：「常伯，侍中也。」漢之侍中，接近皇帝，往往特被任使，與聞朝政，爲皇帝所倚任之親信，乃貴重之職位。至南北朝後，擔任宰相者往往即用侍中之名義。故本句意謂宦官執掌朝政。

〔一〇〕自有蒲萄得涼州：指東漢時扶風人孟佗因賄賂宦官張讓因而得任涼州刺史一事。《後漢書·宦者列傳·張讓》李賢注引《三輔決録注》云：「佗字伯郎。以蒲陶酒一斗遺讓，讓即拜佗爲涼州刺史。」張讓即東漢靈帝時禍國殃民、大行威權的宦官十常侍之一。涼州：西漢時漢武帝所置。轄境約當現在甘肅、寧夏和青海、陝西、内蒙之一部分。以上四句意謂：勞苦功高之人不得遷昇，而閹宦小人執掌權柄，賄賂公行，濫任官爵。

〔一〕白璧：指白玉。善價：好價錢。《御覽》八〇四引《論語·子罕》：「子貢曰：『有美玉於斯，韞櫝而藏諸，求善價而沽諸？』子曰：『沽之哉，沽之哉，我待價者也。』」按，價，今《論語》作「賈」，古則多引作「價」，例見《白虎通·商賈》、《後漢書·逸民列傳》「有類沽名者」下李賢注、《文選·嵇康·琴賦》「經千載以待價兮」下李善注等。

〔二〕明珠句：《史記·鄒陽列傳》：「臣聞明月之珠、夜光之璧，以暗投人於道路，人無不按劍相眄者，何則？無因而至前也。」此二句言有才的正直之士，要擇時擇知己而仕，但在當今這個時代，是不可能實現的。

〔三〕風胡：亦稱風胡子。春秋時楚國人。善鑄劍、相劍。江淹《銅劍贊》：「風胡專精，歐冶妙思。」《越絶書·越絶外傳記寶劍》：「（楚王）令風胡子之吴，見歐冶子、干將，使人作鐵劍。歐冶子、干將鑿茨山，洩其溪，取鐵英，作爲鐵劍三枚。一曰龍淵，二曰泰阿，三曰工布。畢成，風胡子奏之楚王。楚王見此三劍之精神，大悦風胡子。」

〔四〕銛利：鋒利。吴鈎：吴地之刀劍，其頭彎曲如鈎。代指好劍。《吴越春秋》卷二：「闔閭既寶莫耶，復命於國中作金鈎。令曰：『能爲善鈎者賞之百金。』吴作鈎者甚衆。而有人貪王之重賞也，殺其二子，以血釁金，遂成二鈎，獻于闔閭，詣宮門而求賞。王曰：『爲鈎者衆，而子獨求賞，何以異於衆夫子之鈎乎？』作鈎者曰：『吾之作鈎也，貪而殺二子釁成二鈎。』王乃舉衆鈎以示之。『何者是也？』王鈎甚多，形體相類，不知其所在。於是鈎師向鈎而呼二子之名曰：『吴鴻、扈稽，我在於此，王不知汝之神也。』聲未絶於口，兩鈎俱飛著父之胸。吴王大驚曰：『嗟乎，寡人誠負於子。』乃賞百金，遂服而不離身。」此二句是以風胡子作比：風胡子經歷了許多年鍛煉，鑄的劍和吴鈎一樣鋒利。意思是説明空有才華可惜無可用之地。

〔附〕關山篇〔一〕

從軍出隴阪〔二〕，驅馬度關山。關山恒掩藹，高峰白雲外〔三〕。遥望秦川水〔四〕，千里長如帶。好勇自秦中〔五〕，意氣多豪雄。少年便習戰，十四已從戎。遼水深難渡〔六〕，榆關斷未通〔七〕。《藝文類聚》四十二。

〔一〕關山：《水經注》卷四十：「關山，在扶風汧縣之西也。」汧縣，秦所置縣。治所在今陝西隴縣南。《樂府詩集·度關山》解題引《樂府解題》：「魏樂奏武帝辭，言人君當自勤苦，省方黜陟，省刑薄賦也。若梁戴暠云『昔聽隴頭吟，平居已流涕。』但敍征人行役之思焉。」按：《文苑英華》百九十八卷、《樂府詩集》二十七卷載王褒之族叔王訓所作《度關山》全文爲：「邊庭多警急，羽檄未曾閒。從軍出隴坂，驅馬度關山。關山恒晻靄，高峰白雲外。遥望秦川水，千里長如帶。好勇自秦中，意氣本豪雄。少年便習戰，十四已從戎。昔年經上郡，今歲出雲中。遼水深難渡，榆關斷未通。折衝凌絶域，流蓬驚未息。胡風朝夜起，平沙不相識。兵法貴先聲，軍中自有程。逗遛皆贖罪，先登盡一城。都護疲詔吏，將軍擅發兵。平盧疑縱火，飛鴟畏犯營。輜重一爲鹵，金刀何用盟。誰知出塞外，獨有漢飛名。」王褒之詩僅是其中間一段，故極可能是《藝文類聚》誤題爲王褒之作。今附此於其樂府之後，以供參考。

〔二〕隴阪：陝甘之間的隴山。古爲秦雍之要地。參前《飲馬長城窟行》注〔七〕。

〔三〕掩藹：遮蔽、昏暗。曹丕《登城賦》：「風飄飆而既臻，日掩薆而西移。」意謂關山常被雲氣所掩，山峰看起來在白雲之外。

〔四〕秦川水：在甘肅清水縣，亦名清水。《水經注·渭水》：「秦水又西南，歷隴川，逕六槃口，過清水城西，南注清水。清水上下，咸謂之秦川。」古樂府《隴頭歌辭》：「隴頭流水，鳴聲幽咽，遥望秦川，心肝斷絶。」

〔五〕好勇：尚武。自：從來是。梁元帝《燕歌行》：「燕趙佳人本自多。」秦中：今陝西省關中地區。《漢書·婁敬傳》：「秦中新破」，師古注：「秦中，謂關中。故秦地也。」全句謂尚武精神是秦地人的本色。

〔六〕遼水：即今遼寧省的遼河。《水經注·遼水》：「遼水亦言出砥石山。自塞外東流，直遼東之望平縣西，王莽之長説也。屈而西南流，逕襄平縣故城西。秦始皇二十二年滅燕，置遼東郡，治此。……遼水又南，歷縣有小遼水，其流注之也。」

〔七〕榆關：庾信《周柱國大將軍大都督同州刺史爾綿永神道碑》中云：「有詔進公都督瓜州諸軍事、瓜州刺史。是以名馳梓嶺，聲振榆關，無雷畏威，負霜懷德。」而《史記·衛將軍驃騎列傳》云：「遂西定河南地，按榆谿舊塞，絶梓領，梁北河，討蒲泥，破符離。」是以榆關即榆谿塞。也即《漢書·韓安國傳》：「蒙恬爲秦侵胡，辟數千里，以河爲竟，累石爲城，樹榆爲塞。」之榆塞。故址在今河套東北一帶。按：榆關、遼水，都是泛指邊地要塞，并非實指。斷：被敵軍隔絶。

王褒集校注卷二　詩

九日從駕〔一〕

黄山獵地廣〔二〕，青門官路長〔三〕。律改三秋節〔四〕，氣應九鍾霜〔五〕。曙影初分地〔六〕，暗色始成光。交旆長楸坂〔七〕，緹幕杏間堂〔八〕。射馬垂雙帶，豐貂佩兩璜〔九〕。苑寒梨樹紫〔一〇〕，山秋菊葉黄。華露霏霏冷，輕飇颯颯揚〔一一〕。終慙屬車對，空假侍中郎〔一二〕。《文苑英華》百七十三，《藝文類聚》四引長、霜、光、堂、璜、黄、郎七韻，《初學記》四引長、霜、璜、黄、揚、郎六韻，《太平御覽》三十二引六韻同，惟「揚」作「傷」。

〔一〕九日：重九日，即九月九日。駕：指皇帝之車。從駕：跟隨皇帝。《後漢書·郭憲列傳》：「（建武七年）從駕南郊。」《禮記·月令》載季秋之月「是月也，天子乃教於田獵，以習五戎，班馬政。命僕及七騶咸駕，載旌旐，授車以級，整設于屏外。司徒搢扑，北面誓之。天子乃厲飾，執弓挾矢以獵。」謝瞻《九日從宋公戲馬臺詩》：「聖心眷嘉節，鳴鑾戾行宫。」

〔二〕黄山：黄山宫。《漢書·東方朔傳》載建元三年，漢武帝「微行始出，北至池陽，西至黄山，南獵長楊，東游宜春。……旦明，入山下馳射鹿豕狐兔，手格熊羆」。後以阿城以南，盩厔以東，宜春以西爲上林苑。《三輔黄圖》卷三:「黄山宫,在興平縣西三十里,武帝微行,西至黄山宫,即此也。」《漢書·霍光傳》言監奴馮子都「多從賓客,張圍獵黄山苑中」。本詩是以黄山之典來指獵地,并不一定是實指。

〔三〕青門:漢長安城門之一。《後漢書·逸民列傳》載逢萌于王莽殺其子宇後,「即解冠挂東都城門,歸,將家屬浮海,客於遼東」。李賢注:「《漢宫殿名》:『東都門今名青門也。』《前書音義》曰:『長安東郭城北頭第一門。』」官路:政府所開和管理的大路。《玉海》卷一百七十三引《三輔決録》言長安:「衢路平正,可並列車軌十二,門三塗洞闢,隱以金椎,周以林木,左右出入爲往來之徑,行者升降有上下之别。」青門官路,也是用以泛指大路,不一定實指。

〔四〕律:樂律。古代以不同長短的竹管或銅管來吹出十二個不同的音以定音之高低。《漢書·律曆志》:「律十有二,陽六爲律,陰六爲吕。律以統氣類物。一曰黄鐘,二曰太族,三曰姑洗,四曰蕤賓,五曰夷則,六曰亡射。吕以旅陽宣氣。一曰林鐘,二曰南吕,三曰應鐘,四曰大吕,五曰夾鐘,六曰中吕。」三秋節:秋天三個月故稱三秋。節:時節。古人把十二律和十二月相配合。《禮記·月令》載秋之音律云:「孟秋之月,……其音商,律中夷則。」「仲秋之月,……其音商,律中南吕。」「季秋之月,……其音商,律中無射。」音律改成三秋的音律,意謂時節到了秋季。

〔五〕氣:氣候。九鍾:《山海經·中山經》:「又東南三百里,曰豐山。……有九鍾焉,是知霜鳴。」郭璞注:「霜降則鍾鳴,故言知也。物有自然感應,而不可爲也。」鍾,《文苑》作「重」,誤,今從《類聚》《初學記》。

〔六〕曙影：陰影。全句謂曙色所形成之陰影將早晨之大地分成兩部分。

〔七〕交旆：《詩紀》作「高旆」，亦可，然不若「交」有動感。旆，旗子。《左傳·宣公十二年》：「拔旆投衡乃出。」杜預注：「旆，大旗也。」長楸坂：長着高大楸樹的山坡道。《文選·曹植·名都篇》：「鬥雞東郊道，走馬長楸間。」李周翰注：「古人種楸於道，故曰長楸。」楸，《文苑》《類聚》作「秋」，今從《詩紀》。

〔八〕緹幕：橙色的帛做成的帷帳。《説文》：「緹，帛丹黄色。」杏間堂：即杏間堂皇，堂名。《太平御覽》卷一七六引《洛陽記》：「洛陽宫有桃間堂皇、杏間堂皇。」《廣雅·釋宫》：「堂堭，壂也。」王念孫疏證：「壂，通作殿。」又曰：「堭，通作皇。」《漢書·胡建傳》：「於是當選士馬日，監御史與護軍諸校列坐堂皇上。」師古注：「校者，軍之諸部校也。室無四壁曰皇。」按：此處是以杏間堂皇來指皇帝外出臨時所建殿堂，并非實指。如劉孝綽《發建興渚》：「猶聞棗下吹，尚識杏間堂。」亦是如此。按：《文苑》本句下注：「《藝文類聚》有此四句。」

〔九〕射馬：射獵之馬。豐貂：珍貴貂皮做的衣服。《晉書·輿服志》：「豐貂東至，獮豸南來。」璜：半圓形的玉飾。《説文》：「璜，半璧也。」

〔一〇〕苑：植花木養禽獸的地方。一般指皇帝的花園。《説文》：「苑，所以養禽獸也。」深秋時梨樹葉變成紫紅色。

〔二〕華露：亮晶晶的露水。華，如《尚書大傳·虞夏傳》「日月光華」之「華」。霏霏：繁密的樣子。魏武帝《步出夏門行》：「天氣肅清，繁霜霏霏。」輕飈：微風。《廣韻·下平聲·宵韻》：「飈，風也。俗作飈。」颯颯：風聲。《楚辭·九歌·山鬼》：「風颯颯兮木蕭蕭。」揚：《文苑》《御覽》作「傷」，《詩紀》作「涼」。按：從駕不宜言「傷」，疑因與「揚」形近而誤。「涼」與「冷」義重。故從《初學記》作「揚」。

〔三〕終慚兩句：屬車：侍從之車。《文選·司馬相如·上書諫獵》：「犯屬車之清塵。」吕延濟注：「屬車，從車。」假：充。《後漢書·竇融列傳》：「假歷將帥，守持一隅。」李賢注：「假，猶濫也。」侍中郎：官名。《搜神記》卷四：「蜀郡張寬，字叔文。漢武帝時爲侍中，從祀甘泉。至渭橋，有女子浴於渭水，乳長七尺，上怪其異，遣問之，女曰：『帝後第七車者知我所來。』時寬在第七車，對曰：『天星主祭祀者，齋戒不潔則女人見。』」此二句乃王褒之謙詞：自己不能像張寬一樣博學以備應對，却濫充侍中郎之職而乘屬車。王褒在北周任内史中大夫，而且「掌綸誥，乘輿行幸，褒常侍從」（見《周書·王褒傳》）。《通典·職官·中書令》：「後周置内史中大夫二人，掌王言，亦其任也。」其《侍中》條又曰：「仰瞻俯視，切問近對，喻旨公卿，上殿稱制，乘笏陪見。……後周初有御伯中大夫二人，掌出入侍從，屬天官府。」王褒可自稱侍中郎。另：王褒在江陵亦曾加侍中。

入朝守門開〔一〕

鳳池通複道〔二〕，嚴駕早凌晨〔三〕。鐵符行警曙〔四〕，銀桀未開闉〔五〕。壍暗城無影，晴新路不塵〔六〕。屯兵引畫劍〔七〕，騎吹動班輪〔八〕。徒知仰睿藻〔九〕，抽辭殊未申〔一〇〕。《藝文類聚》三十九、《文苑英華》百九十。

〔一〕《文苑英華》百九十卷有梁簡文帝《守東華門開》詩，以此知本詩可能作於梁武帝時。《文苑》題爲《入朝守開門》。

〔二〕鳳池：即鳳凰池。指中書省。《通典·職官·中書令》：「魏晉以來中書監令掌贊詔命、記會、時事、典作文書，以其地在樞近，多承寵任，是以人固其位，謂之『鳳凰池』焉。」複道：宫殿樓閣相通，上下有道，叫複道。指朝宫。《史記·秦始皇本紀》載始皇以先王之宫廷小，乃營造朝宫。「爲復道，自阿房渡渭，屬之咸陽。」《索隱》：「謂爲複道。」鳳池：《文苑》作「直城」。《詩紀》注：「一作『直城』。」按：《三輔黄圖》卷一：「長安城西出第二門曰直城門。」王褒曾任秘書郎，似不應住都城外，故從《類聚》。

〔三〕嚴駕：整治車駕，准備出行。《漢書·禮樂志》載《赤蛟歌》：「象輿轙」，如淳注：「轙，僕人嚴駕待發之意也。」此句意謂天不亮就准備車駕上朝。

〔四〕鐵符：鐵制的符節。符：符節。古時用爲憑信之具。以金玉或竹，上刻文字，剖爲兩半，行者與守門吏各持其一，合之以爲驗。如同當今之通行證。《周禮·地官·掌節》：「門關用符節，貨賄用璽節，道路用旌節。皆有期以反節。」鄭玄注：「符節者，如今宫中諸官詔符也。」本句意謂和守門人合符之聲行將警破寂靜之曉空。行：將要。陶潛《責子詩》：「阿宣行志學。」

〔五〕銀棨：即銀字棨。和符節之作用相同。《宋書・禮志二》：「皇太子夜開諸門，墨令，銀字棨傳令信。」《宋書・王曇首傳》：「元嘉四年，車駕出北堂，嘗使三更竟開廣莫門。南臺云：『應須白虎幡，銀字棨。』不肯開門。」闉：城門。《説文》：「闉，城内重門也。」梁簡文帝《守東華門開》：「落闢猶待漏，交戟未通車。」

〔六〕壍：護城壕溝。《詩紀》作「塹」。《廣韻・去聲・豔韻》：「壍，坑也。遶城水也。塹，上同。」天黑，故不見映在護城河水中的倒影。晴新：即新晴。剛下過雨。

〔七〕屯兵：隨從的兵士。《後漢書・張衡列傳》引《思玄賦》：「屯騎羅而星布」，王先謙《集解》：「屯，從也。」畫劍：應即班劍，因爲下句有「班輪」而改。乃隨從人員所拿之木劍儀仗。木劍畫了花紋，故稱班劍。天子用以賜給功臣。《文選・王儉・褚淵碑文》：「兼授尚書令中軍將軍，給班劍二十人。」劉良注：「班劍，謂執劍而從行者也。」同文「給節羽葆鼓吹，增班劍爲六十人。」李周翰注：「班劍，木劍無刃，假作劍形，畫之以文，故曰班也。」

〔八〕騎吹：古時皇帝或皇帝賜給臣屬之樂隊叫鼓吹，在外出車駕行列之間于馬上吹奏者叫騎吹。《漢書・禮樂志》言郊祭樂人員中，「騎吹鼓員三人。」《宋書・樂志一》：「又《建初録》云：『務成、黄爵、玄雲、遠期，皆騎吹曲，非鼓吹曲。』此則列於殿庭者爲鼓吹，今之從行鼓吹爲騎吹，二曲異也。」班輪：朱色彩畫之車。《後漢書・輿服志上》：「皇太子、皇子皆安車，朱班輪，青蓋。……公、列侯安車，朱班輪，倚鹿較。」

〔九〕仰：敬慕。《詩·小雅·車舝》：「高山仰止。」鄭玄箋：「有高德者，則慕仰之。」孔穎達疏：「仰是心慕之辭。」睿藻：美的詞藻。本詩是和簡文帝的，所以睿藻當指簡文帝之詩。仰：《類聚》作「御」。按：雖「御」有侍義，然不若「仰」更爲貼切。

〔一〇〕抽辭：出辭。殊：猶。《文選·謝靈運·南樓中望所遲客詩》：「園景早已滿，佳人殊未適。」殊，五臣本作「猶」。申：《玉篇·申部》：「申，伸也。」意謂自己只是欣賞簡文帝之詩，却寫不出好辭來。按：殊，《文苑》作「慙」，亦可。然既言「未申」，即還有申之可能，只是欣賞簡文之詩而未顧及。若「慚」則無「申」之必要，故從《類聚》。

贈周處士詩〔一〕

我行無歲月，征馬屢盤桓〔二〕。崤曲三危阻〔三〕，關重九折難〔四〕。猶持漢使節〔五〕，尚服楚臣冠〔六〕。巢禽疑上幕〔七〕，驚羽畏虛彈〔八〕。飛蓬去不已，客思漸無端〔九〕。壯志與時歇，生年隨事闌〔一〇〕。百齡悲促命〔一一〕，數刻念餘歡〔一二〕。雲生隴坻黑，桑疏薊北寒〔一三〕。烏道無蹊徑〔一四〕，清瀨有波瀾〔一五〕。思君化羽翮，要我鑄金丹〔一六〕。《藝文類聚》三十六、《文苑英華》二百三十。

〔一〕周處士：周弘讓。《周書·王褒傳》：「褒與梁處士汝南周弘讓相善。及弘讓兄弘正自陳來聘，高祖許褒等通親知音問。褒贈弘讓詩并致書。」據《陳書·周弘正傳》：「天嘉元年，還侍中、國子祭酒，往長安迎高宗。三年，自周還。」説明本詩作於天嘉三年，即公元五六二年。周弘讓在梁時「性簡素，博學多通。始仕不得志，隱於句容之茅山，頻徵不出。」（見《南史·周弘讓傳》）所以稱處士。

〔二〕行：出行在外。《呂氏春秋·審應覽》：「孔思請行」，高誘注：「行，去之他也。」征馬：旅行途中之馬。江淹《別賦》：「驅征馬而不顧，見行塵之時起。」屢：每。盤桓：徘徊不進。《易·屯卦》：「初九，盤桓，利居貞。」孔穎達疏：「盤桓，不進之貌。」作者被俘至北周，故自稱是行遊之人，以盤桓的征馬自比，表示他不得回南無可奈何的痛苦之情。

〔三〕崤：崤山。在今河南省洛寧縣西北。《元和郡縣志》卷五「永寧縣」載：「二崤山，又名嶔崟山。……自東崤至西崤三十五里。東崤長坂路數里，峻阜絶澗，車不得方軌。西崤全是石坂十二里，險絶不異東崤。」三危：山名。在西方。《書·禹貢》：「三危既宅。」孔穎達疏：「《舜典》云：『竄三苗於三危。』是三危爲西裔之山也。其山必是西裔，未知山之所在。」今甘肅有三危山在敦煌東南。此句言盤曲的崤山和三危山一樣險阻。

〔四〕關：函谷關。在今河南靈寶市東北。東自崤山，西至潼津，通名函谷，號稱天險。崤山與函谷都是王褒等入北所經之路。九折：九折阪。在今四川省滎經縣西邛崍山上。山路九折方得上。《漢書·王尊傳》：「先是，琅邪王陽爲益州刺史，行部至邛郲九折阪，歎曰：『奉先人遺體，奈何數乘此險。』後以病去。」此句言函谷關之道路如九折阪一般難走。

〔五〕漢使節：《漢書·蘇武傳》載蘇武出使匈奴，被留十九年方歸。匈奴單于使蘇武牧羊北海上。蘇武「杖漢節牧羊，卧起操持，節旄盡落」。節：朝廷給使者之凭信。用牦牛尾編成注于竿頭。本句《類聚》作「猶持漢節使」，亦通。然與下句「楚臣冠」相對，以「漢使節」爲宜。

〔六〕楚臣冠：《左傳·成公九年》：「晉侯觀于軍府，見鍾儀問之曰：『南冠而縶者，誰也？』有司對曰：『鄭人所獻楚囚也。』」以上兩句是用蘇武和楚囚之典喻自己一直懷念着南方。

〔七〕巢禽：巢燕。燕子作巢於軍幕之上，表示危險。《左傳·襄公二十九年》季子謂孫文子：「夫子之在此也，猶燕之巢於幕上。」杜預注：「言至危。」

〔八〕驚羽：驚鳥。虚彈：空彈弓弦。《戰國策·楚策四》：「異日者，更羸與魏王處京臺之下，仰見飛鳥。更羸謂魏王曰：『臣爲王引弓虚發而下鳥。』魏王曰：『然則射可至此乎？』更羸曰：『可。』有間，雁從東方來，更羸以虚發而下之。魏王曰：『然則射可至此乎？』更羸曰：『此孽也。』王曰：『先生何以知之？』對曰：『其飛徐而鳴悲。飛徐者，故瘡痛也；鳴悲者，久失群也。故瘡未息，而驚心未至也。聞弦音，引而高飛，故瘡隕也。』」此二句是言自己在北朝時時感到危懼。

〔九〕飛蓬：《商君書·禁使》：「今夫飛蓬遇飄風而行千里，乘風之勢也。」古多以蓬草秋後隨風飛轉喻遷徙無常。蓬，《文苑》注：「一作『鴻』。」亦通。客思：客居在外的思鄉之情。思，《文苑》注：「一作『念』。」義同。無端：無涯。《淮南子・主術訓》：「主道員者，運轉而無端。」高誘注：「端，厓也。」《爾雅・釋丘》：「望厓」，《釋文》：「字又作涯。」

〔一〇〕時：光陰。《呂氏春秋・首時》：「天不再與，時不久留。」歇：消。生年：壽命。《古詩十九首》：「生年不滿百，常懷千歲憂。」事：世事。社會現象和活動。庾信《擬詠懷二十七首》：「大道忽云乖，生民隨事蹇。」闌：衰。《增韻》：「闌，褪也，衰也。」

〔一一〕百齡：百年。人壽不過百年，故以百齡代指人的一生。亦可稱「百歲」。《詩・唐風・葛生》：「百歲之後，歸于其居。」悲促命：悲傷性命短促。

〔一二〕數刻：計時。《說文》：「數，計也。」刻：漏刻。古人以漏箭來計時，一晝夜一百刻。《文選・劉琨・答盧諶詩序》：「排終身之積慘，求數刻之暫歡。」李善注：「刻，漏也。」劉良注：「刻，謂刻之數也。一日一夜一百刻。數刻，謂少時也。」餘歡：同暫歡。歡，歡慰。司馬遷《報任少卿書》：「未嘗銜盃酒，接殷勤之餘歡。」此二句意謂：悲傷壽命短促，但在所剩無幾的時間裏還希望能有和周弘讓相見之機會。

〔一三〕壠坻：隴山。在陝甘之間。《通典》卷一百七十四「天水郡」條載：「郡有大阪，名曰隴坻，亦曰隴山，即漢隴關也。」薊北：薊是古燕國的國都。在今北京城西南隅。曹植《艷歌行》：「出自薊北門，遥望胡地桑。」古樂府《飲馬長城窟行》：「枯桑知天風，海水知天寒。」隴坻、薊北都是古時的邊地，此二句用以寫王褒所居北方之苦寒。

〔一四〕鳥道：言山路險絶，僅有飛鳥之道。《文選·謝朓·暫使下都夜發新林至京邑贈西府同僚一首》：「風雲有鳥路，江漢限無梁。」李善注：「《南中八志》曰：交阯郡治龍編縣，自興古鳥道四百里。」庾信《秦州天水郡麥積崖佛龕銘》：「鳥道乍窮，羊腸或斷。」倪璠注：「《南中志》曰：『鳥道四百里，以其險絶，獸猶無蹊，特上有飛鳥之道耳。』」蹊徑：人走的狹路。《釋名·釋道》：「步所用道曰蹊。」

〔一五〕瀨，《類聚》作「溪」。瀨：瀨水，即今江蘇高淳至溧陽的溧水。古溧陽治所在今高淳之固城。《越絶書》卷一：「子胥遂行，至溧陽界中，見一女子擊絮於瀨水之中。」清溪：在南朝都城建康。《建康實録》卷二載吴太祖孫權赤烏四年「冬十二月，詔鑿東渠，名青溪，通城北塹潮溝」。又梁元帝所都之荆州也有清溪。《後漢書·郡國志四·南郡》劉昭注引《荆州記》曰：「西北三十里有清谿，谿北即荆山，首曰景山，即卞和抱璞之處。」王褒是言自己歸南很難，但南方風物一直在心中引起波瀾。雖青瀨、青溪都可作爲南方風物之代表，但從詩末「要我鑄金丹」來看，瀨水屬于周弘讓所隱句容茅山之周邊地區，故從《文苑》作「瀨」。又，《詩紀》作「清漢」，疑是因「瀨」「溪」不足以表難度而改。清漢：銀河。陸機《擬迢迢牽牛星》：「昭昭清漢暉，粲粲光天步。……怨彼河無梁，悲此年歲暮。跂彼無良緣，睆焉不得度。」雖亦可通，然不若「清瀨」爲近實際。

〔一六〕羽翮：羽毛。翮是大羽毛之莖。化：變。化羽翮：羽化成仙。何遜《日夕望江山贈魚司馬詩》：「誰能一羽化，輕舉逐飛浮。」要：同邀。鑄：煉。金丹：仙人道士所煉長生不老之藥。《抱朴子·金丹》：「金液入口，則其身皆金色，老子受於之元君，是爲金丹。」此二句意謂：我想您已修煉成仙，並想邀請我和您一道煉丹修行罷。王褒在《與周弘讓書》中云：「弟昔因多疾，亟覽九仙之方，晚涉世途，常懷五岳之舉。……中藥養神，每稟丹沙之説。」可參看。

別陸子雲〔一〕

解纜出南浦〔二〕，征棹且凌晨〔三〕。還看分手處〔四〕，唯餘送別人。中流搖蓋影，邊江落騎塵〔五〕。平湖開曙日，細柳發新春〔六〕。滄波不可望，行雲聊共因〔七〕。《藝文類聚》二十九、《文苑英華》二百六十六。

〔一〕本篇《類聚》作《別陸才子》。《梁書·文學傳下》：「（陸）雲公從兄才子，亦有才名，歷官中書郎、宣成王友，太子中庶子，廷尉卿。先雲公卒。才子、雲公文集，並行於世。」陸雲公，字子龍，所以陸才子可能字子雲。按：雲公卒於梁武帝太清元年（公元五四七年），則陸才子卒於此年以前。因此，王褒此詩可能作於公元五四二年，由宣城王文學出爲安成內史，和同在宣成王府的陸才子相別時。

〔二〕解纜：指船從停泊處開行。南浦：浦是水口。《楚辭·河伯》：「子交手兮東行，送美人兮南浦。」王逸注：「願河伯送己南至江之涯，歸楚國也。」後多以南浦代指傷別之地。

〔三〕棹：同櫂。划船工具。征棹：行旅之舟。《爾雅·釋言》：「征，行也。」本句言船在凌晨出發。

〔四〕分手：《文苑》作「分守」。按，分守爲職分官守，於此不辭。今從《類聚》。

〔五〕蓋：船上遮蔽日曬雨淋之物，如同車蓋之蓋。邊江：即江邊。落騎塵：意謂馬走動揚起的塵土看不見了。指送客之人離開了江邊。

〔六〕平湖：水平如湖。細柳：柳絲長故稱細。開曙：《拾遺記》卷六載漢昭帝始元元年，帝使宮人歌：「涼風淒淒揚棹歌，雲光開曙月低河。」

〔七〕滄波：深青色的水。謝朓《和劉西曹望海臺詩》：「滄波不可望，望極與天平。」行雲：流動的雲。曹植《王仲宣誄》：「哀風興感，行雲徘徊；游魚失浪，歸鳥忘栖。」聊：姑且。因：依。《呂氏春秋·季春紀·盡數》：「因智而明之」，高誘注：「因，依也。」此二句意謂：水波一片，望不見送行的人了。只有天上的行雲，兩人都能看到，權且作爲一點連繫的紐帶。

和趙王途中詩〔一〕

飄飄映軍幕，出没望連旗〔二〕。度雲還翊陣，迴風即送師〔三〕。峽路沙如月，山峰石似眉〔四〕。

村桃拂紅粉，岸柳被青絲。錦城遥可望，迴鞍念此詩〔五〕。《藝文類聚》二十七。

〔一〕《詩紀》本詩題爲《奉和趙王途中五韻詩》，注云：「《庾信集》亦載此詩。」於庾信本詩下又注云：「《藝文》云王褒作，《庾集》載此，疑誤收也。」趙王，即北周之宇文招。周武帝保定二年任益州總管。本詩應作於其任期内。

〔二〕軍，《詩紀》作「車」。據下文「迴鞍」，此行不乘車，故應是「軍」。連旗：旗接連不斷。言出没的旗幟和軍中的帷幕相輝映。

〔三〕度雲句：倪璠《庾子山集注》注云：「《風后握奇經》有『雲陣』、『風陣』。又『六宗』箕星有風師之名。故云『度雲翊陣、迴風送師』也。」度雲，即行雲。翊：輔佐。《漢書・百官公卿表上》：「左内史更名左馮翊。」張晏注：「翊，佐也。」迴風：旋風。此二句意謂風、雲都能壯出行之氣勢。

〔四〕峽路句：倪璠《庾子山集注》注云：「《華陽國志》曰：『巴郡枳縣有明月峽。』《蜀都賦》曰：『抗峨眉之重阻。』劉逵注云：『峨眉，山名。在成都南犍爲界。』」此二句寫益州（今四川）山水特徵。

〔五〕錦城句：倪璠《庾子山集注》注云：「任豫《益州記》曰：『益州城，張儀所築。錦城在州南，蜀時故宫也，其處號錦里。』」迴鞍：回轉馬不走。此二句意謂：趙王您快到成都了，在路途中停下來時應該想到我讀了您的大作後正在寫唱和之詩。詩，《詩紀》作「時」，均可。

和張侍中看獵〔一〕

上林冬狩返〔二〕，回中講射歸〔三〕。還登宣曲觀〔四〕，更獵黄山圍〔五〕。嚴冬桑柘慘，寒霜馬騎肥〔六〕。緤盧隨兔起〔七〕，高鷹接雉飛〔八〕。獨嗟來遠客，辛苦倦邊衣〔九〕。《藝文類聚》六十六、《初學記》二十二。

〔一〕《庾子山集》中有《和張侍中述懷》詩。倪璠注以張侍中爲張綰。《梁書》卷三十四載張綰字孝卿，「承聖二年，徵爲尚書右僕射，尋加侍中。明年，江陵陷，朝士皆俘入關，綰以疾免。後卒于江陵，時年六十三」。本詩可能唱和於張綰從後梁出使北周看獵之時。

〔二〕上林：漢代皇帝的苑囿。本秦舊苑，漢武帝又增而廣之。故址在今陝西長安西。司馬相如有《上林賦》。冬狩：冬天打獵。《國語·齊語》：「田、狩、畢、弋，不聽國政。」韋昭注：「狩，圍守而取禽也。」《爾雅·釋天》：「冬獵爲狩。」《漢書·匈奴傳下》：「是以文帝中年，赫然發憤，遂躬戎服，親御鞌馬，從六郡良家材力之士，馳射上林，講習戰陳。」按：返，《類聚》作「反」，二字可通。反有還義，《儀禮·士冠禮》：「主人受，眡反之。」鄭玄注：「反，還也。」今從《初學記》。

〔三〕回中：回中宫。《漢書·匈奴傳上》：「孝文十四年，匈奴單于十四萬騎入朝那蕭關，殺北地

都尉印，虜人民畜産甚多，遂至彭陽。使騎兵入燒回中宮。」師古注：「回中，地在安定，其中有
宮也。」講射：校習射箭。《國語・鄭語》：「擇臣取諫工，而講以多物，務和同也。」韋昭注：
「講，猶校也。」回：《初學記》作「田」，誤。

〔四〕宣曲：宣曲宮。爲漢代離宮。故址在陝西長安縣西南。《史記・司馬相如列傳》引《上林
賦》：「西馳宣曲。」《集解》：「宣曲，宮名。在昆明池西。」觀：宮門前的兩闕。

〔五〕黄山：指黄山宮之苑。《文選・張衡・西京賦》：「上林禁苑，跨谷彌皋。東至鼎湖，邪界細
柳，掩長楊而聯五柞，繞黄山而款牛首。」李善注：「《漢書》：右扶風槐里縣有黄山宮。」《漢
書・霍光傳》載霍光監奴馮子都「多從賓客，張圍獵黄山苑中」。將禽獸包圍起來再驅出獵捕
叫圍。《禮記・王制》：「天子不合圍，諸侯不掩羣。」更：《初學記》作「重」。義同。

〔六〕桑柘：即柘。木名。《説文》：「柘，柘桑也。」（從段注本）柘木枝長而勁，古代嚴冬取柘做弓。
《周禮・冬官・弓人》：「弓人爲弓，取六材必以其時。……凡取幹之道七。柘爲上，檍次之，
檿桑次之，橘次之。……凡爲弓，冬析幹而春液角。」庾信《伏聞游獵》：「弓寒桑柘鳴。」慘，
《初學記》作「燥」。按：慘有寒義，與嚴冬相合。《文選・張衡・西京賦》：「冰霜慘烈」，薛
綜注：「慘烈，寒也。」故從《類聚》。寒霜：指秋天。馬騎：所騎之馬。《漢書・匈奴傳上》：
「秋，馬肥，大會蹛林。」

〔七〕緤盧：用繩牽着的獵犬。《禮記・少儀》：「犬則執緤」，孔穎達疏：「緤，牽犬繩也。」《詩・齊

風・盧令》：「盧令令。」毛傳：「盧，田犬。」盧，《初學記》作「獹」，兩字相通。

〔八〕高鷹：指獵鷹。雉：野雞。接雉，《初學記》作「按翟」。按：《文選・曹植・白馬篇》：「仰手接飛猱」，李善注：「凡物飛迎前射之曰接。」而「按」則是按壓或尋察之意。依前「隨兔起」句例之，「接雉飛」爲宜。

〔九〕獨嗟句：《周禮・夏官・懷方氏》：「掌來遠方之民。」鄭玄注：「遠方之民，四夷之民也。」《論語・子路》：「葉公問政，子曰：『近者説，遠者來。』」（《史記・孔子世家》作「來遠附邇」。）邢昺疏：「當施惠於近者，使之喜説則遠者當慕化而來也。」來遠客：指張綰。當時後梁傀儡政權是北周的屬國，故後梁張綰從江陵出使到長安，可以稱爲慕德化而來之客。並言其征途辛苦。又：獨，《初學記》作「吁」，均可。嗟，慨嘆。

和庾司水修渭橋〔一〕

東流仰天漢，南渡似牽牛〔二〕。長堤通甬道〔三〕，飛梁跨造舟〔四〕。使者開金堰〔五〕，太守擁河流〔六〕。廣陵候濤水，荆峽望陽侯〔七〕。波生從故舶〔八〕，沙漲涌新洲〔九〕。天星識辨對〔一〇〕，檢玉應沈鈎〔一一〕。空悦浮雲賦，非復採蓮謳〔一二〕。《初學記》七，《藝文類聚》九引牛、舟、流、侯、洲、鈎六韻。

〔一〕庾司水：庾信。《北史·庾信傳》載周孝閔帝踐阼，（公元五五七年）「封臨清縣子，除司水下大夫」。《庾子山集》中有《忝在司水看治渭橋詩》。《漢書·文帝紀》：「（宋）昌至渭橋」，蘇林注：「渭橋在長安北三里。」《類聚》題爲《和治渭橋詩》。按：倪璠繫庾信之詩於魏恭帝三年（五五六）。據《周書·孝閔帝紀》，魏恭帝三年十二月庚子（三十日），魏禪位于周，周閔帝元年（五五七）正月辛丑（初一）即位。故應在是年。

〔二〕東流：東流水。指渭河。天漢：銀河。牽牛：牽牛星。在銀河南。俗説牽牛織女七夕相會，故言南渡。《三輔黄圖》卷一：「（秦）始皇窮極奢侈，築咸陽宫。因北陵營殿，端門四達，以則紫宫，象帝居。渭水貫都，以象天漢。横橋南渡，以法牽牛。」渡，《類聚》作「度」。兩字相通，如《漢書·賈誼傳》：「是猶度江河亡維楫。」

〔三〕長堤句：意謂渭水之長堤通向秦皇的甬道。《史記·秦始皇本紀》：「自極廟道通酈山，作甘泉前殿，築甬道。」《正義》：「謂於馳道外築牆，天子於中行，外人不見。」甬，《類聚》作「角」，誤。

〔四〕飛梁：陵空架起的橋梁。《後漢書·梁冀列傳》：「大起第舍，臺閣周通，更相臨望。飛梁石磴，陵跨水道。」李賢注：「架虚爲橋若飛也。」造舟：浮橋。《詩·大雅·大明》：「文定厥祥，親迎于渭。造舟爲梁，不顯其光。」孔穎達疏：「文王親往迎（太姒）之於渭水之傍，造其舟以爲橋梁。」又曰：「造舟者，比船於水，加板於上，即今之浮橋。」庾信在渭水上架橋，是以講跨文王所造之浮橋。

〔五〕堰：擋水土堤。《集韻·去聲·願韻》：「堰，障水也。」庾信《忝在司水看治渭橋詩》：「平堤石岸直，高堰柳陰長。」《洛陽伽藍記》卷四：「長分橋西有千金堰。計其水利，日益千金，因以爲名。昔都水使者陳勰所造，今備夫一千，歲恒修之。」此借以言庾信所造橋有如修千金堰之利。

〔六〕太守句：《漢書·王尊傳》載王尊爲東郡太守，「久之，河水盛溢，泛浸瓠子金堤。老弱奔走，恐水大決爲害。尊躬率吏民，投沈白馬，祀水神河伯。尊親執圭璧，使巫策祝，請以身填金隄。因止宿，廬居隄上。吏民數千萬人爭叩頭救止尊，尊終不肯去。及水盛隄壞，吏民皆奔走，唯一主簿泣在尊旁，立不動。而水波稍卻迴還」。王褒借此贊美庾信忠于修橋之職守，如王尊一般。

〔七〕廣陵：廣陵國。《文選·枚乘·七發》：「將以八月之望，與諸侯遠方交游兄弟，並往觀濤乎廣陵之曲江。」李善注：「《漢書》：廣陵國，屬吳也。」荆峽：荆，即楚，故此之「荆峽」應是指長江三峽地段。《太平御覽》卷五三《地部》「峽」條引袁山松《宜都記》：「巴陵楚之世有三峽。高山重鄣，非日中半夜不見日月。」陽侯：能起大波的水神。《楚辭·哀郢》：「淩陽侯之氾濫兮」，王逸注：「陽侯，大波之神。」此兩句是説修橋處之水就象廣陵、荆峽的波濤一樣。

〔八〕故船：舊時的大船。《漢書·薛廣德傳》：「上酎祭宗廟，出便門，欲御樓船，廣德當乘輿車，免冠頓首曰：『宜從橋。』……先歐光禄大夫張猛進曰：『臣聞主聖臣直。乘船危，就橋安。聖主不乘危，御史大夫言可聽。』」此句意謂：庾信於河上建橋，人不再乘舟，故船隨漲起之水上下起伏，也不必害怕了。

〔九〕涌新洲：生出新的沙洲。《水經注》卷三十四引盛弘之《荆州記》：「自（津鄉）縣西至上明東及江津，其中有九十九洲。楚諺云：洲不百故不出王者。桓玄有問鼎之志，乃漕一洲，以充百數。僭號數旬，宗滅身屠，及其傾敗，洲亦消毀。今上（宋文帝）在西，忽有一洲自生，沙流迴薄，成不淹時，其後未幾，龍飛江漢矣。」是以生新洲爲吉兆。此句意謂庾信造橋有吉祥之瑞。庾信《忝在司水看治渭橋詩》：「春洲鸚鵡色。」

〔一〇〕天星識辨對：意謂天上的牽牛星也應看見這橋而和它相對應。《三輔黄圖》卷一載秦始皇營咸陽宫，渭「橋南渡，以法牽牛」。辨，《類聚》作「辯」，兩字可通，《楚辭·九辯》王逸注：「辯，一作辨。」

〔一一〕檢玉句：《南史·袁淑傳》：「今當席捲趙魏，檢玉岱宗，願上《封禪書》一篇。」是檢玉爲祭神所用。《漢書·溝洫志》載武帝時河決瓠子，「湛白馬玉璧，令群臣從官自將軍以下皆負薪窴決河」。師古注：「沈馬及璧，以禮水神也。」鈎：鉤星。亦稱辰星。主水，即現在之水星。鈎，爲鉤之俗字。《文選·何晏·景福殿賦》：「烈若鉤星在漢，焕若雲梁承天。」李善注：「言宫殿烈然光明，若鉤星之在河漢。《廣雅》曰：辰星或謂之鉤星。」此句意謂：秦始皇「渭水貫都，以象天漢」，是以庾信修橋祭水神所投之玉，在水中應和天河中的辰星一樣，互相對應。檢，《類聚》作「撿」，兩字可通。《廣韻・上聲・琰韻》：「檢，書檢印窠封題也。又檢校俗作撿。撿，本音斂。」

〔三〕空悦兩句：意在暗寓思南之情。浮雲賦：指在西北方寫詩。魏文帝《雜詩二首》之二：「西北有浮雲，亭亭如車蓋。惜哉時不遇，適與飄風會。吹我東南行，南行至吴會。吴會非我鄉，安能久留滯。棄置勿復陳，客子常畏人。」梁簡文帝《咏中婦織流黄詩》：「浮雲西北起，孔雀東南飛。」是以「浮雲」意指西北。採蓮謳：即採蓮曲。本是江南民歌，南朝文人大量倣作。梁代君臣之作有許多存於《樂府詩集》中。此二句詩意謂：現在徒自喜歡你我在西北方異鄉長安寫唱和詩，但這是在渭水邊，并非江南水邊互相唱和採蓮曲之時了。

玄圃濬池臨泛奉和〔一〕

長洲春水滿，臨泛廣川中〔二〕。石壁如明鏡，飛橋類飲虹〔三〕。垂楊夾浦緑，新桃緣徑紅〔四〕。
對樓還泊岸，迎波暫守風〔五〕。漁舟釣欲滿，蓮房採半空〔六〕。於兹臨北闕，非復坐牆東〔七〕。

《藝文類聚》九、《文苑英華》百六十五。

〔一〕玄圃：南朝太子居處的園林。《南史・齊武帝紀》：「詔皇太子於東宮玄圃園宣猷堂臨訊及三署徒隸。」《南史・昭明太子傳》：「性愛山水，於玄圃穿築，更立亭館。與朝士名素者遊其中，嘗泛舟後池。」梁簡文帝寫過《玄圃寒夕詩》《玄圃納涼詩》。庾肩吾也寫過《從皇太子出玄圃應令詩》。是以王褒此詩應是奉和當時皇太子蕭綱所作。本詩《文苑》《類聚》題爲《玄圃濬池》。今從《詩紀》。

〔二〕長洲：長洲苑。古代吴王所建。《文選・枚乘・上書重諫吴王》：「脩治上林，雜以離宫，積聚玩好，圈守禽獸，不如長洲之苑。」李善注：「服虔曰：『吴苑。』韋昭曰：『長洲在吴東。』」洲，《文苑》作「沙」。依所用之典，應從《類聚》。泛：泛舟。廣川：寬闊的水流。

〔三〕石壁：陡削的山石。飛橋：同飛梁。架空的橋象飛一樣。飲虹：古人以爲虹是天龍在吸水。《漢書・武五子傳》載上官桀爲亂：「是時天雨，虹下屬宫中，飲井水，井水竭。」

〔四〕垂楊：垂柳。浦：水邊。徑：《文苑》作「樹」。徑可緣，桃不可能纔一樹，故從《類聚》。

〔五〕對樓還泊岸：舟停在岸邊正對着樓臺。守風：待風。《史記・樂書》：「弦匏笙簧，合守拊鼓。」《正義》：「守，待也。」二句意謂：泊岸迎波等待順風時再繼續泛舟。寫其消閑狀態。

〔六〕採：《文苑》作「珠」。均可。

〔七〕北闕：指朝廷。《漢書・高帝紀下》：「（七年）蕭何治未央宫，立東闕、北闕、前殿、武庫、大倉。」師古注：「未央殿雖南嚮，而上書奏事謁見之徒皆詣北闕。公車司馬亦在北焉。」坐：處。《説文》「坐」下段注：「古謂跪爲啓，謂坐爲居、爲處。」坐墻東：《後漢書・逢萌列傳》：

「初，萌與同郡徐房，平原李子雲、王君公相友善。並曉陰陽，懷德穢行。房與子雲養徒各千人，君公遭亂獨不去，儈牛自隱。時人謂之論曰：『避世墻東王君公。』」此二句意謂：如今自己在宫廷侍奉太子，不再是隱士一類人了。《梁書·王規傳》載王褒弱冠舉秀才，除祕書郎，太子舍人。本詩可能寫於此時，所以末句如此説。按：《文苑》「闕」作「閣」，「牆」作「墟」。依所用之典，今從《類聚》。

和從弟祐山家二首

採藥名山頂，時節無春冬。散雲非一色，連嵓異衆峰〔一〕。合沓似無徑〔二〕，間關定有蹤〔三〕。山窓臨絶頂，簷溜俯危松〔四〕。空林鳴暮雨，虚谷應朝鍾〔五〕。仙童時可遇〔六〕，羽客屢相逢〔七〕。若值韓衆藥〔八〕，當御長房龍〔九〕。《文苑英華》三百十九。

〔一〕連嵓：即連巖。《説文》：「嵒：山巖也。」謝靈運《登石門最高頂詩》：「連巖覺路塞，密竹使徑迷。」

〔二〕合沓：相合、重疊。《文選·王子淵·洞簫賦》：「薄索合沓，罔象相求。」李善注：「合沓，重沓也。」《楚辭·天問》：「天何所沓」，王逸注：「沓，合也。」

〔三〕間關：形容小路的輾轉曲折。《漢書·王莽傳下》：「間關至漸臺。」師古注：「間關，猶言崎嶇展轉也。」蹤：蹤迹。山峰重叠，像是無路可通，但是經過七曲八繞總能找出它的蹤迹來。

〔四〕山窓：山中居室之窗。檐溜：屋檐下滴水處。《左傳·宣公二年》：「三進及溜。」孔穎達疏：「溜，謂簷下水溜之處。」俯危松：言屋檐下便是長在懸崖之上的松樹。

〔五〕空林：無人迹的樹林。張協《雜詩》：「咆虎響窮山，鳴鶴聒空林。」鳴：響。虚谷：空谷。朝鍾：山寺早晨的鐘聲。鍾，即鐘。《集韻·平聲·鍾韻》「鐘」下云：「通作鍾。」應：聲音傳響相回應。

〔六〕仙童：供仙人使役的童子。張正見《神仙篇》：「已見玉女笑投壺，復覩仙童欣六博。」時：不時、常常。遇，《文苑》作「過」。二字形近。從山家角度看，路過的仙童也是「遇」，故從《詩紀》。

〔七〕羽客：仙人。袁彖《游仙詩》：「羽客宴瑶宫，旌蓋乍舒設。王子洛浦來，湘娥洞庭發。」此羽客、仙童，當指在山中修仙的道士和道童。

〔八〕值：遇上、碰上。韓衆藥：《楚辭·遠遊》：「羡韓衆之得一。」洪興祖《補注》引《列仙傳》：「齊人韓終，爲王採藥，王不肯服。終自服之，遂得仙也。」

〔九〕御：駕。長房：費長房。《後漢書·費長房列傳》言費長房隨壺公學神仙。後「長房辭歸，翁與一竹杖，曰：『騎此任所之，則自至矣。既至可以杖投葛陂中也。』又爲作一符，曰：『以此主地上鬼神。』長房乘杖，須臾來歸。自謂去家適經旬日，而已十餘年矣。即以杖投陂，顧視則龍也」。此二句是言：如果碰上仙藥，服了就可乘龍成仙。

結交非俗士，山侶自招携〔一〕。少華隱日月〔二〕，太一尋虹霓〔三〕。衆林積爲籟〔四〕，圍竹茂成榑〔五〕。幽谷曙無景〔六〕，荒途晝欲迷。滴瀝寒泉溜，叫嘯秋猿啼〔七〕。白雲帝鄉起〔八〕，神禽丹穴棲〔九〕。箭篠時通徑〔一〇〕，桃李復成蹊〔一一〕。今身得其所，羣物可令齊〔一二〕。同上。

〔一〕俗士：鄙俗之士。《北山移文》：「請迴俗士駕，爲君謝逋客。」山侶：一同隱居山間之人。《説文》新附字：「侶，徒侶也。」山：《詩紀》作「仙」。按：前詩云「仙童遇」、「羽客逢」，是「仙」不應爲其侶。故應從《文苑》。招携：相招携手。比喻交往親密。

〔二〕少華：少華山。也名小華山。在陝西華陰市東南。《水經注》卷十九：「（華山）西南有小華山也。」隱日月：遮蔽日月。言其高。

〔三〕太一：在陝西省鄠邑區南，也叫太白山。終年積雪。《漢書·地理志上》：「武功，太壹山，古文以爲終南。」虹霓：《爾雅·釋天》：「螮蝀，虹也。蜺爲挈貳。」邢昺疏：「虹雙出，色鮮盛者爲雄，雄曰虹。闇者爲雌，雌曰蜺。」尋：接近。《漢書·郊祀志上》：「寖尋於泰山矣。」師古注：「尋，就也。」太一，《詩紀》作「太乙」，同。虹，《文苑》注：「一作『雲』。」亦可。

〔四〕籟：風吹孔穴所發之聲。《莊子·齊物論》：「地籟則衆竅是已，人籟則比竹是已，敢問天籟。」成玄英疏：「地籟則竅穴之徒，人籟則簫管之類。」樹林茂密便發出如籟的聲音，故言「衆林積爲籟。」

〔五〕圍竹：叢竹。《文苑》作「圍林」。按：前句已有「衆林」，故從《詩紀》。椑，圓酒樽。《説文》：「椑，圓榼也。」本句《文苑》注云：「一作『拱成枅』。」枅，柱上横木。《説文》：「枅，屋欂櫨也。」都是言竹之粗，但「枅」不及「椑」形象。椑，《詩紀》作「埤」。《集韻・上聲・紙韻》：「埤，四百畝謂之埤。」亦可，然叢竹廣到四百畝，也太顯夸張。

〔六〕幽谷：深谷。景：《説文》：「景，日光也。」（從段注加「日」字。）

〔七〕滴瀝：細流之聲。溜：小水流。秋猿啼：秋季天寒，故猿猴叫嘯。庾信《奉答賜酒鵝詩》：「冷猿披雪嘯，寒魚抱凍沉。」

〔八〕帝鄉：天帝的都城。《文選・鮑照・舞鶴賦》：「去帝鄉之岑寂，歸人寰之喧卑。」劉良注：「帝鄉，天帝之鄉也。」《莊子・天地》：「（華封人曰）千歲厭世，去而上僊，乘彼白雲，至於帝鄉。」

〔九〕神禽丹穴棲：《山海經・南山經》：「又東五百里曰丹穴之山。其上多金玉，丹水出焉。而南流注於渤海。有鳥焉，其狀如雞，五采而文，名曰鳳皇。」

〔一〇〕箭篠：作箭杆的細竹。《周禮・夏官・職方氏》：「（揚州）其利金錫竹箭。」鄭玄注：「箭，篠也。」此句意思是：小竹子時常長在道路上。篠，《文苑》作「蓧」。

〔二〕蹊：小路，《釋名·釋道》：「步所用道曰蹊。」《史記·李將軍列傳贊》：「桃李不言，下自成蹊。」

〔三〕齊：混合統一。《莊子》中有《齊物論》篇，大意謂泯絶彼此，排譴是非，均物我，外形骸，遺生死。故本詩之意：如今居住在這羣山深處，與世無交往，真是得其所，可與群物齊一了。

詠鴈

伺潮聞曙響〔一〕，妬隴有春翬〔二〕。豈若雲中鴈，秋時塞外歸〔三〕。河長猶可涉，海闊故難飛〔四〕。霜多聲轉急，風疎行屢稀〔五〕。園池若可至，不復怯虞機〔六〕。《文苑英華》三二八、《藝文類聚》九十一。

〔一〕伺潮：伺潮雞。《述異記》：「伺潮雞，潮水上則鳴。」梁元帝《泛蕪湖詩》：「鼓逐伺潮雞。」「伺潮聞曙響」，即「曙聞伺潮鳴」之意。潮，《文苑》《類聚》作「朝」。按：朝、潮可通。段玉裁《説文解字注》於「淖」下云：「江漢朝宗于海，鄭以《周禮》『春見曰朝，夏見曰宗』釋之。古説則謂潮也。」然依習慣，今從《詩紀》。聞，《類聚》作「間」。間有近意，亦可。

〔二〕翬：雉。一名野鷄。《爾雅·釋鳥》：「伊洛而南，素質五采皆備成章曰翬。」郭璞注：「翬亦雉屬，言其毛色光鮮。」春翬：春天的野雞。隴：丘壟。《博物志》：「翟雉長尾，雨雪惜其尾，栖高樹杪，不敢下食，往往餓死。」所以説姤壟。梁簡文帝《雉朝飛》：「晨光照麥畿，平野度春暉。避鷹時聳角，姤壟或斜飛。」隴，《文苑》注：「《類聚》作『壟』。」《詩紀》亦作「壟」。按：兩字通，《集韻・上聲・腫韻》「壠」下云：「亦書作『壟』，通作『隴』。」

〔三〕雲中鴈：魏應瑒《侍五官中郎將建章臺集詩》：「朝雁鳴雲中，音響一何哀。問子遊何鄉，戢翼正徘徊。言我寒門來，將就衡陽棲。」塞外：《初學記》卷三〇引盛弘之《荆州記》：「鴈塞北接梁州汶陽郡。其間東西嶺，屬天無際，雲飛風翥，望崖迴翼，唯一處爲下。朔鴈達塞，矯翮裁度，故名鴈塞。同於鴈門。」

〔四〕涉：渡。故：則。《經傳釋詞》卷五：「故，猶則也。《墨子・天志篇》曰：『當若子之不事父，弟之不事兄，臣之不事君也，故天下之君子，與謂之不祥者。』」

〔五〕霜多句：天寒，所以雁叫聲急。風疎句：雁飛累了，所以在風和緩後，行列常變得稀拉。

〔六〕園池：《西京雜記》卷二：「梁孝王好營宮室苑囿之樂。作曜華之宮，築兔園。園中有百靈山，山有膚寸石、落猿巖、棲龍岫，又有雁池。池間有鶴洲鳧渚。」此處代指大雁南飛之目的地。不復：不再。怯：怕。虞機：打獵的弓弩。機是弓弩上發箭的機關。《書・太甲上》：「若虞機張，往省括于度，則釋。」孔安國傳：「機，弩牙也。虞，度也。度機，機有度以準望。」此二句是寫大雁只要能飛回南方，不惜冒被獵人弓弩射中之危險。用以喻自己的思鄉之情。

送觀寧侯葬〔一〕

蒙羽高峻極〔二〕，淮泗導清源〔三〕。邢茅廣列地〔四〕，跗蕚盛開蕃〔五〕。紛綸彤臒彩〔六〕，從容瓊玉溫〔七〕。衝飈摇柏榦〔八〕，烈火壯曾崑〔九〕。疇昔同羈旅，辛苦涉涼暄〔一〇〕。觀風方聽樂〔一一〕，垂淚遽傷魂〔一二〕。造舟虛客禮，高閈掩賓垣〔一三〕。桂樹思公子，芳草惜王孫〔一四〕。今辰向郊郭，猶以背轜轅〔一五〕。丹旐書空位，素帳設虛樽〔一六〕。楚琴南操絶〔一七〕，韓書舊説存〔一八〕。西靡傷新樹〔一九〕，東陵惜故園〔二〇〕。自憐悲谷影，彌愴玉關門〔二一〕。餘輝盡天末，夕霧擁山根〔二二〕。平原看獨樹，皐亭望列村〔二三〕。寂寥還蓋静〔二四〕，荒茫歸路昏。挽鐸已流歇，歌童行自喧〔二五〕。睠言千載後，誰將遊九原〔二六〕。《文苑英華》三百五、《藝文類聚》三十四引樽、存、園、門、根、村、昏、喧、原九韻。

〔一〕觀寧侯：梁觀寧侯蕭永。鄱陽王蕭範之弟。《南史·鄱陽王傳》：「復遣其弟觀寧侯永將兵通南川，助莊鐵。」《南史·周敷傳》載周敷性豪俠，輕財重士。侯景之亂時，敷至豫章。「時梁觀寧侯蕭永、長樂侯蕭基、豐城侯蕭泰避難流寓，聞敷信義，皆往依之，敷愍其危懼，屈體崇敬，厚加給卹，送之西上」。這説明蕭永也是西上江陵，在江陵之敗後被俘入關的。蕭永死後，庾信有《思舊銘》哀悼。其序曰：「歲在攝提，星居監德，梁故觀寧侯蕭永卒。」倪璠注：「《爾雅》

曰：『太歲在寅曰攝提格。』《天官書》曰：『以攝提格歲，歲陰左行在寅，歲星右轉居丑。正月，與斗、牽牛晨出東方，名曰監德。』一作『鶉首』者，《月令》鄭注曰：『仲夏者，日月會于鶉首而斗建午之辰也。』《帝王世紀》曰：『自井十六度至柳八度曰鶉首之次，於律爲蕤賓，斗建在午。』依『監德』文，永卒當在寅年正月。依『鶉首』文，當在寅年五月。按：下文『爲羈終歲，門人謝焉。至於東首告辭，西陵長往』，是觀寧之羈紲長安不過年餘。大約承聖以後，周明帝二年歲次戊寅。此云『歲在攝提』，當是戊寅年卒也。」周明帝二年即公元五五八年，是王褒本詩即作於此年。觀寧，南齊所置縣，屬廣州齊樂郡，約今廣東連山一帶。

〔二〕蒙羽：蒙山和羽山。在今山東省。《書·禹貢》：「蒙羽其藝。」孔穎達疏：「《地理志》云：蒙山在泰山蒙陰縣西南。羽山，在東海祝其縣南。」

〔三〕淮泗：淮河和泗水。泗水源于蒙山。古時泗水從山東兖州南流經徐州和沂水會合後，名爲清水，於北兖州注入淮水。所以這句説「淮泗導清源」。按：蕭姓來源於以國爲氏。《通志·氏族略·以國爲氏》：「蕭氏，子姓。杜預曰：古之蕭國也。其地即徐州蕭縣是也，後爲宋所并，微子之支孫大心平南宫長萬有功，封於蕭，以爲附庸，宣十二年楚滅之。子孫因以爲氏。」古蕭國在今安徽蕭縣西北，近古泗水。因此以上兩句是寫蕭永之祖源於蒙羽、淮泗之地。

〔四〕邢茅廣列地：指梁朝封建子孫爲諸侯。《左傳·僖公二十四年》：「（富辰曰：）凡、蔣、邢、茅、胙、祭，周公之胤也。」杜預注：「邢國在廣平襄國縣，高平昌邑縣有茅鄉。」邢，《詩紀》作

「刑」，誤。列地：分封土地。蕭永是梁鄱陽王之子，封爲侯，故言他象周公之後一樣被封土地。列，《詩紀》作「裂」。按：列通裂。《禮記・内則》：「衣裳綻裂」，《釋文》云：「裂，本又作列。」《説文》：「列，分解也。」

〔五〕跗蕚：花蕚和花的子房。比喻兄弟相親如同花蕚和花子房緊相連一樣。《詩・小雅・常棣》：「常棣之華，鄂不韡韡。」鄭玄箋：「承華者曰鄂。不，當作柎。柎，鄂足也。鄂足得華之光明則韡韡然盛興者，喻弟以敬事兄，兄以榮覆弟，恩義之顯亦韡韡然。……柎亦作跗。」《説文》「韡」字下引《詩》此句，「鄂」作「蕚」。徐陵《勸進梁元帝表》：「文昭武穆，跗蕚也如彼。天平地成，功業也如此。」盛開蕃：喻兄弟和花一樣很蕃盛。《南史・鄱陽王傳》載蕭永之父鄱陽王有男女百人，男封侯者三十九人。梁朝宗室又特多，所以本句如此比況。

〔六〕彤雘：《書・梓材》：「若作梓材，既勤樸斲，惟其塗丹雘。」孔安國傳：「惟其當塗以漆丹以朱而後成。以言教化亦須禮義然後治。」《説文》：「彤，丹飾也。」《山海經・南山經》：「（雞山）其下多丹雘。」郭璞注：「雘，赤色者。或曰，雘，美丹也。」紛綸：繁盛貌。

〔七〕從容句：《正韻》：「從容，舒緩貌。」《詩・衛風・木瓜》：「報之以瓊琚。」毛傳：「瓊，玉之美者。」温：和柔。《禮記・聘禮》：「（孔子曰）夫昔者，君子比德於玉焉，温潤而澤，仁也。」以上兩句是寫蕭永之修養與風度。

〔八〕衝飈：狂風。柏榦：疑指柏梁臺。漢武帝所築，以柏爲梁。《三輔黄圖》卷五：「柏梁臺，武帝元鼎二年春起此臺，在長安城中北闕内。《三輔舊事》云：『以香柏爲梁也。帝嘗置酒其上，詔羣臣和詩，能七言詩者乃得上。』太初中臺災。」梁帝父子也喜文學，所以這句以柏梁臺遇災來喻侯景亂梁，攻下臺城。搖，《文苑》作「□」，今從《詩紀》。

〔九〕烈火句：曾崑：崑山。曾，形容其高。《淮南子・覽冥訓》：「還至其曾逝萬仞之上，翱翔四海之外。」高誘注：「曾，猶高也。」《書・胤征》：「火炎崑岡，玉石俱焚。」孔安國傳：「山脊曰岡，崑山出玉。」本句言梁末侯景亂時，貴族平民俱受其害。

〔一〇〕疇昔：以前。《左傳・宣公二年》：「疇昔之羊，子爲政。今日之事，我爲政。」杜預注：「疇昔，猶前日也。」羈旅：寄居作客。涉：度。涼暄：冷與暖。指度過一年。蕭永是到北朝一年左右死的。庾信《思舊銘》：「爲羈終歲，門人謝焉。」《廣韻・上平聲・元韻》：「暄，温也。」

〔一一〕觀風、聽樂：用季札觀周樂之典。觀風，古代通過聽各地之詩來觀察風俗。《禮記・王制》：「命大師陳詩，以觀民風。」孔穎達疏：「各陳其國風之詩，以觀其政令之善惡。」《左傳・襄公二十九年》：「吴公子札來聘。……請觀於周樂。」季札是由吴出使到魯國的。王褒不願明説蕭永和自己被俘入北，所以用季札入北觀風來象徵。

〔一二〕遽：同遽然。《禮記・儒行》：「遽數之不能終其物」，孔穎達疏：「若急而説，則不能盡事也。」傷魂：斷魂、傷神。《吕氏春秋・孟秋紀・禁塞》：「自今單脣乾肺，費神傷魂。」這句指自己爲蕭永之突然去世而傷心垂淚。

〔一三〕造舟句：《左傳·昭公元年》載秦景公母弟后子鍼適晉，「后子享晉侯。造舟于河，十里舍車。自雍及絳，歸取酬幣，終事八反。」杜預注：「言秦鍼之出，極奢富以成禮，欲盡敬於所赴。」造舟，即浮橋。高閈句：《左傳·襄公三十一年》載子產相鄭伯以如晉，晉侯未之見。子產使人盡壞其賓館之垣而駛進車馬。晉侯使人責問：「敝邑以政刑之不脩，寇盜充斥。……是以令吏人完客所館，高其閈閎，厚其牆垣，以無憂客使。今吾子壞之，雖從者能戒，其若異客何？」子產則回答以：「僑聞文公之爲盟主也，宫室卑庳，無觀臺榭，以崇大諸侯之館。」而現在晉國「銅鞮之宫數里，而諸侯舍於隸人，門不容車，而不可踰越，盜賊公行而夭厲不戒。賓見無時，命不可知。若又勿壞，是無所藏幣以重罪也。敢請執事，將何以命之。」孔穎達疏引李巡曰：「閈閎皆門名。」由此可知，「造舟」代指公侯至别國盡禮，而「高閈掩賓垣」則指國君不以禮待外國之公侯。此二句意謂蕭永盡禮于北朝，而北朝却不以禮待之。暗藏蕭永亡國被俘之身份。

〔一四〕桂樹、芳草兩句：漢淮南王門客淮南小山所作《招隱士》中有「攀援桂枝兮聊淹留。王孫遊兮不歸，春草生兮萋萋。」之句。王逸《序》認爲是「閔傷屈原」之作。

〔一五〕辰，《詩紀》作「晨」。按：今辰，即現在、當下之意。《梁書·柳惲傳》：「良質美手，信在今辰。」古晨、辰可通，《詩·齊風·東方未明》：「不能辰夜，不夙則莫。」即是一例。然靈車出發不一定是晨，故從《文苑》。郊郭：郊外。此處指墓地。如同北郭。《古詩十九首》：「驅車上東門，遥望郭北墓。白楊何蕭蕭，松柏夾廣路。下有陳死人，杳杳即長暮。」以，《詩紀》作「似」。按：以、似古通。《漢書·高帝紀上》：「鄉者夫人兒子皆以君，君相貴不可言。」如淳注：「以，或作似。」背：離。如離鄉背井之背。轘轅：山名。在河南省偃師東南、登封西北，山道奇險，古稱轘轅道。《管子·地圖》：「凡兵主者，必先審知地圖。轘轅之險，濫車之水」，尹知章注：「謂路形若轅而又轘曲。緱氏東南有轘轅道是也。」蕭永已死，不必再歷人生之艱險，故曰「背轘轅」。庾信《思舊銘》：「原隰載馳，轘轅長别。」

〔一六〕丹旐：喪葬所用之銘旌，上書死者姓名。何遜《王尚書瞻祖日詩》：「昱昱丹旐振，亭亭素蓋立。金鐸讙已鳴，龍輴將復入。華臺日未徙，荒墳路行濕。」《南史·劉懷珍傳》戴王敬胤遺命：「不得設復魄旌旐。」位：死者的名號。素帳：白色的帷帳。設虚樽：酒杯虚設。死者長逝，故言「空位」、「虚樽」。

〔一七〕楚琴句：《左傳·成公九年》：「晉侯觀于軍府，見鍾儀。問之曰：『南冠而縶者誰也？』有司對曰：『鄭人所獻楚囚也。』使税之，召而弔之。再拜稽首。問其族。對曰：『泠人也。』公曰：『能樂乎？』對曰：『先父之職官也，敢有二事。』使與之琴，操南音。」南操絶：喻蕭永去世，結束了楚囚生涯。

〔一八〕韓書句：韓非入秦，遭讒死後，所著《韓非子》一書流傳後世。蕭永也是客死于秦，故以韓非作比。言蕭永已死，只有他的詩文留存下來。書，《詩紀》作「詩」，誤。

〔一九〕西靡：西傾。《漢書·東平思王劉宇傳》：「立三十三年薨」，師古注引《皇覽》云：「東平思王冢在無鹽。人傳言王在國思歸京師。後葬，其冢上松柏皆西靡也。」本句用以比喻蕭永生前思歸故國而不得。

〔二〇〕東陵句：《史記·蕭相國世家》：「召平者，故秦東陵侯。秦破，爲布衣。貧，種瓜於長安城東。瓜美，故世俗謂之『東陵瓜』，從召平以爲名也。」庾信《擬詠懷二十七首》：「昔日東陵侯，惟有瓜園在。」本句是言蕭永本梁之觀寧侯，梁亡入北，若東陵之故侯。今蕭永已逝，就如秦之東陵侯死後惟有故瓜園存在，使人嘆惜而已。

〔二一〕悲谷：《淮南子·天文訓》：「（日）至於悲谷，是謂餔時。」高誘注：「悲谷，西南方之大壑。言其深峻，臨其上令人悲思，故曰悲谷。」《説文》：「餔，中時食也。」也即夕食。故「悲谷影」指太陽已至下午，以喻年歲已晚，使人悲思。如陸雲《歲暮賦》：「仰悲谷之方中兮，顧懸車而日昃。百年迅于分噓兮，千歲疾于一息。」彌：更。玉關門：即玉門關。《後漢書·班超列傳》載班超在西域日久思歸，上書曰：「臣不敢望到酒泉郡，但願生入玉門關。」此二句是作者因蕭永之死而引起自傷：時光在消逝，年紀已老大，而自己還是身在異地，不能回南。愴：《類聚》作「念」。《詩紀》云：「一作『念』。」按：念爲思，愴爲悲傷，以王褒回南無望之處境，「愴」字爲長。

〔二二〕餘輝：夕陽。天末：天邊。盡天，《類聚》作「天盡」。應誤倒。擁，《類聚》作「起」。《詩紀》云：「一作『起』。」按：擁，有抱、圍繞義，與山更具感情色彩，於義爲長。

〔二三〕皋亭：堤上之亭。此單指亭。《文苑》作「亭皋」，注云：「《類聚》作『皋亭』。」皆可。列村，《文苑》作「别村」。按：别，列本義同。《説文》：「列，分解也。」「别，分解也。」然此處從《類聚》作「列」較長。

〔二四〕寂寥：《文苑》作「寂寞」。皆可。蓋：車蓋。指車。還蓋，同還車。指作者所乘送葬之車，葬畢回歸。古送葬乘車。《漢書·遊俠傳》戴劇孟母死，「自遠方送喪蓋千乘。」静：《類聚》《文苑》作「靖」。兩字古通用。

〔二五〕挽：挽歌。鐸：鈴。《太平御覽》卷五五二「挽歌」條引檀道鸞《續晉陽秋》：「武陵王晞未敗四五年，喜爲挽歌，自摇鈴使左右和之。」流歇：轉歇。《類聚》《詩紀》作「流唱」。按：流唱，爲傳唱。既下句言「歌童行自喧」，并非播唱，故不合詩意。歌童：唱挽歌之童。言葬畢，鐸鈴之聲已停歇，唱挽歌之童喧鬧着往回走。古葬儀用唱挽歌之人。如《後漢書·禮儀志下》載大喪，車請發，「羽林孤兒、《巴俞》擢歌者六十人，爲六列。鐸司馬八人，執鐸先。」《類聚》作「童歌」。按：既言已「行自喧」，不歌了，故應是「歌童」。

〔二六〕睠：反思。《詩·小雅·大東》：「睠言顧之」，毛傳：「睠，反顧也。」言：語氣詞。睠，《類聚》作「眷」。同。《詩經》中之睠，有本亦作眷。九原：戰國晉卿大夫之墓地。在山西絳縣北部。《國語·晉語八》：「趙文子與叔向遊於九京。曰：『死者若可作也，吾誰與歸？』」韋注：「京，當爲『原』。九原，晉墓地。」

送劉中書葬〔一〕

昔别傷南浦〔二〕，今悲去北邙〔三〕。書生空託夢，久客每思鄉〔四〕。塞近邊雲黑，塵昏野日黄。陵谷俄遷變〔五〕，松柏易荒涼〔六〕。題銘無復迹〔七〕，何處驗龜長〔八〕。《藝文類聚》三十四、《文苑英華》三百五。

〔一〕劉中書：疑是劉璠。璠，梁元帝時爲樹功將軍、鎮西府咨議參軍。蕭紀在蜀稱帝，以劉璠爲中書侍郎。後投降西魏。北周時授内史中大夫。天和三年卒。《周書》有傳。

〔二〕南浦：此指江南水邊。《楚辭·河伯》：「子交手兮東行，送美人兮南浦。」王逸注：「願河伯送己南至江之涯，歸楚國也。」後人多以南浦代指傷别之地。江淹《别賦》：「送君南浦，傷如之何？」

〔三〕北邙：山名。在今河南省洛陽市北。自東漢建武十一年恭王祉葬于北邙，其後即爲王侯公卿的葬地。是以古人大都以北邙爲墓地的代稱。陶潛《擬古詩九首》：「一旦百歲後，相與還北邙。松柏爲人伐，高墳互低昂。」本句寫劉中書葬到墓地。悲，《詩紀》作「歸」。聯繫前句，「昔」與「今」都是從作者角度講，故應是「悲」。

〔四〕書生兩句：《後漢書·獨行列傳》載温序于建武六年任護羌校尉，被隗囂别將苟宇所脅迫，自殺。光武帝命送喪到洛陽，賜城傍爲冢地。「長子壽，服竟爲鄒平侯相。夢序告之曰：『久客思鄉里。』壽即棄官，上書乞骸骨歸葬。帝許之，乃反舊塋焉」。

〔五〕陵谷變：高山變爲深谷，深谷變爲高山。比喻世事變遷，高下易位。《詩・小雅・十月之交》：「高岸爲谷，深谷爲陵。」俄：俄頃，時間很短。

〔六〕松柏句：古人墓旁每植松柏，故以松柏代指墳墓。《古詩十九首》：「出郭門直視，但見丘與墳。古墓犁爲田，松柏摧爲薪。」

〔七〕題銘：《西京雜記》卷三：「杜子夏葬長安北四里。臨終作文曰：『魏郡杜鄴，立志忠款。犬馬未陳，奄先草露。骨肉歸于后土，气魂無所不之。何必故丘，然後即化。封於長安北郭，此焉宴息。』及死，命刊石，埋於墓側。墓前種松柏樹五株，至今茂盛。」《文苑》作「題名」。按：古銘、名可通。《列子・湯問》：「伯益知而名」，張湛注：「與『銘』同。」

〔八〕龜長：龜靈。《左傳・僖公四年》：「初，晉獻公欲以驪姬爲夫人。卜之，不吉；筮之，吉。公曰：『從筮。』卜人曰：『筮短龜長，不如從長。』」古人有疑便用龜來占卜。何處驗龜長，意即驗龜靈於何處。《水經注》卷十九引車頻《秦書》：「符堅建元十二年，高陸縣民穿井得龜。大二尺六寸，背文負八卦古字。堅以石爲池，養之十六年而死。取其骨以問吉凶，名爲客龜。大卜佐高夢客龜言：『我將歸江南，不遇，死於秦。』」劉璠以梁元帝承聖二年（公元五五二年）入北（見《資治通鑑》一六四卷），至周武帝天和三年（公元五六八年）卒。正好也是十六年。是以本句謂驗龜靈於何處，即或指此。按：杜子夏自題之墓銘，言葬於何處也無所謂，「何必故丘」，而客死於秦之龜却愿歸江南。故「題銘無復迹」意謂劉中書不願像杜子夏那樣葬于長安。「何處驗龜長」意指劉中書如客龜一樣望歸江南不得，客死於秦。

別王都官〔一〕

連翩悯流客〔二〕，悽愴惜離羣。東西御溝水〔三〕，南北會稽雲〔四〕。河橋兩隄絶〔五〕，横歧數路分〔六〕。山川遥不見，懷袖遠相聞〔七〕。《藝文類聚》二十九、《初學記》十八、《文苑英華》二百六十六。

〔一〕王都官：疑是王克，與王褒一同入關者。《資治通鑑》卷一六六于紹泰元年三月下云：「魏太師泰遣王克、沈炯等還江南。」《陳書．沈炯傳》則云：「少日，便與王克等並獲東歸。紹泰二年（公元五五六）至都。」按：宋世有吏部、祠部、度支、左民、都官、五兵六尚書。史無王克任都官尚書之記載，但《南史．蕭惠基傳》云：「仕齊爲都官尚書，掌吏部。」梁既承齊，王克又於太清三年任吏部尚書，故可稱爲王都官。

〔二〕流客：流落在外的作客者。連翩：連續不斷貌。《初學記》作「聯綿」。客：《類聚》紹興刻本作「水」，誤。蓋與第三句末字複。《文苑》注：「《類聚》作『落』。」俱可。

〔三〕御溝：流經御苑的水溝。傳爲卓文君所作漢樂府《白頭吟》：「躞蹀御溝上，溝水東西流。」喻兩人各奔一方。

〔四〕會稽：會稽山，在今浙江紹興。秦漢時的會稽郡治吴越廣大地區。東晉時以王、謝爲首的南遷士族都在會稽擴充田園。浮雲，古人多用以喻人生飄流不定。李陵《與蘇武詩》：「仰視浮雲馳，奄忽互相踰。風波一失所，各在天一隅。」王褒和王克同族，故他以「南北會稽雲」來表示他和王克一在南一在北。

〔五〕河橋：河上之橋。李陵《與蘇武詩》：「携手上河梁，遊子暮何之。徘徊蹊路側，悢悢不得辭。」又《三輔黄圖》卷六：「霸橋，在長安東，跨水作橋。漢人送客至此橋，折柳贈別。」疑王褒送王都官亦送至此橋，故言河橋兩堤分離二人。隄，《詩紀》作「堤」，兩字通，《禮記・月令》：「完隄防」，《釋文》云：「隄，本又作堤。」

〔六〕横歧數路：縱横有分岔的路。《列子・説符》：「楊子之鄰人亡羊，既率其黨，又請楊子之竪追之。楊子曰：『嘻，亡一羊何追者之衆？』鄰人曰：『多歧路。』既反，問獲羊乎？曰：『亡之矣。』曰：『奚亡之？』曰：『歧路之中又有歧焉，吾不知所之，所以反也。』」本句意謂兩人從此各自走着不同的道路。

〔七〕懷袖：《古詩十九首》：「馨香盈懷袖，路遠莫致之。」「客從遠方來，遺我一書札。上言長相思，下言久離別。置書懷袖中，三歲字不滅。」此處以「懷袖」指書信。意謂山川隔斷你我二人，互相望不見了，今後衹有從遠方來的書信來了解對方的情形了。

送别裴儀同〔一〕

河橋望行旅，長亭送故人〔二〕。沙飛似軍幕，蓬卷若車輪〔三〕。邊衣苦霜雪，愁貌損風塵〔四〕。行路皆兄弟，千里念相親〔五〕。《藝文類聚》二十九、《文苑英華》二百六十六。

〔一〕詩題，《類聚》作《别裴儀同》。《庾子山集》中有《和裴儀同秋日》。倪璠注以爲即裴政。據《隋書·裴政傳》，裴政與王褒一同入關。宇文泰授以員外散騎侍郎，引事相府。與盧辯依《周禮》建六卿、設公卿大夫士、撰次朝儀。後授刑部下大夫，轉少司憲。《北史·庾季才傳》亦言「常吉日良辰與瑯邪王褒、彭城劉毅、河東裴政及宗人信等爲文酒之會」。然裴政開皇元年方加位上儀同三司，其時王褒已死，似不得在詩題中稱儀同。故倪璠之説僅可作爲參考。

〔二〕河橋：河上之橋。張正見《秋日别庾正員》：「唯有當秋月，夜夜上河橋。」行旅：旅行之人。長亭：亭是古代的驛站，可供旅人歇息。《白孔六帖》：「十里一長亭，五里一短亭。」《後漢書·獨行列傳》載范冉和王奂親善，奂遷漢陽太守于路遇范冉，奂曰：「行路倉卒，非陳契闊之所，可共到前亭宿息，以敍分隔。」故人：友人。

〔三〕沙飛：旋風卷起黄沙。鮑照《蕪城賦》：「孤蓬自振，驚沙坐飛。」軍幕：行軍宿營的帳幕。蓬卷：《史記·老子韓非列傳》：「不得其時則蓬累而行。」《正義》：「蓬，其狀若皤蒿。細葉，蔓生於沙漠中。風吹則根斷，隨風轉移也。」《宋書・禮志五》：「上古聖人見轉蓬，始爲輪。」從詩中所描寫的景況來看，裴儀同是走向邊塞的。

〔四〕愁：《詩紀》云：「一作『秋』。」按：《廣雅・釋詁四》：「秋，愁也。」二字可通。

〔五〕《論語・顔淵》：「子夏曰：『四海之内皆兄弟也。』」《蘇武詩》：「骨肉緣枝葉，結交亦相因。四海皆兄弟，誰爲行路人。」《説文》：「念，常思也。」言千里之外也常常思念相親。

渡河北〔一〕

秋風吹木葉，還似洞庭波〔二〕。常山臨代郡，亭障繞黃河〔三〕。心悲異方樂，腸斷隴頭歌〔四〕，薄暮臨征馬，失道北山阿〔五〕。《初學記》五、《文苑英華》百六十三。

〔一〕渡河北：渡過黃河至河北郡。北周在今山西省平陸縣東北置有河北郡。《讀史方輿紀要・山西・平陽府・解州》：「平陸縣，春秋時虞國地，後爲晉地。戰國時魏地。漢爲大陽縣地，屬河東郡。後漢及魏晉因之。後魏屬河北郡。後周廢大陽縣，改置河北縣，并置河北郡治焉。」

〔二〕洞庭波：《楚辭・九歌・湘夫人》：「嫋嫋兮秋風，洞庭波兮木葉下。」洞庭湖在湖南省。王褒身居北國，因黃河之秋色而起故國之思，故言「還似」。

〔三〕常山：恒山。因避漢文帝劉恒之諱而改。在今河北省曲陽縣西北。《書・禹貢》：「太行、恒山，至於碣石。」代：古國名。在今河北蔚縣。臨代：《史記·趙世家》：「（趙）簡子乃告諸子曰：『吾藏寶符於常山上，先得者賞。』諸子馳之常山上，求，無所得。毋卹還，曰：『已得符矣。』簡子曰：『奏之。』毋卹曰：『從常山上臨代，代可取也。』」亭：崗哨。障：堡壘。邊防工事。《後漢書·王霸列傳》：「詔霸將弛刑徒六千餘人，與杜茂治飛狐道。堆石布土，築起亭障。自代至平城三百餘里。」此二句詩前一句是以常山臨代之典説明此地地勢之險要，後一句是實寫當地之景。

〔四〕異方樂：異鄉的音樂。隴頭歌：屬梁鼓角横吹曲，抒寫離鄉行役之苦的北方民歌。這裏用以代指「異方樂」。《樂府詩集·横吹曲辭第五》之《隴頭歌辭》：「隴頭流水，流離山下。念吾一身，飄然曠野。」斷：《初學記》《文苑》作「絶」。義同。然人們習慣稱腸斷，故從《詩紀》作「斷」。

〔五〕失道：迷路。《史記·李將軍列傳》：「軍亡導，或失道，後大將軍。」北山：在北面之山。《詩·小雅·南山有臺》：「南山有臺，北山有萊。」阿：曲隅。《詩·衛風·考槃》：「考槃在阿」，毛傳：「曲陵曰阿。」按：「暮臨」下，《文苑》注：「一作『暮驅』。」阿，《文苑》作「河」。《升菴詩話》卷二引作「薄暮疲征馬」。按：臨，有漸至之義。「驅」、「疲」，則顯直白。「北山河」，不通。河阻道，并非失道，應是河、阿形近致誤。故從《初學記》作「阿」。

詠月贈人

月色當秋夜，斜暉映薄帷〔一〕。上弦如半璧〔二〕，初魄似蛾眉〔三〕。渡雲光忽駛，中天影更遲〔四〕。高陽懷許掾，對此益相思〔五〕。《藝文類聚》一、《文苑英華》百五十二。

〔一〕斜暉：從側面照來的月光。薄帷：薄帳子。阮籍《詠懷詩》：「薄帷鑒明月，清風吹我衿。」

〔二〕上弦：月亮未圓之時。每月初八日。《釋名·釋天》：「弦，月半之名也。其形一旁曲，一旁直，若張弓施弦也。」《小學紺珠》卷一：「月三五而盈：朔始與日合。三日而明生。八日而上弦，其光半。十五日而望，其光滿。」半璧：平圓形中央有孔的玉叫璧，半璧喻半圓而中缺之形。

〔三〕初魄：初三的月亮。《禮記·鄉飲酒義》：「月者三日則成魄，三月則成時。」孔穎達疏：「謂月盡之後，三日乃成魄。魄，謂明生傍，有微光也。此謂月明盡之後而生魄，非必月三日也。若以前月大則月二日生魄，前月小則三日乃生魄。」蛾眉：蠶蛾的觸鬚。《詩·衛風·碩人》：「螓首蛾眉，巧笑倩兮，美目盼兮。」《漢書·楊雄傳上》：「何必颺纍之蛾眉」，師古注：「蛾眉，形若蠶蛾眉也。」本句言初月如蛾眉一樣細長。

〔四〕駛：行。月在雲中渡過，因雲之飄流看見月亮行走得很快。忽：速。更遲：變得慢了。由于視覺上的誤差，月到中天就移動得慢了。

〔五〕高陽：地名。《漢書·地理志上》載瑯邪郡，縣五十一，中有「高陽」。許掾：即許詢。東晉人。因曾被任司徒掾，故稱許掾。《世説新語·言語》：「劉真長爲丹陽尹，許玄度出都就劉宿。」劉孝標注引《續晉陽秋》：「許詢字玄度，高陽人，魏中領軍允玄孫。總角秀惠，衆稱神童。長而風情簡素，司徒掾辟不就，蚤卒。」唐釋道宣《三寶感通録》一引《地誌》：「晉時高陽許詢諂建業，見者傾都。劉恢爲丹陽尹，有名當世，日數造之。嘆曰：『今見許公，使我遂爲輕薄京尹。』於郡立齋以處之。至於梁代，此屋猶在。許掾既反，劉尹嘗至其齋曰：『清風朗月，何嘗不恒思玄度矣。』」「高陽懷許掾」，即懷高陽許掾之意。益，《文苑》作「憶」。按：相思，即憶。「益」表程度加深，於義爲長。

和殷廷尉歲暮

歲晚悲窮律〔一〕，他鄉念索居〔二〕。寂寞灰心盡〔三〕，摧殘生意餘〔四〕。産空交道絶，財殫密親疏〔五〕。空悲趙壹賦〔六〕，還著虞卿書〔七〕。《藝文類聚》三、《太平御覽》二十七。

〔一〕律：樂律。古代以十二樂律和十二月相配。窮律，十二律的最後一律，即大吕，指一年最後的一個月，即十二月。《淮南子·脩務訓》：「窮道本末，究事之情。」高誘注：「窮，盡也。」《禮記·月令》：「季冬之月，……律中大吕。」

〔二〕索居：離開衆人而獨處。《禮記·檀弓上》：「吾離羣而索居，亦已久矣。」鄭玄注：「羣，謂同門朋友也。索，猶散也。」居，《御覽》作「除」。按：除，有去義，而王褒無離北之可能，故非是。

〔三〕灰心盡：心如燃盡之死灰。《莊子·齊物論》：「形固可使如槁木，而心固可使如死灰乎？」

〔四〕生意：生機。《晉書·殷仲文傳》：「此樹婆娑，無復生意。」摧，《御覽》作「推」，當因形近而致誤。

〔五〕産空：王褒由南入北，故家産已空。交道：交友之道。《初學記》卷十八引楊雄《逐貧賦》：「朋友道絶，達官陵遲。厥咎安在，職爾爲之。」財殫：財物竭盡。密親疏：《戰國策·秦策一》載蘇秦説秦王不行，「黑貂之裘弊，黄金百斤盡，資用乏絶，去秦而歸」。「歸至家，妻不下絍，嫂不爲炊，父母不與言」。後蘇秦説趙王成功，被封爲武安君，過洛陽時曰：「貧窮則父母不子，富貴則親戚畏懼。人生世上，勢位富貴，蓋可忽乎哉！」

〔六〕趙壹賦：趙壹爲東漢時之辭賦家。作有《窮鳥賦》、《刺世疾邪賦》，表達對黑暗現實的不滿。壹，《御覽》作「一」。按：人名不可省簡。

〔七〕虞卿書：《史記·平原君虞卿列傳》：「虞卿者，游説之士也。躡蹻檐簦，説趙孝成王。一見，賜黄金百鎰，白璧一雙。再見爲趙上卿，故號爲虞卿。……卒去趙，困於梁。魏齊已死，不得意，乃著書。上採《春秋》，下觀近世，曰《節義》、《稱號》、《揣摩》、《政謀》，凡八篇。以刺譏國家得失，世傳之曰《虞氏春秋》。」本詩乃王褒言其身在北朝之不得意，蓋其處境艱難，由是不滿。

看鬭雞

蹀蹀始横行，意氣欲相傾〔一〕。妬敵金芒起，猜群芥粉生〔二〕。入場疑挑戰，逐退似追兵。誰知函谷下，人去獨開城〔三〕。《藝文類聚》九十一、《初學記》三十、《文苑英華》二百六。

〔一〕蹀蹀：行走的樣子。《集韻・入聲・帖韻》：「蹀蹋，蹀蹀，行貌。或從習。」《初學記》作「蹀蹀」，義同。相傾：壓倒對方。左思《蜀都賦》：「輿輦雜沓，冠帶混并，累轂疊跡，叛衍相傾。」

〔二〕妬敵：嫉恨對手。劉孝威《鬭雞詩》：「丹雞翠翼張，妬敵復專場。」猜群：恨其同類。《説文》：「猜，恨賊也。」庾信《鬭雞》：「猜羣錦臆張。」金芒、芥粉：《左傳・昭公廿五年》：「季、郈之雞鬭。季氏介其雞，郈氏爲之金距，平子怒。」杜預注「介其雞」云：「擣芥子播其羽也。」即將芥粉撒在我方雞翼上用以嗆對方雞的眼睛。金距，即給雞安上金屬爪子。芒：鋒尖。《文選・張協・七命》：「建雲髦，啓雄芒。」李善注：「芒，鋒刃也。」

〔三〕函谷：函谷關。《史記・孟嘗君列傳》載孟嘗君使于秦，秦昭王囚之。孟嘗君以計得脱，「夜半至函谷關。秦昭王後悔出孟嘗君，求之已去，即使人馳傳逐之。孟嘗君至關，關法雞鳴而出客，孟嘗君恐追至，客之居下坐者有能爲雞鳴，而雞齊鳴，遂發傳出。出如食頃，秦追果至關，已後孟嘗君出，乃還」。獨開城：人已走了只有城門開着。意謂雞應司晨守門，而相鬭則非其正業。

彈棊〔一〕

投壺生電影〔二〕，六博值仙人〔三〕。何如鏡奩上，自有拂輕巾〔四〕。隔澗疑將別，隴頭如望秦〔五〕。握筆徒思賦，辭短竟無陳〔六〕。《藝文類聚》七十四。

〔一〕彈棊：古代的一種博戲。也作彈棋。兩人對局，黑白棋子各六枚。先放一棋子于棋盤角，用指彈之，以擊其它棋子。中即取之。子先被取盡者負。《後漢書·梁冀列傳》：「能挽滿、彈棊、格五、六博、蹴鞠、意錢之戲。」李賢注引《藝經》曰：「彈棊，兩人對局，白黑棊各六枚。先列棊相當，更先彈也。其局以石爲之。」

〔二〕投壺：古代的一種遊戲。設一壺，以箭投其中，勝者則酌酒飲負者。《禮記·投壺》：「投壺之禮，主人奉矢，司射奉中，使人執壺。」中，乃盛籌碼之器。《神異經·東荒經》言東王公與玉女投壺：「設有入不出者，天爲之噏噓，矯出而脱悮不接者，天爲之笑。」張華注：「言笑者，天口流火炤灼。今天上不雨而有電光，是天笑也。」

〔三〕六博：古代的一種遊戲。二人對博，共十二棋子，分黑白，每人六棋子。《楚辭·招魂》：「有六簙些」，王逸注：「投六箸，行六棊，故爲六簙也。……簙，一作博。」《風俗通義》卷二：「又言（漢）武帝與仙人對博，碁没石中，馬蹄迹處，于今尚存。」張正見《神仙篇》：「已見玉女笑投壺，復覩仙童欣六博。」

〔四〕鏡奩：放梳妝鏡的箱子。《後漢書·光烈陰皇后紀》：「視太后鏡奩中物，感動悲涕。」李賢注：「奩，鏡匣也。」《太平御覽》卷七五五引《彈棊經後序》：「自後漢沖、質已後，此藝中絶。至獻帝建安中，曹公執政，禁闌幽密，至於博弈之具，皆不得妄置宫中。宫人因以金釵玉梳戲於粧奩之上，即取類於彈棊也。及魏文帝受禪，宫人所爲，更習彈碁焉。」拂輕巾：用手巾角彈棊子。《世説新語·巧藝》：「彈棊始自魏宫内，用妝奩戲。文帝於此戲特妙，用手巾角拂之，無不中。有客自云能。帝使爲之。客箸葛巾角，低頭拂棊，妙踰於帝。」

〔五〕隔澗：梁簡文帝《彈棊論序》有：「牽牛覺乘槎之來，織女擬雲軿之去。」疑「澗」是棊局上間隔對方的圖綫。隴頭：魏文帝《彈棊賦》：「局則荆山妙璞，發藻揚暉。豐腹高隆，庳根四頹。平如砥礪，滑若柔荑。」是以此句中「隴頭」當指棋局中間高起的部分。古樂府《隴頭歌辭》：「隴頭流水，嗚聲幽咽，遥望秦川，心肝斷絶。」

〔六〕辭短：謂言辭不足。陳：陳述、述説。

從駕北郊〔一〕

維皇敬明祀〔二〕，望拜出河東〔三〕。地靈開複道〔四〕，營星發紫宫〔五〕。衡街響清蹕〔六〕，偵候起相風〔七〕。森沈羽林騎〔八〕，肅穆虎賁弓〔九〕。《初學記》十三。

〔一〕北郊：天子祭地于京城北郊。《漢書·郊祀志》載成帝即位，右將軍王商等五十人以爲「兆於南郊，所以定天位也。祭地於大折，在北郊，就陰位也。郊處各在聖王所都之南北。」《通典》卷四十五《禮部》「方丘」條：「後周祭后土地祇，於國北郊六里爲壇。」

〔二〕維：語詞，無義。明祀：有關神靈之祭祀。《左傳·僖公二十一年》：「崇明祀，保小寡，周禮也。」《漢書·郊祀志》：「祀者，所以昭孝事祖，通神明也。」

〔三〕望拜：遠望拜祭。《史記·孝武本紀》：「天子遂東，始立后土祠汾陰脽上，如寬舒等議，上親望拜如上帝禮。」河東：古以今山西黄河以東之地爲河東。《孟子·梁惠王上》：「河内凶，則移其民於河東。」汾陰后土祠即在河東。《漢書·武帝紀》：「（天漢元年）三月，行幸河東，祠后土。」

〔四〕地靈：山川靈秀而有神靈。顔延之《侍遊蒜山作詩》：「邑社總地靈。」複道：指皇宫。漢代宫與宫之間連以複道。《太平御覽》卷一八一引《漢官典職》：「南北宫相去七里，中間作大屋，複道三行。天子案行中央，臺官從左右。」《史記・留侯世家》：「上在雒陽南宮，從複道望見諸將。」《集解》：「上下有道，故謂之複道。」

〔五〕營星：星名。即營室，二十八宿之一。《詩・鄘風・定之方中》：「定之方中，作于楚宮。」毛傳：「定，營室也。方中，昏，正四方。」鄭箋：「定星昏中而正，于是可以營制宮室，故謂之營室。」紫宮：本是天帝所居之紫微宮，後指帝王之宮禁。《文選・左思・詠史詩》：「列宅紫宮裏，飛宇若雲浮。」李周翰注：「紫宮，天子所居處。」此二句是寫皇帝出行。打開建於山川神靈之地的復道，從根據營星而确定方位的宮城出發。

〔六〕衡街：平坦的街道。清蹕：皇帝出行，使行人避走的吆喝聲。《史記・張釋之馮唐列傳》：「縣人來，聞蹕，匿橋下。」《集解》：「蹕，止行人。」

〔七〕偵候：察伺。《説文》：「候，伺望也。」相風：古代觀察風向之器。皇帝出行時，亦置鹵簿之中。《西京雜記》卷五記漢時輿駕祠甘泉汾陰，備千乘萬騎。其中「相風烏車駕四，中道」。郭璞《南郊賦》：「矯陵烏以偵候兮，整豹尾於後屬。」此二句是寫皇帝走到街道上。響起喝道聲，舉起儀仗。偵，《初學記》作「值」。按：《説文》：「值，持也。」持相風亦通。然以郭璞《南郊賦》例之，從《詩紀》作「偵」爲宜。

〔八〕森沈：莊嚴肅静。羽林：禁軍。《漢書・百官公卿表》：「羽林掌送從，次期門。武帝太初元年初置，名曰建章營騎，後更名羽林騎。又取從軍死事之子孫，養羽林，官教以五兵，號曰羽林孤兒。羽林有令丞，宣帝令中郎將騎都尉監羽林，秩比二千石。」

〔九〕虎賁：勇士。《書·牧誓序》：「武王戎車三百兩，虎賁三百人。」孔穎達疏：「若虎之賁走逐獸，言其猛也。」漢置有虎賁中郎將、虎賁郎，主管宿衛。虎賁弓：帶弓的虎賁。以上兩句寫皇帝出行行列中之隨從人員。

奉和趙王隱士〔一〕

鳧鵠均長短〔二〕，鵬鷃共逍遥〔三〕。清襟藴秀氣〔四〕，虚席滿風飈〔五〕。斷絃惟續葛，獨酌止傾瓢〔六〕。菖蒲九重節〔七〕，桑薪七過燒〔八〕。《藝文類聚》三十六、《文苑英華》二百三十二。

〔一〕庾信亦有《奉和趙王隱士》之作。趙王，北周趙僭王宇文招。《周書》有傳。好屬文，學庾信體。詩題《類聚》無「奉」字。

〔二〕鳧：野鴨子。鵠：鶴。兩字古通。《莊子·天運》：「夫鵠不日浴而白」，《釋文》：「鵠，本又作鶴。」均長短：長短齊一。《莊子·駢拇》：「長者不爲有餘，短者不爲不足。是故鳧脛雖短，續之則憂，鶴脛雖長，斷之則悲。」

〔三〕鵬：古代傳説中的大鳥。鷃：一種小雀。《莊子·逍遥遊》：「窮髮之北，有冥海者，天池也。有魚焉，其廣數千里，未有知其脩者，其名爲鯤。有鳥焉，其名爲鵬。背若泰山，翼若垂天之雲。摶扶摇羊角而上者九萬里，絶雲氣，負青天，然後圖南，且適南冥也。斥鷃笑之曰：『彼且奚適也。我騰躍而上，不過數仞而下，翱翔蓬蒿之間，此亦飛之至也，而彼且奚適也。』此小大之辯也。」古時隱士不問世事，和光同塵，追求自適，因此此二句即指隱士之混同賢愚，藏智守拙，自得其樂。逍遥：自由自在。鵬，《類聚》《詩紀》作「鵰」。非是。

〔四〕清襟：高潔的胸懷。《文選·任昉·王文憲集序》：「（袁）粲答詩云：『老夫亦何寄，之子照清襟。』」吕向注：「襟，心也。」藴：含、藏。

〔五〕虚席：隱者之家少客，故稱其坐席爲虚席。風飈：偏義詞，指風。王儉《求解選表》：「秋葉辭條，不假風飈之力。」

〔六〕絃：琴絃。葛：多年生蔓藤植物。纖維可織布。獨酌：獨自飲酒。鮑照《田葵賦》：「秋日晨映，獨酌南軒。」傾瓢：喝盡瓢中酒。傾：覆。隱士山居，一切簡陋，故用葛綫續斷絃，用瓢飲酒。止，《文苑》作「只」。義同。

〔七〕菖蒲：水草的一種。《神仙傳》卷三：「漢武帝上嵩山，登大愚石室，起道宫，使董仲舒、東方朔等齋潔思神。至夜忽見有仙人，長二丈，耳出頭巔，垂下至肩。武帝禮而問之。仙人曰；『吾九嶷之神也。聞中岳石上菖蒲，一寸九節，可以服之長生。故來採耳。』忽然，失神人所在。帝顧侍臣曰：『彼非復學道服食者，必中岳之神以喻朕耳。』」後王興聞之，採服不息，遂得長生。

〔八〕桑薪：以桑爲薪。《詩・小雅・白華》：「樵彼桑薪，卬烘于煁。」毛傳：「桑薪，宜以養人者也。」鄭玄箋：「桑薪，薪之善者也。」《述異記》上：「東陽郡永康縣，吴時有人入山，逢大龜，擔之。未至家，遇夜，纜舟於岸，見老桑呼龜曰：『元緒，汝當死矣。』龜呼桑樹曰：『子明，無苦也。雖然盡南山之樵，不能潰我。』對曰：『諸葛恪明敏，禍必及於予。』明日，其人將龜獻吴王。命煮之，三日三夜不死。遂問諸葛恪。恪曰：『此龜有精，須得多載老桑爲薪，煮之立爛。』遂命以老桑斫之爲薪，既燃即爛。」七過：猶多次。《雲笈七籤》卷十一引務成之《黄庭内景經注敍》：「三呼其名畢，咽液七過，萬病如願也。」此二句言隱士在山中吃的是能長生的菖蒲，燒的是桑薪。

始發宿亭〔一〕

送人亭上别，被馬櫪中嘶〔二〕。漠漠村煙起，離離嶺樹齊。落星侵曉没，殘月半山低〔三〕。《藝文類聚》二十七。

〔一〕宿亭：止宿之驛舍。《周禮・地官・遺人》：「三十里有宿，宿有路室。」鄭玄注：「宿，可止宿，若今亭，有室矣。」

〔二〕被馬：被上馬具之馬。庾信《謹贈司寇淮南公》：「野亭長被馬，山城早掩扉。」櫪：馬厩。曹操《碣石篇》：「老驥伏櫪，志在千里。」

〔三〕侵曉：漸近天亮。半山低：一半低下山去。《詩紀》詩末注云：「闕。」

山池落照〔一〕

竹館掩荆扉〔二〕，池光晦晚暉。孤舟隱荷出，輕棹染苔歸〔三〕。浴禽時侶竄，驚羽忽單飛〔四〕。

《藝文類聚》九。

〔一〕落照：落日的餘暉。《類聚》作「落日」。因下句言「池光晦晚暉」，晦非落日所能概，故從《詩紀》。梁簡文帝有《山池》詩。

〔二〕竹館：在竹叢之中的館舍。荆扉：荆條編的門扇。言其簡陋。庾信《枯樹賦》：「沉淪窮巷，蕪没荆扉。」

〔三〕輕棹：輕快地划着船。棹：船槳。蕭統《七契》：「縱輕棹兮汎龍舟。」苔：水苔。

〔四〕浴禽：水鳥。侶竄：相伴逃走。驚羽：受驚的鳥。單飛：獨飛。意謂船行驚動了禽鳥。《詩紀》詩末注云：「闕。」

詠霧應詔〔一〕

七條開早陌〔二〕，五里闇朝氛〔三〕。帶樓疑海氣〔四〕，含蓋似浮雲〔五〕。方從河水上，預奉緑圖文〔六〕。《藝文類聚》二。

〔一〕梁元帝有《詠霧詩》。

〔二〕開：生、發。《禮記·學記》：「開而弗達。」鄭玄注：「開謂發頭角。」陌：路。《廣雅·釋宫》：「陌，道也。」「七條開早陌」，即「早開七條陌」。曹植《吁嗟篇》：「東西經七陌，南北越九阡。」意謂多條道路上産生了霧氣。

〔三〕朝氛：朝霧。《淮南子·時則訓》：「氛霧冥冥，雷乃發聲。」《藝文類聚》卷二引謝承《後漢書》：「河南張楷，性好道術，能作五里霧。」梁元帝《詠霧詩》：「五里暗城闉。」

〔四〕帶：繞。海氣：海上霧靄。也稱蜃氣。《漢書·武帝紀》元封五年詔：「輯江淮物，會大海氣，以合泰山。」《天文志》又言：「海旁蜃氣象樓臺。」

〔五〕含：包容。魏文帝《浮雲詩》：「西北有浮雲，亭亭如車蓋。」

〔六〕方從河水上：《宋書·符瑞志上》載黄帝五十年秋七月庚申，「天霧三日三夜，晝昏。……霧除，遊于洛水之上。見大魚，殺五牲以醮之，天乃甚雨，七日七夜，魚流於海，得圖、書焉。龍圖出河，龜書出洛，赤文篆字，以授軒轅」。緑圖文：即《河圖》。因字緑色，故稱「緑圖文」。《淮南子·俶真訓》：「洛出丹書，河出緑圖。」古代以《河圖》《洛書》出現爲太平時的祥瑞。《白虎通德論》卷三「封禪」條：「天下太平，符瑞所以來至者，以爲王者承統理，調和陰陽。陰陽和，萬物序，休氣充塞，故符瑞竝臻，皆應德而至。……德至淵泉，則黄龍見，醴泉通，河出龍圖，洛出龜書，江出大貝，海出明珠。」本詩是應詔而作，故以頌聖爲内容。此句言：這霧從河水上飄來，怕不是和黄帝時一樣，因天下太平送來《河圖》吧。

入關故人送别〔一〕

百年餘古樹〔二〕，千里闇黄塵。關山行就近，相看成遠人〔三〕。《藝文類聚》二十九。

〔一〕關：函谷關。《詩紀》作《入關故人别》。别故人與故人送别有異。送，才有本詩之情景。純是别則有在行前之可能。故應有「送」。本詩應作於王褒被俘入北之時。

〔二〕百年餘古樹：唯留下百年之古樹。古代之社皆立樹以表其處。《周禮·地官·大司徒》：「設其社稷之壝而樹之田主。各以其野之所宜木，遂以名其社與其野。」故《孟子·梁惠王下》云：「所謂故國者，非謂有喬木之謂也。」本句意謂自己遷北離開了故國。

〔三〕就近：接近。此二句言作者一步步接近北方，與相送之人距離越來越遠。

過臧矜道館〔一〕

松古無年月，鵠去復來歸〔二〕。石壁藤爲路〔三〕，山窻雲作扉〔四〕。《藝文類聚》七十八。

〔一〕臧，《詩紀》作「藏」。古兩字通。《漢書・食貨志》「民無蓋臧」、「其爲物輕微易臧」、「宮室苑囿府庫之臧已侈」，並「藏」之假，其例甚多。

〔二〕鵠：鶴。兩字古通。如《藝文類聚》卷八十八引王歆之《神境記》：「滎陽郡南有石室。室後有孤松千丈，常有雙鶴，晨必接翮，夕輒偶影。傳曰：昔有夫婦二人，俱隱此室，年既數百，化爲雙鶴。」《太平御覽》卷九五三引此，「雙鶴」作「雙鵠」。

〔三〕藤爲路：石壁之上只有藤蘿繚繞找尋自己的路徑。

〔四〕扉：窗扇。此句意謂：雲在窗中出入。梁吴均《山中雜詩》：「雲從窗裏出。」

明慶寺石壁〔一〕

夏水懸臺際〔二〕，秋泉帶雨餘〔三〕。石生銘字長〔四〕，山久谷神虚〔五〕。《藝文類聚》七。

〔一〕明慶寺：在今南京市之蔣山。張敦頤《六朝事跡編類・寺院》：「蔣山上明慶寺後别有小嶺。碧石青林，幽邃如畫。世人呼爲屏風嶺。有高僧曇隱於此，忽聞絲竹之音，俄而有清泉一派，瑩澈甘滑，有積年疾者，服之輒愈。梁已前嘗取給御厨水，俗呼爲八功德水。」説明本詩作於南朝。江總亦作有《明慶寺尚禪師碑》。

〔二〕夏水：夏季才有、冬季即涸的水流。際：邊。

〔三〕秋泉：清冷之泉水。秋，如秋井、秋玉、秋河（銀河）之秋。謝靈運《登臨海嶠初發疆中作與從弟惠連見羊何共和之一首》：「秋泉鳴北澗，哀猿響南巒。」帶雨餘：泉水還雜有雨後的餘水。

〔四〕石生：石壁天然所賦有的本質。《淮南子·説林訓》：「石生而堅，蘭生而芳。」本句意謂石壁天然直立平坦，所以銘刻文字特多。

〔五〕谷神：山谷中空虛之處。按：《老子》第六章：「谷神不死，是謂玄牝。玄牝之門，是謂天地根。綿綿若存，用之不勤。」王弼注：「谷神，谷中央無谷也。無形無影，無逆無違。處卑不動，守静不衰，谷以之成，而不見其形。此至物也。」是谷神兼喻至理妙道。

雲居寺高頂〔一〕

中峰雲已合，絶頂日猶晴〔二〕。邑居隨望近〔三〕，風煙對眼生〔四〕。《藝文類聚》七。

〔一〕《元豐新定九域志·古迹》載南康軍有雲居山，在今江西永修縣西南。是以本詩有可能作於王褒在梁朝任安成内史期間。然《庾子山集》中有《和從駕登雲居寺塔》，倪璠注：「一作《和趙王遊雲居寺》。」是本詩亦有作於北朝之可能。頂，《詩紀》作「嶺」，均可。

〔二〕中峰：山峰中間。二句寫峰頂之高，聳出雲外。

〔三〕邑居：村社城邑。因處在山峰絶頂，可以看到原在平地看不到的邑居，故曰「近」。

〔四〕風煙：流動之煙雲。吴均《與朱元思書》：「風煙俱淨，天山共色。從流飄蕩，任意東西。」

詠定林寺桂樹〔一〕

歲餘彫晚葉〔二〕，年至長新圍〔三〕。月輪三五映〔四〕，烏生八九飛〔五〕。《藝文類聚》八十九。

〔一〕定林寺：《梁書·劉勰傳》：「然勰爲文長於佛理，京師寺塔及名僧碑誌，必請勰制文。有敕與慧震沙門於定林寺撰經證。功畢，遂啓求出家。」是定林寺在南京一帶，此詩作於南朝。

〔二〕歲餘：冬季。因農事閑暇故稱歲餘。《藝文類聚》卷三引《魏略》言董遇答從學者苦渴無日云：「冬者歲之餘，雨者晴之餘，夜者日之餘。」晚葉：晚落之葉。

〔三〕年至：一年結束。圍：樹圍。樹木之年輪新長一圈。

〔四〕月輪：圓月。三五：每月陰曆十五日。此句扣「桂」，《酉陽雜俎·天咫》：「舊言月中有桂、有蟾蜍。故異書言月桂高五百丈，下有一人常斲之，樹創隨合。」

〔五〕烏生：樂府舊題，一作《烏生八九子》。此句亦扣「桂」。《古辭》：「烏生八九子，端坐秦氏桂樹間。」

宴清言殿柏梁體詩〔一〕

玉衡七政轉璇璣梁元帝〔二〕，升降端揆而才非侍中尚書僕射臣褒〔三〕，澄鏡朱紫眇難追吏部尚書臣穀〔四〕。《藝文類聚》五十六。

〔一〕原題爲《梁元帝宴清言殿作柏梁體》。漢武帝作柏梁臺，詔群臣共賦七言詩，人各一句，句皆用韵。後人稱此體爲「柏梁體」。本詩乃梁元帝與王褒、劉瑴之聯句。其時王褒任侍中、尚書僕射，劉瑴任吏部尚書。按《梁書·元帝紀》載元帝時期任吏部尚書者有王褒、劉瑴、宗懍。大寶二年「以智武將軍、南平内史王褒爲吏部尚書。」（《梁書·王規附子褒傳》則云：「俄遷吏部尚書、侍中。」）承聖二年正月「戊寅，以吏部尚書王褒爲尚書右僕射，劉瑴爲吏部尚書」。十一月「戊戌，以尚書右僕射王褒爲左僕射」。承聖三年七月甲辰，「以都官尚書宗懍爲吏部尚書」。可知本聯句的「吏部尚書臣穀」是劉瑴爲繼王褒而任吏部尚書，并且一直任至承聖三年七月。可知本聯句的「吏部尚書臣穀」之「穀」，應是「瑴」。二者乃因形近而誤。聯句的時間，據王褒之句，應在承聖二年（公元五五三年）他剛被提升不久。

〔二〕玉衡璇璣：古代測天文之器，即渾天儀。七政：日、月與金、木、水、火、土五星。《書·舜典》：「在璿璣玉衡，以齊七政。」璿，音旋。孔穎達疏：「璣爲轉運，衡爲橫簫。運璣使動於下，以衡望之。是王者正天文之器。」梁元帝以此來表明自己繼帝位是符合上天意志的。

〔三〕端揆：位居百官之首，主持國政。揆：度，引申爲處理政事的各个部門。《書·舜典》：「百揆時敍」，《史記·五帝本紀》作「百官時序」。《梁書·沈約傳》：「約久處端揆，有志臺司。」

按：南北朝時，實際擔任宰相者往往即用侍中之名義。王褒此句是在受到遷升時的自慊之詞。

〔四〕澄鏡：像鏡子一樣清明。陸雲《晉故豫章内史夏府君誄》：「澄鑒博映，哲思惟文。」鑒，即鏡。朱紫：善惡正邪。《論語·陽貨》：「惡紫之奪朱也。」《後漢書·左雄列傳》：「朱紫同色，清濁不分。」按：吏部尚書爲主管選舉官員機構之最高長官。分辨邪正是其職責。本句也是劉縠被任吏部尚書之後的自慊之詞。

王褒集校注卷三　文

爲百僚請立皇太子表〔一〕

臣聞洊雷居震〔二〕，春方應守器之禮〔三〕；明兩作離〔四〕，少陽纂重暉之業〔五〕。是以三善昭德〔六〕，載祀之祚克隆〔七〕；一人元良，貞國之基永固〔八〕。至於軒轅得姓〔九〕，高陽才子〔一〇〕。上嗣佇賢〔一一〕，前星虚位〔一二〕。魯國公臣贇，親居元子〔一三〕，屬當儲貳〔一四〕。具僚仰則，列辟式瞻〔一五〕。臣等參議，請立爲皇太子。事隆監撫〔一六〕，教資審諭〔一七〕，問安寢門，視膳天幄〔一八〕。《藝文類聚》十六、《初學記》十。

〔一〕《周書·武帝紀上》載建德元年夏四月癸巳，立魯國公贇爲皇太子，所以本文應作於是年。

〔二〕洊雷：頻頻雷鳴。《易·震象》：「洊雷震，君子以恐懼修省。」孔穎達疏：「洊者，重也，因仍也。雷相因仍乃爲威震也。」《易·説卦》：「震爲雷……爲長子。」故以洊雷喻太子。庾信《哀江南賦》：「遊洊雷之講肆，齒明離之胄筵。」

〔三〕春方：東方。震爲東方，故春方指太子。守器：守宗廟祭器。古以宗廟祭器爲國家的象徵。《禮記·鄉飲酒義》：「東方者春，春之爲言蠢也。」《文選·顔延之·車駕幸京口三月三日侍遊曲阿後湖作詩》：「春方動宸駕，望幸傾五州。」呂延濟注：「春方，東方也。」《易・說卦》：「萬物出乎震。震，東方也。」又：「主器者莫若長子，故受之以震。」《易・震象》：「出可以守宗廟社稷，以爲祭主也。」孔穎達疏：「君出則長子留守宗廟社稷，攝祭主之禮事也。」沈約《立太子詔》：「自昔哲后，降及近代，莫不立儲樹嫡，守器承祧。」

〔四〕明兩作離：《易・離象》：「明兩作離，大人以繼明照於四方。」離卦爲兩離上下相重，故喻子能繼其父業。《初學記》卷十「黄離」條引《離卦》之注曰：「離，南方之卦，離爲火，土託位焉。土色黄，火之子。喻子有明德，能附麗於其父之道，順成其業，故吉也。」《文選・謝靈運・擬魏太子鄴中集詩八首（其二）》：「不謂息肩顧，一旦值明兩。」呂延濟注：「武帝既明，而太子又明，故謂太子爲明兩也。」

〔五〕少陽：爲東方，指太子。《文選・顔延之・三月三日曲水詩序》：「正體毓德於少陽，王宰宣哲於元輔。」李善注：「正體，太子也。……少陽，東宮也。」東宮爲太子居處。重暉：即重輝，重光。崔豹《古今注・音樂》：「（漢）明帝爲太子。樂人作歌詩四章以贊太子之德。其一曰《日重光》，其二曰《月重輪》，其三曰《星重輝》，其四曰《海重潤》。」《書・顧命》：「昔君文王、武王宣重光。」是重暉仍指太子能繼先君之德業。

〔六〕三善：臣事君、子事父、幼事長稱三善。國之太子能體現此三善。《禮記・文王世子》：「行一物而三善皆得者，唯世子而已。其齒於學之謂也。故世子齒於學，國人觀之曰：『將君我，而與我齒讓，何也？』曰：『有父在則禮然。』然而衆知父子之道矣。其二曰：『將君我，而與我齒讓，何也？』曰：『有君在則禮然。』然而衆著於君臣之義也。其三曰：『將君我，而與我齒讓，何也？』曰：『長長也。』然而衆知長幼之節矣。故父在斯爲子，君在斯謂之臣，居子與臣之節，所以尊君親親也。故學之爲父子焉，學之爲君臣焉，學之爲長幼焉。父子、君臣、長幼之道得而國治。」昭：明。

〔七〕載祀：年歲。《左傳・宣公三年》：「桀有昏德，鼎遷於商，載祀六百。」杜預注：「載祀，皆年。」祚：天子之位。《文選・班固・東都賦》：「漢祚中缺。」李善注：「祚，位也。」克隆：大隆。《初學記》作「克昌」，義同。《詩・周頌・雝》：「燕及皇天，克昌厥後。」鄭玄箋：「又能昌大其子孫。」《宋書・樂志》載王韶之《宋宗廟登歌》：「於穆皇祖，永世克隆。」

〔八〕一人元良：《禮記・文王世子》：「一有元良，萬國以貞，世子之謂也。」孔穎達疏：「一，一人也。一人，謂世子也。元，大也。良，善也。貞，正也。言世子有大善，則萬國以正。」温子昇《生皇太子赦詔》：「有國三善，事屬元良。」以上是引用經典來説明太子的重要性。《初學記》「人」作「有」，「貞國」作「國貞」，「基」作「圖」，均義同。

〔九〕軒轅：黄帝。《史記・五帝本紀》：「黄帝者，少典之子。姓公孫，名曰軒轅。」又：「黄帝二十五子。其得姓者十四人。」

〔一〇〕高陽：五帝之一。《史記・五帝本紀》：「帝顓頊高陽者，黄帝之孫而昌意之子也。」《左傳・

文公十八年》：「昔高陽氏有才子八人：蒼舒、隤敳、檮戭、大臨、尨降、庭堅、仲容、叔達，齊聖廣淵，明允篤誠，天下之民，謂之八愷。」

〔一一〕上嗣：皇太子。《隋書・文四子傳》載隋文帝詔：「皇太子雖居上嗣，義兼臣子。」佇：待。《漢書・外戚傳上》：「飾新宮以延貯兮」，師古注：「貯與佇同。佇，待也。」

〔一二〕前星：皇太子。《漢書・五行志下之下》：「劉向以爲《星傳》曰：『心，大星，天王也。其前星，太子；後星，庶子也。尾爲君臣乖離。』」本句謂太子未立。

〔一三〕魯國公臣贇：周武帝的兒子宇父贇。對周武帝來説還是臣。《周書・宣帝紀》：「宣皇帝諱贇，字乾伯，高祖長子也。母曰李太后。武成元年，生於同州。保定元年五月丙午，封魯國公。」元子：長子。《百三家集》無「臣」字。

〔一四〕儲貳：同儲君。指太子。《晉書・五行志》：「皇太子，國之儲貳，賈謐何敢無禮。」貳，副也。見段玉裁《説文解字注》。屬當：正當。《左傳・成公二年》：「下臣不幸，屬當戎行。」杜預注：「屬，適也。」

〔一五〕具僚：同具臣。謙言充作朝中之臣僚。《論語・先進》：「今由與求也，可謂具臣矣。」何晏《集解》引孔安國注：「言備臣數而已。」仰則：仰是敬慕之詞，則是模範之意。言以魯國公爲榜樣。蔡邕《司徒袁公夫人馬氏碑》：「孝敬婉孌，畢力中饋。後生仰則，以爲謀憲。」列辟：衆諸侯。列，同列士、列大夫之列，衆多之謂。《詩・大雅・假樂》：「百辟卿士。」鄭玄箋：

「百辟，畿内諸侯也。」式瞻：效法瞻仰。任昉《出郡傳舍哭范僕射詩》：「式瞻在國楨。」

〔一六〕監撫：監國、撫軍。古代太子之職。監國：監視國事。撫軍：撫慰士兵。《左傳·閔公二年》：「大子奉冢祀、社稷之粢盛，以朝夕視君膳者也，故曰冢子。君行則守，有守則從，從曰撫軍，守曰監國。古之制也。」大子，即太子。《國語·晉語一》記此即作「太子」。隆，《初學記》作「崇」，義同。

〔一七〕審諭：審察曉喻。《禮記·文王世子》：「太傅審父子君臣之道以示之，少傅奉世子，以觀太傅之德行，而審喻之。」喻，諭互通。意思是應早些立太子，以便提早教育他。

〔一八〕寢門：内室的門。《禮記·曲禮上》：「客至於寢門。」孔穎達疏：「寢門，最内門也。」問安、視膳：太子敬父之禮。《禮記·文王世子》：「文王之爲世子，朝於王季，日三。雞初鳴而衣服，至於寢門外，問内豎之御者曰：『今日安否，何如？』内豎曰安，文王乃喜。及日中又至，亦如之。及莫又至，亦如之。其有不安節，則内豎以告文王，文王色憂，行不能正履。王季復膳，然後亦復。初食上，必在視寒煖之節。食下，問所膳。」天幄：皇帝居處。言教導太子問安視膳，知禮親親。

上新定鍾表〔一〕

萬物生象，始乎算數〔二〕；天道運行，基乎步術〔三〕；量有輕重，平以權衡〔四〕；音有清濁，協乎律呂〔五〕。是以周發聽聲，候春冬之生殺〔六〕；師曠吹律，知晉楚之衰亡〔七〕。數始黄鍾，琯終仲呂〔八〕。還宫變徵〔九〕，參天兩地〔一〇〕。三分損益〔一一〕，累黍相乘〔一二〕。四時發斂，忽微斯測〔一三〕。皇帝治曆明時，推元受命〔一四〕。八音七始之奏〔一五〕，五聲六律之和〔一六〕。斟酌繁簡，分析節度。推之以升斛，正之以權衡〔一七〕。稽之以古今，覈之以經傳〔一八〕。《藝文類聚》五。

〔一〕新定鍾：經過審定重新鑄造的編鍾。古人以鍾、律來定音之高低。《太平御覽》卷十六引蔡邕《月令》：「上古本陰陽，别風聲，審清濁，不可以文載口傳也，於是始鑄金作鍾，以正十二月之聲，然後以效升降之氣。而鍾不可用，乃截竹爲管，曰律，爲清濁之率也。」《吕氏春秋·仲夏紀·古樂》：「黄帝令伶倫作爲律。……故曰黄鍾之宫，律吕之本。黄帝又命伶倫與榮將鑄十二鍾以和五音。」據《隋書·律曆志上》：「後周武帝保定中，詔遣大宗伯盧景宣、上黨公長孫紹遠、岐國公斛斯徵等，累黍造尺，從横不定。後因修倉掘地，得古玉斗，以爲正器，據斗造律度量衡。因用此尺，大赦，改元天和，百司行用，終於大象之末。其律黄鍾，與蔡邕古籥同。」按：《周書·武帝紀上》云：「(天和元年春正月)癸未，大赦改元。」是年正月癸未，即正月初六日。可知王褒上此表一定在前一年，即保定五年。如按公元，則已是五六六年。《庚子山集》中亦有《爲晉陽公進玉律秤尺斗升表》。

〔二〕象：形。《易·繫辭下》：「象也者，像也。」算數：《漢書·律曆志上》：「數者，一十百千萬也。所以算數事物，順性命之理也。」《左傳·僖公十五年》：「物生而後有象，象而後有滋，滋而後有數。」孔穎達疏：「謂象生而後有數，是數因象而生也。」《後漢書·律曆志上》：「然則天地初形，人物既著，則筭數之事生矣。」筭即算字。

〔三〕天道運行：天體運轉。《老子》第四十七章：「不出户，知天下；不闚牖，見天道。」《莊子·天道》：「天道運而無所積，故萬物成。」成玄英疏：「言天道運轉，覆育蒼生，照之以日月，潤之以雨露，鼓動陶鑄，曾無滯積，是以四序回轉，萬物生成也。」步術：推斷天體運行之術。天體運行曰天步。《後漢書·律曆志下》：「月有晦朔，星有合見，月有弦望，星有留逆，其歸一也，步術生焉。」並載有推天正術，推二十四氣術、推月食術、推五星術等術。《後漢書·楊厚列傳》：「又就同郡鄭伯山，受《河洛書》及天文推步之術。」

〔四〕權衡：稱物的工具。《書·舜典》：「同律度量衡」，孔穎達疏：「權、衡一物。衡，平也。權，重也。稱上謂之衡，稱錘謂之權。」

〔五〕協：協調。律呂：古代用以确定音高低的工具。古用竹管，後一般改用銅管。共十二，陰陽各六。《漢書·律曆志上》：「律十有二，陽六爲律，陰六爲吕。」《後漢書·律曆志上》：「故體有長短，檢以度，物有多少，受以量。量有輕重，平以權衡，聲有清濁，協以律吕。三光運行，紀以曆數。然後幽隱之情，精微之變，可得而綜也。」

〔六〕周發：周武王，姓姬名發。《史記·律書》：「武王伐紂，吹律聽聲，推孟春以至於季冬，殺氣相并，而音尚宫。」《正義》：「人君暴虐酷急，即當寒應。寒生北方，乃殺氣也。武王伐紂，吹律從春至冬，殺氣相并，律亦應之。故《洪範》咎徵云『急常寒若』是也。」生殺：嚴可均《全後周文》作「王殺」，誤。

〔七〕師曠：古樂師。《左傳·襄公十八年》：「晉人聞有楚師。師曠曰：『不害。吾驟歌北風，又歌南風，南風不競，多死聲，楚必無功。』」杜預注：「歌者吹律以詠八風。南風音微，故曰不競也。師曠唯歌南北風者，聽晉楚之强弱。」晉楚之衰亡，即晉與楚何者衰亡。

〔八〕數始黄鍾：十二律始於黄鍾，終於中呂。琯：玉製的律管。《漢書·律曆志上》：「律以統氣類物。一曰黄鐘，二曰太族，三曰姑洗，四曰蕤賓，五曰夷則，六曰亡射。吕以旅陽宣氣。一曰林鐘，二曰南吕，三曰應鐘，四曰大吕，五曰夾鐘，六曰中吕。」

〔九〕還宫：十二律循環爲宫。《禮記·禮運》：「五聲、六律、十二管還相爲宫也。」孔穎達疏：「五聲謂宫商角徵羽。六律謂陽律也。舉陽律則陰吕從之可知，故十二管也。十一月黄鐘爲宫，十二月大吕爲宫，是還迴迭相爲宫也。」十二律各有其五聲，循環爲宫，共有六十宫。變徵：古人在五音的基礎上加變宫、變徵，成爲七音。《後漢書·律曆志上》：「建日冬至之聲，以黄鍾爲宫，太蔟爲商，姑洗爲角，林鍾爲徵，南吕爲羽，應鍾爲變宫，蕤賓爲變徵。」《律吕新書》：「五聲宫與商、商與角、徵與羽相去各一律，至角與徵、羽與宫相去乃二律，相去一律則音節和，相少高於宫，故謂之變宫。」

去二律則音節遠。故角徵之間，近徵收一聲，比徵少下，故謂之變徵。羽宫之間，近宫收一聲，

〔一〇〕參天兩地：參是奇數，兩是偶數。奇爲天爲陽，偶爲地爲陰。古人認爲一切都是陰陽所生。樂律之制也要體現參天兩地的原則。《漢書·律曆志上》：「《易》曰：『參天兩地而倚數。』天之數始於一，終於二十有五。其義紀之以三，故置一得三又二十五分之六，凡二十五置，終天之數，得八十一，以天地五位之合終於十者乘之，爲八百一十分，應曆一統千五百三十九歲之章數，黄鐘之實也。繇此之義，起十二律之周徑。地之數始於二，終於三十。其義紀之以兩，故置一得二，凡三十置，終地之數，得六十，以地中數六乘之，爲三百六十分，當期之日，林鐘之實。」班固附會《三統曆》，實多穿鑿，也難理解。其大意是言：七九爲陽數，六八爲陰數。黄鐘之長九寸，中積八百一十分，體現了終天之數。林鐘長六寸，也即六十分，體現了終地之數。它們之長自乘再乘十，則黄鐘應曆一統之章數（十九歲爲一章，一統凡八十一章）、林鐘當期之日（一期十二個月，三百六十日）。且律管之周徑是由黄鍾之中積除以其長而定，故律曆之數，體現了天地之道。可參看王先謙之《補注》。《漢書·律曆志上》又云：「黄鐘初九，律之首，陽之變也。因而六之，以九爲法，得林鐘初六，吕之首，陰之變也。皆參天兩地之法也。」孟康注：「三三而九，二三而六，參兩之義也。」可見有多種解釋。

〔一一〕損：去。益：加。古代十二律相生用的是三分損益法。黄鐘長九寸，减三分之一是六寸，爲

林鐘之管長。林鐘增三分之一是八寸，爲太簇之管長。太簇減三分之一是五又三分之一寸，爲南吕的管長。以下次序是姑洗、應鐘、蕤賓、大吕、夷則、夾鐘、無射、中吕。除應鐘到蕤賓、蕤賓到大吕都是三分增一外，其餘都是先三分減一，後三分增一。故稱三分損益法。《吕氏春秋・季夏紀・音律》：「黄鐘生林鐘，林鐘生太簇，太簇生南吕，南吕生姑洗，姑洗生應鐘，應鐘生蕤賓，蕤賓生大吕，大吕生夷則，夷則生夾鐘，夾鐘生無射，無射生仲吕。三分所生，益之一分以上生；三分所生，去其一分以下生。黄鐘、大吕、太簇、夾鐘、姑洗、仲吕、蕤賓爲上，林鐘、夷則、南吕、無射、應鐘爲下。」《後漢書・律曆志上》：「黄鐘，律吕之首，而生十二律者也。其相生也，皆三分而損益之。」

〔三〕累黍：古之度量衡以黍爲單位。一黍爲一分，百黍相累爲一尺，千二百黍爲一龠，一龠重十二銖。《説苑・辨物》：「度量權衡，以黍生之。」《隋書・律曆志上》載後周武帝銅升之銘：「保定元年辛巳五月，晉國造倉，獲古玉斗。暨五年乙酉冬十月，詔改制銅律度，遂致中和。累黍積龠，同兹玉量，與衡度無差。準爲銅升，用頒天下。」故知累黍之累，即積累之累。累：《百三家集》作「絫」。乃是同一字。《漢書・律曆志上》：「權輕重者不失黍絫。」應劭注：「十黍爲絫，十絫爲一銖。」相乘：同自乘。《漢書・律曆志上》：「太極中央元氣，故爲黄鐘。其實一龠。以其長自乘，故八十一爲日法，所以生權衡度量，禮樂之所繇出也。」三分損益、累黍相乘，意謂按古法造鍾律。

〔一三〕四時發斂：四時之氣的擴張與收斂的變化。《漢書·律曆志上》：「蓋聞古者黄帝合而不死，名察發斂，定清濁，起五部，建氣物分數。」孟康注：「名春夏爲發，秋冬爲斂。」王先謙《補注》：「冬至後日行南陸爲發，夏至後日行北陸爲斂。」忽微：很小的單位。《漢書·律曆志上》：「及黄鐘爲宫，則太族、姑洗、林鐘、南吕皆以正聲應，無有忽微。不復與它律爲役者，同心一統之義也。非黄鐘而它律，雖當其月自宫者，則其和應之律有空積忽微，不得其正。」王先謙《補注》引《九數通攷》：「三十度爲宫，六十分爲度，六十秒爲分，六十微爲秒，六十纖爲微，六十忽爲纖，六十芒爲忽，六十塵爲芒。」古人以十二律和十二月相配，故言四時之氣的細微變化在鐘律上都能表現出來。

〔一四〕治曆：制定曆法。《易·革象》：「君子以治曆明時。」孔穎達疏：「天時變改，故須曆數。所以君子觀兹革象，脩治曆數以明天時也。」推元受命：《史記·曆書》：「王者易姓受命，必慎始初，改正朔，易服色，推本天元，順承厥意。」《索隱》：「言王者易姓而興，必當推本天之元氣行運所在，以定正朔，以承天意。」《漢書·律曆志上》：「帝王必改正朔，易服色，所以明受命於天也。」庾信《爲晉陽公進玉律秤尺斗升表》：「伏見敕旨，刊正音律，平章曆象。」説明周武帝於定鍾律同時修正曆法。

〔一五〕八音：八種樂器。《周禮·春官·大師》：「播之以八音：金、石、土、革、絲、木、匏、竹。」鄭玄注：「金，鍾鎛也。石，磬也。土，塤也。革，鼓鼗也。絲，琴瑟也。木，柷敔也。匏，笙也。竹，管籥也。」七始：漢樂名。《漢書·禮樂志》：「《七始》、《華始》。」孟康注：「七始，天地人四時之始。華始，萬物英華之始。樂名。」《小學紺珠》卷一：「黄鐘、林鐘、太簇，天地人之始，姑洗、蕤賓、南吕、應鐘，春夏秋冬之始。」

〔一六〕五聲：五音。《周禮·春官·大師》：「皆文之以五聲，宫、商、角、徵、羽。」六律：六陽律。此處代指律吕。和：調諧。《國語·周語》：「樂從和。」

〔一七〕升斛：量器單位。古之度量衡都起于音律，故言「推之以升斛，正之以權衡」。《漢書·律曆志上》：「度者，分、寸、尺、丈、引也，所以度長短也。本起黄鐘之長。以子穀秬黍中者，一黍之廣，度之九十分，黄鐘之長。一爲一分，十分爲寸，十寸爲尺，十尺爲丈，十丈爲引，而五度審矣。」「量者，龠、合、升、斗、斛也，所以量多少也。本起於黄鐘之龠，用度數審其容。以子穀秬黍中者千有二百實其龠，以井水準其槩。合龠爲合，十合爲升，十升爲斗，十斗爲斛，而五量嘉矣。」「權者，銖、兩、斤、鈞、石也，所以稱物平施，知輕重也。本起於黄鐘之重。一龠容千二百黍，重十二銖，兩之爲兩。二十四銖爲兩。十六兩爲斤。三十斤爲鈞。四鈞爲石。」

〔一八〕稽：考查。覈：復查對照。經傳：《博物志》卷六：「聖人制作曰經，賢者著述曰傳。」指古代的文獻記載。《漢書·律曆志上》：「稽之於古今，効之於氣物，和之於心耳，考之於經傳。咸得其實，靡不協同。」

爲庫狄峙致仕表〔一〕

俛音赴曲，操終則外〔二〕；傾身舉重，力殫斯斃〔三〕。何者？日暮途遠，前哲所以告歸〔四〕；漏盡載馳，昔賢以之知退〔五〕。《藝文類聚》十八。

〔一〕致仕：退職。《公羊傳・宣公元年》：「古之道，不即人心，退而致仕。」何休注：「致仕，還禄位於君。」庫狄峙：《周書》有傳。遼東人，本姓段，因避難而改。孝武帝西遷，他隨之入關。拜中書舍人，遷黄門侍郎。出使蠕蠕、突厥有功。保定四年，任宜州刺史。天和三年，入爲少師，以年老求致仕。天和五年去世。是以本表作於天和三年。

〔二〕俛，即俯之異體字。俛音：雜音。《禮記・樂記》：「今夫新樂，進俯退俯，姦聲以濫，溺而不止。」鄭玄注：「俯猶曲也。言不齊一也。」赴曲：《文選・宋玉・高唐賦》：「衆雀嗷嗷，雌雄相失，哀鳴相號。……更唱迭和，赴曲隨流。」李善注：「赴曲者，鳥之哀鳴，有同歌曲，故言赴曲。」操，同曲。《後漢書・曹褒列傳》：「樂詩曲操，以俟君子。」李賢注：「操猶曲也。劉向《别録》曰：君子因雅琴之適，故從容以致思焉。其道閉塞悲愁，而作者名其曲曰操。言遇災害不失其操也。」外：遠離本曲。《説文》：「外，遠也。卜尚平旦，今夕卜，於事外矣。」本句意謂雜音進入音樂，便破壞了樂曲。言自己年老，不能再按照朝廷官員之標準去工作。外，嚴可均《全後周文》作「仆」，應誤。

〔三〕傾身：竭盡全身力量。殫：盡。斯：則。斃：死。重，嚴可均《全後周文》作「動」，應誤。

〔四〕日暮途遠：《史記·伍子胥列傳》：「吾日暮途遠，故倒行而逆施之。」《索隱》：「譬如人行，前途尚遠，而日勢已莫。」此處是代指已經年老，不能有所作爲。如《後漢書·逸民列傳》中的嚴光爲光武帝所徵聘，司徒侯霸與其有舊，遣使奉書，謂光曰：「公聞先生至，區區欲即詣造，迫於典司，是以不獲。願因日暮，自屈語言。」嚴光不答，口授使者。後除諫議大夫，不屈，乃耕於富春山。前哲：以前的哲人。告歸：告老回家。

〔五〕漏：古代計時之工具。漏盡，即漏盡鐘鳴。言晨鐘已動，夜漏將盡。用以喻人之晚年。《三國志·魏書·田預傳》：「年過七十而以居位，譬猶鐘鳴漏盡，而夜行不休，是罪人也。」載馳：馳驅不休。《詩·鄘風·載馳》：「載馳載驅，歸唁衛侯。」毛傳：「載，辭也。」孔穎達疏：「夫人言己欲驅馳而往歸于宗國，以弔唁衛侯。」此則以喻已到晚年還繼續工作。昔賢：同前哲。

上祥瑞表〔一〕

明王孝治〔二〕，岳瀆所以效靈〔三〕；至人澤及，風雲以之懸感〔四〕。是以若霧非霧，天道叶至德之符；似煙非煙，觸石表嘉祥之氣〔五〕。玄黄蕭索之輝〔六〕，丹紫輪囷之狀〔七〕。

豈止唐帝沉璧，氣合金方；姬后望河，形如車蓋〔八〕。《藝文類聚》九十八。

〔一〕祥瑞：吉祥的好預兆。古代把某些不常見的自然現象稱爲祥瑞。《漢書·元后傳》：「此正義善事，當有祥瑞，何故致災異？」

〔二〕明王：猶言聖君。孝治：以孝治天下。《孝經·孝治章》：「故明王之以孝治天下也如此。」

〔三〕岳瀆：五岳四瀆，泛指山川。山爲岳，河爲瀆。《爾雅·釋水》：「江河淮濟爲四瀆。」《説文》：「嶽，東岱、南霍、西華、北恒、中泰室，王者之所以巡狩所至。」嶽即岳。效靈：顯示靈驗。

〔四〕至人：至德之人。《史記·屈原賈生列傳》：「至人遺物兮」，《索隱》：「體盡於聖，德美之極，謂之至人。」澤及：恩澤施于天下。《詩·小雅·蓼蕭序》：「《蓼蕭》，澤及四海也。」孔穎達疏：「謂時王者恩澤被及四海之國也。」懸感：表現出感應。風雲虛空故言懸。如懸想之懸。《文選·謝瞻·張子房詩》：「伊人感代工，聿來扶興王。」李善注：「感，猶應也。」此二句是説皇帝仁德之治，可以在大自然中作出反映。

〔五〕若霧非霧、似煙非煙：《史記·天官書》：「若煙非煙，若雲非雲，郁郁紛紛，蕭索輪囷，是謂卿雲。卿雲，喜氣也。若霧非霧，衣冠而不濡，見則其域被甲而趨。」古人望雲氣來定吉凶。天道：天體之運行。叶：協、合。《玉篇·口部》：「叶，合也，古文協。」符：瑞應之徵兆。《史記·孝武本紀》：「賜諸侯白金，以風符應合于天地。」《集解》：「晉灼曰：符，瑞也。瓚曰：風示諸侯以此符瑞之應。」觸石：指雲氣。《公羊傳·僖公三十一年》：「觸石而出，膚寸而合，不崇朝而徧雨乎天下者，唯泰山爾。河海潤于千里。」何休注：「亦能通氣致雨潤澤及于千里。」

〔六〕玄黄：黑色與黄色。《易·坤文言》：「夫玄黄者，天地之雜也，天玄而地黄。」引申爲美色。《新語·道基》：「玄黄琦瑋之色。」蕭索：雲氣疏散的樣子。《文選·謝惠連·雪賦》：「散漫交錯，氛氲蕭索。」吕延濟注：「皆飄流往來繁密之貌。」

〔七〕丹紫：紅紫。輪囷：《文選·左思·吴都賦》：「重葩殗葉，輪囷虯蟠」，吕向注：「輪囷，屈曲貌。」此二句是形容祥瑞雲氣之顔色和形狀。

〔八〕唐帝：堯，國號唐。姬后：周成王，姓姬。古稱君爲后。《詩·商頌·玄鳥》：「商之先后」，鄭玄箋：「后，君也。」《太平御覽》卷八《雲部》引《尚書中候》：「堯沉璧於河，白雲起，迴風摇落。」又曰：「周成王舉堯舜禮，沉璧於河，白雲起而青雲浮至。」金方：對應「白雲起」。金在五行中屬白色，故如此説。《白虎通·五行》：「金在西方，……其色白，其音商。」車蓋：圓形的車帷。魏文帝《浮雲詩》：「西北有浮雲，亭亭如車蓋。」

謝賚絹啓〔一〕

似逐安車之徵〔二〕，如輕殿中之對〔三〕。臣善識山川，應圖方丈〔四〕；脱能臨水，必不棄書〔五二〕。《藝文類聚》八十五。

〔一〕賚：賜、賞。

〔二〕安車：平穩可坐之車。《晉書·輿服志》：「坐乘者謂之安車，倚乘者謂之立車，亦謂之高車。」徵：皇帝之召請。《史記·儒林列傳》：「於是天子使使束帛加璧安車駟馬迎申公，弟子二人乘軺傳從。至，見天子。天子問治亂之事，申公時已八十餘。」

〔三〕殿中之對：《漢書·東方朔傳》：「上嘗使諸數家射覆。置守宫盂下，射之，皆不能中。朔自贊曰：『臣嘗受《易》，請射之。』乃别蓍布卦而對曰：『臣以爲龍又無角，謂之爲蛇又有足，跂跂脈脈善緣壁，是非守宫即蜥蜴。』上曰：『善。』賜帛十匹。復使射他物，連中，輒賜帛。」射覆，是將物覆于器下使人猜。輕：輕佻不莊重。皇帝迎來申公賜以帛，滑稽的東方朔殿中應對也被賜帛。本篇是謝皇帝賜絹，所以説如同申公、東方朔一樣。

〔四〕識：記。《論語·述而》：「默而識之」，邢昺疏：「言已不言而記識之。」方丈：海中神山。《史記·秦始皇本紀》：「齊人徐市等上書，言海中有三神山。名曰蓬萊、方丈、瀛洲。」此處用以代指山川。

〔五〕脱能：若能。臨水：臨池之意，指寫字。衛恒《四體書勢》言弘農張伯英：「轉精其巧，凡家之衣帛，必先書而後染。臨池學書，池水盡黑。」此二句意謂所賜之絹可以作畫、寫字。按：王褒的書法爲北朝所重，名在趙文淵之上。（見《周書·趙文深傳》。）

謝賚馬啓

邊城無草，來自東南〔一〕；塞外饒沙，經從西北〔二〕。漢時樂府，偏愛權奇〔三〕；晉世桑門，特憐神駿〔四〕。黄金作勒，足度西河〔五〕；白玉爲鐙，方傳南國〔六〕。儻逢漢帝，仍駕鼓車〔七〕；若值魏王，應驚香氣〔八〕。《藝文類聚》九十三。

〔一〕邊城無草：指塞外，西域一帶。《漢書·禮樂志》載《天馬歌》第二章：「天馬徠，歷無草。徑千里，循東道。」張晏注：「馬從西而來東也。」師古注：「言馬從西來，經行磧鹵之地無草者，凡千里而至東道。」此處作「東南」，是爲和下句「西北」相對。自：循、從。《廣雅·釋詁一》：「自，從也。」《文選·陸雲·答張士然》：「井邑自相循。」李善注：「《廣雅》曰：循，從也。」（按：今本《廣雅》缺此條。）東南：猶言東南道。

〔二〕饒沙：多沙漠。《史記·大宛列傳》：「初，天子發書《易》，云『神馬當從西北來』。得烏孫馬好，名曰『天馬』。及得大宛汗血馬，益壯，更名烏孫馬曰『西極』，名大宛馬曰『天馬』云。」《漢書·禮樂志》載《天馬歌》第二章：「天馬徠，從西極，涉流沙，九夷服。」

〔三〕漢時樂府：《漢書·禮樂志》載《天馬歌》第一章：「太一況，天馬下，霑赤汗，沬流赭。志俶儻，精權奇。籋浮雲，晻上馳。體容與，迣萬里，今安匹，龍爲友。」權奇：馬善行的樣子。《文選·顔延之·赭白馬賦》：「雄志倜儻，精權奇兮。」張銑注：「權奇，善行貌。」

〔四〕桑門：僧人。《世説新語·言語》載晉時僧人支遁「常養數匹馬。或言道人畜馬不韻，支曰：『貧道重其神駿。』」按：中古時僧人亦稱道。如《南史·梁武帝紀》：「道俗五萬餘人。」

〔五〕渡西河：《説苑·臣術》：「田子方渡西河造翟黄。翟黄乘軒車，載華蓋，黄金之勒，約鎮簟蔈，如此者其駟八十乘。子方望之以爲人君也。道狹，下抵車而待之。翟黄至而睹其子方也，下車而趨，自投下風曰：『觸。』田子方曰：『子與？吾嚮者望子，疑以爲人君也，子至而人臣也，將何以至此乎？』翟黄對曰：『此皆君之所以賜臣也。積三十歲，故至於此。時以閑暇，祖之曠野，正逢先生。』」西河：戰國時魏地。在今山西河津、陜西韓城一帶。古稱西部南北流向的黄河爲西河。

〔六〕白玉句：此句不詳出典。陳代傅縡《天馬引》：「本珍白玉鐙，因飾黄金鞭。」梁簡文帝《紫騮馬》：「青絲懸玉鐙，朱汗染香衣。」又其《馬寳頌并序》云：「堯漢皆得馬者，堯漢皆火德，正斗南方，乘德而至也。」此蓋即「方傳南國」之意。

〔七〕儻逢句：《後漢書·循吏列傳》載漢光武「建武十三年，異國有獻名馬者，日行千里，又進寳劍，賈兼百金。詔以馬駕鼓車，劍賜騎士」。

〔八〕若值句：《三國志·魏書·朱建平傳》：「建平又善相馬，文帝將出，取馬外入。建平道遇之，語曰：『此馬之相今日死矣。』帝將乘馬，馬惡衣香，驚齧帝膝。帝大怒，即便殺之。」魏王，指魏文帝曹丕。

致梁處士周弘讓書〔一〕

嗣宗窮途，楊朱歧路〔二〕。征蓬長逝，流水不歸〔三〕。舒慘殊方，炎涼異節，木皮春厚，桂樹冬榮〔四〕。想攝衛惟宜，動静多豫〔五〕。賢兄入關，敬承款曲〔六〕。猶依杜陵之水〔七〕，尚保池陽之田〔八〕，鏟迹幽蹊，銷聲穹谷〔九〕。何其愉樂，幸甚！幸甚〔一〇〕！

弟昔因多疾，亟覽九仙之方〔一一〕；晚涉世途，常懷五嶽之舉〔一二〕。同夫關令，物色異人〔一三〕；譬彼客卿，服膺高士〔一四〕。上經説道，屢聽玄牝之談〔一五〕；中藥養神，每禀丹沙之説〔一六〕。頃年事遒盡，容髮衰謝〔一七〕，芸其黄矣，零落無時〔一八〕。還念生涯，繁憂總集〔一九〕。視陰愒日，猶趙孟之徂年〔二〇〕；負杖行吟，同劉琨之積慘〔二一〕。河陽北臨，空思鞏洛〔二二〕；霸陵南望，還見長安〔二三〕。所冀書生之魂，來依舊壤〔二四〕；射聲之鬼，無恨他鄉〔二五〕。白雲在天，長離別矣，會見之期，邈無日矣〔二六〕。援筆攬紙，龍鍾横集〔二七〕。《周書·王褒傳》《藝文類聚》三十。

〔一〕周弘讓：《南史》有傳。性簡素，博學多通。隱於句容茅山。陳天嘉初，以隱士身份領太常卿、光禄大夫。《周書·王褒傳》：「褒與梁處士汝南周弘讓相善。及弘讓兄弘正自陳來聘，高祖許褒等通親知音問。褒贈弘讓詩并致書。」據《陳書·周弘正傳》：「天嘉元年，遷侍中、國子祭酒，往長安迎高宗。三年，自周還。」説明本文作於天嘉三年，即公元五六二年。文題，《類聚》《全後周文》作《與周弘讓書》。《百三家集》作《寄梁處士周弘讓書》。今從《百三家集》，並依《周書·王褒傳》，改「寄」作「致」。

〔二〕嗣宗：阮籍。字嗣宗。窮途：路的盡頭。《晉書·阮籍傳》：「籍時率意獨駕，不由徑路，車迹之所窮，輒痛哭而返。」楊朱：戰國時人。字子居。其學説主爲我，而書不傳。學説散見於《孟子》《列子》之中。歧路：叉路。《列子·説符》：「楊子之隣人亡羊，既率其黨，又請楊子之豎追之。楊子曰：『嘻，亡一羊何追者之衆？』隣人曰：『多歧路。』既反，問：『獲羊乎？』曰：『亡之矣。』曰：『奚亡之？』曰：『歧路之中，又有歧焉。吾不知所之，所以反也。』楊子戚然變容，不言者移時，不笑者竟日。」本文以此二典來表現自己在北朝處於窮途末路、無可奈何的境地。

〔三〕征蓬：滾動的蓬草。《史記·老子韓非列傳》：「不得其時則蓬累而行。」《正義》：「蓬，其狀若皤蒿，細葉，蔓生於沙漠中。風吹則根斷，隨風轉移也。」逝：去。流水不歸：漢樂府《長歌行》：「百川東到海，何時復西歸。」這裏是以蓬草、流水來比喻自己長留北朝不能回歸江南。

〔四〕舒慘：氣候的温暖、寒冷。《文選·張衡·西京賦》：「夫人在陽時則舒，在陰時則慘。此牽乎天者也。」薛綜注：「陽謂春夏，陰謂秋冬。」《文心雕龍·物色》：「春秋代序，陰陽慘舒。」殊方：不同地域。異節：不同氣候。木皮春厚：《漢書·晁錯傳》載錯《守邊備塞議》：「夫胡貉之地，積陰之處也。木皮三寸，冰厚六尺。」文穎注：「土地寒故也。」桂樹冬榮：《楚辭·遠遊》：「嘉南州之炎德兮，麗桂樹之冬榮。」洪興祖《補注》：「桂凌冬不凋。」榮：開花。王褒在氣候寒冷的北方，春天樹木還長着厚皮。周弘讓在氣候温暖的南方，冬天桂樹還開花。故言「殊方」、「異節」。舒慘：《類聚》作「南北」。按：「南北」太顯直白。

〔五〕攝衛：保養衛護身體之法。《老子》第五十章：「蓋聞善攝生者」，河上公注：「攝，養也。」梁簡文帝《與慧琰法師書》：「旦來雨氣，殊有初寒。攝衛已久，轉得其力。」宜：適宜。豫：安逸。《爾雅·釋詁下》：「豫，安也。」此句是問候周弘讓。《類聚》無「想」字。按：無「想」則缺問候對方之意。

〔六〕賢兄：指周弘讓之兄周弘正。入關：至關中。關中，今陝西渭河流域。款曲：誠摯的心意。《廣雅·釋詁一》：「款，誠也。」《詩·秦風·小戎》：「亂我心曲。」鄭箋：「心曲，心之委曲也。」《三國志·魏書·郭淮傳》：「及見，一二知其款曲，訊問周至。」本句意謂從周弘正那兒得到周弘讓對自己的問候，了解了對方的情況。款，《類聚》作「闊」。義同。《爾雅·釋器》：「款足者謂之鬲。」郭璞注：「款，闊也。」

〔七〕杜陵：在今陝西長安東南。《漢書·地理志上》載京兆尹，縣十二。「杜陵，故杜伯國，宣帝更名」。漢宣帝之陵在此。《三輔黄圖》卷六：「宣帝杜陵，在長安城南五十里。」杜陵有沈水。《水經注·渭水下》：「沈水又西北，經下杜城，即杜伯國也。」故言「杜陵之水」。《太平御覽》

卷五一〇引嵇康《高士傳》：「蔣詡，字元卿。杜陵人，爲兖州刺史。王莽爲宰衡，詡奏事到灞上，稱病不進，歸杜陵。荆棘塞門，舍中三徑，終身不出。時人諺曰：『楚國二龔，不如杜陵蔣翁。』」是以此句之「杜陵」乃代指隱者之地。

〔八〕池陽：漢置縣，在今陝西涇陽縣西北。《漢書·溝洫志》載白公穿白渠，民歌之曰：「田於何所，池陽谷口。鄭國在前，白渠起後。舉臿爲雲，決渠爲雨。涇水一石，其泥數斗。且溉且糞，長我禾黍。衣食京師，億萬之口。」尚保池陽之田：意謂周弘讓經過社會動亂，仍有優厚的經濟基礎，過着無憂無慮的生活。池陽：《類聚》作「東陂」。《後漢書·周燮列傳》：「（周燮）有先人草廬結于岡畔，下有陂田，常肆勤以自給。非身所耕漁，則不食也。鄉黨宗族希得見者。舉孝廉、賢良方正，特徵，皆以疾辭。延光二年，安帝以玄纁羔幣聘燮及南陽馮良，二郡各遣丞掾致禮。宗族更勸之曰：『夫修德立行，所以爲國。自先世以來，勳寵相承，君獨何爲守東岡之陂乎。』燮曰：『吾既不能隱處巢穴，追綺季之迹，而猶顯然不遠父母之國，斯固以滑泥揚波，同其流矣。夫修道者，度其時而動。動而不時，焉得亨乎！』因自載到潁川陽城，遣門生送敬，遂辭疾而歸。」所以「東陂」代指隱者之地。言自己了解到周弘讓還在過着隱士生活。是以本句作「東陂」亦可，然不若「池陽」爲長。

〔九〕鏟迹：銷除蹤迹。蹊：小路。此二句意謂隱居在山谷之中，不使人知，不和世俗打交道。《晉書·儒林傳》：「文博之漱流枕石，鏟迹銷聲，宣子之樂道安貧，弘風闡教，斯并通儒之高尚者也。」穹，嚴可均《全後周文》作「窮」。按：《説文》：「穹，窮也。」二字可通。而《文選・班固・西都賦》：「幽林穹谷」，李善注：「薛君曰：穹谷，深谷也。」作「穹」爲宜。

〔一〇〕何其：何等。愉樂：歡樂。幸甚：很好之意。是古代書信中常用的套話。其，《周書》作「期」。按：何期，即「何其」。《詩・小雅・頍弁》：「實維何期」，《釋文》：「本亦作『其』。」

〔一一〕亟：常。多次。《論語・陽貨》：「好從事而亟失時。」邢昺疏：「亟，數也。」九仙：九種仙人。《雲笈七籤》卷一百十四《西王母傳》：「世之昇天之仙凡有九品。第一上仙，號九天真王。第二次仙，號三天真皇。第三號太上真人。第四號飛天真人。第五號靈仙。第六號真人。第七號靈人。第八號飛仙。第九號仙人。凡此品次，不可差越。」《列仙傳》卷上載涓子好餌朮，接食其精。至三百年，乃見於齊。「隱於宕山，能致風雨，受伯陽九仙法。淮南王安少得其文，不能解其旨也」。本句意謂自己以前因爲多病，多次閲讀修仙長生之書。

〔一二〕世途：社會、世事。五嶽：即泰、恒、嵩、華、衡五岳。《後漢書・逸民列傳》：「向長，字子平，河内朝歌人也。隱居不仕。性尚中和，好通《老》《易》。……與同好北海禽慶俱遊五嶽名山，竟不知所終。」本句意謂自己晚年經過社會動亂、人情炎涼，常厭倦世事，想去過隱居生活。常，《類聚》作「猶」。亦可。嶽，《類聚》作「岳」，二字通。

〔一三〕同夫關令句：指周代看守函谷關的官員尹喜。《史記・老子韓非列傳》：「於是老子乃著書上下篇，言道德之意五千餘言而去，莫知其所終。」裴駰《集解》引《列仙傳》：「關令尹喜者，周大夫也。善内學星宿，服精華，隱德行仁，時人莫知。老子西游，喜先見其氣，知真人當過，候物色而迹之，果得老子。老子亦知其奇，爲著書。與老子俱之流沙之西，服巨勝實，莫知其所終。」司馬貞《索隱》云：「物色而迹之，謂視其氣物有異色而尋迹之。」本句意謂自己和關令尹喜一樣，在找尋老子一類奇異的人物，共同歸隱。

〔一四〕譬彼客卿句：客卿，漢代栗融之字。《漢書·王貢兩鮑傳》：「齊栗融客卿、北海禽慶子夏、蘇章游卿、山陽曹竟子期皆儒生，去官不仕於莽。」服膺高士：持守高士之節操。高士：品行高尚之人。《禮記·中庸》：「回之爲人也，擇乎中庸。得一善，則拳拳服膺而弗失之矣。」孔穎達疏：「膺，謂胸膺。言奉持守於善道，弗敢棄失。」本句意謂自己願像栗融一樣，做一名清白人隱居起來。

〔一五〕上經：崇尚道家經典。《漢書·匡衡傳》：「治天下者審所上而已。」師古注：「上，謂崇尚也。」説：悦。《論語·雍也》：「非不説子之道也，力不足也。」玄牝之談：道家有關神化之自然的道理。此處代指道家理論。《老子》第六章：「谷神不死，是謂玄牝。玄牝之門，是謂天地根。」王弼注：「無形無影，無逆無違。處卑不動，守静不衰。谷以之成，而不見其形，此至物也。處卑而不可得名，故謂天地之根。」

〔一六〕中藥養神：《神農本草經》將藥分爲上藥、中藥、下藥三類。其卷二曰：「中藥一百二十種爲臣，主養性以應人。」稟：受。丹沙之説：道家煉丹求長生的學説。丹沙即丹砂，水銀和硫黄的化合物。古代方術家煉製丹藥的主要材料。《抱朴子·金丹》：「余考覽養性之書，鳩集久視之方，曾所披涉篇卷以千計矣，莫不皆以還丹金液爲大要者焉。……晝凡草木燒之即燼，而丹砂燒之成水銀，積變又還成丹砂。其去草木亦遠矣。故能令人長生。」「同夫關令」至「每禀丹沙之説」，《類聚》無。神，嚴可均《全後周文》作「人」。依《神農本草經》，以「神」爲長。

〔一七〕頃：近來。年事：年紀。《南史·虞荔傳》：「卿年事已多，氣力稍減。」遒盡：將盡。《楚辭·九辯》：「歲忽忽而遒盡兮」，洪興祖《補注》：「遒，迫也，盡也。」容髮：容貌、頭髮。衰謝：衰老、脱落。

〔一八〕芸其黄矣句：作者以草木凋落自比。《詩·小雅·苕之華》：「苕之華，芸其黄矣。」孔穎達疏：「芸爲極黄之貌。」無時：無定時。言隨時都可能飄落。

〔一九〕還念生涯：回想自己所處之環境、生活。庾信《謝趙王賚絲布等啓》：「非常之錫，乃溢生涯。」沈炯《獨酌謡》：「生涯本漫漫，神理暫超超。」繁憂總集：多種憂愁都聚集在一起。

〔二〇〕視陰愒日：陰，日影。愒：貪。指苟延時日的衰暮之年。趙孟：晉大夫趙武。徂年：將死之年。《左傳·昭公元年》載晉趙孟問從秦來的后子，秦君幾年當死。后子回答超不過五年。「趙孟視蔭，曰：『朝夕不相及，誰能待五？』后子出，而告人曰：『趙孟將死矣。主民，翫歲而愒日，其與幾何？』」杜預注：「翫、愒，皆貪也。」本句言自己和趙孟一樣在苟延時日。《類聚》「視」作「親」，誤；「猶」作「類」，義同。

〔二一〕負杖行吟句：《文選·劉琨·答盧諶詩一首并書》：「國破家亡，親友彫殘。負杖行吟，則百憂俱至；塊然獨坐，則哀憤兩集。時復相與舉觴對膝，破涕爲笑。排終身之積慘，求數刻之暫歡。」劉琨，晉人，永嘉中爲并州刺史。負杖：恃杖。按《禮記·檀弓下》：「公叔禺人遇負杖入保者息。」鄭玄注：「見走辟齊師，將入保，罷倦，加其杖頸上，兩手掖之休息者。」《黄帝内經素問·腹中論》：「膺腫、頸痛、胸滿、腹脹」，王冰注：「頸，項前也。」則「負杖」爲疲憊之極之表現。積慘：積聚在一起的痛苦。

〔二二〕河陽：河陽縣。在今河南孟州市西。鞏：縣名。在今河南鞏義市西。晉潘岳曾任河陽令，其《西征賦》中云：「眷鞏洛而掩涕，思纏綿於墳塋。」李善注之曰：「鞏洛，二縣名也。《河南郡圖經》曰：『潘岳父冢，鞏縣西南三十五里。』」按：潘岳作《西征賦》係在其任河陽令之後。王褒此文把河陽和思鞏聯繫起來，是爲表現他在北方徒勞地思念有着先人墳塋的江南故地。臨，《類聚》作「遊」；鞏洛，《周書》作「鞏縣」，均可。今據《西征賦》從《類聚》作「洛」。

〔二三〕霸陵句：《水經注》卷十九：「《史記》秦襄王葬芷陽者是也，謂之霸上。漢文帝葬其上，謂之霸陵。上有四出道以瀉水。在長安東南三十里。故王仲宣賦詩云：『南登霸陵岸，迴首望長安。』」按：詩乃王粲之《七哀詩》。霸陵，在今陝西西安市東北。《類聚》「霸」作「灞」，「還」作「唯」。按：還，即「迴首」之意。《漢書·項籍傳》：「羽還叱之。」師古注：「還，謂迴面也。」此二句意謂自己空思故鄉，但現實却是只能留在長安。

〔二四〕所冀句：《後漢書·獨行列傳》載太原祁人温序，原任州從事。建武六年，任護羌校尉，行部至襄武時，被反將隗囂之别將苟宇所迫脅而自殺。光武帝命其部下送喪到洛陽，賜城傍地埋葬。後其子温壽「夢序告之曰：『久客思鄉里。』」壽即棄官，上書乞骸骨歸葬。帝許之，乃反舊塋焉」。王褒在《送劉中書葬》中亦言：「書生空託夢，久客每思鄉。」《類聚》「冀」作「貴」，以「冀」爲長。「來」作「還」，「壤」作「里」，義同。

〔二五〕射聲：射聲校尉。指班超。《後漢書·班超列傳》載班超家貧，常爲官傭書以供養母。後使西域，因功封爲定遠侯。在西域三十一年，年老思故土。於是上疏皇帝，中有「常恐年衰，奄忽僵仆，孤魂棄捐」、「臣不敢望到酒泉郡，但願生入玉門關」之語。其妹班昭也上書求情。皇帝既許，班超歸至洛陽，拜爲射聲校尉。其年九月即卒。以上言回歸之望已不可能，唯希望死後能安葬故鄉。

〔二六〕白雲在天：《穆天子傳》卷三：「乙丑，天子觴西王母于瑶池之上。西王母爲天子謡曰：『白雲在天，山陵自出。道里悠遠，山川間之。將子無死，尚能復來。』」邈：茫然。此數句言穆王和西王母分别，無死尚能復來，而自己和周弘讓只能長離别了。《類聚》「白」作「浮」。「長離别矣」作「邈無由矣」，「邈無日矣」作「長無日矣」，均可。

〔二七〕龍鍾：眼淚沾濕的樣子。蔡邕《琴操·信立退怨歌》載卞和辭封作歌：「俛仰嗟歎，心摧傷兮。紫之亂朱，粉墨同兮。空山歔欷，淚龍鍾兮。」横集：横流。

象經序〔一〕

一曰天文以觀其象，天日月星是也〔二〕。二曰地理以法其形，地水火木金土是也〔三〕。三曰陰陽以順其本，陽數爲先本於天，陰數爲先本於地是也〔四〕。四曰四時以正其序，東方之色青，其餘三色，例皆如之是也〔五〕。五曰筭數以通其變，俯仰則爲天地日月星，變通則爲水火金木土是也〔六〕。六曰律吕以宣其氣，在子取未，在午取丑是也〔七〕。七曰八卦以定其位，至震取兑，至離取坎是也〔八〕。八曰忠孝以惇其教，出則盡忠，入則盡孝是也。九曰君臣以事其禮，不可以貴凌賤，直而爲曲，不可以卑畏尊，隱而無犯是也〔九〕。十曰文武以成其務，武論七德，文表四教是也〔一〇〕。十一曰禮儀以制其則，居上不驕，爲下盡敬，進退有度，可法是也。十二曰觀德以考其行，定而後求，義而後取，時然後言，樂然後笑是也〔一一〕。或升進以報德，義存遷善；或黜退以貶過，事在懲惡〔一二〕；或以沈審爲貴，正其瞻視；或以徇齊爲功，明其糾察〔一三〕。得失表於隆替，在賤必申；怠敬彰於勸沮，處尊思屈〔一四〕。片善崇於拱璧，一言踰於華衮〔一五〕。《藝文類聚》七十四、《太平御覽》七百五十五。

〔一〕象：象戲，一種棋類游戲。《象經》爲周武帝所造。《隋書·經籍志》：「《象經》一卷，周武帝撰。」其具體形式已失傳。司馬光《古局象棋圖》：「七國象戲用百有二十。周一，七國各十有七。周黄，秦白，楚赤，齊青，燕黑，韓丹，魏緑，趙紫。周居中央不動，諸侯無得犯。秦居西方，韓楚居南方，魏齊居東方，燕趙居北方。」可作爲參考。《北史・王褒傳》：「武帝作《象經》，令褒注之。引據該洽，甚見稱賞。」《周書・武帝記》：「天和四年，五月己丑，帝制《象經》成，集百僚講説。」本文即作於這一年。庾信同時作有《象戲賦》、《進象經賦表》。本題，嚴可均《全後周文》作「象戲經序」。按：周武帝制《象經》，自應是《象經序》。

〔二〕天文句：庾信《象戲賦》：「是以局取諸乾，仍圖上玄，月輪新滿，日暈重圓，模羽林之華蓋，寫明堂之壁泉。」上玄，即上天。明堂，上圓下方。壁泉，圓形的水溝。説明象戲棋局上圓以象天文。星，《御覽》作「星辰」。按：辰即日月星。《文選・張衡・東京賦》：「建辰旒之太常」，薛綜注：「辰謂日月星也。」雖辰可指北極星，然亦是星。故爲衍出。

〔三〕地理句：《易・繫辭上》：「在天成象，在地成形。」庾信《象戲賦》：「坤以爲輿，剛柔卷舒，若方鏡而無影，似空城而未居。」説明象戲棋局下方以象地。象戲棋局象天法地，可能和古彈棋之局相似。彈棋棋局以石爲之，方五尺，中心高，形如覆盂。上圓下方，象天圓地方。《白虎通・五行》言水位在北，木位在東，火位在南，金位在西，土位在中。司馬光《古局象棋圖》謂周居中，秦居西，韓楚居南，魏齊居東，燕趙居北，可能便是所謂法地之道理。《類聚》無「火」字。按：五行不應缺一，應從《御覽》。

〔四〕陰陽句：庾信《象戲賦》言：「陰翻則顧兔先出，陽變則靈烏獨明。」可能是指行棋之規則。陰數爲先之「先」，《百三家集》作「後」。按：以庾信言「陰翻則顧兔先出」，自應是「先」。

〔五〕四時句：《小學紺珠》卷二「四時」條：「春爲青陽，夏爲朱明，秋爲白藏，冬爲玄英。」司馬光《古局象棋圖》言齊青、秦白、楚赤、燕黑，故言合於四時。庾信《象戲賦》：「南行赤水之符，北使玄山之策，居東道而龍青，出西關而馬白。」「四曰四時以正其序」，《御覽》作「四曰時以政其序」，《類聚》作「四時以正其序」，嚴可均《全後周文》作「四曰時令以正其序」，今從《百三家集》。又《御覽》「正」作「政」，「皆」作「亦」，均可。「正」、「政」可通用。「皆」、「亦」義同。

〔六〕筭數：即數學。筭同算。《後漢書·律曆志上》：「天地初形，人物既著，則算數之事生矣。」俯仰：上下。變通：指依五行相克相生之原理行棋。《白虎通·五行》：「五行所以更王何？以其轉相生，故有終始也。木生火，火生土，土生金，金生水，水生木。」又：「五行所以相害者，天地之性，衆勝寡，故水勝火也。精勝堅，故火勝金。剛勝柔，故金勝木。專勝散，故木勝土。實勝虛，故土勝水也。」庾信《象戲賦》：「昭日月之光景，乘風雲之性靈，取四方之正色，用五德之相生。」

〔七〕律吕：定音標準之十二律。陽六爲律，陰六爲吕。《漢書·律曆志上》言律吕以統氣類物。黄鍾始於子，在十一月。大吕位於丑，在十二月。太族位於寅，在正月。夾鍾位於卯，在二月。姑洗位於辰，在三月。中吕位於巳，在四月。蕤賓位於午，在五月。林鍾位於未，在六月。夷則位於申，在七月。南呂位於酉，在八月。亡射位於戌，在九月。應鍾位於亥，在十月。庾信《象戲賦》：「從月建而左轉，起黃鍾而順行。」在子取未、在午取丑，是行棋之規律。在子、在午，嚴可均《全後周文》作「左子」、「右午」。依現有材料，看不出有左右之情況。

〔八〕八卦：有乾、坤、震、坎、巽、離、艮、兑，是上古占卜之八種符號。庾信《象戲賦》言：「顧望迴惑，心情怖畏，應對坎而銜離，或當申而取未。」至離取坎、至震取兑，也是行棋之規則。離，《御覽》作「离」，兩字通。宋刊六臣注《文選・潘岳・藉田賦》：「表朱玄於离坎」，「离」下注：「善本作離。」八卦，宋本《類聚》作「八封」，當形近而誤。

〔九〕此處是以象戲規則來象徵忠孝、君臣關係。隱而無犯：隱而不言君之過錯。犯，謂犯顔而諫。《禮記・檀弓上》：「事親有隱而無犯。……事君有犯而無隱。」畏，《百三家集》作「褻」。按：行棋不讓，因此應以「不可以卑畏尊」爲宜。「以惇其教」，嚴可均《全後周文》作「以惇其典」，均可。

〔一〇〕七德：《左傳・宣公十二年》載楚子曰：「夫武，禁暴、戢兵、保大、定功、安民、和衆、豐財者也。……武有七德，我無一焉。」四教：《論語・述而》：「子以四教，文行忠信。」成，《御覽》作「率」，「論」作「修」。均可。

〔一一〕定而後求，義而後取，時然後言，樂然後笑：是寫下棋時之情形。觀德：察其品德。禮儀，《御覽》作「禮像」，亦可。無「則」、「觀德」字，當是闕文。「義而後取」作「求而後取」，當是由上句末之「求」而致誤。嚴可均《全後周文》於「可法」前有兩空格。

〔一二〕遷善：改惡就善。《孟子·盡心上》：「民日遷善而不知爲之者。」貶過：因過錯被貶黜。按《御覽》「升進」作「升遷」，義同；「報德」作「報言」，「報德」爲長。「存」，《類聚》作「以」，《百三家集》作「取」，嚴可均《全後周文》作「在」，均可，然以「存」於義爲長。

〔一三〕瞻視：端莊之意。《論語·堯曰》：「君子正其衣冠，尊其瞻視，儼然人望而畏之。」徇齊：敏捷。《史記·五帝本紀》：「弱而能言，幼而徇齊。」《索隱》：「言黄帝幼而才智周徧，且辯給也。」

〔一四〕隆替：盛衰興廢。潘岳《西征賦》：「寮位儡其隆替。」勸沮：鼓勵阻止。《墨子·非命中》：「明賞罰以勸沮。」按：《御覽》「勸」作「觀」，當因形近致誤。嚴可均《全後周文》「必申」作「畢申」，義同。

〔一五〕拱璧：大璧。《左傳·襄公二十八年》：「與我其拱璧，吾獻其柩。」孔穎達疏：「拱，謂合兩手也。此璧兩手拱抱之，故爲大璧。」華衮：王公之服，喻貴重之東西。《文選·任昉·齊竟陵文宣王行狀》：「華衮與緼緒同歸。」張銑注：「華衮，三公服也。」言旁人給走棋人出主意。《類聚》《百三家集》「善」作「言」。又，《類聚》「言」作「德」。按：德，有得義，亦是善，故均可。

服要記序〔一〕

古之制禮，其品有五〔二〕。吉禮，祭祀是也。凶禮，喪葬是也。賓禮，朝享是也〔三〕。

軍禮，師旅是也。嘉禮，婚冠是也〔四〕。是五者，民之大事，舉動之所由也。《北堂書鈔》八十。

〔一〕服要記：應即「喪服要記」。《隋書·經籍志》載有王肅注《喪服要記》，晉劉逵、賀循，蜀蔣琬並皆撰有《喪服要記》，齊王逡撰《喪服世行要記》，宋庾蔚之注《喪服要記》。《魏書·索敞傳》載索敞撰《喪服要記》。《舊唐書·經籍志》載有晉謝徽注《喪服要記》。

〔二〕品：種類。《書·禹貢》：「厥貢惟金三品。」孔安國傳：「金、銀、銅也。」《周禮·地官·保氏》：「教之以六藝，一曰五禮。」鄭玄注：「五禮：吉、凶、賓、軍、嘉也。」

〔三〕朝享：朝於天子。《漢書·韋玄成傳》：「威儀濟濟，朝享天子。」

〔四〕婚冠：指婚禮與冠禮。古二十舉行冠禮，表示已成人。按《儀禮》，《士冠禮》爲第一，《士昏禮》爲第二。

幼訓〔一〕

陶士行曰：「昔大禹不吝尺璧而重寸陰。」〔二〕文士何不誦書，武士何不馬射〔三〕。若乃玄冬脩夜，朱明永日〔四〕，肅其居處，崇其牆仞，門無糅雜，坐闕號呶〔五〕，以之求學，則仲尼之門人也〔六〕，以之爲文，則賈生之升堂也〔七〕。古者盤盂有銘，几杖有誡，進退循焉，俯仰觀焉〔八〕。文王之詩曰：「靡不有初，鮮克有終。」〔九〕立身行道，終始若一。「造次必於是」，君子之言歟〔一〇〕。

儒家則尊卑等差〔一一〕，吉凶降殺〔一二〕。君南面而臣北面，天地之義也〔一三〕。鼎俎奇而籩豆偶，陰陽之義也〔一四〕。道家則墮支體，黜聰明，棄義絶仁，離形去智〔一五〕。釋氏之義，見苦斷習，證滅循道〔一六〕，明因辨果，偶凡成聖〔一七〕，斯雖爲教等差，而義歸汲引〔一八〕。吾始乎幼學，及于知命〔一九〕，既崇周、孔之教，兼循老、釋之談，江左以來，斯業不墜〔二〇〕，汝能脩之，吾之志也〔二一〕。《梁書・王規附子褒傳》。

〔一〕《梁書・王規附子褒傳》前有：「褒著《幼訓》，以誡諸子。其一章云：……」

〔二〕陶士行：晉人陶侃，字士行。《晉書・陶侃傳》載侃勤於吏職，常語人曰：「大禹聖者，乃惜寸陰，至於衆人，當惜分陰。豈可逸遊荒醉，生無益於時，死無聞於後，是自棄也。」璧：圓形中央有孔之玉。行，《梁書》作「衡」。按：陶侃之字，亦有作「士衡」者。《太平御覽》卷七百五十四引《晉書》：「陶侃，字士衡。見諸參佐或以談戲廢事，乃取其樗蒱博具悉以投于江。」今從《百三家集》。吝，《百三家集》作「希」。按：「希」無論訓「少」或「冀」，都不若「吝」之訓「惜」或「貪」切合文意。

〔三〕何不：爲何不。馬射：騎馬射箭，練武。

〔四〕玄冬：冬季。《文選・楊雄・羽獵賦》：「玄冬季月，天地隆烈。」李善注：「北方水色黑，故曰玄冬。」倏夜：長夜。朱明：夏季。《爾雅・釋天》：「夏爲朱明。」郭璞注：「氣赤而光明。」永日：長晝。

〔五〕肅其居處：使所居處環境肅靜。崇其墻仞：高築宅墻，不受外界干擾。《論語・子張》：「夫子之墻數仞，不得其門而入，不見宗廟之美、百官之富。」包咸注：「七尺曰仞。」糅雜：雜亂。《集韻・去聲・宥韻》：「糅，雜也。」號呶：喧叫呼喊。《詩・小雅・賓之初筵》：「賓既醉止，載號載呶。」孔穎達疏：「於是則號呼則讙呶而唱叫也。」

〔六〕以之：以此，指以上所言專心致志。求學：研求學問。仲尼之門人：孔子的弟子。孔子名丘，字仲尼。弟子三千。《史記・孔子世家》：「弟子蓋三千焉，身通六藝者七十有二人。」《史記・仲尼弟子列傳》：「孔子曰：『受業身通者七十有七人』，皆異能之士也。」

〔七〕爲文：作文。賈生：賈誼，西漢辭賦家。楊雄《法言・吾子》：「詩人之賦麗以則，辭人之賦麗以淫。如孔氏之門用賦也，則賈誼升堂，相如入室矣，如其不用何？」升堂：喻學問技藝已稍入門。《論語・先進》：「子曰：由也升堂矣，未入於室也。」

〔八〕古者句：銘、誡，都是用以警誡自己的文體。《禮記・大學》：「湯之盤銘曰：『苟日新，日日新，又日新。』」鄭玄注：「盤銘，刻戒于盤也。」《文心雕龍・銘箴》：「成湯盤盂，著日新之規。」《大戴禮記・武王踐阼》載周武王聞師尚父道丹書之言：「惕若恐懼，退而爲戒書。於席之四端爲銘焉，於机爲銘焉，於鑑爲銘焉，於盥盤爲銘焉，於楹爲銘焉，於杖爲銘焉，於帶爲銘焉。」其机銘爲：「皇皇惟敬，口生㖃，口戕口。」杖銘爲：「惡乎危？於忿疐。惡乎失道？於嗜慾。惡乎相忘？於富貴。」循：遵循。俯仰：指瞬息間。如王羲之《蘭亭序》：「俯仰之間，已爲陳迹。」言隨時觀看，警戒自己。

〔九〕引《詩》見《詩·大雅·蕩》。意思是開始時没有不遵循善道的，但堅持到底善始善終者却很少。

〔一〇〕造次句：《論語·里仁》：「君子無終食之間違仁。造次必於是，顛沛必於是。」邢昺疏：「造次，急遽也。顛沛，偃仆也。言君子之人雖身有急遽偃仆之時，而必守於是仁道而不違去也。」歟：語氣詞。

〔一一〕尊卑等差：貴賤上下差别有序。《漢書·成帝紀》：「聖王明禮制以序尊卑。」

〔一二〕吉凶：吉禮和凶禮。《周禮·春官·天府》：「凡吉凶之事。」鄭玄注：「吉事，四時祭也。凶事，后王喪。」降殺：隆殺。厚薄增减。隆、降古互通。《孔子家語·觀鄉射》：「貴賤既明，降殺既辨。」《禮記·鄉飲酒義》：「貴賤明，隆殺辨。」意謂吉凶之禮有許多不同等級。

〔一三〕君南面而臣北面：《易·説卦》：「離也者，明也。萬物皆相見，南方之卦也。聖人南面而聽天下，嚮明而治，蓋取諸此也。」古代君主聽治之位居北，其面嚮南，故言君南面臣北面。天地之義，指象徵着天尊地卑的道理。

〔一四〕鼎俎：鼎和肉案，祭祀時以放牲體。豆：木製之食器。籩：竹製之食器。祭祀時盛植物性果實和鹽漬的野菜及醬。古代祭祀鼎俎用單數，籩豆用雙數。《禮記·郊特牲》：「鼎俎奇而籩豆偶，陰陽之義也。」孔穎達疏：「鼎俎奇者，以其盛牲體。牲體動物，動物屬陽，故其數奇。籩豆偶者，其實兼有植物。植物爲陰，故其數偶。故云陰陽之義也。」

〔一五〕墮：毁損。《史記·秦始皇本紀》：「墮壞城郭。」《正義》：「墮，毁也。」支體：肢體。黜：去。《左傳·昭公二十六年》：「咸黜不端。」杜預注：「黜，去也。」《老子》第十三章：「吾所以有大患者，爲吾有身。」第十九章：「絶聖棄智，民利百倍，絶仁棄義，民復孝慈。」《莊子·胠篋》：「擢亂六律，鑠絶竽瑟，塞瞽曠之耳，而天下始人含其聰矣。滅文章，散五采，膠離朱之目，而天下始人含其明矣。」

〔一六〕釋氏：佛家。見苦：認識人生之苦。佛教認爲人一生沉溺苦海。四聖諦第一便是苦諦。《正法念經》言人生有十六苦，《五王經》言有八苦。斷習：排除煩惱。佛教認爲業是苦之正因，煩惱是苦之助因。斷絶業與煩惱，才能斷絶苦果。《大品般若經·序品》：「永斷一切煩惱習氣相續，便住佛地。」證滅：悟滅。滅是四諦之一，即涅槃。佛教修行以解脱輪回，達到涅槃爲目的，《大乘義章》二：「涅槃，無爲恬泊名滅。」循道：遵循佛教之道。佛教四諦之道諦，即達到涅槃之道。《倶舍論》二十五：「道義云何，謂涅槃路。乘此能往涅槃城故。」

〔一七〕因、果：因緣與果報。《涅槃經·憍陳品》：「善惡之報，如影隨形。三世因果，循環不失。」偶凡：平庸之人。《後漢書·邊讓列傳》蔡邕薦讓於何進曰：「使讓生在唐虞，則元凱之次；運值仲尼，則顏冉之亞，豈徒俗之凡偶近器而已者哉？」凡偶成聖：佛家認爲凡人、聖者本性相同，即衆生和如來本性平等。《寶藏論》：「凡聖不二，一切圓滿。」

〔一八〕汲引：引導人們如汲水於井一樣。《穀梁傳·襄公十年》：「汲鄭伯。」范甯注：「引而致於善事。」意謂雖然儒、釋、道三家有差别，但都是以引導教育人爲目的。

〔一九〕知命：五十歲。《論語·爲政》：「吾十有五而志於學，三十而立，四十而不惑，五十而知天命，六十而耳順，七十而從心所欲不逾矩。」按：梁元帝承聖三年十二月王褒四十二歲時入的北朝，故知本文作於北朝之時。

〔二〇〕周、孔之教：即儒教。江左：長江下游一帶。也稱江東。《晉書·桓伊傳》：「（伊）善音樂，盡一時之妙，爲江左第一。」江左以來：指晉室南渡以來。

〔二一〕《周書·王褒傳》載王褒之子名鼒。《瑯邪王氏通譜》卷七載褒妻蕭氏生鼒，繼妻宗氏生鼐。

皇太子箴〔一〕

臣聞教化爰始，詠歌不足，政俗既移，風雅斯變〔二〕。伏惟皇明御寓，功均造物〔三〕，改文爲質，斲雕成素〔四〕。皇太子洊雷居震，明兩作離〔五〕，春夏干戈，秋冬羽籥〔六〕。叔譽慙五稱之對，師曠降四馬之恩〔七〕。竊以太史官箴，虞書所誡〔八〕。永樹芳烈，丞相所以垂

文〔九〕;深覩安危,太傅以之陳訓〔一〇〕。敢自斯義,獻箴云爾〔一一〕:

天生烝民,司牧斯樹〔一二〕。咸熙庶績,式昭王度〔一三〕。粤若欽明,丕承寶祚〔一四〕。重紐地維,再匡天步〔一五〕。惠民垂統,元良繼體〔一六〕。麗正離暉〔一七〕,推徽天啓〔一八〕。令問令望,聞詩聞禮〔一九〕。從曰撫軍,守曰監國〔二〇〕。秋坊通夢,春宫養德〔二一〕。桓榮獻書,荀攸觀則〔二二〕。元子爲士〔二三〕,齒卿命秩〔二四〕。昔在周漢,親賢保弼〔二五〕。朝服寢門〔二六〕,迴車作室〔二七〕。正陽君位〔二八〕,喬枝父道〔二九〕。臣子所崇,忠孝爲寶〔三〇〕。勿謂居尊,禍福無門;勿恃親賢,王道無偏〔三一〕。無爲慮始,無爲事先〔三二〕,損之又損,而全之亦全〔三三〕。無往不復,無平不陂〔三四〕,美疹甘言,鮮不爲累〔三五〕。則哲惟艱,知人未易〔三六〕,居室爲善,分陰無棄〔三七〕。亡保其存,危安其位〔三八〕。神聽不惑〔三九〕,天妖斯忌〔四〇〕。文昌著於前星〔四一〕,主鬯由於守器〔四二〕。庶僚司箴,敢告閽寺〔四三〕。《藝文類聚》十六,《初學記》十無序。

〔一〕箴:以告誡規勸爲主的一種文體。《周書·王褒傳》:「東宫既建,授太子少保,遷小司空。」周武帝建德元年四月立皇太子,但《周書·武帝紀》載建德二年(公元五七三)四月「增改東宫官員」。以《周書·陸逞傳》載陸逞任太子太保爲建德二年例之,王褒任太子少保和作本文極可能是這一年。

〔二〕教化爰始:教化:教育使之感化。《詩大序》:「風,風也,教也;風以動之,教以化之。」爰:

虛詞。《詩・大雅・緜》：「爰始爰謀，爰契我龜。」詠歌不足：《詩大序》：「情動於中而形於言，言之不足故嗟歎之，嗟歎之不足故永歌之，永歌之不足，不知手之舞之足之蹈之也。」政俗既移，風雅斯變：《詩大序》：「是以一國之事，系一人之本，謂之風；言天下之事，形四方之風，謂之雅。雅者，正也，言王政之所由廢興也。」又：「至於王道衰，禮義廢，政教失，國異政，家殊俗，而變風變雅作矣。」此二句言文章之作用是爲了教化，反映政俗，爲作此箴的目的張本。

〔三〕伏惟：俯伏思維，以卑承尊的謙敬之辭。皇明：明德的天子。《文選・班固・西都賦》：「天人合應，以發皇明。」劉良注：「皇，大也。此則天意人事合應，以發我皇大明之德。」御寓：統治天下。寓，即宇，指國土。《説文》「宇」字下：「寓，籀文宇从禹。」《左傳・昭公四年》：「或無難以喪其國，失其守宇。」杜預注：「於國則四垂爲宇。」《文心雕龍・詔策》：「皇帝御宇，其言也神。」均：相同。《左傳・僖公五年》：「均服振振。」杜預注：「均，如字，同也。」造物：創造萬物者。指天。《莊子・大宗師》：「偉哉，夫造物者，將以予爲此拘拘也。」成玄英疏：「造物，猶造化也。」《淮南子・精神訓》：「偉哉造化者，其以我爲此拘拘邪。」高誘注：「謂天也。」本句言皇帝統治天下，其功與天相同。

〔四〕文：文華。質：質朴。《論語・雍也》：「質勝文則野，文勝質則史。文質彬彬，然後君子。」邢昺疏：「言文華質樸相半，彬彬然，然後可爲君子也。」斲雕：去掉文飾。《史記・酷吏傳》：「漢興，破觚而爲圓，斲雕而爲朴。」素：同朴。《禮記・檀弓下》：「奠以素器，以生者有哀素之心也。」鄭玄注：「凡物無飾曰素。」按《周書・武帝紀》載，周武帝生活十分朴素，「身衣布袍，寢布被，無金寶之飾，諸宫殿華綺者，皆撤毀之，改爲土階數尺，不施櫨栱。其雕文刻鏤，錦繡纂組，一皆禁斷」。

〔五〕洊雷句：《易・説卦》：「震爲雷，爲長子。」又《震象》：「洊雷震。」《離象》：「明兩作離，大人以繼明照於四方。」《文選・謝靈運・擬魏太子鄴中集詩八首（其一）》：「不謂息肩願，一旦值明兩。」吕延濟注：「武帝既明，而太子又明，故謂太子爲明兩也。」所以洊雷、明兩都是指皇太子。

〔六〕春夏句：《禮記・文王世子》：「凡學世子，及學士，必時。春夏學干戈，秋冬學羽籥，皆於東序。」鄭玄注：「干，盾也。戈，句矛戟也。干戈，萬舞，象武也，用動作之時學之。羽籥，籥舞，象文也，用安静之時學之。」世子，即太子。

〔七〕叔譽：字叔向，爲春秋時晉平公太傅。師曠：字子野，晉國的主樂大師。《逸周書・太子晉》篇載：「晉平公使叔譽於周，見太子晉而與之言。五稱而三窮，逡巡而退，其言不遂。歸，告公曰：『太子晉行年十五，而臣弗能與言。君請歸聲就、復與田。若不反，及有天下，將以爲誅。』平公將歸之。師曠不可，曰：『請使瞑臣往與之言，若能幪予，反而復之。』」於是師曠去見太子晉，經對答之後，互相都很了解和佩服。師曠請歸之時，「王子賜之乘車四馬」。太子晉：周靈王太子，名晉，也稱王子晉。稱：言。《禮記・射義》：「旄期稱道不亂，者不？在此位也。」鄭玄注：「稱，猶言也。」指談了五件事，三件被難住，對答不上。降：下。言得到恩賜。

〔八〕太史：官名，史官而兼星曆。虞：掌田獵之官。書：寫出。《左傳・襄公四年》：「昔周辛甲之爲太史也，命百官，官箴王闕。於虞人之箴曰：『芒芒禹迹，畫爲九州，經啓九道。民有寢廟，獸有茂草，各有攸處，德用不擾。在帝夷羿，冒于原獸，忘其國恤，而思其麀牡。武不可重，用不恢于夏家。獸臣司原，敢告僕夫。』虞箴如是，可不懲乎？」辛甲是周武王的太史。

〔九〕芳烈：美盛的功業。《晉書・温嶠傳》：「俾芳烈奮乎百世，休風流于萬祀。」温嶠此語指周公輔成王。丞相：《漢書・百官公卿表》：「相國、丞相，皆秦官，金印紫綬，掌丞天子助理萬機。」説明秦以後才有。疑丞相垂文，指三國時蜀丞相諸葛亮所寫《出師表》。表中諄諄教導後主劉禪，有如周公之輔成王。

〔一〇〕太傅：官名，三公之一。《書・周官》：「立太師、太傅、太保，茲惟三公。」孔安國傳：「傅，傅相天子。」太傅陳訓：指周公。《藝文類聚》卷四十六引《齊職儀》：「成王即位，周公爲太傅，還太師。」《史記・魯周公世家》：「周公歸，恐成王壯，治有所淫佚，乃作《多士》，作《毋逸》。……作此以誡成王。」

〔一一〕斯：此。云爾：如此。《論語・述而》：「抑爲之不厭，誨人不倦，則可謂云爾而已矣。」邢昺疏：「但可謂如此而已矣。」意謂根據以前太史、丞相、太傅所作文字之目的意義，來寫的這篇箴。

〔一二〕烝民：衆民。《詩·大雅·烝民》：「天生烝民，有物有則。」毛傳：「烝，衆。」司牧：司，主持。牧，放牧牛羊，引申爲統治管理人民之人。《左傳·襄公十四年》：「天生民而立之君，使司牧之。」斯：則。如《論語·公冶長》：「再斯可矣。」之斯。樹：立。烝，《類聚》《百三家集》作「蒸」。按：二字可通用。《集韻·去聲·證韻》「烝」下：「或作蒸。」

〔一三〕咸熙庶績：《書·堯典》：「允釐百工，庶績咸熙。」孔安國傳：「績，功。咸，皆。熙，廣也。……衆功皆廣也。」式昭王度：用以明王者之德行法度。《左傳·昭公十二年》：「祈招之愔愔，式昭德音，思我王度，式如玉，式如金。」杜預注：「式，用也。昭，明也。」孔穎達疏：「美其志性安和，愔愔然也。女當用此職掌以明我王之德音也。思使我王之德度，用如玉然，用如金然。」本句言社會安定、生産繁榮，借以表現皇帝之德行。

〔一四〕粤若：發語詞。《書·堯典》：「粤若稽古帝堯。」欽明：威儀照臨四方。《書·堯典》：「欽明文思」，《釋文》引馬融注：「威儀表備謂之欽，照臨四方謂之明，經緯天地謂之文，道德純備謂之思。」丕：奉。《漢書·郊祀志下》：「丕天之大律。」師古注：「奉天之大法也。」寶祚：皇位。《文選·沈約·恩倖傳論》：「寶祚夙傾，實由於此。」李善注：「寶祚，猶寶命也。」

〔一五〕紐：結。《説文》：「紐，系也。」地維：連接天地之繩索。《淮南子·天文訓》：「昔者共工與顓頊争爲帝，怒而觸不周之山，天柱折，地維絶，天傾西北，故日月星辰移焉。地不滿東南，故水潦塵埃歸焉。」《淮南子·墜形訓》：「八殥之外，而有八紘。」高誘注：「紘，維也。維落天地而爲之表，故曰紘也。」《原道訓》：「紘宇宙而章三光」，高誘注：「紘，綱也。若小車蓋四維謂之紘，繩之類也。」由此可知維爲連結天地之繩，地維應即此。匡：正。天步：天上星辰之運行。《詩·小雅·白華》：「天步艱難，之子不猶。」毛傳：「步，行。」此處是以地維、天步來象徵國運。《類聚》《百三家集》無「粤若」至「天步」一段。

〔一六〕惠民：有惠愛於民。垂統：給後代留下可繼承的善法。《孟子·梁惠王下》：「君子創業垂統，爲可繼也。」孫奭疏：「君子在上基創其業，垂統法於後世。蓋令後世可以繼續而承之耳。」元良：太子。《禮記·文王世子》：「一有元良，萬國以貞，世子之謂也。」體：血統。《儀禮·喪服傳》：「正體於上，又乃將所傳重也。庶子不得爲長子三年，不繼祖也。」賈公彦疏：「以其父祖適適相承爲上，已又是適承之於後，故云正體於上。」以上言皇太子有着繼承皇位，治理天下的大任。民，《初學記》作「人」，避唐諱改。

〔一七〕麗正離暉，即離暉麗正之意。《易·離象》：「離，麗也。日月麗乎天，百穀草木麗乎土，重明以麗乎正，乃化成天下。」麗：附著。正：正道。因離卦爲兩離相重，故離暉和重明、重輝同義，用以指繼君位的太子。《易·離象》：「明兩作離，大人以繼明照于四方。」指人之光明相繼不已。《初學記》卷十引《離卦》「黄離元吉」下注曰：「離，南方之卦。離爲火，土託位焉。土色黄，火之子。喻子有明德，能附麗于其父之道，順成其業，故吉也。」《古今注·音樂》載漢明帝爲太子時，樂人以重光、重輝、重輪作歌詩來比德太子。參見《爲百僚請立太子表》注〔五〕。《書・顧命》：「昔君文王、武王宣重光。」所以此句意謂太子有繼君光明之德，而又附著於正道。正，《類聚》《百三家集》作「止」，誤。

〔一八〕推微天啓：推究遵循上天的啓示。蔡邕《釋誨》：「且夫地將震而樞星直，井無景則日陰食，元首寬則望舒朓，侯王肅則月側匿。是以君子推微達著，尋端見緒，履霜知冰，踐露知暑。」《國語・鄭語》論楚季紃之立：「是天啓之心也，又甚聰明和協，蓋其先王。臣聞之，天之所啓，十世不替，夫其子孫必光啓土。」又言：「夫成天地之大功者，其子孫未嘗不章。」推微：《類聚》作「惟機」。按，温子昇《寒陵山寺碑》：「大丞相渤海王，命世作宰，惟機成務。」此「機」同于「機微」之「機」。是以「推微」「惟機」其義相同。

〔一九〕令問令望：《詩・大雅・卷阿》：「令聞令望。豈弟君子，四方爲綱。」鄭玄箋：「令，善也。……人聞之則有善聲譽，人望之則有善威儀，德行相副。」《釋文》：「令聞，音問，本亦作問。」問、聞古通。《莊子・庚桑楚》：「因失吾問」，《釋文》：「元嘉本問作聞。」《文選・陸機・答賈長淵》：「東朝既建，淑問峨峨。」劉良注：「問，聞也。」亦其例。聞詩聞禮：《論語・季氏》載陳亢問孔子之子孔鯉，是否得到過孔子之特殊教導，孔鯉回答：「未也。嘗獨立，鯉趨而過庭。曰：『學詩乎？』對曰：『未也。』『不學詩，無以言。』鯉退而學詩。他日又獨立，鯉趨而過庭。曰：『學禮乎？』對曰：『未也。』『不學禮，無以立。』鯉退而學禮。聞斯二者。」此二句言皇太子應學詩學禮，有好的聲譽威儀，作爲人們的樣板。

〔二〇〕從曰句：《左傳・閔公二年》：「（太子）君行則守，有守則從。從曰撫軍，守曰監國。古之制也。」

〔二一〕秋坊：東爲春，西爲秋。國君爲西，太子爲東。《左傳・隱公三年》：「東宮得臣之妹曰莊姜。」孔穎達疏：「四時東爲春，萬物生長在東。西爲秋，萬物成就在西。以此君在西宮，太子常處東宮也。」太子之宮也名春坊，《晉書・愍懷太子傳論》：「守器春坊。」所以秋坊即應是指國君之居處。《太平御覽》卷三九七引《周書》：「文王去商在程，正月既生魄。太姒夢見商之庭産棘，小子發取周庭之梓樹。乎闕間，梓化爲松柏棫柞。寤驚，以告文王。王及太子發並拜吉夢，受商之大命于皇天上帝。」「秋坊通夢」，應指此。言文王時作了有關太子受天之命的吉夢。春宮：東宮，太子之宮。坊，《初學記》作「方」。按：「坊」與「方」通。《文選・何晏・景福殿賦》：「屯坊列署，三十有二」，李善注：「『方』與『坊』古字通。」

〔二二〕桓榮：後漢人。《後漢書・桓榮列傳》載桓榮於建武十九年因説《尚書》「拜爲議郎，賜錢十萬，入使授太子」。二十八年又拜爲太子少傅。荀攸：字公達，三國時魏人。隨曹操征伐，常謀謨帷幄。《三國志・魏書・荀攸傳》：「文帝在東宮，太祖謂曰：『荀公達，人之師表也。汝當盡禮敬之。』攸曾病，世子問病，獨拜牀下。其見尊異如此。」

〔二三〕元子爲士：元子，即長子。爲士，即猶士。《儀禮・士冠禮》：「天子之元子，猶士也。天下無生而貴者也。」鄭玄注：「元子，世子也。」賈公彦疏：「天子元子冠時行士禮，後繼世爲天子，是由下升。」

〔二四〕齒：齒讓。按年齡排列。《禮記·祭義》：「壹命齒於鄉里，再命齒於族，三命不齒。」鄭玄注：「齒者，謂以年次立若坐也。」卿：執政之大臣。《禮記·王制》：「諸侯上大夫卿」，鄭玄注：「上大夫曰卿。」命秩：有爵禄之貴族。周代官秩，自一命至九命，分爲九等。《詩·小雅·采芑》：「服其命服，朱芾斯皇」，孔穎達疏：「其身則服其受王命之服，黄朱之芾，於此煌煌然鮮美。」《周禮·天官·宫伯》：「行其秩敍」，賈公彦疏：「秩，謂依班秩受禄。」齒卿命秩：謂太子應對大臣貴族齒讓，以示尊爵長長之道。《禮記·文王世子》：「行一物而三善皆得者，唯世子而已。其齒於學之謂也。」《大戴禮記·保傅》：「及太子少長，知妃色，則入於小學。小者，所學之宫也。《學禮》曰：帝入東學，上親而貴仁，則親疏有序，如恩相及矣。帝入南學，上齒而貴信，則長幼有差，如民不誣矣。帝入西學，上賢而貴德，則聖智在位，而功不匱矣。帝入北學，上貴而尊爵，則貴賤有等，而下不踰矣。」

〔二五〕親：宗親。賢：賢人。弼：輔助。周代有姜太公輔武王，周公輔成王。漢代有張良、叔孫通輔惠帝，蜀漢有諸葛亮輔後主劉禪。《類聚》《百三家集》無此二句，今從《初學記》補。

〔二六〕朝服寢門：《禮記·文王世子》：「文王之爲世子，朝於王季，日三。雞初而衣服，至於寢門外，問内豎之御者曰：『今日安否，何如？』内豎曰安，文王乃喜。」

〔二七〕作室：作室門，漢代京城城門之一。《漢書·成帝紀》：「孝成皇帝，元帝太子也。……壯好經書，寬博謹慎。初居桂宫，上嘗急召，太子出龍樓門，不敢絶馳道，西至直城門，得絶乃度，還入作室門。上遲之，問其故，以狀對。上大悦，乃著令，令太子得絶馳道云。」應劭注：「馳道，天子所行道也。若今之中道。」師古注：「絶，横度也。」太子不敢横度馳道，繞出城外入作室門去見皇上，言其謹慎。

〔二八〕正陽君位：《楚辭·遠遊》：「漱正陽而含朝霞。」王逸注：「正陽者，南方日中氣也。」《易·説卦》：「離也者，明也。萬物皆相見，南方之卦也。聖人南面而聽天下，向明而治，蓋取諸此也。」所以正陽表示君位。君，《初學記》作「居」。亦可通。

〔二九〕喬枝：《世説新語·排調》「桓玄出射」條，劉孝標注引《尚書大傳》曰：「伯禽與康叔見周公，三見而三笞。康叔有駭色，謂伯禽曰：『有商子者，賢人也，與子見之。』乃見商子而問焉。商子曰：『南山之陽有木焉，名喬。二三子往觀之。』見喬實高高然而上。反以告商子。商子曰：『喬者，父道也。南山之陰有木焉，名曰梓。二三子復往觀焉。』見梓實晉晉然而俯。反以告商子。商子曰：『梓者，子道也。』二三子明日見周公，入門而趨，登堂而跪。周公拂其首，勞而食之曰：『爾安見君子乎。』」

〔三〇〕此句是總結以上所講，太子應以忠孝爲重。太子對國君來説是臣是子。

〔三一〕王道：王者所行之正道。《書·洪範》：「無偏無陂，遵王之義。無有作好，遵王之道。無有作惡，遵王之路。無偏無黨，王道蕩蕩。無黨無偏，王道平平。無反無側，王道正直。」孔穎達疏：「無偏私無阿黨，王家所行之道蕩蕩然開闢矣。無阿黨無偏私，王者所立之道平平然辯治矣。所行無反道無偏側，王家之道正直矣。」此段言不要認爲自己處在尊位，就不會有禍災到來。（禍福，是偏義詞。義在禍。）不要以爲依賴宗親和賢人，政治就没有偏差。恃，《類聚》《百三家集》作「謂」。按：上已有「勿謂居尊」，本句以「恃」爲好。

〔三二〕無爲慮始，無爲事先：《商君書·更法》：「愚者闇於成事，知者見於未萌。民不可與慮始，而可與樂成。」《説苑·談叢》：「謀先事則昌，事先謀則亡。」而《莊子·應帝王》則云：「無爲謀府，無爲事任，無爲知主。」無，勿。《經傳釋詞》卷十：「無，毋、勿也。」按：《初學記》「慮始」作「有慮」；「無爲事先」作「始爲事先」。考下文告誡太子應損之又損，則一般人所提倡的「慮始」「事先」都應在排除之列。故從《類聚》。

〔三三〕損之又損：《老子》第四十八章：「爲道者日損，損之又損，以至於無爲。」全：完整無缺。《後漢書·桓榮傳論》：「自居全德。」李賢注：「全德，言無玷缺也。」意謂要謙讓，深自貶抑，才能保持完整無缺之德行。

〔三四〕無往句：《易·泰卦》：「無平不陂，無往不復。艱貞無咎，勿恤其孚，于食有福。」陂：不平坦。

〔三五〕美疹：美疢。使人舒服的疾病。⿸疒尔、疢與疹通。《集韻·去聲·稕韻》「疢」下云：「熱病。或作疹、疢。」《左傳・襄公二十三年》：「臧孫曰：『季孫之愛我，疾疢也。孟孫之惡我，藥石也。美疢不如惡石。夫石猶生我，疢之美其毒滋多。』」杜預注：「常志相順從，身之害。常志相違戾，猶藥石之療疾。」鮮：少。累：負擔。以上言事物不會永遠平安，會有反復。順從的美言媚語，不會起到好作用。疹，《初學記》作「疾」。宋本《類聚》作「疢」，《百三家集》作「疢」，依《説文》徐鉉注，以「疢」爲正。

〔三六〕則哲惟艱，知人未易：《書・皋陶謨》：「知人則哲，能官人。」孔安國傳：「哲，智也。無所不知故能官人。」言知人之善惡便是智，這點很不易做到。艱，《類聚》《百三家集》作「難」，義同。

〔三七〕居室爲善：《易・繫辭上》：「君子居其室，出其言善，則千里之外應之，況其邇者乎？居其室，出其言不善，則千里之外違之，況其邇者乎？言出乎身，加乎民；行發乎邇，見乎遠。言行，君子之樞機。」分陰：極短的時間，相對于寸陰而言。《晉書・陶侃傳》：「大禹聖者，乃惜寸陰，至於衆人，當惜分陰。」

〔三八〕亡保句：《易・繫辭下》：「危者，安其位者也。亡者，保其存者也。亂者，有其治者也。是故君子安而不忘危，存而不忘亡，治而不忘亂。是以身安而國家可保也。」

〔三九〕神聽：天子之聽聞。此亦指太子。曹植《求自試表》：「伏惟陛下，少垂神聽，臣則幸矣。」

〔四〇〕天妖：天祆，祆星。爲彗星之類，古代以爲是上天降災之徵象。《漢書・天文志》：「祆星，不出三年，其下有軍，及失地，若國君喪。」王先謙《補注》：「錢大昭曰：『祆，俗作妖。』先謙曰：

槍、欃、棓、彗，總名爲祆星。」上書又言：「（太白）出蚤爲月食，晚爲天祆及彗星，將發于亡道之國。」以上兩句言只要太子頭腦清醒，上天便不出現災異。斯：則。忌：畏而不來。

〔四一〕文昌：文昌宮。指輔佐之臣。《史記·天官書》：「斗魁戴匡六星曰文昌宮。」《索隱》：「《孝經援神契》云：『文者精所聚，昌者揚天紀。輔拂並居，以成天象，故曰文昌。』」《晉書·成公綏傳》：「帝皇正坐於紫宮，輔臣列位於文昌。」前星：皇太子之别稱。《漢書·五行志七·下之下》：「心，大星。天王也。其前星太子，後星庶子也。」王褒其時乃太子少傅，故本句以文昌來指自己是東宫官員，爲輔太子而寫此箴。

〔四二〕主鬯：主匕鬯奉祭宗廟。指太子。《易·震卦》：「震驚百里，不喪匕鬯。」孔穎達疏：「震卦施之於人，又爲長子。長子則正體於上，將所傳重，出則撫軍，守則監國，威震驚於百里，可以奉承宗廟彝器粢盛，守而不失也。」守器：守宗廟之祭器。本句言主奉匕鬯是由於有守宗廟祭器之職責。意謂皇太子有繼承統治國家之重任。《類聚》《百三家集》「主鬯」作「秬鬯」。按：《禮記·表記》：「天子親耕，粢盛秬鬯，以事上帝。」故「秬鬯」亦可。

〔四三〕庶僚：衆官。司箴：主管箴戒。閽寺：《禮記·内則》：「深宮固門，閽寺守之。」鄭玄注：「閽，掌守中門之禁也。寺，掌内人之禁令也。」此處是不直指告戒太子，而是説我把此箴告給守門人，叫他們注意勸戒。口氣委婉。

漏刻銘〔一〕

竊以混元開闢，天迴地旋〔二〕。曆象運行，暑來寒往〔三〕。二分同道，烏靈正其昏夕〔四〕；兩至相遇，表圭測其長短〔五〕。雖則晦朔先後，失於公羊之説〔六〕；次舍盈縮，惑於丘明之傳〔七〕。至乎出卯入酉〔八〕，黄道青緑〔九〕。季孟相推〔一〇〕，啓閉從序〔一一〕。挈壺掌分數之令；太史陳立成之法〔一二〕。軍將以之懸井〔一三〕；壺郎以之趍奏〔一四〕。百王垂訓〔一五〕，千祀餘烈者焉〔一六〕。銘曰：

玄儀西運〔一七〕，逝水東流〔一八〕。甘川浴日〔一九〕，深壑藏舟〔二〇〕。測兹秘象，是曰神謀〔二一〕。正震治歷〔二二〕，下武惟周〔二三〕。忽微以測，積空成數〔二四〕。圭表弗差，光陰斯赴〔二五〕。箭水無絶，靈虬長注〔二六〕。經寸日輪，四分天度〔二七〕。器遵昔典，景移新刻〔二八〕。荆山既鐫，昆吾且勒〔二九〕。以福眉壽，百王垂則〔三〇〕。《藝文類聚》六十八。

〔一〕漏刻：古人所用之計時器。用銅壺盛水，壺底有孔，壺中立有刻度之箭。水漸漏下，據箭上顯露出的刻度即可知道時辰。《説文》：「漏，以銅受水，刻節，晝夜百刻。」

〔二〕竊以：私下以爲，謙詞。混元開闢：開天闢地。《後漢書·班固列傳》載《典引》：「厥道至乎經緯乾坤，出入三光，外運混元，内浸豪芒。」李賢注：「混元，天地之總名也。」天迴地旋：天地旋轉。《隋書·天文志上》載古渾天説以爲「天地之體，狀如鳥卵，天包地外，猶㲉之裹黄，周旋無端」。

〔三〕曆象運行：日月星辰之運行。《書·堯典》：「曆象日月星辰，敬授人時。」孔安國傳：「星，四方中星。辰，日月所會。曆象其分節，敬記天時以授人也。」張華《勵志詩》：「大儀斡運，天迴地游，四氣鱗次，寒暑環周。」

〔四〕二分：春分和秋分。《左傳·昭公二十一年》：「二至二分，日有食之，不爲災。」杜預注：「二至，冬至、夏至。二分，春分、秋分。」烏靈：太陽。《淮南子·精神訓》：「日中有踆烏，而月中有蟾蜍。」高誘注：「踆，猶蹲也，謂三足烏。」春分秋分時白天和黑夜時間相同，故言「同道」、「正其昏夕」。

〔五〕兩至：夏至、冬至。表圭：測量日影的工具。《淮南子·本經訓》：「天地之大，可以矩表識也。」高誘注：「表，影表。識，知也。」《隋書·天文志上》：「昔者周公測晷影於陽城，以參考曆紀。其於《周禮》，在大司徒之職。『以土圭之法，測土深，正日景，以求地中。日至之景，尺有五寸，則天地之所合，四時之所交。百物阜安，乃建王國。』……古法簡略，旨趣難究，術家考測，互有異同。先儒皆云：『夏至立八尺表於陽城，其影與土圭等。』……《易通卦驗》曰：『冬至之日，樹八尺之表，日中視其晷景長短，以占和否。夏至景一尺四寸八分，冬至一丈三尺。』」

鄭玄注《周禮·大司徒》云：「晝漏半而置土圭，表陰陽，審其南北。」

〔六〕晦：陰曆月末一天。朔：初一。失於公羊之説：《公羊傳·隱公三年》：「三年，春，王二月。己巳，日有食之。何以書？記異也。日食，則曷爲或日或不日，或言朔或不言朔？曰：某月某日朔，日有食之者，食正朔也。其或日或不日，或失之前，或失之後。失之前者，朔在前也，失之後者，朔在後也。」何休注：「（在前）謂二日食。（在後）謂晦日食。」按：隱公三年這年建丑，夏正則爲三月，己巳爲初一，日食也必是初一。所以《春秋》雖只記爲：「己巳，日有食之。」没有寫明「朔」，（如桓公三年，記爲「秋七月，壬辰朔，日有食之。」）也不會是《公羊傳》所解日食在初二日。其解爲朔在前、朔在後是不可信的。因此，本文言「失於公羊之説」。

〔七〕次舍：行星運行中所應居之位。《禮記·月令》：「（季冬之月）是月也，日窮于次」，鄭玄注：「次，舍也。」孔穎達疏：「謂去年季冬日次於玄枵，從此以來，每月移次他辰，至此月窮盡，還次玄枵。」盈縮：同贏縮，行星運行中超過或退後於其應處之位。《漢書·天文志》：「歲星所在，國不可伐，可以伐人。超舍而前爲贏，退舍爲縮。贏，其國有兵不復；縮，其國有憂，其將死，國傾敗。」惑於丘明之傳：相傳《左傳》爲左丘明作。《左傳·襄公二十八年》：「梓慎曰：『今兹宋、鄭其饑乎？歲在星紀，而淫於玄枵。以有時菑，陰不堪陽。蛇乘龍。龍，宋、鄭之星也。宋、鄭必饑。玄枵，虚中也。枵，耗名也。土虚而民耗，不饑何爲？』……裨竈曰：『今兹周王及楚子皆將死。歲棄其次，而旅於明年之次，以害鳥帑，周、楚惡之。』」杜預注：「歲星所在，其國有福。失次於北，禍衝在南。南爲朱鳥。鳥尾曰帑。鶉火、鶉尾，周、楚之分，故周王、楚子受其咎。俱論歲星過次，梓慎則曰宋、鄭饑，裨竈則曰周、楚王死，《傳》故備舉以示卜占唯人所在。」按：歲星，即木星。木星周期本是十一又百分之八十五年，而古人以爲是十二年。因有歲差便與古人所計算之歲星應居之位時有不合，古時人以爲這是災異之徵象。《左傳》中同一歲星超越其次之現象，梓慎和裨竈所得結論不同，是以，本文言「惑於丘明之傳」。

〔八〕出卯入酉：指一天。卯，大約現在上午五至七點鐘，是太陽出來之時。酉，大約現在下午五至七點鐘，是太陽落下之時。

〔九〕黄道：太陽在天空運行之軌道。青：月亮運行之軌道中之兩道。《漢書·天文志》：「日有中道，月有九行。中道者，黄道。一曰光道。……月有九行者，黑道二，出黄道北；赤道二，出黄道南；白道二，出黄道西；青道二，出黄道東。立春、春分，月東從青道；立秋、秋分，西從白道；立冬、冬至，北從黑道；立夏、夏至，南從赤道。然用之，一決房中道。青赤出陽道，白黑出陰道。」青緑：疑應作「青緣」。《淵鑑類函》卷三百七十引本文即作「青緣」。意謂一年之始，月亮即循黄道東之青道開始運行。中古文字，緣、緑易混。如《隋仲思那造橋碑》中之「緣」字，右下之「彖」，左邊僅有兩撇。《魏比丘普朗造像》之「像」字，右下部是「水」。《漢孔謙碣》之「禄」字，右下部反而是「彖」。

〔一〇〕季孟相推：指四季中各三個月依次排列。《禮記·月令》有孟春之月，仲春之月，季春之月等。

〔一一〕啓閉從序：指節氣按規律排列。《左傳・僖公五年》：「凡分至啓閉，必書雲物，爲備故也。」杜預注：「啓，立春立夏；閉，立秋立冬。」

〔一二〕挈壺：掌漏刻之官。《詩・齊風・東方未明序》：「挈壺氏不能掌其職焉。」鄭玄箋：「挈壺氏，掌漏刻者。」太史：官名。古太史兼掌天時星曆。亦作「大史」。《周禮・春官・大史》言大史之職有「正歲年以序事，頒之于官府及都鄙，頒告朔于邦國」。挈壺掌分數之令，太史陳立成之法：《周禮・夏官・挈壺氏》言挈壺氏：「凡喪，縣壺以代哭者。皆以水火守之，分以日夜。」鄭玄注：「代，亦更也。禮未大斂代哭，以水守壺者，爲沃漏也。以火守壺者，夜則視刻數也。分以日夜者，異晝夜漏也。漏之箭晝夜共百刻，冬夏之間有長短焉。大史立成法有四十八箭。」賈公彦疏云：「禮未大斂代哭者，未殯已前，無問尊卑，皆哭不絶聲。大斂之後，乃更代而哭，亦使哭不絶聲。大夫以官士親疏代哭，人君尊，又以壺爲漏分更相代。云分以日夜異晝夜漏也者，若冬至則晝短夜長，夏至則晝長夜短，二分則晝夜等。晝夜長短不同，須分之。故云異晝夜漏也。」此即所謂「挈壺掌分數之令」。言挈壺氏負責以漏刻分白天、黑夜之時間。賈公彦疏又云：「云大史立成法有四十八箭者，此據漢法而言。則以器盛四十八箭，箭各百刻。以壺盛水懸於箭上，節而下之水，水淹一刻則爲一刻。四十八箭者，蓋取倍二十四氣也。」此即所謂「太史陳立成之法」。言太史製定出漏刻的一定規則。

〔一三〕懸井：《周禮・夏官・挈壺氏》：「挈壺氏掌挈壺以令軍井。」鄭衆注：「謂爲軍穿井，井成挈壺縣其上，令軍中士衆皆望見，知此下有井。壺所以盛飲，故以壺表井。」

〔一四〕壺郎：《海録碎事·天·刻漏》：「掌漏之官，謂之壺郎。」趍奏：很快地走去報告時辰。趍，同趨。《集韻·去聲·遇韻》：「趨、趍，行之速也。」《詩》『巧趨蹌兮』，或作趍。」《百三家集》作《超》，應由兩字形近而致誤。

〔一五〕百王：指黄帝。傳説黄帝在位百年，漏刻是其所創。《史記·五帝本紀》：「黄帝崩」，《集解》：「皇甫謐曰：『在位百年而崩，年百一十一歲。』」《隋書·天文志上》：「昔黄帝創觀漏水，制器取則以分晝夜。其後因以命官，《周禮》挈壺氏則其職也。」垂訓：遺留昭示之教。張載《石闕銘》：「作範垂訓，赫矣壯乎。」

〔一六〕祀：年。《爾雅·釋天》：「載，歲也。夏曰歲，商曰祀，周曰年。」千祀，言其時久。餘烈：留下的功業、好處。《左傳·宣公十二年》：「無競惟烈」，杜預注：「烈，業也。」

〔一七〕玄儀：天體。《易·繫辭上》：「易有太極，是生兩儀。」孔穎達疏：「不言天地而言兩儀者，指其物體，下與四象相對。」《易·坤文言》：「天玄而地黄。」玄乃天之顔色，故以「玄儀」指天體。因爲地球向東轉，所以人們看見天體向西運行。

〔一八〕逝水：流而不返的河流。《論語·子罕》：「子在川上曰：逝者如斯夫，不舍晝夜。」中國地形西高東低，河流大多向東流。

〔一九〕甘川浴日：《山海經·大荒南經》：「東南海之外，甘水之間，有羲和之國。有女子名曰羲和，方浴日於甘淵。羲和者，帝俊之妻，生十日。」本文「甘淵」作「甘川」，疑《類聚》避唐諱而改。

〔二〇〕深壑藏舟：《莊子·大宗師》：「夫藏舟於壑，藏山於澤，謂之固矣。然而夜半有力者負之而走，昧者不知也。」成玄英疏：「夜半闇冥，以譬真理玄邃也。有力者，造化也。夫藏舟船於海壑，正合其宜。隱山岳於澤中，謂之得所。然而造化之力擔負而趨，變故日新，驟如逝水。凡惑之徒，心靈愚昧，真謂山舟牢固不動歸然。豈知冥中貿遷，無時暫息，昨我今我，其義亦然也。」意謂在時光流逝之中，自然在變化着。

〔二一〕秘象：深奥隱秘的現象。指上面所講時光這一現象。神謀：天神之計謀。陸雲《九愍》：「考余心其焉可，往稽度於神謀。」

〔二二〕正震：建正於孟春。謂造曆。《易·説卦》：「萬物出乎震，震，東方也。」孔穎達疏：「斗柄指東爲春，春時萬物出生也。」《史記·曆書》：「昔自在古，曆建正作於孟春。」《索隱》：「古曆者，謂黄帝《調曆》以前有《上元太初曆》等，皆以建寅爲正，謂之孟春也。」治歷：即治曆。制定曆法。《易·革象》：「君子以治厤明時。」《説文·日部》新附字：「曆，厤象也。從日，厤聲。《史記》通用歷。」可知原本作厤，通作歷，曆爲後起。是以《太平御覽》卷十六「曆」下所引《漢書·律曆志》即「曆」「歷」混用。如：「曆者，天地之大紀，上帝所爲。傳黄帝調律歷，漢元年以來用之。今陰陽不調，宜更歷之過也。」猶存古之本來面目。嚴可均《全後周文》改作「厤」。

〔二三〕下武惟周：後人能繼先祖者，維有周代最盛。《詩·大雅·下武》：「下武維周，世有哲王。」毛傳：「武，繼也。」鄭玄箋：「下，猶後也。哲，知也。後人能繼先祖者，維有周家最大，世世益有明知之王。」按：北朝宇文氏政權也國號周，故王褒用此典，意在頌揚北周。又按《隋書·天文志上》：「及孝武考定星曆，下漏以追天度。」是漏刻與制曆關系密切。

〔二四〕忽微：很小的度數。積空：空積。累積起許多微小的數。《漢書·律曆志上》：「及黄鐘爲宫，則太族、姑洗、林鐘、南吕皆以正聲應，無有忽微，不復與它律爲役者，同心一統之義也。非黄鐘而它律，雖當其月自宫者，則其和應之律有空積忽微，不得其正。」孟康注：「忽微，若有若無，細於髮者也。謂正聲無有殘分也。」「十二月之氣各以其月之律爲宫，非五音之正，則聲有高下差降也。空積，若鄭氏分一寸爲數千。」此二句言北周製漏刻之時，精心測量，反復修正。測，《百三家集》作「則」。誤。

〔二五〕圭表：見前注〔五〕。斯赴：則至。《爾雅·釋詁上》：「赴，至也。」此二句言所製之漏刻質量高，圭表無差錯，時間便可在上面表現出來。

〔二六〕箭水：謂漏壺流下之水激射如箭。南齊陸倕《新漏刻銘》：「靈虬承注，陰蟲吐噏，倏忽往來，鬼神出入。微若抽繭，逝若激電。耳不輟音，眼無流眄。」既言水激如電，則可知「箭水」意爲水激如箭。靈虬：以龍頭爲飾之出水口。虬，即龍。《初學記》卷二十五：「張衡《漏水轉渾天儀制》曰：以銅爲器，再疊差置，實以清水，下各開孔。以玉虬吐漏水入兩壺。右爲夜，左爲書。」

〔二七〕經寸日輪：太陽。四分天度：漢代之四分曆。《後漢書·律曆志下》：「曆數之生也，乃立儀、表，以校日景。景長則日遠，天度之端也。日發其端，周而爲歲。然其景不復，四周千四百六十一日，而景復初，是則日行之終。以周除日，得三百六十五四分度之一，爲歲之日數。日日行一度，亦爲天度。察日月俱發度端，日行十九周，月行二百五十四周，復會于端，是則月行之終也。以日周除月周，得一歲周天之數。以日一周減之，餘十二十九分之七，則月行過周及日行之數也，爲一歲之月。以除一歲日，爲一月之數。月之餘分積滿其法，得一月，月成則其歲大。月四時推移，故置十二中以定月位。有朔而無中者爲閏月。中之始曰節，與中爲二十四氣。以除一歲日，爲一氣之日數也。」因以四除天度之數爲一年，故在此稱「四分天度」。

〔二八〕典：法則。《後漢書·曹褒傳論》：「然先王之容典，蓋多闕矣。」李賢注：「典，法則也。」景移：日影之移動。景，即影。古樹表圭以日影之移動計算時間。以上言本漏壺是遵照前代遺傳之法則製造，其刻度則又據日影之移動而刻。言其精确。

〔二九〕荆山：指玉。曹植《與楊德祖書》：「人人自謂握靈蛇之珠，家家自謂抱荆山之玉。」昆吾：指銅。《山海經·中山經》：「又西二百里，曰昆吾之山。其上多赤銅。」古代刻銘都是給玉、銅器上刻，荆山産玉，昆吾産銅，故此處用以代指玉、銅器。

〔三〇〕眉壽：人老眉毛秀出，故稱長壽爲眉壽。《儀禮·士冠禮》：「眉壽萬年，永受胡福。」按，「眉壽」乃古代銘文中之套話。百王垂則：同前之「百王垂訓」。則，法則。

靈壇銘并序〔一〕

悠悠五緯，乃欽若於堯典〔二〕；茫茫九州，爰致功於禹迹〔三〕。猶以天步懸遠，隸首筭而弗窮〔四〕；地載遐荒，章亥馳而未極〔五〕。浩庭霄度，吐納天和〔六〕；崑閬滄溟，胞胎元一〔七〕。九靈之府，神液所以降祥〔八〕；五英之闕，蓂華以之昭應〔九〕。推劫運之短長，校河源之廣狹〔一〇〕。谷永上書，譬流風之不繫〔一一〕；桓譚作論，明弱水之難航〔一二〕。豈知迴天金簡，惟傳上聖〔一三〕；洞神玉策，尚隔中仙〔一四〕。于時金風戒辰，三光澄曜〔一五〕，香雨乘空，天花入室〔一六〕。帝乃升法座，説玄言〔一七〕。肴覆洞微〔一八〕，闡揚衆妙〔一九〕。洪鍾應叩〔二〇〕，衢樽待酌〔二一〕。銘曰：

鍾鳴上界，梵響玄宫〔二二〕。紫辰濯水，青樹摇風〔二三〕。八覺修行，七教弘通〔二四〕。神機詣理〔二五〕，秋毫坼空〔二六〕。函席廣開〔二七〕，法輪徐轉〔二八〕。入神精義〔二九〕，談天勝辯〔三〇〕。逐境晦明，逗機深淺〔三一〕。或照盛業，方圖雲篆〔三二〕。《藝文類聚》七十八。

〔一〕靈壇：祭禱神靈之臺。《禮記·祭法》：「燔柴於泰壇。」鄭玄注：「壇，折封土爲祭處也。」《漢書・武帝紀》：「詔曰：朕躬祭后土地祇，見光集于靈壇，一夜三燭。」本文《百三家集》題作《靈壇碑》，非是。

〔二〕五緯：金木水火土五行星。《文選・張衡・西京賦》：「五緯相汁，以旅於東井。」李善注：「五緯，五星也。」欽若：敬順之意。《書・堯典》：「乃命羲和，欽若昊天，歷象日月星辰，敬授人時。」孔安國傳：「故堯命之，使敬順昊天。」孔穎達疏引鄭玄注《周禮・春官・大宗伯》：「星謂五緯，辰謂日月所會十二次。」又言：「然則五星與日月皆别行，不與二十八宿同爲不動也。」

〔三〕九州：我國古代分全國爲九州。《書・禹貢》：「禹别九州，隨山濬川，任土作貢。」其中載九州爲：冀州、兖州、青州、徐州、楊州、荆州、豫州、梁州、雍州。《左傳・襄公四年》：「於虞人之箴曰：『芒芒禹迹，畫爲九州。』」爰，嚴可均《全後周文》作「是」。按：爰，乃也。作「是」直白欠佳。

〔四〕天步：天體運行。《詩・小雅・白華》：「天步艱難」，毛傳：「步，行。」隸首：人名。精於數學。《後漢書・馬融列傳》載馬融《廣成頌》中言禽獸之多：「隸首策亂，陳子籌昏。」李賢注：「隸首，黄帝時善筭者也。」

〔五〕地載遐荒：遼闊的大地。《禮記・郊特牲》：「地載萬物，天垂象。取材於地，取法於天，是以尊天而親地也。」曹植《五遊咏》：「逍遥八紘外，遊目歷遐荒。」章亥：太章和豎亥，善於行走之人。《淮南子・墬形訓》：「禹乃使太章步自東極，至于西極，二億三萬三千五百里七十五步。使豎亥步自北極，至于南極，二億三萬三千五百里七十五步。」高誘注：「太章、豎亥，善行人，皆禹臣也。」

〔六〕浩庭霄度：廣大的天庭在運動。《文選・謝莊・月賦》：「集素娥於后庭。」李善注：「《春秋元命苞》曰：『太微爲天庭。』」霄度，即天度，因下有「天和」故以霄代天字。古人把天分爲三百六十五又四分之一等分。《晉書・天文志上》載《渾天儀注》：「天如雞子，地如雞中黄，孤居於天内，天大而地小。天表裏有水，天地各乘氣而立，載水而行。周天三百六十五度四分度之一，又中分之，則半覆地上，半繞地下，故二十八宿半見半隱，天轉如車轂之運也。」天和：天地之和氣。《淮南子・俶真訓》：「交被天和，食於地德。」高誘注：「和，氣也。」

〔七〕崑閬滄溟：高山大海。《水經注・河水》：「崑崙之山三級：下曰樊桐，一名板桐。二曰玄圃，一名閬風。上曰層城，一名天庭。」《漢武帝内傳》：「（諸仙洲）并在滄流大海玄津之中。水則碧黑俱流，波則震蕩群精。諸仙玉女聚居滄溟。其名難測，其實分明。」胞胎元一：孕育於元氣。元一：天地未分時混沌之氣。同於「太一」。《楚辭・遠遊章句》：「屈原履方直之行，不容於世。……乃深惟元一，脩執恬漠。」《吕氏春秋・大樂》：「萬物所出，造於太一。」

〔八〕九靈之府：《雲笈七籤》卷八《釋三十九章經》第三十九章：「崑崙山有九靈之館，又有金丹流雲之宫。上接璇璣之輪，下在太空之中，乃王母之所治也。」神液：甘露之類。《拾遺記》卷十言昆崙山上：「甘露濛濛似霧，著草木則滴瀝如珠。亦有朱露，望之色如丹，著木石赭然，如朱雪灑焉。以瑶器承之，如飴。」

〔九〕五英之闕：不詳所出。蓂華：瑞草，即蓂莢。《雲笈七籤》卷一百《軒轅本紀》中言黄帝時：「又有異草生於庭。月一日生一葉，至十五日生十五葉，至十六日一葉落，至三十日落盡。若小月即一莢厭而不落，謂之蓂莢。以明於月也，亦曰曆莢。」又言：「帝慕（容成公）其道，乃造五城十二樓以候神人。」五英之闕，或即指此。闕，據上句言「府」，應是城闕之義。以上言世界宇宙之神秘複雜。

〔一〇〕劫運：時世之變革期。《隋書·經籍志》：「佛經所説，天地之外，四維上下，更有天地，亦無終極，然皆有成有敗。一成一敗，謂之一劫。」《雲笈七籤》卷二引《上清三天正法經》：「天地氣反，乃謂之小劫。」「天地改易，謂之大劫。」河源：黄河之源。《史記·大宛列傳》：「而漢使窮河源，河源出于窴，其山多玉石，采來。天子案古圖書，名河所出山曰崑崙云。」

〔一一〕谷永：漢時大臣。流風：凡先代有懿美之事，流傳於後代，爲風教所繫，謂之流風。《孟子·公孫丑上》：「紂之去武丁，未久也。其故家遺俗，流風善政，猶有存者。」孫奭疏：「上之化下，其流風之所被，善政之所行，尚有存者。」《漢書·谷永傳》載谷永多次上書皇帝，認爲出現災異是由於皇帝、後宮有失。如黑龍見於東萊，永上書言：「漢興九世，百九十餘載，繼體之主七，皆承天順道，遵先祖法度，或以中興，或以治安。至于陛下，獨違道縱欲，輕身妄行，當盛壯之隆，無繼嗣之福，有危亡之憂，積失君道，不合天意，亦已多矣。」是以言流風不繫。

〔一二〕桓譚：東漢人，著有《新論》。《後漢書·桓譚列傳》載桓譚于光武帝時上書言事失旨，不用，後經大司空宋弘推薦，拜議郎給事中，上疏陳時政所宜，「書奏，不省」。又上疏反對圖讖，「帝省奏，愈不悦」。終因言讖之非經，光武帝大怒，命將下斬之，「譚叩頭流血，良久乃得解。出爲六安郡丞。意忽忽不樂，道病卒，時年七十餘」。初，譚著書言當世行事二十九篇，號曰《新論》，上書獻之，世祖善焉」。其書失傳，有後人輯本。弱水難航：指不可能達到目的。古代傳説弱水浮不起羽毛。《山海經·大荒西經》：「其下有弱水之淵環之。」郭璞注：「其水不勝鴻毛。」

〔一三〕迴天金簡句：迴天，言其有極大之力。金簡，爲神仙相傳之書，讖緯家以爲素王受命之符。《雲笈七籤》卷八引《玉帝七聖玄記》云：「《七聖玄記》，迴天上文。或以韻合，或以支類相參，或上下四會以成字音，或標其正諱，或單復相兼，皆出玄古空洞之中，高真撰集以明靈文。後學之人若有玄名者，得見此文。青空揀名，四司所保，五帝記名也。」又引《會稽記》云：「昔禹治洪水，厥功未就，齋於此山。發石篔得金簡字，以知山河體勢，於是疏導百川，各盡其宜也。」上聖：前代之聖人，如大禹即是。

〔一四〕洞神：通神。玉策：也是神仙之書。《雲笈七籤》卷六《三洞》：「洞言通也。通玄達妙，其統有三，故云三洞。」「洞神以不測爲用。」「玉策者，是策進之名，亦是扶持之目，謂策勤行者扶持，使仙也。」中仙：道教分仙人爲多種等級。如《太平御覽》六六一卷引漢武帝和西王母事，仙人即有太上、中仙、飛仙、地仙諸類。《雲笈七籤》卷九《釋洞玄太極隱注經》：「《太上玉經隱注》曰：上清之高旨，極真之微辭，飛仙之妙經也。《靈寶經》或曰《洞玄》，或云《太上昇玄經》，皆高仙之上品，虛無之至真，大道之幽寶也。《三皇天文》或云《洞神》，或云《洞仙》，或云《太上玉策》。此三洞經符，上道之綱紀，太虛之玄宗，上真之首經矣，豈中仙之所聞哉？」以上四句言谷永、桓譚如推劫運、校河源一樣上書作論，開導皇帝，都不起作用，那知大道秘要只能傳給上聖、上真呢。意思是當今皇帝卓異于歷史上諸位君主，精通要道之旨。洞神，嚴可均《全後周文》作「洞府」。似可通。然依上引三洞之經，自應是「神」。

〔一五〕金風：秋風。《文選·張協·雜詩》：「金風扇素節」，李善注：「西方爲秋而主金，故秋風曰金風也。」戒辰：告時。王儉《皇太子釋奠宴詩》：「三兆戒辰，八鸞警旦。」《儀禮·有司徹》：「宗人戒侑」，鄭玄注：「戒，猶告也。」《詩·大雅·抑》：「訏謨定命，遠猶辰告。」毛傳：「辰，時也。」三光：日月星。《白虎通·封公侯》：「天有三光，日月星。」此二句言正值秋季天朗氣清之時。

〔一六〕香雨：稱雨之美。沈約《彌勒贊》：「慧日晨開，香雨宵墜。」天花：天上之妙花。《維摩經·觀衆生品》：「時維摩詰室有一天女，見諸大人，聞所説法，便現其身，即以天華散諸菩薩大弟子上。」華，即花。

〔一七〕法座：正座。《漢書·梅福傳》：「當戶牖之法座，盡平生之愚慮。」師古注：「法座，正座也。

聽朝之處。猶言法官、法駕也。」玄言：玄妙之言。魏晉南北朝士大夫有談玄時尚。《文選·沈約·齊故安陸昭王碑文》：「學徧書部，特善玄言。」李周翰注：「玄言，談道也。」

〔一八〕肴覈：應作「肴覈」，因與「覆」形近而誤。斟酌之意。《文選·班固·典引》：「與之斟酌道德之淵源，肴覈仁誼之林藪，以望元符之臻焉。」蔡邕注：「斟酌，飲也。肴覈，食也。肉曰肴，骨曰覈。……言六藝者，道德之深本，而仁義之叢藪也。天子與羣儒故老斟酌肴覈而行，以天應之至也。」是以知與斟酌同義。洞微：明察大道之微妙。洞，明察、通達。如洞究、洞徹、洞曉之洞。

〔一九〕衆妙：諸多妙理。《老子》第一章：「玄之又玄，衆妙之門。」

〔二〇〕洪鍾：大鍾。叩：敲。《禮記·學記》：「善待問者如撞鐘，叩之以小者則小鳴，叩之以大者則大鳴。待其從容，然後盡其聲。」本句意謂皇帝升法座講經談玄，不論大小問難，都能像撞鍾一樣給以應答。

〔二一〕衢樽：在道路上放上酒樽任凭人們飲酒。比喻任何人都能有適宜於自己之收獲。《淮南子·繆稱訓》：「聖人之道，猶中衢而致尊邪？過者斟酌，多少不同，各得其所宜。是故得一人，所以得百人也。」高誘注：「道六通謂之衢。尊，酒器也。」

〔二二〕上界：天界。梵響：佛之説法。《往生論》：「如來微妙聲，梵響聞十方。」玄宫：天宫。玄爲天之色。此處是把皇帝之語言比做如來之聲音。

〔二三〕紫辰：辰星，即行星中之水星。古代天空或以紫修飾，如紫空、紫冥，故天上星辰也可稱紫。《漢書·天文志》：「辰星曰北方冬水，知也，聽也。」辰星屬水，故言濯水。又象徵皇帝之智慧聰明。青樹：即常緑樹。梁元帝《内典碑銘集林序》云：「鵲園善誘，馬苑弘宣。白林將謝，青樹已列。」

〔二四〕八覺：覺醒之八種徵候。《列子·周穆王》：「覺有八徵，夢有六候。奚謂八徵？一曰故，二曰爲，三曰得，四曰喪，五曰哀，六曰樂，七曰生，八曰死。此者八徵，形所接也。」七教：《禮記·王制》：「明七教以興民德。……七教：父子、兄弟、夫婦、君臣、長幼、朋友、賓客。」

〔二五〕神機：神妙之機算。《淮南子·齊俗訓》：「神機陰閉，剞劂無迹，人巧之妙也，而治世不以爲民業。」詣理：達理。《漢書·楊王孫傳》：「王孫苦疾，僕迫從上祠雍，未得詣前。」師古注：「詣，至也。」

〔二六〕秋毫：秋天野獸長出的細毛。秋毫，猶即秋豪。《史記·淮陰侯傳》：「大王之入武關，秋豪無所害。」《索隱》：「豪，秋乃成。又王逸注《楚詞》云：『鋭毛爲豪，夏落秋生也。』」坼：分開。《廣雅·釋詁一》：「坼，分也。」空：道家虚無之理。《漢書·賈誼傳》載《鵩鳥賦》：「不以生故自保，養空而浮。」服虔注：「道家養空虚，若浮舟也。」意謂能如分剖秋豪一樣，把很細微之理分析清楚。

〔二七〕函席：講席。《禮記·曲禮上》：「若非飲食之客，則布席，席間函丈。」鄭玄注：「謂講問之客也。函，猶容也。講問宜相對，容丈足以指畫也。」

〔二八〕法輪徐轉：佛家、道家謂説法爲轉法輪。即轉自心之法，而移他人之心，恰如轉車輪。《法華經·方便品》：「恭敬合掌禮，請我轉法輪。」《老子化胡經》第十：「太上慈愍憐衆生，漸漸誘進説法輪。」

〔二九〕入神精義：即精義入神。精通事物之義理，進入於神妙之境地。《易·繫辭下》：「精義入神，以致用也。利用安身，以崇德也。」

〔三〇〕談天勝辯：宏大出衆之談論。《史記·孟子荀卿列傳》：「騶衍之術，迂大而閎辯，奭也文具難施。……故齊人頌曰：『談天衍，雕龍奭。』」江淹《蕭太尉子姪爲領軍江州兖州豫州淮南黄門謝啓》：「談天之辨，不能爲臣陳辭；雕龍之文，無以爲臣飾愧。」

〔三一〕逐境晦明，逗機深淺：意爲隨着所講内容、時機而有深淺、晦明變化。逐、逗，都是隨着之意。《楚辭·九歌·河伯》：「乘白黿兮逐文魚。」王逸注：「逐，從也。」《集韻·去聲·候韻》「逗」字下云：「或作投。」言投合。

〔三二〕照：明，同昭。盛業：帝王之盛大業績。方圖：正在畫。雲篆：道家所書之字。《真誥》卷一：「雲篆明光之章，今所見神靈符書之字是也。」《雲笈七籤》卷七云：「又有雲篆明光之章，爲順形梵書。文别爲六十四種，播於三十六天。今經書相傳皆以隸字解天書相雜而行也。」按：《百三家集》「圖」作「圓」，形近致誤。

館銘〔一〕

雲橋啓館，景曜開扉〔二〕。明庭朝禮，仙宮羽衣〔三〕。燕履霄去〔四〕，鳧舄晨歸〔五〕。練石三轉，燒丹七飛〔六〕。昆吾陶鑄〔七〕，丹楊鎣銑〔八〕。晝寫龍文，圖開彫篆〔九〕。聲隨地氣〔一〇〕，調均天辯〔一一〕。九宮方應，萬靈稱善〔一二〕。《藝文類聚》七十八。

〔一〕館：道館。道士修煉之處。本文《百三家集》以爲是《靈壇碑》之又作，非是。

〔二〕雲橋：雲端之橋。啓：通向。《左傳·僖公二十年》：「凡啓塞從時」，杜預注：「門户道橋謂之啓，城郭墻塹謂之塞。」《南史·梁元帝紀》：「鑿河津於孟門，百川復啓。」景曜：日光。《文選·張衡·西京賦》：「流景曜之韡曄。」李善注：「景，光景也。」扉，窗扇。言道館和天上相通，日光照進窗户。

〔三〕明庭：應爲「明廷」，朝見神靈之地。《史記·封禪書》載申公言：「其後黄帝接萬靈明廷。明廷者，甘泉也。」朝禮：參詣。《國語·越語下》：「以良金寫范蠡之狀，而朝禮之。浹日而令大夫朝之。」仙宮羽衣：仙府之神仙。《漢書·郊祀志上》：「五利將軍亦衣羽衣，立白茅上受印。」師古注：「羽衣，以鳥羽爲衣，取其神仙飛翔之意也。」全句寫在此參見者皆乃仙宮中之神仙。

〔四〕燕履：據《淵鑒類函》卷三百七十五引《一統志》：「惠州沖虛觀有遺履軒。相傳南海太守鮑靚嘗夜訪葛洪，與語達旦乃去。人訝其往來之頻而不見其車，使人往密伺之，但見有雙燕飛至。網之得雙履焉。」恐即指此。蕭撝《和梁武陵王遥望道館詩》：「履歸堪是燕，石在詎非羊。」

〔五〕鳧舄：《後漢書・王喬列傳》載王喬有神術，「每月朔望，常自縣詣臺朝，帝怪其來數，而不見車騎，密令太史伺望之。言其臨至，輒有雙鳧從東南飛來。於是候鳧至，舉羅張之，但得一隻舄焉」。舄：木底之履。崔豹《古今注・輿服》：「舄，以木置履下，乾腊不畏泥溼也。」以上兩句言這些神仙都有神術。

〔六〕練石三轉，燒丹七飛：言館中道士煉丹。煉丹用五石。《枹朴子・内篇・神丹》：「作之法，當以諸藥合火之以轉五石。五石者，丹砂、雄黄、白礜、曾青、慈石也。」徐陵《答周處士書》：「比夫煮石紛紜，終年不爛，燒丹辛苦，至老方成。」三轉、七飛：指三轉七轉之丹。神丹共有九轉。《抱朴子・神丹》：「一轉之丹，服之三年得仙。二轉之丹，服之二年得仙。三轉之丹，服之一年得仙。四轉之丹，服之半年得仙。五轉之丹，服之百日得仙。六轉之丹，服之四十日得仙。七轉之丹，服之二十日得仙。八轉之丹，服之十日得仙。九轉之丹，服之三日得仙。」飛：飛丹之飛。《南史・陶弘景傳》：「弘景既得神符祕訣，以爲神丹可成，而苦無藥物。帝給黄金、朱砂、曾青、雄黄等。後合飛丹，色如霜雪，服之體輕。及帝服飛丹有驗，益敬重之。」

〔七〕昆吾：夏時善於陶鑄之氏族。《吕氏春秋・君守》：「昆吾作陶」，高誘注：「昆吾，顓頊之後，吴回之孫，陸終之子，己姓也。爲夏伯，制作陶冶，埏埴爲器。」

〔八〕丹楊：即丹陽，古地名。産銅。《水經注・河水》：「丹陽山東北逕治官東，俗謂之丹陽城。城之左右猶有遺銅矣。」在今陝西宜川縣西。《漢書・食貨志下》：「金有三等，黄金爲上，白金爲中，赤金爲下。」孟康注：「赤金，丹陽銅也。」《神異經・西荒經》載西方日宫之外有山，「入山下一丈有銀，又一丈有錫，又入一丈有鉛，又入一丈有丹陽銅。似金，可鍛以作錯塗之器。」鋈銑：鍍以美金。《詩・秦風・小戎》：「游環脅驅，陰靷鋈續。」毛傳：「鋈，白金也。」孔穎達疏：「言鋈，白金者，鋈非白金之名。謂銷此白金以鋈灌靷環。」《爾雅・釋器》：「絶澤謂之銑。」郭璞注：「銑，即美金。言最有光澤也。」

〔九〕龍文：龍形之花紋。《史記・荀卿列傳》：「齊人頌曰：『談天衍，雕龍奭，炙轂過髡。』」《集解》：「騶奭修衍之文，飾若雕鏤龍文，故曰雕龍。」彫篆：彫蟲篆刻。即彫刻蟲形篆文。楊雄《法言・吾子》：「或問：『吾子少而好賦？』曰：『然。童子彫蟲篆刻。』」王巾《頭陀寺碑文》：「敢寓言於彫篆，庶髣髴於衆妙。」言道館中所鑄之鐘有精美的花紋。畫，《類聚》作「盡」，今從《百三家集》作「畫」。按：下句有「圖」，故以「畫」爲宜。

〔一〇〕地氣：《周禮・冬官・考工記》：「天有時，地有氣，材有美，工有巧，合此四者，然後可以爲良。材美工巧，然而不良，則不時，不得地氣也。……鄭之刀、宋之斤、魯之削、吴粤之劍，遷乎其地而弗能爲良，地氣然也。」本句言館中之鐘得地氣之宜，質量高，聲音正。

〔一二〕天辯：劉孝威《重光詩》：「瞻彼談扇，載抑載揚。何斯天辯，如珪如璋。」庾信《奉和法筵應詔》：「風飛扇天辯，泉湧屬絲言。」本句言鐘聲之悦耳。

〔一三〕九宫：天宫。王逸《九思·守志》：「歷九宫兮偏觀，睹祕藏兮寶珍。」自注：「九宫，天之宫也。」萬靈：衆神。梁元帝《阿育王象碑》：「道冠萬靈，理超千聖。」言鐘聲傳到天宫，天上衆神都加以稱讚。萬，宋本《類聚》作「万」。

四瀆祠碑銘〔一〕

靈祠岳立，貝闕雲浮〔二〕。寂寥詭怪，髣髴神遊〔三〕。姬嬴分國，河渭合流〔四〕。桃花春水〔五〕，靈草孤洲〔六〕。潼鄉河曲〔七〕，汾陰脽壤〔八〕。亂流不度，龍門難上〔九〕。河魚送迎〔一〇〕，江妃來往〔一一〕。水開通跡，山臨高掌〔一二〕。智以藏往，神以知來〔一三〕，榮光離合，雲氣徘徊〔一四〕。水仙遺操〔一五〕，津吏餘杯〔一六〕。波息川后，浪靖澹臺〔一七〕。《藝文類聚》九。

〔一〕四瀆：《爾雅·釋水》：「江河淮濟爲四瀆。四瀆者，發源注海者也。」

〔二〕靈祠：神靈之祠。岳立：像山一樣高峻。潘岳《藉田賦》：「青壇蔚其嶽立兮，翠幕黕以雲布。」嶽、岳，同一字。貝闕：以紫貝爲飾之闕。《楚辭·九歌·河伯》：「紫貝闕兮朱宫。」雲浮：浮在雲彩之上。梁簡文帝《唱導文》：「玉震雲浮，金聲海鏡。」二句言其祠之高。闕，《類聚》作「關」。今依《楚辭》之典從《百三家集》。又，「祠」字，宋本《類聚》誤脱。

〔三〕寂寥：虚静無聲。《文選·左思·蜀都賦》：「濆薄沸騰，寂寥長邁。」李周翰注：「寂寥，無聲也。」詭怪：怪異。《文選·丘遲·旦發漁浦潭詩》：「詭怪石異象，嶄絶峰殊狀。」神遊：神靈來遊。髣髴，《類聚》作「髣髣」，誤重，今從《百三家集》。

〔四〕姬嬴分國：周分封秦國。周，姬姓。秦，嬴姓。《史記·秦本紀》：「於是（周）孝王曰：『昔伯翳爲舜主畜，畜多息，故有土，賜姓嬴。今其後世亦爲朕息馬，朕其分土爲附庸。』邑之秦，使復續嬴氏祀，號曰秦嬴。」「周避犬戎難，東徙雒邑，襄公以兵送周平王。平王封襄公爲諸侯，賜以岐以西之地。曰：『戎無道，侵奪我岐、豐之地，秦能攻逐戎，即有其地。』與誓，封爵之。襄公於是始國。」河渭合流：渭水在潼關之處注入黄河。此言四瀆祠所在之地。

〔五〕桃花春水：桃花汛。《漢書·溝洫志》：「來春桃華水盛，必羨溢」，師古注：「《月令》：『仲春之月，始雨水，桃始華。』蓋桃方華時，既有雨水，川谷冰泮，衆流猥集，波瀾盛長，故謂之桃華水耳。」按：潼關古爲桃林塞，《通典·州郡·雍州·華陰郡》：「華陰，南有潼關，《左傳》所謂桃林塞是也。」故桃花春水也兼指其地。

〔六〕靈草：靈芝。《文選·班固·西都賦》：「於是靈草冬榮，神木叢生。」李善注：「神木、靈草，謂不死藥也。」本句意謂河中沙洲生長着靈芝一類的仙草。

〔七〕潼鄉：潼關。河曲：古地名。故地在今山西永濟市。黄河南流至此，折向東流。《左傳・文公十二年》：「冬，十有二月，戊午，晉人秦人戰于河曲。」杜預注：「河曲，在河東蒲坂縣南。」

〔八〕汾陰：漢置縣名。在今山西省萬榮縣。脽壤：《漢書・武帝紀》載元鼎四年「立后土祠於汾陰脽上」，六月「得寶鼎后土祠旁」，元鼎五年詔曰：「（朕）巡祭后土，以祈豐年，冀州脽壤，迺顯文鼎，獲薦於廟」。如淳注：「脽者，河之東岸特堆掘，長四五里，廣二里餘，高十餘丈，汾陰縣治脽上。后土祠在縣西。汾在脽之北，西流與河合。」脽，《類聚》作「睺」，《百三家集》作「睢」。按：睢，爲睢水，非四瀆，與本文不合。睺，爲半盲，與本文無關。「睺」疑爲「𦛜」字，即喉之異體。《集韻・平聲・矦韻》「喉」下：「《説文》：咽也。或從肉。」本處雖亦可解爲咽喉之地，然既明指爲汾陰，自以「脽」爲長。當因形近誤爲睢、睺。今依《漢書》之典作「脽」。

〔九〕龍門：在山西省河津和陝西韓城之間。《書・禹貢》：「導河積石，至於龍門西河。」《太平御覽》卷四〇引辛氏《三秦記》：「河津一名龍門，巨靈迹猶在。去長安九百里。江海大魚泊集門下數千，不得上。上則爲龍。故云曝鰓龍門。」是以本句言「龍門難上」。

〔一〇〕河魚：黄河中之魚。《史記・秦始皇本紀》：「（八年）河魚大上。」《楚辭・九歌・河伯》：「子交手兮東行，送美人兮南浦。波滔滔兮來迎，魚隣隣兮媵予。」王逸注：「媵，送也。言江神聞己將歸，亦使波流滔滔來迎，河伯遣魚隣隣侍從，而送我也。」

〔一一〕江妃：江神。《列仙傳》卷上：「江妃二女者，不知何所人也。出遊於江漢之湄，逢鄭交甫，見而悦之，不知其神人也。謂其僕曰：『我欲下請其佩。』……遂手解佩與交甫。交甫悦受而懷之中當心。趨去數十步，視佩，空懷無佩。顧二女，忽然不見。」《山海經·中山經》：「（洞庭之山）帝之二女居之。」郭璞注：「天帝之二女，而處江爲神，即《列仙傳》江妃二女也。」

〔二〕水開通跡，山臨高掌：傳説河神用手足分開華山和首陽山以通河水。《文選·張衡·西京賦》：「綴以二華，巨靈贔屓，高掌遠蹠，以流河曲，厥跡猶存。」《太平御覽》卷三九引薛綜注曰：「華山對河東首陽山，黄河流於二山之間。古語云，本一山。當河，河水過之而曲行。河神巨靈以手擘開其上，以足蹈離其下，中分爲兩，以通河流。今覩手跡於華嶽上，足迹在首陽山下，俱存焉。」（今本《文選·西京賦》之薛綜注，無「華山對河東首陽山，黄河流於二山之間」一句，故意義含混。）

〔三〕智以藏往，神以知來：《易·繫辭上》：「神以知來，知以藏往。」知，即智。本文之意則是言水有神與智。《論語·雍也》：「知者樂水。」《説苑·雜言》：「子貢問曰：『君子見大水必觀焉，何也？』孔子曰：『夫水者，君子比德焉。遍予而無私，似德；所及者生，似仁；其流卑下句倨，皆循其理，似義；淺者流行，深者不測，似智。』」《管子·水地》：「（水）集於天地而藏於萬物，産於金石，集於諸生，故曰水神。」尹知章注：「莫不有水焉，不知其所，故謂之神也。」

〔四〕榮光：五色瑞氣。《藝文類聚》卷十一引《尚書中候》：「帝堯即政榮光出河，休氣四塞。」離合：乍離乍合。雲氣：休氣，瑞氣。《漢書·高祖紀》：「季所居上，常有雲氣。」

〔一五〕水仙：水中仙人。操：琴曲。《水經注》卷三十三引揚雄《琴清英》：「尹吉甫子伯奇至孝，後母譖之，自投江中，衣苔帶藻。忽夢見水仙，賜其美藥。惟養親，揚聲悲歌，船人聞之而學之。吉甫聞船人之聲，疑似伯奇，援琴作《子安之操》。」

〔一六〕津吏：管理渡口之官吏。杯：酒杯。指酒。《列女傳》卷六載趙簡子南擊楚，與津吏期。簡子至，津吏醉卧，不能渡。簡子欲殺之。津吏之女娟懼持檝而走。簡子曰：「女子走何爲？」對曰：「津吏息女。妾父聞主君來渡不測之水，恐風波之起，水神動駭，故禱祠九江三淮之神，供具備禮，御釐受福，不勝玉祝杯酌餘瀝，醉至於此。君欲殺之。妾願以鄙軀易父之死。」簡子遂釋不誅。簡子將渡，用檝者少一人，娟乃備員持檝，遂與渡。中流，發河激之歌，簡子悦，後立以爲夫人。

〔一七〕川后：水神河伯。《文選·曹植·洛神賦》：「屏翳收風，川后静波。」吕向注：「川后，河伯也。言使收静其風波也。」澹臺：澹臺子羽。《水經注》卷五《河水》：「昔澹臺子羽，齎千金之璧渡河。陽侯波起，兩蛟挾舟。子羽曰：『吾可以義求，不可以威劫。』操劍斬蛟，蛟死波休。乃投璧於河。三投而輒躍出。乃毁璧而去，示無悋意。」按：《百三家集》「澹」作「瞻」，當因《山海經·中山經》注于洛的瞻水而誤。以上引和四瀆有關之典故。

温湯碑〔一〕

原夫二儀開闢，雷風以之通響〔二〕；五材運行，水火因而並用〔三〕。炎上作苦，既麗純陽之德；潤下作鹹，且協凝陰之度〔四〕。至於遷陵熱溪，沉魚涌浪〔五〕；炎洲燒地，穴鼠含烟〔六〕。火井飛泉，垂天遠扇〔七〕；焦源沸水，衝流迸集〔八〕。甘川浴日，跳波邁椒丘之野〔九〕；湯谷揚濤，激水疾龍門之箭〔一〇〕。故以地伏流黄，神泉愈疾云云〔一一〕。其銘曰：

挺此温谷，驪岳之陰〔一二〕。白礬上徹，丹沙下沉〔一三〕。華清駐老，飛流瑩心〔一四〕。谷神不死〔一五〕，川德愈深〔一六〕。《藝文類聚》九，《初學記》七有銘無序。

〔一〕温湯：温泉。本文言「驪岳之陰」，故應即今陝西省驪山温泉。庾信亦有《温湯碑》之作。

〔二〕二儀開闢：開天闢地。《易·繫辭上》：「易有太極，是生兩儀。」孔穎達疏：「太極，謂天地未分之前，元氣混而爲一。即是太初、太一也。故老子云：『道生一』，即此太極是也。又謂『混元既分，即有天地』，故曰太極生兩儀。」雷風以之通響：天地既分，因此風通雷鳴。

〔三〕五材：金木水火土。《左傳·襄公二十七年》：「天生五材，民並用之。」杜預注：「金木水火土也。」運行：指五行相克相生之規律。水火因而並用：民並用五材，本句只言水火，是因温泉兼有水火之性，故特標此二者。

〔四〕炎上四句：炎上，火。火味苦。潤下，水。水味鹹。《書·洪範》：「水曰潤下，火曰炎上。」「潤下作鹹，炎上作苦。」孔安國傳：「水，鹵所生。」「（苦）焦氣之味。」孔穎達疏：「水既純陰，故潤下趣陰。火是純陽，故炎上趣陽。」麗：附。協：合。凝陰：即純陰。

〔五〕遷陵：漢置縣名。故城在湖南保靖縣東。《漢書・地理志上》載武陵郡，縣十三，中有「遷陵」。其西北有温泉。古遷陵縣之西北爲黚陽縣，《水經注》卷三十六：「酉水北岸，有黚陽縣，許慎曰：『温水南入黚』，蓋鼈水以下，津流沿注之通稱也，故縣受名焉。西鄉溪口，在遷陵縣故城上五十里，左合酉水。」所言温水恐即本文之「熱溪」。沉魚涌浪：潜在水底的魚遇到熱水而激起浪花。如談遷《棗林雜俎》中集所言「廬州府巢縣東北十五里半湯山，有二泉，名半湯池。一冷一熱。合流，其初冷熱仍異，數里之外始相混。魚自冷泉觸熱，即亟回」。溪，《百三家集》作「谿」，同。

〔六〕炎洲句：炎洲，炎山，指火山。郭璞《山海經序》：「陽火出於冰水，陰鼠生於炎山，而俗之論者莫之或怪。」《神異經・南荒經》：「南荒之外，有火山。長四十里，廣五十里。其中皆生不燼之木，火鼠生其中。」

〔七〕火井句：火井，在四川省，有數處。即古之天然氣井。《文選・左思・蜀都賦》：「火井沉熒於幽泉，高爓飛煽於天垂。」劉逵注：「蜀郡有火井，在臨邛縣西南。火井，鹽井也。欲出其火，先以家火投之，須臾許，隆隆如雷聲，爓出通天，光輝十里。以筒盛之，接其光而無炭也。煽，熾也。」李善注：「天垂，天四垂也。」飛泉，於黄泉飛出。垂天，即天垂。扇，即煽。

〔八〕焦源：疑即焦淵。《拾遺記》卷四言宛渠之民：「及夜，燃石以繼日光。此石出燃山，其土石皆自光澈，扣之則碎，狀如粟，一粒輝映一堂。昔炎帝始變生食，用此火也。國人今獻此石。

或有投其石於溪澗中，則沸沫流於數十里，名其水爲焦淵。」

〔九〕甘川浴日：《山海經·大荒南經》：「東南海之外，甘水之間，有羲和之國。有女子名曰羲和，方浴日於甘淵。羲和者，帝俊之妻，生十日。」跳波：水中躍動之光波。椒丘：《離騷》：「步余馬於蘭皋兮，馳椒丘且焉止息。」王逸注：「土高四墮曰椒丘。」此則泛指高地。司馬相如《子虚賦》：「東西南北，馳騖往來，出乎椒丘之闕，行乎州淤之浦。」川，《百三家集》作「州」，誤。

〔一〇〕湯谷：日出之處。《山海經·海外東經》：「（黑齒國）下有湯谷。湯谷上有扶桑，十日所浴。」《楚辭·天問》：「出自湯谷，次于蒙汜。」王逸注：「言日出東方湯谷之中，暮入西極蒙水之涯也。」激水疾龍門之箭：《太平御覽》卷四十引《慎子》：「河之下龍門，其流駛如竹箭，駟馬追弗能及。」龍門乃黄河中游一段急流，在山西河津和陝西韓城之間。以上兩句言驪山温泉如同湯谷、甘川之水一樣。

〔一一〕地伏流黄，神泉愈疾：流黄，即硫黄。一般温泉中有之。《初學記》卷七引《博物志》：「凡水源有石流黄，其泉則温。或云神人所煖，主療人疾。」（今本《博物志》無此條。）又引辛氏《三秦記》：「驪山湯，舊説以三牲祭乃得入。可以去疾消病。俗云秦始皇與神女遊而忤其旨，神女唾之則生瘡。始皇怖謝。神女爲出温泉而洗除。後人因以爲驗。」云云：省略之辭。《漢書·汲黯傳》：「上方招文學儒者，上曰吾欲云云。」師古注：「云云，猶言如此如此也。」

〔一二〕挺：生、出。《後漢書·楊賜列傳》：「故司空臨晉侯賜，華嶽所挺，九德純備。」李賢注：「挺，生也。」温谷：温泉。《文選·潘岳·西征賦》：「南有玄灞素滻，湯井温谷。」李善注：「温谷，即温泉也。」驪岳之陰：驪山北麓。岳，《初學記》作「邱」。按：山丘可連稱，但丘爲小，故以「岳」爲當。

〔一三〕白礬、丹沙：温泉中多有之礦物。談遷《棗林雜俎》中集：「徽州府歙縣西北百二十里黄山第四峰，有泉沸如湯，常湧丹沙。」又曰：「西安府臨潼縣東南二里驪山温泉，下乃礬也。」沙，《初學記》作「砂」，同。

〔一四〕華清：井華水。清晨汲取的第一桶水，能治病利人。華，取其潔净之義。此處用以比喻能治病之温泉。《文選·左思·魏都賦》：「温泉毖涌而自浪，華清蕩邪而難老。」張載注：「華清，井華水也。」《本草綱目·水部》引汪穎曰：「井水新汲，療病利人。平旦第一汲爲井華水，其功極廣。」佛家稱供佛水爲華水供。駐老：永不老。同「難老」。《詩·魯頌·泮水》：「永賜難老。」孔穎達疏：「難老者，言其身力康强，難使之老，故云謂最壽考者。」此言温泉使人康健。瑩心：言涌流之温泉使人心底爽朗。

〔一五〕語本《老子》第六章：「谷神不死，是謂玄牝。玄牝之門，是謂天地根。」王弼注：「谷神，谷中央無谷也。無形無影，無逆無違，處卑不動，守静不衰，谷以之成而不見其形，此至物也。處卑而不可得名。故謂天地之根。」此處則是借谷神來表示温泉之神，言其神靈永遠長存。

〔一六〕川德：水之恩惠。此句言温泉帶給人們的好處十分豐厚。

善行寺碑

蓋聞在天成象，羣星仰於北辰；在地成形，百川起於東海〔一〕。是知璿璣盈縮，並運天樞〔二〕；江漢所宗，争環地軸〔三〕。塵沙日月，同渤澥之輪迴〔四〕；百億鐵圍，等閻浮之數量〔五〕。章亥步驟，豈盡世界之邊〔六〕；隸首忽微，寧窮却海之筭〔七〕。舄牛桷力，方十行之偕梯〔八〕；兔馬渡河，譬三乘之等級〔九〕。定水壞須彌之山〔一〇〕，智炬燃金剛之際〔一一〕。敬表六和，現沙門之進止〔一二〕；衣乘四寸，示聲聞之律儀〔一三〕。至於千疊火然，鵠林變色〔一四〕；四禪災起，鴿影傳輝〔一五〕。羽林出使，漢開濯龍之祀〔一六〕；桑門傳譯，晉處洛陽之拜〔一七〕。

《藝文類聚》七十六。

〔一〕蓋：大略之詞。《孝經・天子章》：「蓋天子之孝也」，邢昺疏引孔傳曰：「蓋者，辜較之辭。」《易・繫辭上》：「在天成象，在地成形。」韓康伯注：「象况日月星辰，形况山川草木也。」北辰：北極星。《論語・爲政》：「爲政以德，譬如北辰，居其所而衆星共之。」邢昺疏：「北極謂之北辰。北辰常居其所而不移，故衆星共尊之。」百川：江河。中國地形西高東低，百川盡入東海。起：走。《吕氏春秋・仲秋紀・論威》：「則知所兔起鳧舉死殙之地矣。」高誘注：「起，走；舉，飛也。兔走鳧趨，喻急疾也。」

〔二〕璿璣：古時測天象之器。《書·舜典》：「在璿璣玉衡，以齊七政。」孔穎達疏：「璿，美玉也。……璣衡俱以玉飾。……璣爲轉運，衡爲横簫。運璣使動，於下以衡望之。是王者正天文之器，漢世以來謂之渾天儀者是也。」盈縮：行星運行中超過或退後於其應處之位。《漢書·天文志》：「凡五星，早出爲贏，贏爲客；晚出爲縮，縮爲主人。」盈，同贏。此處所言璿璣盈縮，指渾儀上反映出之天上星辰之運行。天樞：天之中樞。《晉書·天文志》：「北極五星，鉤陳六星，皆在紫宫中。北極，北辰最尊者也。其紐星，天之樞也。」此句言天上星辰圍繞北極而運行。

〔三〕江漢所宗：《書·禹貢》：「江漢朝宗於海。」孔安國傳：「二水經此州而入海，有似於朝。百川以海爲宗。宗，尊也。」地軸：《太平御覽》卷三六引《河圖括地象》：「崑崙者，地之中也。地下有八柱，柱廣十萬里，有三千六百軸，互相牽制。名山大川孔穴相通。」庾闡《遊仙詩》：「崑崙涌五河，八流縈地軸。」這句言以大海爲尊之江河，繞地軸運動。

〔四〕塵沙：比喻數量之多。《資持記》上一之三：「法界者，十界依正也。塵沙者，喻其多也。」日月：指一天。《尚書大傳·虞夏傳》：「日月光華，旦復旦兮。」渤澥：渤海。古泛指東海。《初學記》卷六：「東海之别有渤澥，故東海共稱渤海，又通謂之滄海。」渤澥之輪迴：指滄海變桑田之變化。《神仙傳》七：「麻姑自説云：『接待以來，已見東海三爲桑田。向到蓬萊，水又淺於往者會時略半也，豈將復還爲陵陸乎？』」本句意謂：在人間經過如塵沙數般算不清的日期，只不過和宇宙中滄海變爲桑田的一個周期相同罷了。

〔五〕百億鐵圍：鐵圍，即佛經所謂圍繞鹹海而區劃一小世界之鐵山，由鐵而成。佛家認爲以須彌山爲中心，外有七山八海。第八海即鹹海，南贍部洲等四大洲在此。圍繞鹹海者即鐵圍山，此爲一小世界。合一千小世界爲小千世界，合一千小千世界爲中千世界，合一千中千世界爲大千世界，此爲一佛之化境。大千世界之廣恰等於第四禪天，成壞必同時。（見《智度論》七。）故言百億鐵圍。閻浮：閻浮檀金。指河中之沙。閻浮是佛經中的一種樹。檀是河，河中出金沙。《智度論》三十五：「此洲上有樹林。林中有河。底有金沙，名爲閻浮檀金。」這句意謂世界大得很，象鐵圍山圍着之小世界，就和河中之金沙一樣多。鐵，汪紹楹校本《藝文類聚》作「鐵」。按：南北朝流行之「鐵」字，如《魏冀州刺史元昭墓誌》即爲「鐵」。宋本之上半部即與此同。故不應視爲「鐵」。

〔六〕章亥：太章和豎亥，善于行走之人。《淮南子·墬形訓》：「禹乃使太章步自東極，至于西極，二億三萬三千五百里七十五步。使豎亥步自北極，至于南極，二億三萬三千五百里七十五步。」邊：盡頭。

〔七〕隸首：精於數學之人。《後漢書·馬融列傳》：「隸首策亂，陳子籌昏。」李賢注：「隸首，黄帝時善筭者也。」忽微：很小的數。《漢書·律曆志上》：「及黄鐘爲宫，則太族、姑洗、林鐘、南吕皆以正聲應，無有忽微。」孟康注：「忽微，若有若無，細於髮者也。」此處指很精確地計算。

寧：豈。窮：盡。劫海之筭：大海退却變爲陸地之次數。却，《百三家集》作「劫」。亦可。意爲以海水計量之劫數。《華嚴經》二：「佛於無邊大劫海，爲衆生故求菩提。」

〔八〕舄，疑應即舃(兕)字。《集韻・上聲・旨韻》「舃」下：「獸名。《説文》：『如野牛而青。象形。與禽离頭同。』一説：雌犀也。古作兕、𠒋，或作光、雉。」亦即《玉篇》「似牛而一角」之「鷹」字。桷力：争力。桷，疑應爲捔，也即角。《集韻・入聲・覺韻》「捔」下云：「通作角。」《淮南子・説山訓》：「熊羆之動以攫搏，兕牛之動以觝觸。」高誘注：「兕，獸名，有角。牛，犁牛也。」方：比。十行偕梯：佛家大乘菩薩之修行階位有十行。偕，應即階。中古有將「阜」旁作人旁之現象。如漢《張遷碑》中之「際」，其左偏旁即爲單立人。晉譯《華嚴經》卷十一言菩薩有十行。「何等爲十？一者歡喜行，二者饒益行，三者無恚恨行，四者無盡行，五者離痴亂行，六者善現行，七者無著行，八者尊重行，九者善法行，十者真實行。」本句是用兕牛角力來喻佛家之修行。按，《百三家集》「舄」作「象」，乃是由象之古文(見《玉篇・象部》)而誤。「桷」作「觝」，亦可。「偕」作「楷」，因形近致誤。

〔九〕兔馬渡河：即指兔馬象渡河。佛家以此三獸渡河來譬喻悟道之三個深淺不一之等級。《優婆塞戒經》一：「如恒河水，三獸俱渡，兔、馬、香象。兔不至底，浮水而過。馬或至底或不至底。象則盡底。恒河水者，即是十二因緣河也。聲聞渡時，猶如彼兔；緣覺渡時，猶如彼馬；如來渡時，猶如香象。是故如來得名爲佛。聲聞、緣覺雖斷煩惱，不斷習氣，如來能拔一切煩惱習氣根源，故名爲佛。」龛，《百三家集》作「兔」。按，龛，應即㲋。《集韻·平聲·侯韻》「䨲」下云：「江東呼兔子爲䨲。或作㲋。」三乘：即佛之三教法。大乘之三乘：一名聲聞乘，又名小乘。二名緣覺乘，又名中乘、辟支佛乘。三名大乘，又名菩薩乘。如《法華經·譬喻品》：「若有衆生，内有智性，從佛世尊聞法信受，殷勤精進，欲速出三界，自求涅槃，是名聲聞乘。……若有衆生，從佛世尊聞法信受，殷勤精進，求自然慧，樂獨善寂，深知諸法因緣，是名辟支佛乘。……若有衆生，從佛世尊聞法信受，勤修精進，求一切智、佛智、自然智、無師智，如來知見，力無所畏，愍念安樂無量衆生，利益天人，度脱一切，是名大乘。」

〔一〇〕定水：佛家譬喻修禪行而遠離亂意，像止水一樣。《維摩詰所説經·佛道品》中之偈曰：「八解之浴池，定水湛然滿。」定，禪定。須彌山：佛經説一小世界之中心有須彌山，處大海之中，高三百三十六萬里。能摧壞須彌之山，言佛力之大。

〔一一〕智炬：佛家比喻智慧光明如炬。金剛：佛家言如來内證之智德，其體堅固，能摧破一切煩惱，有如金剛。《大日經疏》十二：「金剛，喻如來祕密慧也。金剛無有法能破壞之者，而破壞萬物，此智慧亦爾。」本句言佛智慧之光充滿世界，破除一切無明之闇。際，《百三家集》作「刹」。亦可。

〔一二〕敬表六和：指六和敬。佛家謂未見道之僧人所修之六種和敬。《法界次第》下之下：「此六通名和敬者，外同他善，謂之爲和，内自謙卑，名之爲敬。……一、同戒和敬。二、同見和敬。

三、同行和敬。四、身慈和敬。五、口慈和敬。六、意慈和敬。」沙門：僧人。《四十二章經》：「佛言，辭親出家，識心達本，解無爲法，名曰沙門。」進止：舉動、舉止。

〔一三〕衣乘四寸：如來所服之法衣離其身四寸。乘，如乘空、乘凌之乘。謂凌駕於空中。《大哀經·十八不共法品》：「如來至真身行無闕，則爲至真平等之覺。威神巍巍，端正殊絶。威儀禮節，視瞻舉動，順於等行。被服法衣，手執應器，行步進止，往來周旋。經行坐立猗卧出入郡國州城大邦縣邑聚落，足不蹈地，千輻相文自然輪現。柔軟殊妙香潔蓮華而現乎地，如來之足踐於其上。其有蟲蟻含血之類，遇如來足，晝夜七日而得安隱，壽終之後復生天上。其法衣被自然四寸不攖其體，隨藍之風不能動衣。其傍衆生皆得獲安。是故言曰如來之身無有缺漏。」聲聞：指聲聞僧。爲修小乘三學，剃頭染衣，出家沙門之形相。參見《智度論》三十四。律儀：戒律儀則。《大乘義章》十：「言律儀者，制惡之法，説名爲律，行依律戒，故號律義。又復内調亦爲律，外應真則，目之爲儀。」本句言如來被服法衣，手執應器之威儀，是出家僧人倣效之形相。衣乘四寸，《百三家集》作「永垂四教」。按：龍樹四教，是以四門判釋經論。梁光宅四教，一爲聲聞乘教，二爲緣覺乘教，三爲菩薩乘教，四爲一佛乘教。俱非專示聲聞僧，故誤。

〔一四〕千疊火然，鵠林變色：竝言佛釋迦牟尼涅槃事。鵠林：即娑羅雙樹林，稱鶴林，又轉爲鵠林。鵠、鶴二字古通用。《集韻·入聲·鐸韻》「鶴」下云：「或作鶮、鸖、鵠。」娑羅，原産東印度之樹名。釋迦牟尼於拘尸那城跋提河邊之娑羅樹下寂滅。其樹四方各二株雙生，故名娑羅雙樹。因其時林樹變白，如白鶴群栖，故稱鶴林。佛死後，金棺供養七日，積香木焚身。《三論玄義》：「始從鹿苑，終竟鵠林。」《大唐西域記》卷六：「渡阿恃多伐底河，西岸不遠，至娑羅林。其樹類槲而皮青白，葉甚光潤。四樹特高，如來寂滅之所也。」又曰：「如來寂滅，人天悲感，七寶爲棺，千氎纏身。設香花，建幡蓋，末羅之衆奉輿發引，前後導從。北渡金河，盛滿香油，積多香木，縱火以焚。」《涅槃經》一：「爾時拘尸那城娑羅樹林，其林變白猶如白鶴。」

〔一五〕四禪災起：即八災患至。佛家稱火、水、風三災爲外災，憂、喜、苦、樂、尋、伺、出息、入息八法爲妨害禪定之内災。四禪，即四禪天，謂第四種禪定所生之色界天處。外三災不至第四禪天，是以離此八種内災，便是色界之第四禪定。《俱舍論》二十八：「災患有八。其八者何，尋、伺、四受、入息、出息。此八災患第四都無，故佛世尊説爲不動。」鴿影傳輝：指捕鳥者有憂、喜、苦、樂之内災不能證果時，如來化鴿投火來點化一事。《大唐西域記》卷九載因陁羅勢羅窶訶山東北行百五六十里，至迦布德迦伽藍，「昔佛於此，爲諸大衆一宿説法。時有羅者，於此林中網捕羽族，經日不獲。遂作是言：『我惟薄福，恒爲弊事。』來至佛所，揚言唱曰：『今日如來於此説法，令我網捕都無所得。妻孥飢餓，其計安出？』如來告曰：『汝應蘊火，當與汝食。』如來是時化作大鴿，投火而死。羅者持歸，妻孥共食。其後重往佛所，如來方便攝化。羅者聞法，悔過自新，捨家修學，便證聖果。因名所建爲鴿伽藍。」

〔一六〕羽林出使句：《後漢書·西域列傳》：「世傳明帝夢見金人，長大，頂有光明，以問羣臣。或曰：『西方有神，名曰佛。其形長丈六尺而黃金色。』帝於是遣使天竺問佛道法，遂於中國圖畫形象焉。」此乃佛教傳入中國之始。據《魏書・釋老志》載，明帝是派「郎中蔡愔、博士弟子秦景等使於天竺」。《漢書・百官公卿表》：「郎中令，秦官。掌宫殿掖門户，有丞。武帝太初元年更名光禄勳。屬官有大夫、郎、謁者，皆秦官。又期門、羽林皆屬焉。」師古注：「羽林，亦宿衛之官。」故本句稱郎中蔡愔爲羽林。濯龍：馬厩。《文選・顔延之・赭白馬賦》：「處以濯龍之奥，委以紅粟之秩。」李善注：「《盧植集》曰：『詔給濯龍厩馬三百匹。』」《魏書・釋老志》載「（蔡）愔之還也，以白馬負經而至，漢因立白馬寺於洛城雍門西。」是以「漢開濯龍之祀」，即指白馬寺之祀佛。

〔一七〕桑門：即沙門，僧人。《魏書・釋老志》：「晉元康中，有胡沙門支恭明譯佛經《維摩》、《法華》、三《本起》等。微言隱義，未之能究。後有沙門常山衛道安性聰敏，日誦經萬餘言，研求幽旨。慨無師匠，獨坐静室十二年，覃思構精，神悟妙賾，以前所出經，多有舛駁，乃正其乖謬。」此即所謂「桑門傳譯」。又言「晉世，洛中佛圖有四十二所矣。」洛陽之拜，其或指此等寺院。處，《百三家集》作「虔」，亦可。

京師突厥寺碑〔一〕

夫六合之内，存乎方册〔二〕；四天之下，聞諸象教〔三〕。百億閻浮，塵沙筭而不盡；三千日月，世界數而無邊〔四〕。至於周星夕隕，漢宫宵夢〔五〕。身高梵世，力減須彌〔六〕。應現十方，分身百佛〔七〕。上極天中，下窮地際。轉法輪於稔國〔八〕，留妙象於罽賓〔九〕。至於善見神通〔一〇〕，瓶沙瑞相〔一一〕，波斯鑄金，優填雕木〔一二〕，莫不歸依等覺，迴向佛乘〔一三〕。弃形骸而入道，捨國城而離俗〔一四〕。

突厥大伊尼温木汗〔一五〕，夏后餘基，惟天所置〔一六〕。威加窮髮，兵歷無革〔一七〕。小大當户，左右賢王〔一八〕。觻膠角觸之弓〔一九〕，鷲羽射鵰之箭〔二〇〕。跨葱嶺之酋豪，靡不從化；踰天山之君長，咸皆賓屬〔二一〕。人敦信契，國實親鄰〔二二〕。

太祖文皇帝，道被寰中，化覃無外〔二三〕。提羣品於萬福，濟蒼生於六道〔二四〕。大冢宰晉國公，功高奚亮，位隆光輔〔二五〕。命司空而度地，監匠人而置臬〔二六〕。帶三條之逸陌，面九市之通鄽〔二七〕。圖木緹錦，雕楹礱密〔二八〕。香隨微雨，自麗風塵〔二九〕。幡雜天花，常調絲竹〔三〇〕。四禪大患，浄界無毁〔三一〕，六珠芬盡，法身常住〔三二〕。銘曰：

七華妙覺〔三三〕，三空勝境〔三四〕。意樹已彫，心猿斯静〔三五〕。靈城偃色〔三六〕，空衣滅影〔三七〕。索隱窮源，振衣提領〔三八〕。《藝文類聚》七十六。

〔一〕突厥：匈奴之别種，爲平涼雜胡。姓阿史那氏。所居金山形似兜鍪，其俗稱兜鍪爲突厥，因以爲號。至西魏時，成爲北方一强大部落。《周書·突厥傳》：「自俟斤以來，其國富强，有凌轢中夏志。朝廷既與和親，歲給繒絮錦綵十萬段。突厥在京師者，又待以優禮，衣錦食肉者常以千數。」突厥寺是以能建於京師。

〔二〕六合：天地四方。《初學記》卷一引《纂要》：「天地四方，曰六合。」方册：簡牘。古代書寫於簡牘之上，故指典籍。《禮記·中庸》：「文武之政，布在方策。」鄭玄注：「方，版也。策，簡也。」策，同册。

〔三〕四天之下：佛家所言日月照臨之四大洲。《智度論》卷七：「日月所照，唯四天下；佛放光明，滿三千大千世界。」象教：佛教。佛教爲形象以教人，故云。王巾《頭陀寺碑文》：「正法既没，象教陵夷。」

〔四〕閻浮：即閻浮提，也稱南贍部洲。佛教所言四大部洲之一。在彌須山之南，因洲中心有閻浮樹而得名。三千：三千大千世界。佛教認爲以須彌山爲中心一日月照臨之四大洲爲一小世界，一千小世界爲小千世界，一千小千世界爲二千中世界，一千二千中世界爲三千大千世界。《智度論》卷七：「千日、千月、千閻浮提、千衢陀尼、千鬱怛羅越、千弗婆提、千須彌山、千四天王天處、千三十三天、千夜摩天、千兜率陀天、千化自在天、千他化自在天、千梵世天、千大梵天，是名小千世界。名周利。以周利千世界爲一，一數至千，名二千中世界。以二千中世界爲一，一數至千，名三千大千世界。初千小，二千中，第三名大千。千千重數，故名大千；二過復千，故言三千，是合集名。百億日月乃至百億大梵天，是名三千大千世界。是一時生一時滅。」閻浮提只是一小世界中之一個洲，故本文稱其多如塵如沙算不清。一小世界中一日月回轉，故本文言數而無邊。

〔五〕周星夕隕：周，指周代。隕，落。《魏書·釋老志》：「釋迦生時，當周莊王九年。《春秋》魯莊公七年夏四月，恒星不見，夜明，是也。」漢宫宵夢：指漢明帝夢佛事。見前篇《善行寺碑》注第〔一六〕。庾肩吾《咏同泰寺浮圖詩》：「周星疑更落，漢夢似今通。」宵，嚴可均《全後周文》作「霄」。誤。

〔六〕身高梵世：佛家謂凡夫生死往來之世界分三等。一、欲界，爲有食欲、淫欲之有情之住所。二、色界，爲離淫食二欲之有情之住所。三、無色界，爲無物質、身體、宫殿國土，唯以心識住於深妙之禪定。而色界諸天，總稱梵世界。《智度論》卷十：「梵名離欲清净，今言梵世界已總説色界諸天。」是故高於梵世界，意指處於無物質、擺脱煩惱、泯然寂絶之無色界聖者。本文則是以此來指佛。力減須彌：力能損須彌山，言佛之法力强大。減，損。按：嚴可均《全後周文》「身高」作「身世」，誤。

〔七〕現：現身。佛神力廣大，能化現種種之身，向各種人説法。如《法華經·普門品》：「若有國土衆生，應以佛身得度者，觀世音菩薩即現佛身而爲説法。」十方：十方世界。佛家以東、西、南、北、東南、西南、東北、西北、上、下爲十方。分身：指佛以神力分身於十方，現成佛之相。

《法華經·七寶塔品》：「爾時大辯菩薩復白佛言：『唯然世尊，垂加大恩，普現一切十方國土諸佛聖德。』佛默然可。即時演放眉間衆毛微妙光明，普照十方各五百江河沙等億百千數諸佛國土。一切世尊，各各普現，止其國土，坐於樹下奇妙莊嚴師子之座。」釋僧叡《法華經後序》：「云佛壽無量，永劫未足以明其久也；分身無數，萬形不足以異其體也。」

〔八〕轉法輪：指佛講述佛教教義。輪爲一種武器，狀如車輪。佛家以輪喻佛所説之法，言其法力能像輪一樣摧破邪惡。《法華經·方便品》：「恭敬合掌禮，請我轉法輪。」稔國：豐衣足食的幸福國度。稔年爲豐年。此處應指釋迦牟尼初轉法輪之婆羅痆斯國。此國亦譯爲迦尸國。其首都爲古印度工商業中心。《大唐西域記》卷七：「婆羅痆斯國，周四千餘里。國大都城西臨殑伽河，長十八九里，廣五六里。閭閻櫛比，居人殷盛。家積巨萬，室盈奇貨。」又言其城東北之鹿野伽籃「是如來成正覺已初轉法輪處也」。

〔九〕妙象：莊嚴之相。梁簡文帝《大法頌》：「降兹妙相，等諸佛力。」罽賓：西域國名。佛涅槃時囑於此國竪立佛法。《阿育王傳》卷三：「到罽賓國已，佛告阿難，此地平正甚大寬廣。阿難白佛言如是。世尊復告阿難：『我百年後有比丘名摩田提，當安佛法於罽賓國。此罽賓國多饒房舍卧具，坐禪第一。』」卷四記阿難又以佛言囑摩田提。摩田提去罽賓和龍王鬥法要地已，「摩田提作是念：『我和上約，勅我以佛法著罽賓國廣作佛事。我已作竟，今涅槃時到。』即踊身虚空作十八變。使諸檀越得歡喜心，而大饒益同梵行者，譬如以水滅火，入於涅槃。以旃檀薪燒訖，收骨起塔。」以上兩句以此兩國爲例來指佛傳法十方，普渡衆生。

〔一〇〕善見神通：指轉輪王。此王身具三十二相，轉其輪寶，降伏四方。《大般涅槃經》卷二十九：「往昔衆生壽無量時，爾時此城名拘舍跋提。周匝縱廣五十由延。時閻浮提居民鄰接，雞飛相及。有轉輪王，名曰善見，七寶成就，千子具足，王四天下。第一太子思惟正法，得辟支佛。時轉輪王見其太子成辟支佛，威儀庠序，神通希有。見是事已，即舍王位，如棄涕唾，出家在此娑羅樹間。八萬歲中修習慈心、悲喜捨心各八萬歲。善男子，欲知爾時善見聖王，則我身是。」

〔一一〕瓶沙：瓶沙王。亦譯作頻婆娑羅王。爲摩竭陀國國王。釋迦佛爲其説法，使得須陀洹道。《大般涅槃經》卷二十九：「善男子，我初出家未得阿耨多羅三藐三菩提時，頻婆娑羅王遣使而言：『悉達太子，若爲聖王我當臣屬，若不樂家得阿耨多羅三藐三菩提者，願先來此王舍城説法度人，受我供養。』我時默然已受彼請。……我時赴信受彼王請，詣王舍城。未至中路，王與無量百千之衆悉來奉迎。我爲説法。時聞法已，欲界諸天八萬六千發阿耨多羅三藐三菩提心。頻婆娑羅王所將營從十二萬人得須陀洹果，無量衆生成就忍心。既入城已，度舍利弗、大目犍連及其眷屬二百五十人，令捨本心出家學道。我即住彼，受王供養。」頻婆娑羅意爲顔色端正，故言「瑞相」。《玄應音義》三：「洴沙，正言頻婆娑羅王。或言頻毗，此譯云形牢。一云頻毗，此云顔色。娑羅，此云端正，或云色像殊妙。」

〔一二〕波斯：波斯匿王，舍衛國之國王。優填：優填王，跋蹉國之國王。兩人俱作佛像。《釋迦譜》

卷八：「釋提桓因請佛，至三十三天爲母説法。世尊念四部之衆多有懈怠，皆不聽法，我今使四衆渴仰於法。不告四衆，復不將侍者，如屈申臂頃，至三十三天。是時人間不見如來久，優填王等至阿難所曰：『如來爲何所在？』阿難報曰：『大王，我亦不知如來所在。』優填王、波斯匿王思覩如來，遂得苦患。是時王敕國界之内諸奇巧師匠而告之曰：『我今欲作如來形象。』是時優填王，即以牛頭旃檀作如來形像高五尺。……爾時波斯匿王，聞優填王作如來像而供養之，復告國中巧匠。波斯匿王而生此念，當用何寶作如來像耶？如來形體煌如天金，是時波斯匿王，純以紫磨金作如來像高五尺。」

〔一三〕等覺：謂佛。《智度論》卷十：「諸佛等，故名等覺。」佛乘：説一切衆生悉可成佛之道之教法。又云一乘。《三藏法數》三十二：「如來以一乘實相之法，運諸衆生到涅槃彼岸，故云佛乘。」

〔一四〕形骸：肉體。俗：塵世。

〔一五〕大伊：首領。尼温木汗：據《周書·突厥傳》載突厥之首領俟斤「遣使請誅鄧叔子等，太祖許之」。周武帝天和四年，「俟斤又遣使獻馬」。説明王褒作本文時，突厥可汗爲俟斤。傳中又言「俟斤立，號木汗可汗」。是以尼温木汗即應是俟斤木汗可汗。（按：木汗，《北史》作「木杆」。據本文，應以《周書》爲是。）

〔一六〕夏后句：《周書·突厥傳》：「突厥者，蓋匈奴之别種。」《史記·匈奴列傳》：「匈奴，其先祖夏后氏之苗裔也，曰淳維。」是以稱「夏后餘基」。又載漢孝文帝四年匈奴單于遺漢書信言：「天所立匈奴大單于敬問皇帝無恙。」故稱「惟天所置」。

〔一七〕窮髮：極荒遠的不毛之地。《莊子·逍遥遊》：「窮髮之北，有溟海者，天池也。」兵：武器。革：甲盾，用以防兵。兵歷無革，意謂軍隊所經之處，没有受到抵抗。

〔一八〕當户、賢王，都是匈奴貴族之官號。《史記·匈奴列傳》：「置左右賢王、左右谷蠡王、左右大將、左右大都尉、左右大當户、左右骨都侯。」

〔一九〕麟膠角觸之弓：指良弓。麟膠，麒麟角製成之膠。《十洲記·鳳麟洲》載：「（仙家）煮鳳喙及麟角，合煎作膏，名之爲續弦膠。或名連金泥。此膠能續弓弩已斷之弦。刀劍斷折之金，更以膠連續之，使力士掣之，他處乃斷，所續之際，終無斷也。」角觸，角觽獸之角。是做弓的好材料。《廣韻·入聲·覺韻》「角」下：「觸也。……觸亦大角，軍器。」《説文》：「觽，角觽獸也。狀如豕，角善爲弓。出胡休多國。」膠、角都是造弓的材料。《周禮·考工記》載「弓人爲弓，取六材」，其中角者「以爲疾也」，膠者「以爲和也」。

〔二〇〕鷲羽射鵰之箭：言箭之良。《漢書·李廣傳》：「是必射鵰者也。」師古注：「鵰，大鷙鳥也。一名鷲。黑色，翮可以爲箭羽，音彫。」

〔二一〕葱嶺：在新疆西南境。《漢書·西域傳上》言西域「東則接漢，阸以玉門、陽關，西則限以葱嶺」。天山：也在新疆。《漢書·西域傳下》：「卑陸國，王治天山東乾當國，去長安八千六百八十里。」酋豪、君長，都是頭目。賓屬：臣屬。《北史・突厥傳》：「俟斤又西破嚈噠，東走契丹，北并契骨，威服塞外諸國。其地，東自遼海以西，至西海，萬里；南自沙漠以北，至北海，五六千里，皆屬焉。」

〔二二〕人敦信契：人性敦厚，交往誠實。信爲誠實，契爲交往。《晉書・王敦傳論》：「定金蘭之密契。」國寶親鄰：以親鄰國爲國之可寶貴者。《左傳・隱公六年》：「親仁善鄰，國之寶也。」

〔二三〕太祖文皇帝：宇文泰。西魏太師、大冢宰。死後，於周孝閔帝時被追尊爲文王，廟號太祖。武成元年，追尊爲文皇帝。參見《周書・文帝紀》。寰中：天下。化覃無外：德化廣被，不分内外。《爾雅・釋言》：「流，覃也。覃，延也。」郭璞注：「皆謂蔓延相被及。」

〔二四〕羣品：衆生。《説文》：「品，衆庶也。从三口。」萬福：言福之多。《詩・小雅・蓼蕭》：「和鸞雝雝，萬福攸同。」蒼生：百姓。六道：佛家謂天道、人道、阿修羅道、畜生道、餓鬼道、地獄道，爲衆生輪迴之道途。《法華經・序品》：「六道衆生，生死所趣。」

〔二五〕大冢宰晉國公：指宇文護。他於宇文泰死後執掌軍國大權，任大冢宰，封晉國公。建德元年（公元五七二年）被周武帝所殺。是以本文一定作於此年之前。夤亮：敬信。同寅亮。《書・周官》：「貳公弘化，寅亮天地，弼予一人。」孔安國傳：「敬信天地之教，以輔我一人之治。」光輔：有成就地輔佐。《左傳・昭公二十年》：「神人無怨，宜夫子之光輔五君，以爲諸侯主也。」本句言宇文護功高位重，敬信天地之教，輔佐皇帝有成效。

〔二六〕司空：官名，掌水土之事。《禮記·王制》：「司空，執度度地。」監匠人：《周禮·考工記·匠人》：「置槷以縣，眡以景。」鄭玄注：「於所平之地中央，樹八尺之臬，以縣正之。眡之以其景，將以正四方也。」臬：測日影之表。本句言建佛寺。

〔二七〕三條之逸陌：《文選·班固·西都賦》：「披三條之廣路，立十二之通門。」逸陌：開闊原野中的道路。九市：《西都賦》又云：「九市開場，貨別隧分。」李善注引《漢宮闕疏》：「長安立九市，其六市在道西，三市在道東。」通鄽：四通八達繁榮的市場。《玉篇·邑部》：「鄽，市鄽。」三，《百三家集》、嚴可均《全後周文》作「二」，非。鄽，宋本《類聚》作「廛」，通。

〔二八〕圖木緹錦：木結構畫上鮮麗的彩色。《説文》：「緹，帛丹黃色。」「錦，襄色織文。」雕楹礱密：柱子上雕刻的花紋很細密。《詩·魯頌·閟宮》：「閟宮有侐，實實枚枚。」毛傳：「枚枚，礱密也。」孔穎達疏：「枚枚者，細密之意，故云礱密。」

〔二九〕香隨微雨：指香雨，雨的美稱。沈約《彌勒贊》：「慧日晨開，香雨宵墜。」麗風塵：粘住塵土。《易·離彖》：「離，麗也。日月麗乎天。」孔穎達疏：「麗，謂附著也。」陸機《爲顧彦先贈婦詩》：「京洛多風塵，素衣化爲緇。」本句指天空明净。

〔三〇〕幡：旗。天花：佛家所謂天上的妙花。《法華經·譬喻品》：「諸天妓樂百千萬種，於虚空中一時俱起，雨衆天華。」絲竹：管絃樂器。絲爲絃，竹爲管。

〔三一〕四禪大患：即八災患，影響禪定之煩惱。見前篇《善行寺碑》注〔一五〕。《大般涅槃經》卷第三十四：「又復我説，諸外道等先已得斷四禪煩惱，修習暖法、頂法、忍法、世第一法，觀四真諦得阿那含果。」浄界：清浄世界。佛所證之真體。在此是指寺院，清浄無垢之地。梁簡文帝《大愛敬寺刹下銘》：「浄界無毁，金地永貞。」本句意謂：盡管世界存在諸多災患，然而並無毁於本寺這清浄世界。

〔三二〕六珠：疑應是六銖，指供佛之香。《法華經·本事品》：「又雨海此岸旃檀之香。此香六銖，價直娑婆世界，以供養佛。」法身：佛之真身。《遺教經》載釋迦牟尼臨終時對弟子云：「自今已後，我諸弟子展轉行之，則是如來法身常在而不滅也。」按：法身的解釋，小乘佛教和大乘佛教説法不同。小乘佛教認爲佛是由其形體和道德品質相結合的。其形體爲生身，道德品質稱法身。大乘佛教則有三身之説，認爲絶對真理是佛之法身。

〔三三〕七華妙覺：佛家以七華來喻七覺。覺，覺瞭、覺察之義。覺法有七種：一，擇法覺支。二、精進覺支。三、喜覺支。四、輕安覺支。五、念覺支。六、定覺支。七、行捨覺支。《維摩經·佛道品》之偈云：「無漏法林樹，覺意浄妙華。」隋吉藏《維摩經義疏》卷五言：「所以用七覺爲華者，華之爲體，合則不妙，開過則毁，開合得中，乃盡其妙。調順覺意，其義亦爾。高則放散，下則沈没，高下和適，其由浄華。」

〔三四〕三空：佛家言空、無相、無願三種能入涅槃之門之解脱爲三空。因此三者共明空理而言。《無量壽經》上：「超越聲聞緣覺之地，得空、無相、無願三昧。」

〔三五〕意樹：佛家比喻人之意如樹，善果惡果皆依意而結。指意想之發生。蕭統《講席將畢賦三十韻詩》：「意樹發空花，心蓮吐輕馥。」心猿：猿性輕躁，是以用來喻心意散亂不定。蕭綱《蒙預懺悔詩》：「三修祛愛馬，六念静心猿。」

〔三六〕靈城偃色：佛經故事。言衆生成佛之道途悠遠險惡，於是佛於途中變一城郭，以便衆生止息。待到養精蓄力之後，城即消失，使衆生再進趨成佛之真正寶所。本句是用來表示佛道精深，有多層境界。《法華經·化城喻品》：「譬如五百由旬險難惡道，曠絶無人，怖畏之處。若有多衆，欲過此道至珍寶處。有一導師，聰慧明達，善知險道通塞之相，將導衆人欲過此難。所將人衆，中路懈退，白導師言：『我等疲極，而復怖畏，不能復進。前路猶遠，今欲退還。』……（導師）於險道中，過三百由旬化作一城。……是時疲極之衆，心大歡喜，歎未曾有。……爾時導師，知此人衆既得止息無疲倦，即滅化城。語衆人言：『汝等去來，寶處在近，向者大城，我所化作，爲止息耳。』」

〔三七〕空衣滅影：即盤石劫。本句用來表示佛道之廣大深蘊。《智度論》卷五：「佛以譬喻説劫義。四十里石山，有長壽人每百歲一來，以細軟衣拂拭此大石盡，而劫未盡。」空衣，猶言天衣、佛衣。因空爲佛法之要門。如佛法爲空法，佛爲空王。影：佛家認爲世界一切事物，虚幻如影，並非真實。

〔三八〕索：探。隱：微。振衣提領：抓綱、抓要點。《荀子·勸學》：「若挈裘領，詘五指而頓之，順者不可勝數也。」以上言安静心意、排除煩惱，才能接近佛之勝境。雖然佛道博大精深永無止境，但總可努力探索其要點，鑽研修行。

太保吴武公尉遲綱碑銘〔一〕

昔者王室藩屏，同族謂之宗親〔二〕；列國諸侯，異姓稱爲伯舅〔三〕。元勳懿德，周崇齊魯之封〔四〕；疏爵疇庸，漢重韓吴之秩〔五〕。司勳載其洪烈〔六〕，典册備其徽章〔七〕。山甫式列辟之功，紀績庸器〔八〕；莊叔匡成獻之難，昭德彝鼎〔九〕。鴻名盛業，公實兼焉〔一〇〕。

公命世挺生，應期間出〔一一〕。嵩高峻極，降惟岳之上靈〔一二〕；霜露所均，體中和之秀氣〔一三〕。危松擢本，且觀後彫之質〔一四〕；貞桂挺生，便結冬華之秀〔一五〕。是故以辰昴膺慶，風雲玄感者焉〔一六〕。

公柔順内凝，英華外發〔一七〕。斧藻仁義，珪璋令範〔一八〕。危勁之節，貫四序而踰秀〔一九〕；堅貞之操，經百鍊而不銷〔二〇〕。加以逢蒙射法，遠中戟支；養由箭神，遥穿懸葉〔二一〕。巧極將軍之伎，精窮校尉之官〔二二〕。及年踰艾服，任隆台衮〔二三〕，甲第當衢，傳呼啓路〔二四〕，不以寵貴驕人，每以卑謙自牧〔二五〕。易簀之言，無忘寢瘵〔二六〕；城郢之志，終於瞑目〔二七〕。

銘曰：

珠角膺期，山庭表德〔二八〕。出忠入孝，自家刑國〔二九〕。人物冠冕，彝章表則〔三〇〕。任屬屯警，官聯樞侍〔三一〕。行部六條〔三二〕，議班三吏〔三三〕。逝水詎停，光陰不借〔三四〕。遽辭逆旅〔三五〕，俄悲怛化〔三六〕。旌舒夏練〔三七〕，棺陳衛幕〔三八〕。北郭人希，西山景落〔三九〕。三千不見〔四〇〕，九原誰作〔四一〕。銘兹鼎鼐，永傳嵩霍〔四二〕。《初學記》十二、《藝文類聚》四十六。

〔一〕尉遲綱：《周書》有傳。其母是宇文泰之姐昌樂大長公主。有膂力，善騎射，數有戰功。武成元年，封吴國公。天和四年五月死，年五十三。贈太保、十二州諸軍事、同州刺史。謚曰武。據此，王褒此文作於天和四年（公元五六九年）。

〔二〕王室藩屏：指輔佐王室的同姓諸侯。《左傳·僖公二十四年》：「昔周公弔二叔之不咸，故封建親戚，以蕃屏周。」孔穎達疏：「昔周公傷彼夏殷二國叔世疎其親戚，令使宗族之不同心以相匡輔，至於滅亡，故封立親戚爲諸侯之君，以爲蕃籬屏蔽周室。言封此以下文武周公之子孫爲二十六國也。」宗親：謂同一祖先所出的男系血統。《後漢書·光武帝紀上》：「率宗親子弟。」同族，《類聚》《百三家集》作「周德」。按：下句言「異姓」，故此應爲「同族」。

〔三〕列國諸侯：指列侯。蔡邕《獨斷》：「諸侯大小之差：諸侯王，皇子封爲王者，稱曰諸侯王。徹侯，羣臣異姓有功封者，稱曰徹侯。避武帝諱改曰通侯，或曰列侯。」《漢書·百官公卿表》：「列侯所食縣曰國。」伯舅：《左傳·僖公九年》：「天子有事于文武，使孔賜伯舅胙。」杜預注：「天子謂異姓諸侯曰伯舅。」

〔四〕元勳：大功。此處代指周代文武王之謀臣姜牙，武王號其「師尚父」。懿德：美德。指周代輔佐成王之周公。《詩・大雅・烝民》：「民之秉彝，好是懿德。」毛傳：「懿，美也。」《史記・周本紀》載：「（周武王）於是封功臣謀士，而師尚父爲首封。封尚父於營丘，曰齊。封弟周公旦於曲阜，曰魯。」周崇齊魯之封：《類聚》作「姬崇齊楚之霸」，《百三家集》作「姬崇齊楚之封」，均誤。按：齊代表元勳，魯代表懿德。周室并不崇霸，特别是楚更不在所崇之列。

〔五〕疏爵：分爵。《史記・黥布列傳》：「上裂地而王之，疏爵而貴之，南面而立萬乘之主，其反何也？」《索隱》：「疏，分也。」疇庸：報答其功。《文選・任昉・爲范尚書讓吏部封侯第一表》：「既義異疇庸，實榮乖儒者。」李周翰注：「疇，酬。庸，功也。」《漢書・韓彭英盧吴傳》載韓信欲爲假王，漢高祖聽張良陳平之勸，道：「大丈夫定諸侯，即爲真王耳，何以假爲！」遣張良立韓信爲齊王。又因吴芮率百越佐諸侯，從入關，立爲衡山王，後徙爲長沙王。

〔六〕司勳：專管功賞之官。《周禮・夏官・司勳》：「司勳，掌六鄉賞地之灋（即「法」字），以等其功。……凡有功者，銘書於王之大常。」洪烈：大業。《漢書・翟方進傳》：「此乃皇天上帝所以安我帝室，俾我成就洪烈也。」師古注：「洪，大也。烈，業也。」洪，嚴可均《全後周文》作「弘」，義同。《後漢書・孝章帝紀》載章和元年詔：「朕以不德，受祖宗弘烈。」

〔七〕典册：天子之册命。《文選・任昉・到大司馬記室牋》：「以今月令辰，肅膺典册。」徽章：旌旗。《禮記·大傳》：「立權度量，考文章，改正朔，易服色，殊徽號。」鄭玄注：「徽號，旌旗之名也。」《禮記·月令》：「以爲旗章，以别貴賤等給之度。」鄭玄注：「旗章，旌旗及章識也。」古時諸侯之車騎都規定有等級。《周禮·春官·典命》：「典命掌諸侯之五儀、諸臣之五等之命。上公九命爲伯，其國家、宫室、車旗、衣服、禮儀皆以九爲節。侯伯七命，其國家、宫室、車旗、衣服、禮儀皆以七爲節。子男五命，其國家、宫室、車旗、衣服、禮儀皆以五爲節。」

〔八〕山甫：仲山甫。仕周爲卿士，佐宣王中興。《詩·大雅·烝民》是尹吉甫所作頌仲山甫之詩。中有：「王命仲山甫，式是百辟，纘戎祖考，王躬是保。」鄭玄箋：「戎，猶女也。躬，身也。王曰：『女施行法度於是百君，繼女先祖先父始見命者之功德，王身是安。』使盡心力於王室。」庸器：銘功之器。《周禮·春官·宗伯》：「典庸器下士四人。」鄭玄注：「庸，功也。鄭司農云：『庸器，有功者鑄器銘其功。』」《文心雕龍·銘箴》：「吕望銘功於昆吾，仲山鏤績於庸器，計功之義也。」紀績，《類聚》作「絶迹」。《百三家集》「紀績庸器」作「紀迹廟器」。按：《後漢書·竇憲列傳》載南單于遺憲古鼎，傍銘曰：「仲山甫鼎，其萬年，子子孫孫永保用。」可見「絶迹」非。紀功不一定全在廟器，故應從《初學記》作「紀績庸器」。

〔九〕莊叔：春秋時衛國正卿孔悝之七世祖孔達。他隨衛成公出奔，輔其返國。衛獻公出奔，又是孔達之孫成叔輔其返國。及孔悝逐國君輒，立蒯聵爲衛莊公，此等功績皆銘諸孔悝之鼎。《禮記·祭統》載孔悝之鼎銘曰：「六月丁亥，公假于大廟。公曰：『叔舅，乃祖莊叔，左右成公。

成公乃命莊叔，隨難于漢陽，即宮于宗周，奔走無射。啓右獻公，獻公乃命成叔，纂乃祖服。乃考文叔，興舊耆欲，作率慶士，躬恤衛國。其勤公家，夙夜不解，民咸曰休哉。』公曰：『叔舅，予女銘。若纂乃考服。』悝拜稽首曰：『對揚以辟之，勤大命，施于烝彝鼎。』」彝，廟器。

〔一〇〕鴻：大。按：《周書·尉遲綱傳》載，尉遲綱乃宇文泰之外甥，常隨宇文泰征伐，「陪侍帷幄，出入卧内」。「復弘農，克河北郡，戰沙苑，皆有功」。又在河橋之戰中救過宇文泰，所以説兼有大名盛業。

〔一一〕命世：才高一世之人。《三國志·魏書·武帝紀》載橋玄謂曹操：「天下將亂，非命世之才不能濟也。能安之者，其在君乎。」挺生：杰出。《後漢書·西域傳論》：「靈聖之所降集，賢懿之所挺生。」應期間出：順應期運，相時而出。任昉《爲范尚書讓吏部封侯第一表》：「陛下應期萬世，接統千祀。」命世，《初學記》作「命代」，避唐諱改。應期，《初學記》作「膺期」。按：應、膺可相通。《爾雅釋文》：「應，本或作『膺』。同。」

〔一二〕嵩高句：《詩·大雅·崧高》：「崧高維嶽，駿極于天。維嶽降神，生甫及申。」毛傳：「崧，高貌。山大而高曰崧。」崧高，即嵩高。《禮記·孔子閒居》引此詩，崧作嵩。嶽，同岳。上靈：至靈。沈約《齊安陸昭王碑》：「含辰象之秀德，體河嶽之上靈。」《後漢書·竇憲列傳》：「昭銘上德」，李賢注：「上猶至也。」嵩高，《類聚》《百三家集》作「嵩華」，誤。

〔一三〕霜露句：《大戴禮記·曾子天圓》：「陽氣勝則散爲雨露，陰氣勝則凝爲霜雪。」所以「霜露所均」，就是説陽氣陰氣和調，體現中和。中和：《禮記・中庸》：「喜怒哀樂之未發，謂之中，發而皆中節謂之和。中也者，天下之大本也；和也者，天下之達道也。」秀氣：秀異之氣。《禮記・禮運》：「故人者，其天地之德，陰陽之交，鬼神之會，五行之秀氣也。」孔穎達疏：「秀謂秀異。」

〔一四〕擢本：深根。《文選・左思・吴都賦》言楓、柙、松、梓等樹「擢本千尋，垂蔭萬畝」。李周翰注：「本，根也。言根深枝盛，下達千尋，傍垂蔭萬畝之地。」後彫：《論語・子罕》：「歲寒然後知松柏之後彫也。」危松，《初學記》作「寒松」，均可。然「危松」更顯其深根。

〔一五〕貞桂句：晉嵇含《南方草木狀》：「桂出合浦，生必以高山之巔，冬夏常青。其類自爲林，間無雜樹。」《楚辭・遠遊》：「嘉南州之炎德兮，麗桂樹之冬榮。」榮：開花。以上四句是以嵩山、陰陽和調，松、桂來喻尉遲綱之德。貞，《初學記》作「真」。按：南北朝書「貞」字，往往下部作「大」，如《魏正平太守元仙墓誌》中之貞即爲「⿱卜⿱目大」，極似「真」。結，《類聚》《百三家集》作「體」，亦可。然「結」有固成之義，優於「體」。秀，嚴可均《全後周文》作「葉」，不若「秀」。

〔一六〕辰昴膺慶，風雲玄感：並喻君臣相得，際遇得時。意謂尉遲綱乃佐命之臣，爲宇文泰所賞識。辰昴：星宿名。《文選・王儉・褚淵碑文》：「辰精感運，昴靈發祥。元首惟明，股肱惟良。」李善注：「言君感辰精而王，故曰惟明。臣感昴宿以生，故良也。」膺慶：受福。《文選・顔延之・宋文帝元后哀策文》：「昭哉世族，祥發慶膺。」劉良注：「慶，福。膺，當也。」風雲：時勢、際遇。《易・文言》：「雲從龍，風從虎，聖人作而萬物覩。」言同聲相感，同氣相求。《後漢書・朱祐等傳論》：「然咸能感會風雲，奮其智勇，稱爲佐命，亦各志能之士也。」玄感：互相感應深。《文選・傅亮・爲宋公修張良廟教》：「風雲玄感，蔚爲帝師。」李周翰注：「玄，深。」玄，《初學記》作「交」。是故以，《初學記》作「固以」，均可。

〔一七〕柔順：温柔和順。《易・坤彖》：「柔順利貞，君子攸行。」内凝：内含。英華外發：英偉之才華顯現於外。《禮記・樂記》：「是故情深而文明，氣盛而化神。和順積中而英華發外，唯樂不可以爲僞。」

〔一八〕斧藻：修飾。珪璋：玉器。用來喻人品。令範：好的榜樣。《文選・王融・三月三日曲水詩序》：「斧藻至德，琢磨令範。」劉良注：「斧藻，謂脩飾也。令，善。範，法也。」同文：「莫不如珪如璋，令聞令望。」李周翰注：「珪璋，玉名。喻賢才也。」

〔一九〕危勁之節：以松柏作喻。范雲《詠寒松詩》：「凌風知勁節，負雪見貞心。」危勁：高峻剛健。《後漢書・梁冀列傳》：「時太原郝絜、胡武，皆危言高論。」李賢注：「危亦高，謂峻也。」《廣韻・去聲・勁韻》：「勁，健也。」四序：春夏秋冬四季。《易・乾文言》：「（大人者）與四時合其序。」踰：更。貫，《百三家集》作「冠」。按：冠，一般以居其首解，而四季不好言居首。

〔二〇〕堅貞之操：以金作喻。《太平御覽》卷八一〇引王隱《晉書》：「燉煌郡上釜銅生金中，百陶不消，可以切玉。」《後漢書・王龔列傳》：「王公束脩厲節，敦樂蓺文，不求苟得，不爲苟行，但以堅貞之操，違俗失衆，横爲讒佞所構毁。」貞，《初學記》作「真」。參本文前注〔一五〕。不銷，《初學記》作「無銷」，義同。

〔二一〕加以句：遠中戟枝，言吕布事。《後漢書・吕布列傳》載吕布救劉備時：「乃令軍候植戟於營門，布彎弓顧曰：『諸君觀布射戟小支，中者當各解兵。不中，可留決鬭。』布即一發，正中戟支。靈等皆驚，言：『將軍天威也。』明日復歡會，然後各罷。」養由，指養由基。此句之逢蒙、養由基皆古代善於射箭者。《孟子・離婁下》：「逢蒙學射於羿，盡羿之道，思天下惟羿爲愈己，於是殺羿。」《漢書・枚乘傳》：「養由基，楚之善射者也。去楊葉百步，百發百中。」按：尉遲綱善射。《周書・尉遲綱傳》載宇文泰命綱射兔，「誓曰：『若獲此兔，必當破蜀』。俄而綱獲兔而反。……又常從太祖北狩雲陽。值五鹿俱起，綱獲其三。每從遊宴，太祖以珍異之物令諸功臣射而取之，綱所獲輒多」。逢蒙，《類聚》《百三家集》作「逵門」。按：逵爲九達之道，與射無關。若言門，則應是營門。況「逢蒙」與下句「養由」都以善射者相對，故應爲「逢蒙」。箭神，《初學記》作「箭道」，均可。

〔二二〕將軍：指李廣。廣善射，號飛將軍。《史記・李將軍列傳》：「廣出獵，見草中石，以爲虎而射之，中石没鏃，視之石也。」「廣爲人長，猨臂，其善射亦天性也。」伎：技能。校尉：漢官名，指霍去病。《漢書・霍去病傳》：「善騎射，再從大將軍。大將軍受詔，予壯士，爲票姚校尉。」

〔二三〕艾服：五十歲。《禮記・曲禮上》：「五十曰艾，服官政。」孔穎達疏：「五十是知天命之年，堪爲大夫。服，事也。大夫得專事其官政，故曰服官政也。」台衮：三公。古以三公比天之三台六星，天子賜上公以衮衣。尉遲綱保定元年授大司空，屬三公。《通典·職官·三公總敘》：「天文三台，以三公法焉。」又曰：「三公一命衮。若有加則賜也，不過九命。三公八命矣，復加一命則服衮龍，與王者之後同。多於此則賜也，非命服也。」隆，《初學記》作「崇」，均可。

〔二四〕甲第：第一等住宅。衢：大道。漢代凡第皆當大道。《初學記》卷二十四引《魏王奏事》：「出不由里門面大道者名曰第。」《文選·張衡·西京賦》：「北闕甲第，當道直啓。」李善注：「第，館也。甲，言第一也。」傳呼：《漢書·蕭望之傳》：「下車趨門，傳呼甚寵。」師古注：「下車而嚮門，傳聲而呼侍從者，甚有尊寵也。」啓路：開路。

〔二五〕驕人：對人無禮。《孝經·諸侯章》：「在上不驕，高而不危，制節謹度，滿而不溢。」玄宗注：「無禮爲驕。」自牧：自我修養。《易·謙象》：「謙謙君子，卑以自牧也。」王弼注：「牧，養也。」謙，《類聚》《百三家集》作「恭」。義同。

〔二六〕易簀句：《禮記·檀弓上》：「曾子寢疾，病。樂正子春坐於牀下，曾元、曾申坐於足，童子隅坐而執燭。童子曰：『華而睆，大夫之簀與？』子春曰：『止！』曾子聞之，瞿然曰：『呼。』曰：『華而睆，大夫之簀與？』曾子曰：『然，斯乃季孫之賜也。我未之能易也。元起易簀。』曾元曰：『夫子之病革矣，不可以變。幸而至於旦，請敬易之。』曾子曰：『爾之愛我也不如彼。君子之愛人也以德，細人之愛人也以姑息。吾何求哉，吾得正而斃焉，斯已矣。』舉扶而易之,反席未安而没。」此以喻尉遲綱一生守禮。簀,牀席。寢瘵,寢疾,卧病。《説文》:「瘵,病也。」

〔二七〕城郢句:郢爲楚之國都。春秋時楚徙都而未有城郭,楚將子囊臨死告訴其子一定要築起郢城。此喻尉遲綱一直不忘國家。《左傳·襄公十四年》:「楚子囊還自伐吴,卒。將死,遺言謂子庚:『必城郢!』君子謂子囊忠。君薨,不忘增其名;將死,不忘衛社稷,可不謂忠乎?忠,民之望也。《詩》曰:『行歸于周,萬民所望。』忠也。」

〔二八〕珠角:額角豐滿。山庭:鼻子高挺。二句言有不尋常德行者則有不尋常之相貌。《文選·任昉·王文憲集序》:「况乃淵角殊祥,山庭異表。」李善注:「《論語撰考讖》曰:『顔回有角額,似月形。』淵,水也。月是水積,故名淵。《摘輔像》曰:『子貢山庭斗繞口。』謂面有三庭,言山在中,鼻高有異相也。故子貢至孝,顔回至仁也。」膺,《類聚》《百三家集》作「應」。古兩字通。參本文前注〔一二〕。

〔二九〕刑:正。《詩·大雅·思齊》:「刑于寡妻,至于兄弟,以御于家邦。」《釋文》引《韓詩》云:「刑,正也。」刑,《類聚》作「形」,古兩字可通。《荀子·彊國》:「刑范正,金錫美。工冶巧,火齊得。剖刑而莫邪已。」楊倞注:「『刑』與『形』同。」

〔三〇〕冠冕:第一。《三國志·蜀書·龐統傳》:「(司馬徽)稱統當爲南州士之冠冕。」彝章:舊典。《文選·任昉·爲范尚書讓吏部封侯表》:「矜臣所乞,特迴寵命,則彝章載穆,微物知免。」《晉書・東海王越傳論》：「有晉鬱興，載崇藩翰。分茅錫瑞，道光恒典；儀台飾衮，禮備彝章。」表則：表率。《太平御覽》卷二五二引王隱《晉書》所載太始六年詔：「河南大郡，四方表則。中書令庾純，清粹忠正，才紹治化，其以純爲河南尹。」本句言尉遲綱乃遵守社會通常法則之表率。

〔三一〕屯警：同屯衛。屯兵警衛。樞侍：朝廷近側侍從之官。樞，中心。《周書・尉遲綱傳》載尉遲綱「從太祖征伐，常陪侍帷幄，出入卧内」。魏廢帝二年，職掌禁旅，「總宿衛」。「孝閔帝踐阼，綱以親戚掌禁兵，除小司馬」。又其曾加散騎常侍、侍中官銜，故此言「官聯樞侍」。樞，《類聚》《百三家集》作「極」，解爲「最親近」，亦可。

〔三二〕行部六條：漢制，刺史常以八月巡行其部屬，以六條規定來考查。《漢書・武帝紀》：「（元封五年）初置刺史部十三州。」師古注：「《漢舊儀》云初分十三州，假刺史印綬，有常治所。常以秋分行部，御史爲駕四封乘傳。到所部，郡國各遣一吏迎之界上，所察六條。」《後漢書・百官志五》：「建武十八年復爲刺史，十二人各主一州，其一州屬司隸校尉。」劉昭注引蔡質《漢儀》載「六條」爲：「一條，强宗豪右，田宅踰制，以强陵弱，以衆暴寡。二條，二千石不奉詔書，遵承典制，倍公向私，旁詔守利，侵漁百姓，聚斂爲姦。三條，二千石不卹疑獄，風厲殺人，怒則任刑，喜則任賞，煩擾苛暴，剥戮黎元，爲百姓所疾，山崩石裂，妖祥訛言。四條，二千石選署不平，苟阿所愛，蔽賢寵頑。五條，二千石子弟怙恃榮勢，請託所監。六條，二千石違公下比，阿附豪强，通行貨賂，割損政令。」

〔三三〕班：列。三吏：三公。《左傳·成公二年》：「士莊伯不能對，王使委於三吏。」杜預注：「三吏，三公也。」

〔三四〕逝水：一去不返的流水。《論語·子罕》：「子在川上曰：逝者如斯夫，不舍晝夜。」詎：豈。孔子是以逝水喻時光。光陰不借：意思是説壽命不可增加。

〔三五〕逆旅：客館。《左傳·僖公二年》：「今虢爲不道，保於逆旅。」杜預注：「逆旅，客舍也。」古稱死爲「捐館舍」，「辭逆旅」與之同義。人生在世，如同寄居旅舍。《史記·蘇秦列傳》：「而奉陽君已死，即因説趙肅侯曰：……今奉陽君捐館舍，君乃今復與士民相親也。」

〔三六〕怛化：指人死亡。《莊子·大宗師》：「俄而子來有病，喘喘然將死。其妻子環而泣之。子犁往問之，曰：『叱！避！無怛化。』」郭象注：「夫死生猶寤寐耳，於理當寐，不願人驚之。將化而死亦宜，無爲怛之也。」怛，嚴可均《全後周文》作「恒」。依《莊子》，「怛」字是。

〔三七〕旌舒夏練句：旌：旐，死者之旗。練：白色的錦。夏：夏代。《禮記·檀弓上》：「孔子之喪，公西赤爲志焉。飾棺牆，置翣，設披，周也。設崇，殷也。綢練設旐，夏也。」孔穎達疏：「孔子之喪，公西赤以飾棺榮夫子，故爲盛禮備三王之法，以章明志識焉。於是以素爲褚，褚外加牆，車邊置翣，恐柩車傾虧，而以繩左右維持之。此皆周之法也。其送葬乘車所建旌旗，刻繒爲崇牙之飾，此則殷法。又韜盛旌旗之竿，以素錦於杠首設長尋之旐，此則夏禮也。既尊崇夫子，故兼用三代之飾也。」本句是用素錦爲旐來指尉遲綱喪禮盛大，如孔子之喪。

〔三八〕棺陳衛幕句：《禮記·檀弓上》：「布幕，衛也；縿幕，魯也。」孔穎達疏：「覆棺之幕，天子諸侯各别。以布爲幕者衛，是諸侯之禮。以縿爲幕者魯，是天子之制。幕者，謂覆殯棺者也。」故本句意謂尉遲綱之喪用諸侯之禮。以上兩句都是言喪禮之隆重。又：陳，敷也。《詩·大雅·文王》：「陳錫哉周，侯文王孫子。」鄭玄箋：「乃由能敷恩惠之施，以受命造始周國。」《國語·周語上》引《詩》此句，韋昭注：「陳，布也。」

〔三九〕北郭：長安墓地。《西京雜記》卷三載杜子夏葬長安北四里。臨終作文，有「何必故丘，然後即化。封於長安北郭，此焉宴息」之句。并命刊石，埋於墓側。景：日影。指太陽落下山了。

〔四〇〕三千不見：《西京雜記》卷四載漢滕公夏侯嬰駕至東都門。馬鳴，跼不肯前，以足跑地久之。使掘所跑地，得石槨，上有銘文：「佳城鬱鬱，三千年見白日，吁嗟滕公居此室。」於是滕公死遂葬焉。故「三千不見」，即三千年也不得見白日，與下句「九原誰作」同義。意謂死者長眠地下，永不復生。

〔四一〕九原誰作：《國語·晉語八》：「趙文子與叔向遊於九原，曰：『死者若可作也，吾誰與歸？』」韋昭注：「原，當作『京』也。京，晉墓地。作，起也。」

〔四二〕銘兹鼎鼒：鼒，大鼎。古人鑄鼎刻銘以紀其功德。嵩霍：嵩山（在今河南登封）和霍太山（在今山西霍州）。指高峻之山。梁簡文帝《昭明太子集序》：「嵩霍之峻，無以方其高。」按：金鶚《求古録禮説》：「中岳之名，歷代隨帝都而移。堯都平陽，舜都蒲阪，禹都晉陽，皆在冀州之域，故并以霍太山爲中岳。殷湯都西亳，在豫州之域，故以嵩高爲中岳。」此二句意謂將尉遲綱之功德刻之金石，如嵩霍之山一般永傳不朽。傳，嚴可均《全後周文》作「傅」，亦可。

太子太保中都公陸逞碑銘〔一〕

公本居三吴郡三吴縣，丞相遜後也〔二〕。宋武匡定鍾鼎，底平涵洛，公曾祖載，實贊軍謀〔三〕。及反旆南轅，以司武留守。赫連作亂，見拘夏州〔四〕；以江右名家，爲中山太守〔五〕。地既鮮虞，途通靈壽〔六〕。呼沲易水，仗武乘邊〔七〕；趙北燕南，申威河外〔八〕。祖營州使君，長於戎馬，稱雄朔漢〔九〕。南中都督，猶纘弈世之基〔一〇〕；西校國門，無墜承家之業〔一一〕。公識度深詳，標尚閑遠〔一二〕；處衆撝謙，居簡行敬〔一三〕。風鑒外明，潛機内敏〔一四〕。建章門户，張華成立〔一五〕；原陵松柏，虞延盡記〔一六〕。昔處文房，又居内職〔一七〕，或傳冰華，時遊甲邸〔一八〕。魏祖軍謀，還豫南陂之宴〔一九〕；梁王師傅，猶對宣室之談〔二〇〕。出内優隆，通籍榮寵〔二一〕。升降榮步，便煩宮禁〔二二〕。銘曰：

淮海惟楊，具區之藪〔二三〕。水朝江漢〔二四〕，星纏牛斗〔二五〕。盛德遺風，神明厥後〔二六〕。龍章八命〔二七〕，鸞旂四牡〔二八〕。賓階昔遇，風月相思〔二九〕。卿門今別，宿草何悲〔三〇〕。輪環不已，零落無時〔三一〕。永矣元伯，長從此辭〔三二〕。《藝文類聚》四十六。

〔一〕陸逞：《周書》有傳。初名彦，字世雄。後因魏文帝之語而改名逞，改字季明。其兄陸通有軍功别受封爵，便將父爵中都縣伯讓給陸逞。保定中進爵爲公。陸逞美容止，善辭令。建德元年爲宜州刺史。不及一年，即授太子太保。卒後贈大將軍。據庾信《周太子太保步陸逞神道碑》，陸逞卒於周武帝建德二年（公元五七三年）五月十一日，葬於建德三年正月十日。是王褒此文應作於建德二年。

〔二〕三吴：古地區名。三國韋昭有《三吴郡國志》。其書久佚。《三國志·吴書·陸遜傳》：「陸遜字伯言，吴郡吴人也。」而其孫陸機臨終有「華亭鶴唳，豈可復聞乎」之言。此華亭在今上海市松江區西。故本文所謂三吴縣即應在此。陸遜，三國時東吴丞相，曾破劉備於夷陵。

〔三〕宋武：南朝宋武帝劉裕。曾帥師北伐，進駐關中。但不久即南歸。匡：復。鍾鼎：鍾和鼎，古代視爲重器，乃廟堂、國家之象徵。底平：平定。《書·禹貢》：「大野既豬，東原底平」，《釋文》：「底，致也。」涵洛：指函谷關、洛陽。「涵」當作「函」，涉下「洛」之偏旁類化而誤。贊：助。

〔四〕旆：旗。南轅：車轅向南。指劉裕回南。司武：司馬。《左傳·襄公六年》：「司武而梏於朝，難以勝矣。」杜預注：「司武，司馬。」赫連：赫連勃勃。夏人，五胡之一。劉裕南歸，留其子義真守長安，被夏主赫連勃勃所攻取。《周書·陸通傳》：「曾祖載，從宋武帝平關中，軍還，留載隨其子義真鎮長安。遂没赫連氏。魏太武平赫連氏，載仕魏任中山郡守。」

〔五〕江右名家：北方有名之世家大族。《南史·顔延之傳》：「是時議者以延之、靈運自潘岳、陸機之後，文士莫及。江右稱潘、陸，江左稱顔、謝焉。」是江北爲江右，江南爲江左。中山：今河北定州一帶。

〔六〕鮮虞：很少安寧。《國語·周語下》：「昔共工棄此道也，虞于湛樂。」韋昭注：「虞，安也。」靈壽：即今河北省靈壽縣。《史記·趙世家》載趙惠文王三年：「滅中山，遷其王於膚施。起靈壽，北地方從，代道大通。」

〔七〕呼沲，即滹沱河。呼沲易水之間，即爲中山之地域。《戰國策·燕策》載蘇秦語：「（燕）南有呼沱易水。」仗：恃。如仗勢、仗義之仗。乘邊：《漢書·韓安國傳》：「又遣子弟乘邊守塞，轉粟輓輸，以爲之備。」師古注：「乘，登也。登其城而備守也。」

〔八〕趙北燕南：亦指中山之地。《後漢書·公孫瓚列傳》：「瓚破禽劉虞，盡有幽州之地，猛志益盛。前此有童謡曰：『燕南垂，趙北際，中央不合大如礪。唯有此中可避世。』瓚自以爲易地當之，遂徙鎮焉。」河外：西河之南。潘岳《西征賦》言藺相如：「出申威於河外，何猛氣之咆勃。」《史記·廉頗藺相如列傳》：「秦王使使者告趙王，欲與王爲好會於西河外澠池。」《索隱》：「在西河之南，故云外。」以上言陸載尚武。

〔九〕營州：北魏太平真君五年置。治所在龍城。即今遼寧省朝陽。使君：漢代稱州郡長官爲使君，後世因之。如《北史·申徽傳》載申徽爲襄州刺史。及代還，賦詩題於清水亭。郡中長幼競來就讀，相謂曰：「此是中使君手迹。」戎馬：軍事。朔漢：指北方邊境。庾信《周太子太保步陸逞神道碑》：「高祖，冠軍將軍，營州刺史。吴人有降附者，悉領爲別軍。自是官帥擁鐸，更爲吴越之兵；君子習流，別有樓船之陣。」漢，《百三家集》作「漠」。按：朔漠爲北方沙漠之地。陸逞高祖領吴越之兵，自不獨稱雄北方，而是南北稱雄，故「朔漢」爲宜。

〔一〇〕南中：泛指南方。《文選·謝脁·酬王晉安》：「南中榮橘柚，寧知鴻雁飛。」李善注：「《列子》曰：『吴越之國有木焉，其名曰櫾。碧樹而冬生。』櫾則柚字也。」纘：繼承。《説文》：「纘，繼也。」奕世：累世。《後漢書·楊秉列傳》：「臣奕世受恩」，李賢注：「奕。猶重也。」陸遜爲吴人，故稱南中都督。陸氏世代爲江東大族，故稱「猶纘奕世之業」。

〔一一〕校：指揮軍事。《釋名·釋兵》：「校，號也。將帥號令之所在也。」陸遜既於西陵破劉備，其子陸抗於遜卒後又繼父業都督信陵、西陵、夷道、樂鄉、公安諸軍事。曾平定西陵督步闡之叛。《三國志·吴書·陸遜傳》載陸抗臨終上疏言：「臣父遜昔在西垂陳言，以爲西陵國之西門，雖云易守，亦復易失。若有不守，非但失一郡，則荆州非吴有也。如其有虞，當傾國争之。臣往在西陵，得涉遜迹。」故「西校國門，無墜承家之業」，指陸抗繼父業之事。以上兩句意謂陸逞之祖長於軍事，能繼承祖先的業績。

〔一二〕識度：識見與度量。《世説新語·德行》：「王朗每以識度推華歆。」閑遠：恬静高遠。《南史·裴邃傳》：「邃志立功邊陲，不願閑遠。」

〔一三〕撝謙：舉動謙遜。《易·謙卦》：「六四，無不利。撝謙。」王弼注：「指撝皆謙，不違則也。」居簡行敬：《論語·雍也》：「仲弓曰：『居敬而行簡，以臨其民，不亦可乎？居簡而行簡，無乃大簡乎？』子曰：『雍之言然。』」何晏《集解》引孔安國曰：「居身敬肅，臨下寬略，則可。」

〔一四〕風鑒：風采鑒識。庾信《周大將軍聞嘉公柳遐墓誌》：「君器宇祥正，風鑒弘敏。」潛機内敏：機敏内藏。陸雲《晉故散騎常侍陸府君誄》：「潛機密暢，靡幽不甄。」《三國志·蜀書·譙周傳》言譙周：「體貌素朴，性推誠不飾。無造次辯論之才，然潛識内敏。」

〔一五〕建章句：《晉書·張華傳》：「華强記默識，四海之内，若指諸掌。武帝嘗問漢宮室制度及建章千門萬户，華應對如流，聽者忘倦，畫地成圖，左右屬目。」成立，《百三家集》作「立成」。按：成有備義，立有成義。《詩·齊風·猗嗟》：「儀既成兮」，鄭玄箋：「成猶備也。」《廣雅·釋詁三》：「立，成也。」故「成立」、「立成」均可，而以「成立」爲長。

〔一六〕原陵句：《後漢書·虞延列傳》載漢光武帝東巡，「路過小黄，高帝母昭靈后園陵在焉。時延爲部督郵，詔呼引見，問園陵之事。延進止從容，占拜可觀，其陵樹株蘖，皆諳其數，俎豆犧牲，頗曉其禮。帝善之，勑延從駕到魯」。按：《後漢書·孝明帝紀》：「（中元二年）三月丁卯，葬光武皇帝於原陵。」李賢注：「在臨平亭東南，去洛陽十五里。」虞延并未守原陵，故「原」應是「園」。延，嚴可均《全後周文》作「廷」，誤。

〔一七〕文房：典掌文翰之處。内職：朝廷内之官職。《周書·陸逞傳》：「起家羽林監、文帝内親信。時輩皆以驍勇自達，唯逞獨兼文雅。文帝由此加禮遇焉。大統十四年，參大丞相府軍事，尋兼記室。保定初，累遷吏部中大夫，歷蕃部、御伯中大夫，進驃騎大將軍、開府儀同三司，徙授司宗中大夫，轉軍司馬。逞幹識詳明，歷任三府，所在著績。」按：陸逞之後還任過京兆尹、納言。

〔一八〕傳冰華：即傳冰。指任外官。古代王室於冬季藏冰，以備夏季之用。《周禮》有凌人專掌冰事。《左傳·昭公四年》載申豐曰：「自命夫命婦，至於老疾，無不受冰。山人取之，縣人傳之，輿人納之，隸人藏之。」據《周禮·秋官·縣士》「縣士掌野」下鄭玄注：「地距王城二百里以外至三百里曰野，三百里以外至四百里曰縣」，可知縣人指京城之外的地方官。本文是以縣人傳冰來指任外官。陸逞曾任河州、宜州刺史，故言。甲邸：甲第。豪貴之家。傳，嚴可均《全後周文》作「傅」，誤。

〔一九〕南陂：應即南皮。《三國志·魏書·吴質傳》裴注引魏文帝曹丕與吴質書：「每念昔日南皮之游，誠不可忘。」又即位後與吴質書：「南皮之游，存者三人。」按：曹操於興平十年攻下南皮，平定袁譚，南皮之宴應在此時。因史書不載，詳情不得而知，故不能定魏祖軍謀指誰。曹操之謀士軍祭酒郭嘉曾隨曹操攻袁譚於南皮，有可能參加南皮宴。建安七子之一徐幹曾任司空軍謀祭酒掾屬，也有可能參加。沈約《郡縣名詩》：「既豫平章集，復齒南皮宴。」

〔二〇〕梁王師傅：賈誼。《漢書·賈誼傳》：「後歲餘，文帝思誼，徵之。至，入見。上方受釐，坐宣室。上因感鬼神事，而問鬼神之本。誼具道所以然之故。至夜半，文帝前席。既罷，曰：『吾久不見賈生，自以爲過之，今不及也。』乃拜誼爲梁懷王太傅。」《周書·陸逞傳》載陸逞曾「參大丞相府軍事」，故稱「魏祖軍謀」；又「東宫初建，授太子太保」，故稱「梁王師傅」。

〔二〕出内：出納。《書·舜典》：「命汝作納言，夙夜出納朕命，惟允。」孔安國傳：「納言，喉舌之官。聽下言納於上，受上言宣於下，必以信。」《詩·大雅·烝民》：「出納王命，王之喉舌。」《釋文》：「納，亦作内。」通籍：著其姓名於門籍，以便出入。《漢書·元帝紀》：「令從官給事宫司馬中者，得爲大父母父母兄弟通籍。」應劭注：「籍者，爲二尺竹牒，記其年紀名字物色，縣之宫門，案省相應，乃得入也。」師古注：「從官，親近天子常侍從者皆是也。」「司馬門者，宫之外門也。衛尉有八屯，衛候司馬主衛士徼巡宿衛。每面各二司馬，故謂宫之外門爲司馬門。」陸逞保定初曾任御伯中大夫，後又爲中外府司馬，又曾兩任納言。據《通典·職官·侍中》：「後周初，有御伯中大夫二人，掌出入侍從，屬天官府。保定四年，改御伯爲納言，斯侍中之職也。」可知陸逞多次擔任出入宫廷之榮寵職位。榮，嚴可均《全後周文》作「營」。按：既已通籍，自不必營求榮寵，故非。

〔三〕榮步：榮耀的地位。《左傳·定公五年》：「改玉改步。」古代君、大夫、士佩玉和行步都有不同規定，所以步用來表示地位。升降榮步，意思是不論升降都在榮耀之高位。便煩：頻繁。本爲「便蕃」。《左傳·襄公十一年》引《詩》：「便蕃左右，亦是帥從。」杜預注：「便蕃，數也。」《詩・小雅・采菽》則作「平平左右」。後則多作「便煩」。《晉書・庾亮傳》載其上疏：「皇家多難，未敢告退。遂隨牒展轉，便煩顯任。」《南齊書・倖臣傳贊》：「恩澤而侯，親倖爲舊。便煩左右，既貴且富。」宫禁：《類聚》作「官禁」。按：本句是回應上文「通籍榮寵」，故應從《百三家集》，以頻繁出入宫禁之中爲是。官禁屬五禁之一，意爲官府之禁令，和此處不甚吻合，當二字形近而致誤，今從《百三家集》。煩，《百三家集》作「頌」，非是。

〔二三〕淮海句：《書・禹貢》：「淮海惟楊州。」《周禮・夏官・職方氏》：「東南曰楊州。其山鎮曰會稽，其澤藪曰具區。」鄭玄注：「大澤曰藪。」

〔二四〕水朝江漢：水尊長江。江漢爲偏義詞，重在江。朝：尊。《書・禹貢》：「江漢朝宗于海。」孔安國傳：「百川以海爲宗。宗，尊也。」《周禮・夏宫・職方氏》言楊州「其川三江」。

〔二五〕纏：《漢書・王莽傳中》：「以始建國八年，歲纏星紀」，孟康注：「纏，居也。」又通作『躔』。《漢書・律曆志上》：「日月初躔，星之紀也。」孟康注：「躔，舍也。」古人將二十八宿歸屬於紀日月五星一周天所處的十二次。又將二十八宿分别指配於地上諸州國，使其互相對應。牽牛、南斗屬十二次中的第一次，星紀乃吴地之分野。《史記・天官書》：「婺女，其北織女。」張守節《正義》云：「南斗、牽牛、須女皆爲星紀。於辰在丑，越之分野，而斗牛爲吴之分野也。」以上是寫陸逞之祖籍吴地。

〔二六〕神明厥後，即其後神明。《詩・大雅・生民》：「厥初生民」，鄭玄箋：「厥，其。」此句意謂陸逞繼承了先祖的盛德遺風。

〔二七〕龍章：古上公服。也叫龍衮。八命：《周禮》中官階分九等，稱九命。八命是上等官階。《禮記·王制》：「三公一命卷，若有加則賜也，不過九命。」鄭玄注：「卷，俗讀也。其通則曰衮。三公，八命矣，復加一命，則服龍衮，與王者之後同。多於此則賜，非命服也。」按：陸逞天和四年任京兆尹。建德元年任宜州刺史。建德二年卒，贈大將軍。據《北史·盧辯傳》載，北周之官職户二萬以上州刺史、京兆尹，爲八命。柱國、大將軍，爲正九命。可知陸逞本爲八命，於卒後賜以九命之名號。例之於古則可服龍衮。故稱「龍章八命」，即指八命之上又加一命，爲最高官階。

〔二八〕鸞旂四牡：諸侯所用之旗與車。《漢書·郊祀志下》載宣帝時出土周代王賜給大臣之鼎上有銘文：「賜爾旂鸞黼黻琱戈。」師古注：「交龍爲旂。鸞謂有鸞之車也。」《周禮·春官·司常》：「諸侯建旂。」《詩·小雅·車攻》：「駕彼四牡，四牡奕奕。」孔穎達疏：「四方諸侯駕彼四牡之馬而來。」

〔二九〕賓階：西階。賓客升降之階。《書·顧命》：「王麻冕黼裳，由賓階隮。」孔安國傳：「王及羣臣皆吉服，用西階升，不敢當主。」《禮記·曲禮上》：「主人就東階，客就西階。客若降等，則就主人之階。」風月相思：劉恢思許珣之事。許珣字玄度，能清言。劉恢爲丹陽尹，與之相處甚好。許珣返回後，劉恢慨嘆：「清風朗月，輒思玄度。」（見《世説新語·言語》。）本句是作者自言和陸逞有過交往和友情。

〔三〇〕宿草：一年以後的草。《禮記·檀弓上》：「朋友之墓，有宿草而不哭焉。」孔穎達疏：「宿草，陳根也。草經一年則根陳也。朋友相爲哭一期，草根陳乃不哭也。」此句言陸逞今死，作者爲其故友，何等悲傷。

〔三一〕輪環：循環。司馬貞《補三皇本紀》：「（女媧）亦木德王，蓋宓犧之後，已經數世。金木輪環，周而復始。」零落：死亡。《文選·孔融·論盛孝章書》：「海内知識，零落殆盡。」張銑注：「零落，死也。」此句言自然在不斷地循環運轉，人生短促無常。

〔三二〕元伯：張劭之字。《後漢書·獨行列傳》載山陽范式與汝南張劭爲友。二人從太學并歸鄉里後，范式於張劭死日夢見張劭告以己某日死、某日葬，即馳往赴喪。式未及到，張劭喪已發引，至壙將窆而柩不肯進。及式至，叩喪言曰：「行矣元伯！死生路異，永從此辭。」爲執紼引進，柩於是乃前。式留止冢次，爲脩墳樹，然後乃去。

太傅燕文公于謹碑銘〔一〕

古者六等官人，師傅崇其匡輔〔二〕。一命作牧，侯伯揔其專征〔三〕。南仲成薄伐之功〔四〕；吉甫作來歸之頌〔五〕。若乃仰叶宸曜，上屬台階〔六〕。錫之以彝器，明之以車服〔七〕。除名盛業〔八〕，太傅燕國公其有焉。西瞱開其命緒，東海傳其世禄〔九〕。父曾致平法之科，廷尉稱無冤之頌。駟馬方駕，高門繼軌〔一〇〕。公禀山岳之上靈，含風雲之秀氣〔一一〕。雕良玉於廉劌〔一二〕，鍊貞金於鎣鋈〔一三〕。于時王業締搆，國步權輿〔一四〕。太祖地雖二分，功猶再駕〔一五〕。忠誠簡帝，有志興王〔一六〕。公運策帷帳，參謀幕府。封齊定文成之計〔一七〕，間楚資曲逆之奇〔一八〕。仲華訪輿地之圖〔一九〕，林叔參兵車之右〔二〇〕。魏恭帝元年，爲大司寇。正刑糾慝，國無害馬之倫〔二一〕；翦暴詰姦，民亡歆羊之俗〔二二〕。三刺薦無簡之文〔二三〕，兩造陳禁邪之憲〔二四〕。大周受命，寶歷攸歸〔二五〕。表高惠之功臣，紀山河之著命〔二六〕。封燕公，邑萬户。姬氏建國，君奭始封〔二七〕；昭王禮賢，郭隗開館〔二八〕。又授太傅，本官如先。保定五年，賜金石樂一部〔二九〕。

公世爲邊將，少習兵書。當敵制機，臨戎應變〔三〇〕。增壘減竈之圖，題樹繫桑之略〔三一〕。軍中罷戰，無廢雅歌〔三二〕。壯士志驕，時觀投石〔三三〕。及乎名高衛霍，爵重韓彭〔三四〕。錫邑增於鄭僑〔三五〕，賜乘同於魏絳〔三六〕。丹節比司隸之貴〔三七〕，緹綺將金吾之寵〔三八〕。座闕倡歌之娱，堂無鍾鼓之奏。辭功坐樹，不伐征西之勳〔三九〕；還第角巾，無競龍驤之賞〔四〇〕。銘曰：

惟岳降神〔四一〕，膺期命世〔四二〕。量苞川藪，道弘兼濟〔四三〕；昴宿協符，佐旌冥契〔四四〕。

匪躬諒直〔四五〕，武節橫厲〔四六〕。函崤重險，鍾鼎淪覆〔四七〕。潛龍勿用〔四八〕，瞻烏在屋〔四九〕。道贊上台，功匡下瀆〔五〇〕。條教斯理，彝倫載睦〔五一〕。懋官惟德，明試以功。既移上將，實董元戎〔五二〕。傳呼甚寵，徽章載隆〔五三〕。居高能降，處貴思沖〔五四〕。寳命惟新〔五五〕，王猷允塞〔五六〕。爵班異姓，禮均同德〔五七〕。林胡以南，易川之北。帝曰爾諧，俾侯燕國〔五八〕。騤騤過隙，滔滔逝川〔五九〕。明哲詎寳，館舍長捐〔六〇〕。立言不没〔六一〕，遺愛在旃〔六二〕。三河斥土〔六三〕，駟馬開泉〔六四〕。丹旐毁宗〔六五〕，玄堂啓殯〔六六〕。寵贈虚加，鸞和空引〔六七〕。晏子悼齊〔六八〕，隨武懷晉〔六九〕。謂天蓋高，如何不憖〔七〇〕。《藝文類聚》四十六。

〔一〕于謹，《周書》有傳。字思政，河南洛陽人。從魏帝入關後，爲西魏重臣。屢有戰功，曾率師攻陷江陵。周孝閔帝踐阼，封燕國公，邑萬户。遷太傅、大宗伯。保定二年，爲三老。天和三年（公元五六八年）卒，謚曰文。本文當作於是年。

〔二〕六等官人句：賈誼《新書·官人》：「王者官人有六等：一曰師，二曰友，三曰大臣，四曰左右，五曰侍御，六曰廝役。」匡輔：匡正輔弼。《三國志·蜀書·諸葛亮傳》載亮死後，後主詔策：「受遺託孤，匡輔朕躬。」由於師傅有匡傅政事之作用，是以列於六等之首。此句言于謹是太傅。

〔三〕命：官階等級。侯伯：侯爵與伯爵。《周禮·春官·大宗伯》：「八命作牧，九命作伯。」鄭玄

注：「上公有功德者加命爲二伯，得征五侯九伯者。」賈公彦疏：「《典命》云：『王之三公八命』，是上公矣。今云九命，明有功德加一命爲二伯也。……自陝以東，周公主之；自陝以西，召公主之，是東西二伯也。」所以本句意謂：在作牧的八命之上又賜一命，成爲得以征伐侯伯的諸侯之長。（太傅是三公之一。）指于謹功大，所受封爵和周公、召公一樣，特受優待。

〔四〕南仲：周代之武臣。薄伐：征伐。薄爲語氣辭。《詩·小雅·出車》：「赫赫南仲，薄伐西戎。……執訊獲醜，薄言還歸。赫赫南仲，玁狁于夷。」

〔五〕吉甫：尹吉甫。周宣王之臣。奉命北伐玁狁，逐之太原而歸。《詩·小雅·六月》：「薄伐玁狁，至于大原。文武吉甫，萬邦爲憲。吉甫燕喜，既多受祉。來歸自鎬，我行永久。」以上兩句言于謹和南仲、尹吉甫一樣有征伐之功。

〔六〕叶：協合。《玉篇·口部》：「叶，合也。古文協。」宸曜：天子之威光。《文選·謝朓·始出尚書省》：「宸景厭照臨」，李善注：「宸，北辰，以喻帝位也。」台階：三台星。指三公之位。《晉書·天文志上》：「三台六星，兩兩而居。起文昌，列抵太微。一曰天柱，三公之位也。在人曰三公，在天曰三台，主開德宣符也。……又曰三台爲天階，太一躡以上下。一曰泰階。」此句言于謹承助天子，位在三公。

〔七〕錫，同賜。彝器：宗廟寶器。《史記·周本紀》載：「（武王克殷）封諸侯，班賜宗彝。作《分殷之器物》。」《集解》引鄭玄云：「宗彝，宗廟樽也。」車服：《書·舜典》：「五載一巡守，羣后四朝。敷奏以言，明試以功，車服以庸。」孔安國傳：「諸侯四朝，各使陳進治禮之言。明試其言，以要其功。功成則賜車服，以表顯其能用。」

〔八〕除名：餘名，死後留下名聲。除通餘，《説苑·貴德》：「憎其人者，惡其餘胥。」《太平御覽》卷九二〇引同一事，作「憎其人者，憎其除胥」。《列子·楊朱》：「要死後數百年中餘名，豈足潤枯骨，何生之樂哉？」除，《百三家集》作「隆」，亦可。

〔九〕西暉，指西方。楊雄《甘泉賦》：「東燭滄海，西耀流沙，北熿幽都，南煬丹厓。」「西暉」猶即「西耀」。暉，光。東海：在今山東郯城縣西南。此二句是追溯于姓之起源。《通志·氏族略·以國爲氏》：「于氏，即邘氏。周武王之子邘叔所封之國。」周族起於西，故稱「西暉開其命緒」。命緒：名姓之端。《廣雅·釋詁三》：「命，名也。」《通志》又曰：「後魏《官氏志》，有萬紐氏，改爲于氏。始有自東海，隨拓拔鄰徙代，改爲萬紐于氏。後魏孝文帝時，復爲于氏。」故此稱「東海傳其世禄」。

〔一〇〕「父曾致平法之科」至「高門繼軌」，並爲于氏之祖于定國之故事。《漢書·于定國傳》：「于定國，字曼倩，東海郯人也。其父于公爲縣獄史，郡決曹，決獄平，羅文法者于公所決皆不恨。郡中爲之生立祠，號曰于公祠。」按，于公曾雪孝婦之冤，此蓋即「父曾致平法之科」所指。曾，曾經。又：「定國少學法於父，父死，後定國亦爲獄史，郡決曹，補廷尉史。……其決疑平法，務在哀鰥寡，罪疑從輕，加審慎之心。朝廷稱之曰：『張釋之爲廷尉，天下無冤民；于定國爲廷尉，民自以不冤。』」此即「廷尉稱無冤之頌」。又：「始定國父于公，其閭門壞，父老方共治之。于公謂曰：『少高大閭門，令容駟馬高蓋車。我治獄多陰德，未嘗有所冤，子孫必有興者。』至定國爲丞相，永（定國之子）爲御史大夫，封侯傳世云。」此即「駟馬方駕，高門繼軌」。方駕：並車而行。軌：車轍。指駟馬高車接連不斷於閭門。

〔二〕稟：承受。山岳、風雲：《文選·沈約·齊故安陸昭王碑文》：「公含辰象之秀德，體河岳之上靈。氣蘊風雲，身負日月。」李善注：「《孝經援神契》曰：『五嶽之精雄聖，四瀆之精仁明。』《論衡》曰：『谷子雲、唐子高，章奏百上，筆有餘力。』然則賢者有風雲之智，故吐文萬牒。」

〔三〕廉劌：鋭利而不傷人。《禮記·聘義》：「夫昔者，君子比德於玉焉。温潤而澤，仁也；縝密以栗，知也；廉而不劌，義也。」孔穎達疏：「廉，稜也。劌，傷也。言玉體雖有廉稜而不傷割於物。人有義者亦能斷割而不傷物，故云義也。」

〔三〕鋈鋈：美金。《説文》：「鋈，白金也。」《集韻·平聲·尤韻》：「鋈，美金謂之鋈。」以上四句言于謹本質美好。

〔四〕締搆：結構。《類聚》作「搆」，南宋人避高宗諱改，搆、構二字義通。左思《魏都賦》：「而是有魏開國之日，締構之初，萬邑譬焉。」吕向注：「言當此時大魏開國結構之初。」國步權與：國政初建。《詩·大雅·桑柔》：「國步斯頻。」《爾雅·釋詁上》：「權與，始也。」指魏孝武帝入關，西魏初建之時。

〔一五〕太祖：宇文泰。西魏丞相，執掌實權。北周代西魏後追尊爲文王，廟曰太祖。二分：指魏分爲東、西魏兩部分，西魏居其一。功猶再駕：如同周文王再度伐崇之功。再駕：以再乘馬車喻再興戎事。《左傳·襄公三十一年》：「文王伐崇，再駕而降爲臣。」杜預注：「文王聞崇德亂而伐之，三旬不降。退脩教而後伐之，因壘而降。」

〔一六〕簡帝：《逸周書·謚法》：「壹德不解曰簡，平易不疵曰簡。」此處是指西魏帝，對其稍加貶抑。因當時是北周，既要歌頌宇文泰忠誠西魏，又要維護北周之正統。興王：振興王室。

〔一七〕帷帳、幕府：均指軍府。封齊句：文成，漢張良之謚號爲文成侯。《史記·淮陰侯列傳》載韓信平齊後，使人告劉邦自己願爲假齊王。劉邦大怒。張良和陳平躡劉邦足，附耳語曰：「漢方不利，寧能禁信之王乎？不如因而立，善遇之，使自爲守。不然，變生。」劉邦才醒悟。於是道：「大丈夫定諸侯，即爲真王耳，何以假爲？」乃遣張良往立信爲齊王，徵其兵擊項羽。

〔一八〕間楚句：曲逆，漢陳平封爲曲逆侯。奇：奇計。《史記·陳丞相世家》載劉邦被項羽困在滎陽，陳平爲劉邦定計離間楚之君臣：「陳平既多以金縱反間於楚軍，宣言諸將鍾離眛等爲項王將，功多矣，然而終不得裂地而王，欲與漢爲一，以滅項氏而分王其地。項羽果意不信鍾離眛等。項王既疑之，使使至漢。漢王爲太牢具，舉進。見楚使，即詳驚曰：『吾以爲亞父使，乃項王使。』復持去，更以惡草具進楚使。楚使歸，具以報項王。項王果大疑亞父（范曾）。亞父欲急攻下滎陽城，項王不信，不肯聽。」卒使范曾離去，滎陽圍得解。

〔一九〕仲華句：《後漢書·鄧禹列傳》載鄧禹字仲華，南陽新野人。光武帝劉秀起兵河北，鄧禹追及於鄴。「光武大悦，因令左右號禹曰鄧將軍。常宿止於中，與定計議。……從至廣阿，光武舍城樓上，披輿地圖，指示禹曰：『天下郡國如是，今始乃得其一。子前言以吾慮天下不足定，何也？』禹曰：『方今海内殽亂，人思明君，猶赤子之慕慈母。古之興者，在德薄厚，不以大小。』光武悦。時任使諸將，多訪於禹。禹每有所舉者，皆當其才，光武以爲知人」。

〔二〇〕林叔句：晉鄭袤，字林叔。《晉書·鄭袤傳》云：「毌丘儉作亂，景帝自出征之。百官祖送于城東。袤疾病不任會。帝謂中領軍王肅曰：『唯不見鄭光禄爲恨。』肅以語袤，袤自輿追帝，及於近道。帝笑曰：『故知侯生必來也。』遂與袤共載，曰：『計將何先？』袤曰：『昔與儉俱爲臺郎，特所知悉。……今大軍出其不意，江淮之卒鋭而不能固，深溝高壘以挫其氣，此亞夫之長也。』帝稱善。」以上四句是説于謹常爲宇文泰出謀畫策。

〔二一〕按《周書·于謹傳》言謹於「魏恭帝元年，除雍州刺史」。並未記載任大司寇之職。此段可補史書之闕。害馬之倫：害羣之馬。《莊子·徐無鬼》載牧馬小童答黄帝之問爲天下：「夫爲天下者，亦奚以異乎牧馬者哉？亦去其害馬者而已矣。」

〔二二〕飲羊之俗：《孔子家語·相魯》：「初，魯之販羊有沈猶氏者，常朝飲其羊以詐市人。……及孔子之爲政也，則沈猶氏不敢朝飲其羊。」

〔二三〕三刺：三種審訊方法。《周禮·秋官·小司寇》：「以三刺斷庶民獄訟之中。一曰訊羣臣，二曰訊羣吏，三曰訊萬民。」《爾雅·釋詁上》：「薦，陳也。」無簡之文：《書·吕刑》：「無簡不聽，具嚴天威。」孔安國傳：「無簡核誠信，不聽理具獄。皆當嚴敬天威，無輕用刑。」即審訊時重在審察瞭解證據。按：刺，宋本《類聚》作「刺」，誤。

〔二四〕兩造：囚犯和證人具至。《書·吕刑》：「兩造具備，師聽五辭。」孔安國傳：「兩，謂囚、證。造，至也。兩至具備，則衆獄官共聽其入五刑之辭。」禁邪之憲：禁防姦邪之法令。《爾雅·釋詁上》：「憲，法也。」《周禮·秋官·司寇》：「乃立秋官司寇，使帥其屬而掌邦禁，以佐王刑邦國。」即於審案時嚴格依據法令條文。

〔二五〕大周受命：指北周代西魏。《書·無逸》：「文王受命，惟中身。厥享國五十年。」孔穎達疏：「文王受命嗣位爲君。」寳歷：即寳曆。指國祚。古歷、曆通。參本卷《漏刻銘》注〔三〕。《搜神記》卷八：「虞舜耕於歷山，得玉曆於河際之巖。舜知天命在己，體道不倦。」攸歸：所歸。《爾雅·釋言》：「攸，所也。」

〔二六〕高惠：漢高祖、漢惠帝。高惠功臣，代指開國元勛。山河著命，指封爵命令如山河一般永久。《漢書·高惠高后文功臣表》載劉邦平天下，「始論功而定封。訖十二年，侯者百四十有三人」。表中記高祖功臣凡百五十三人，孝惠帝三人。又載其封爵之誓曰：「使黄河如帶，泰山若礪，國以永存，爰及苗裔。」表：旌揚。著命：明令。皇帝所發之詔令。

〔二七〕姬氏：周王朝。君奭：召公，名奭。《史記·燕召公世家》：「召公奭與周同姓，姓姬氏。周武王之滅紂，封召公於北燕。」

〔二八〕昭王句：《史記·燕召公世家》：「燕昭王於破燕之後即位，卑身厚幣以招賢者。謂郭隗曰：『齊因孤之國亂而襲破燕，孤極知燕小力少，不足以報。然誠得賢士以共國，以雪先王之耻，孤之願也。先生視可者，得身事之。』郭隗曰：『王必欲致士，先從隗始。況賢於隗者，豈遠千里哉？』於是昭王爲隗改築宫而師事之。」以上兩句暗應于謹封爲燕公。

〔二九〕又授太傅四句：《周書·于謹傳》：「孝閔帝踐阼，進封燕國公，邑萬户。遷太傅、大宗伯，與李弼、侯莫陳崇等參議朝政。」不言「本官如先」。又，保定四年十月，「晉公護東伐，謹時老病。護以其宿將舊臣，猶請與同行，詢訪戎略。軍還，賜鐘磬一部」。金石樂即指鐘磬。

〔三〇〕世爲邊將，少習兵書：《周書·于謹傳》：「曾祖婆，魏懷荒鎮將。祖安定，平涼郡守、高平郡將。父提，隴西郡守，荏平縣伯。……謹性沉深，有識量。略窺經史，尤好孫子兵書。」制機：制訂機要。臨戎：臨戰。世，宋本《類聚》作「也」。汪紹楹校本《類聚》、《百三家集》作「世」。依于氏曾、祖父，自應是「世」。按：古文之「世」，作「𠀍」，似「也」，如《隋故吴嚴墓誌銘》之「也」字即如此，是故易溷。

〔三一〕增壘、題樹兩句：言于謹之計謀與膽略。增壘：《左傳·文公十二年》載秦伐晉，晉人禦之于河曲。「臾駢曰：『秦不能久，請深壘固軍以待之。』從之。秦人欲戰，秦伯謂士會曰：『若何而戰？』對曰：『趙氏新出其屬曰臾駢，必實爲此謀，將以老我師也。』」孔穎達疏：「軍營所處，築土自衛，謂之爲壘。深者，高也。高其壘以爲軍之阻固。」減竈、題樹：孫臏之故事。《史記・孫子吳起列傳》：「魏與趙攻韓，韓告急於齊。齊使田忌將而往，直走大梁。魏將龐涓聞之，去韓而歸，齊軍既已過而西矣。孫子謂田忌曰：『彼三晉之兵素悍勇而輕齊，齊號爲怯，善戰者因其勢而利導之。兵法，百里而趣利者蹶上將，五十里而趣利者軍半至。使齊軍入魏地爲十萬竈，明日爲五萬竈，又明日爲三萬竈。』龐涓行三日，大喜，曰：『我固知齊軍怯，入吾地三日，士卒亡者過半矣。』乃棄其步軍，與其輕鋭倍日并行而逐之。孫子度其行，暮當至馬陵。馬陵道陝，而旁多阻隘，可伏兵，乃斫大樹白而書之曰『龐涓死于此樹之下』。于是令齊軍善射者萬弩，夾道而伏。期曰『暮見火舉而俱發』。龐涓果夜至斫木下，見白書，乃鑽火燭之。讀其書未畢，齊軍萬弩俱發，魏軍大亂相失。龐涓自知智窮兵敗，乃自剄，曰：『遂成豎子之名！』齊因乘勝盡破其軍，虜魏太子申以歸。孫臏以此名顯天下，世傳其兵法。」圖：謀。繫桑：《左傳・成公二年》載齊晉兩軍在靡笄山下對陣時，「齊高固入晉師，桀石以投人，禽之而乘其車，繫桑本焉，以徇齊壘。曰：『欲勇者，賈余餘勇。』」杜預注：「桀，擔也。既獲其人，因釋己車而載所獲者車。將至齊壘，以桑樹繫車而走，欲自異。」

〔三二〕雅歌：《後漢書・祭遵列傳》：「遵爲將軍，取士皆用儒術。對酒設樂，必雅歌投壺。」李賢注：「雅歌，謂歌《雅詩》也。」

〔三三〕投石：《史記・白起王翦列傳》：「荊聞王翦益軍而來，乃悉國中兵以拒秦。王翦至，堅壁而守之，不肯戰。荆兵數出挑戰，終不出。王翦日休士洗沐，而善飲食撫循之，親與士卒同食。久之，王翦使人問軍中戲乎？對曰：『方投石超距。』於是王翦曰：『士卒可用矣。』荆數挑戰而秦不出，乃引而東。翦因舉兵追之，令壯士擊，大破荆軍。」《索隱》：「超距猶跳躍也。」

〔三四〕衛霍：漢名將衛青、霍去病。韓彭：漢初功臣韓信、彭越。韓信封爲齊王，彭越封梁王。

〔三五〕錫：同賜。鄭僑：鄭國之子産。名公孫僑。《史記·鄭世家》：「十九年，簡公如晉請衛君還，而封子産以六邑。子産讓，受其三邑。」服虔注：「四井爲邑。」

〔三六〕魏絳：晉大臣。《左傳·襄公十一年》：「鄭人賂晉侯以師悝、師觸、師蠲，廣車、軘車淳十五乘。凡兵車百乘，歌鐘二肆，及其鎛磬，女樂二八。晉侯以樂之半賜魏絳，曰：『子教寡人和諸戎狄以正諸華，八年之中，九合諸侯，如樂之和，無所不諧，請與子樂之。』……魏絳於是乎始有金石之樂，禮也。」按：《國語·晉語七》言賜魏絳「女樂一八，歌鍾一肆」。《廣雅·釋詁四》：「乘，二也。」女樂與鍾皆需二列，故言「乘」。

〔三七〕丹節：如丹符是天子之符一樣，丹節爲天子之節。司隸校尉所持。《通典·職官·州郡上·司隸校尉》：「漢武帝征和四年，初置司隸校尉，持節，從中都官徒千二百人，（中都官，京師諸官府。）捕巫蠱，督大姦猾。……後漢復爲司隸校尉，所部河南尹、河内、右扶風、左馮翊、京兆尹、河東、弘農凡七郡，治河南洛陽。無所不糾，唯不察三公。……及魏晉，乃以京輔所部定名，置司州，以司隸校尉統之。」可見司隸之官威權極高。于謹天和二年曾授雍州牧，故以此比。

〔三八〕緹綺：即緹騎。赤衣馬隊，爲漢執金吾之侍從。《通典·職官·武官上·左右金吾衛》：「秦有中尉，掌徼循京師。漢武帝太初元年，更名執金吾。緹騎二百人，五百二十人輿服導從，光生滿路。羣僚之中，斯最壯矣。」《説文》：「緹，帛丹黄色。」綺，《百三家集》作「騎」。按：綺，言其光彩。《文選·張協·七命》：「流綺星連」，李善注：「綺，光色也。」故皆可。

〔三九〕辭功坐樹：《後漢書·馮異列傳》：「異爲人謙退不伐，行與諸將相逢，輒引車避道。進止皆有表識，軍中號爲整齊。每所止舍，諸將並坐論功，異常獨屏樹下。軍中號曰『大樹將軍』。」伐：自矜。《書·大禹謨》：「汝惟不伐。」孔安國傳：「自功曰伐。」征西之勳：馮異西征赤眉。光武帝曾對羣臣道：「（異）爲吾披荆棘，定關中。」

〔四〇〕角巾：有角之巾，爲隱者之代稱。龍驤：龍驤將軍。指王濬。《晉書·羊祜傳》載羊祜積極爲伐吴作准備，但謙退不欲居功。在與從弟琇書中道：「既定邊事，當角巾東路，歸故里，爲容棺之墟。」在益州刺史王濬被徵爲大司農時，「表留濬監益州諸軍事，加龍驤將軍，密令修舟檝，爲順流之計」。而王濬平吴之後，自以功大，奢侈自逸。「每進見，陳其攻伐之勞」。時人也以爲濬功重報輕，「帝乃遷濬鎮軍大將軍，加散騎常侍，領後軍將軍。」范通曾謂濬曰：「卿功則美矣，然恨所以居美者，未盡善也。……卿旋旆之日，角巾私第，口不言平吴之事。若有問者，輒曰：『聖主之德，羣帥之力，老夫何力之有焉！』如斯，顔老之不伐，龔遂之雅對，將何以過之。」（見《晉書·王濬傳》）以上寫于謹之謙退不居功勞。《周書·于謹傳》言謹「名位雖重，愈存謙挹。每朝參往來，不過從兩三騎而已」。「每教訓諸子，務存静退」。巾，宋本《類聚》作「中」，誤。

〔四一〕惟岳降神：惟，同維，語辭。岳，同嶽。《詩·大雅·崧高》：「崧高維嶽，駿極于天。維嶽降神，生甫及申。」毛傳：「嶽降神靈和氣，以生申、甫之大功。」

〔四二〕膺期：當其機遇。命世：才高於一世之人。阮孝緒《七録序》：「大聖挺生，應期命世，所以匡濟風俗，矯正彝倫。」應，同膺。《詩·魯頌·閟宫》：「戎狄是膺」，《史記·建元以來侯者年表》引「膺」作「應」，是其證。

〔四三〕苞，同包。藪：長滿草的湖澤。盧諶《贈劉琨詩并書》：「大雅含弘，量苞山藪。」弘：光大。兼濟：即兼善。《孟子·盡心上》：「古之人，得志澤加於民，不得志修身見於世。窮則獨善其身，達則兼善天下。」意謂心胸度量如江湖般寬闊，志在發揚兼濟天下之道。

〔四四〕昴宿：二十八宿之一。《文選·王儉·褚淵碑文》：「辰精感運，昴靈發祥。」李善注引《春秋佐助期》：「漢將蕭何，昴星精。生於豐，通於制度。」佐：佐助。旌：表彰。冥契：口雖不言，心相契合。《晉書·慕容垂載記》：「自古君臣冥契之重，豈甚此邪！」此二句言于謹輔佐北朝如同蕭何佐漢，君臣之間推心相契。

〔四五〕匪躬：不爲自身。《易·蹇卦》：「王臣蹇蹇，匪躬之故。」孔穎達疏：「盡忠於君，匪以私身之故而不往濟君，故曰匪躬之故。」諒直：信實正直。《論語·季氏》：「友直，友諒，友多聞，益矣。」邢昺疏：「直謂正直，諒謂誠信。」嚴可均《全後周文》作「直諒」，義同。

〔四六〕武節：威武之氣。《文選·司馬相如·封禪文》：「協氣橫流，武節猋逝。」橫厲：縱橫陵厲。《後漢書·崔駰列傳》：「氛霓鬱以橫厲兮，義和忽以潛暉。」李賢注：「橫厲，謂氣盛而陵於天也。」

〔四七〕函崤：函谷關和崤山。賈誼《過秦論》：「秦孝公據崤函之固，擁雍州之地。」鍾鼎：宗廟重器，喻國家。淪覆：沈陷覆没。兩句指魏末社會動亂時，于謹從魏孝武帝西遷入關之事。

〔四八〕潛龍勿用：此處比喻有德而不遇於時之人。《易·乾文言》：「初九曰：潛龍勿用。何謂也？子曰：『龍德而隱者也。不易乎世，不成乎名，遯世無悶，不見是而無悶。樂則行之，憂則違之，確乎其不可拔，潛龍也。』」孔穎達疏：「此夫子以人事釋潛龍之義，聖人有龍德隱居者也。」

〔四九〕瞻烏在屋：《詩·小雅·正月》：「瞻烏爰止，于誰之屋。」鄭玄箋：「視烏集於富人之室，以言今民亦當求明君而歸之。」以上兩句言于謹當魏末動亂時歸依宇文氏。屋，《類聚》作「室」。按：「屋」與「覆」、「瀆」均在入聲屋韻，故從《百三家集》。

〔五〇〕贊：助。上台：星名，指天子。《晉書·天文志上》：「又曰三台爲天階，太一躡以上下，一曰泰階。上階，上星爲天子，下星爲女主。」匡：正。瀆：水道。禹曾疏通河道而治水。言于謹行輔佐朝廷之道，有匡正社會動亂之功。

〔五一〕條教：條例教令。《漢書·董仲舒傳》：「仲舒所著，皆明經術之意，及上疏條教，凡百二十三篇。」斯：乃。彝倫：常道。指社會自然的協和規律。《書·洪範》：「天乃錫禹洪範九疇，彝倫攸敘。」孔穎達疏：「天乃賜禹大法九類，天之常道所以得其次敘。」載睦：始睦。《詩·大雅·皇矣》：「載錫之光。」鄭玄箋：「載，始也。」

〔五二〕懋官唯德：《書·仲虺之誥》：「德懋懋官，功懋懋賞。」孔安國傳：「勉於德者則勉之以官。」明試以功：《左傳·僖公二十七年》引《夏書》：「賦納以言，明試以功，車服以庸。」以上言于謹因有德與功，所以授以上將之職，帥領軍隊。移：遷。《書·大禹謨》：「董之用威」，孔安國傳：「董，督也。」《文選·潘岳·閑居賦》：「元戎禁營」，李周翰注：「元戎，大兵也。」

〔五三〕傳呼甚寵：《漢書·蕭望之傳》：「下車趨門，傳呼甚寵。」師古注：「下車而嚮門，傳聲而呼侍從者，甚有尊寵也。」徽章：將帥之旗幟。《戰國策·齊策一》：「章子爲變其徽章，以雜秦軍。」高誘注：「徽，幟名也。通白曰章幅。變易之使與秦旗章同，欲以襲秦。」載隆：甚隆。載，語辭。

〔五四〕沖：虚。《文選·左思·魏都賦》：「帝德沖矣。」李善注：「《字書》曰：沖，虚也。」

〔五五〕賨命：上天之命。《書·金縢》：「無墜天之降賨命。」孔穎達疏：「天下賨命，謂使爲天子。」惟新：《詩·大雅·文王》：「周雖舊邦，其命維新。」鄭玄箋：「至文王而受(天)命。言新者，美之也。」指北周代西魏而建國。惟、維，二字同。

〔五六〕王猷允塞：《詩・大雅・常武》：「王猶允塞，徐方既來。」孔穎達疏：「王之謀慮信而誠實。」指北周統治者誠信充實，是以因功而封功臣。古猷、猶字同。

〔五七〕爵班：班爵。敍列爵位之等差先後。異姓：非王室子弟。《周禮・春官・巾車》：「金路，鉤，樊纓九就，建大旂以賓，同姓以封。象路，朱，樊纓七就，建大赤以朝，異姓以封。」同德：指同姓。《國語・晉語四》：「異姓則異德，異德則異類，異類雖近，男女相及，以生民也。同姓則同德，同德則同心，同心則同志，同志雖遠，男女不相及，畏黷敬也。……故異德合姓，同德合義。」此句言朝廷封爵之禮，其對待異姓和宗室相同。

〔五八〕林胡：春秋戰國時北地少數民族。《史記・匈奴列傳》：「而晉北有林胡、樓煩之戎，燕北有東胡、山戎。」易川：易水。在今河北省易縣。爾：你。諧：語辭。俾侯燕國：使君臨燕國。《爾雅・釋詁上》：「侯，君也。」《釋詁下》：「俾，使也。」林胡南、易水北，即古燕地。此以言周帝封于謹爲燕國公。按：易川，《百三家集》作「易州」。易州，隋時所置，故非。

〔五九〕駸駸過隙：言人生之短促。《史記・留侯世家》：「人生一世間，如白駒過隙。」駸駸，形容馬走得很快。逝川：用流水來喻時光一去不復返。此處含有人長逝不可復生之意。《論語・子罕》：「子在川上曰：逝者如斯夫，不舍晝夜。」

〔六〇〕明哲詎賓：《詩・大雅・烝民》：「既明且哲，以保其身。」詎：豈。本句意謂既明且哲之于謹，也未能永保其身。館舍：客館。捐：抛棄。古稱死爲捐館舍，見前《太保吴武公尉遲綱碑銘》注〔三五〕。

〔六一〕立言：謂樹立精要不朽的言論、學説。《左傳·襄公二十四年》：「大上有立德，其次有立功，其次有立言。雖久不廢，此之謂不朽。」孔穎達疏：「立言，謂言得其要，理足可傳。……其身既没，其言尚存。」

〔六二〕遺愛在旃：仁愛之德遺留於後。《漢書·敍傳》：「淑人君子，時同功異。没世遺愛，民有餘思。」旃：語辭。《詩·唐風·采苓》：「舍旃舍旃」，鄭玄箋：「旃之言焉也。」

〔六三〕三河斥土：以三河之卒來開土爲墓壙。《漢書·霍光傳》載霍光死後，皇帝、皇太后親臨喪，「發三河卒穿復土，起冢祠堂，置園邑三百家，長丞奉守如舊法」。古以河南、河東、河内爲三河。斥：開。《漢書·惠帝紀》：「視作斥上者，將軍四十金」，如淳注：「斥，開也。開土地爲冢壙，故以開斥言之。」

〔六四〕駟馬開泉：《博物志》卷七：「漢滕公薨，求葬東都門外。公卿送喪，駟馬不行，跼地悲鳴，跑蹄下地，得石，有銘曰：『佳城鬱鬱，三千年見白日，吁嗟滕公居此室。』遂葬焉。」泉：黄泉。指地下之墓穴。

〔六五〕丹旐：同旐旗，銘旌幡。《文選·潘岳·楊荆州誄序》：「敢託旐旗，爰作斯誄。」劉良注：「旐旗，謂銘旌幡也。古人用以書德行。」毁宗：宗，即宗廟。《禮記·檀弓上》：「及葬，毁宗躐行，出於大門，殷道也。學者行之。」孔穎達疏：「毀宗，毀廟也。殷人殯於廟，至葬柩出，毀廟門西邊牆而出於大門。」旒，《百三家集》作「旒」。亦爲引旌幡。

〔六六〕玄堂：北向堂。《禮記·月令》：「（孟冬之月）天子居玄堂左个」，鄭玄注：「玄堂左个，北堂西偏也。」啓殯：出殯。指棺材從停喪之玄堂出發。《儀禮·既夕禮》：「啓之昕，外内不哭。」賈公彦疏：「葬首，將啓殯，唯言婦人不哭，不云男子，故記以明之。」《説文》：「殯，死在棺，將遷葬柩，賓遇之。」以上言于謹之葬。

〔六七〕寵贈：尊寵之贈與。《周書·于謹傳》載于謹死後，「賜繒綵千段，粟麥五千斛，贈本官，加使持節、太師、雍恒等二十州諸軍事、雍州刺史」。鑾和：車上之鈴，代指車。《禮記·玉藻》：「故君子在車則聞鑾和之聲」，鄭玄注：「鑾在衡，和在式。」《周書·于謹傳》：「天和二年，又賜安車一乘。」現于謹已死，故言「虚加」、「空引」。

〔六八〕晏子悼齊，即齊悼晏子。《晏子春秋·外篇·不合經術者第八》載晏子死，齊景公伏屍而號曰：「子大夫日夜責寡人，不遺尺寸，寡人猶且淫佚而不收，怨罪重積于百姓。今天降禍於齊，不加于寡人，而加於夫子，齊國之社稷危矣，百姓將誰告夫。」又載：「景公操玉加於晏子（屍上）而哭之，涕沾襟。章子諫曰：『非禮也。』公曰：『安用禮乎？昔者吾與夫子遊於公阜之上，一日而三不聽寡人，今其孰能然乎？吾失夫子則亡，何禮之有？』免而哭，哀盡而去。」

〔六九〕隨武懷晉，即晉懷隨武。《國語·晉語八》：「趙文子與叔向遊於九原，曰：『死者若可作也，吾誰與歸？』叔向曰：『其陽子乎？』文子曰：『夫陽子行廉直於晉國，不免其身，其知不足稱也。』叔向曰：『其舅犯乎？』文子曰：『夫舅犯見利而不顧其君，其仁不足稱也。其隨武子乎？納諫不忘其師，言身不失其友，事君不援而進，不阿而退。』」以上兩句言于謹之死，乃失國之賢者，有如晏子之見悼於齊君，隨武子爲晉所思。隨，《類聚》《百三家集》作「隋」。按：「隨」與「隋」通。《廣韻·上平聲·支韻》「隋」字下云：「國名。本作隨。《左傳》曰：『漢東之國，隨爲大。』漢初爲縣，後魏爲郡，又改爲州。隋文帝去辵。」「隨」字下又云：「又姓。《風俗通》云：隋侯之後。漢有博士隨何。」可見本爲一字。依《國語》，今從《全後周文》。

〔七〇〕謂天蓋高：《詩·小雅·正月》：「謂天蓋高，不敢不局。」不憖：不憖遺一老。全句言，老天不可謂不高明，但爲何不勉强留下這一個老人呢？《詩·小雅·十月之交》：「不憖遺一老，俾守我王。」鄭玄箋：「憖者，心不欲，自彊之辭也。言盡將舊在位之人與之皆去，無留衞王。」

上庸公陸騰勒功碑〔一〕

在昔洞庭彭蠡，三苗有遠竄之君〔二〕；太室陽城，九州無同姓之國〔三〕。是知周衛設險，所務非山川〔四〕；河岳作固，所寶惟休德〔五〕。至於三峽蹇産，九折峥嶸〔六〕。高峰尋雲，深谷無景〔七〕。秦開漢閉，雖阻荷戟之虞〔八〕；魏塞晉通，終因束馬之利〔九〕。

我大周開闢宇宙，混同文軌〔一〇〕。御六氣於天樞〔一一〕，頓八紘於地絡〔一二〕。彭濮未恭，邛筰不討〔一三〕。外憑劍道之難，内負銅梁之阨〔一四〕。大將軍上庸公，仗國威靈，奉辭伐罪。長戟萬隊，巨艦千舳〔一五〕。板楯酋豪，斯榆君長〔一六〕。歷稔逋寇，累代稽誅〔一七〕。廓清江源，蕩滌巴濮〔一八〕。若夫荆門千里，蜀置永安之宫〔一九〕；巴水三迴，吴阻夷陵之縣〔二〇〕。巫峽使君之灘，淪波洽没〔二一〕；建平督郵之道，棧徑威紆〔二二〕。路阻蠻陬，途横夷落。擅强專險，輕法侮吏〔二三〕。天子爰詔有司，公奉命天討〔二四〕。星言載塗，指日遄邁〔二五〕。册授公大將軍、信州刺史〔二六〕。韓信召拜，軍中致設壇之禮〔二七〕；衛青出征，臨河聞後距之令〔二八〕。夫鍾鼎大禮之器，昭德必書〔二九〕；金石不朽之質，庸勳斯樹〔三〇〕。某等乃建碑于某地，敢作頌云：

遐觀命氏，眇求世禄〔三一〕。龍圖紀河，鴻漸于陸〔三二〕。霸楚傳姓〔三三〕，命吴啓族〔三四〕。君子篤生，降靈惟岳〔三五〕。朝陽擢彩〔三六〕，荆山曜璞〔三七〕。巴庸自擅，彭濮稱王。南泊僰道，西通夜郎〔三八〕。内憑玉壘〔三九〕，外阻銅梁。介視荒服，斗絶邊疆〔四〇〕。赫赫南仲，堂堂方叔〔四一〕。天子命我，遐征越逐〔四二〕。竇氏車騎〔四三〕，去病冠軍。封山刊石，鐫名剋勳〔四四〕。遠隔年代，懸感風雲〔四五〕，盛德必祀，千載斯文〔四六〕。《藝文類聚》五十二。

〔一〕陸騰，字顯聖，代人。東魏興和初，爲征西將軍，領陽城郡守。宇文泰東伐，他城陷被俘，投降西魏。魏恭帝三年，拜驃騎大將軍、開府儀同三司，轉江州刺史，爵上庸縣公，邑二千户。曾多次鎮壓造反民衆。宣政元年冬，死於長安。《周書·陸騰傳》載：「天和初，信州蠻、蜑據江峽反叛，連結二千餘里，自稱王侯，殺刺史守令等。又詔騰率軍討之。騰乃先趣益州，進驍勇之士，兼具樓船，沿外江而下。軍至湯口，分道奮擊，所向摧破。乃築京觀以旌武功。語在《蠻傳》。涪陵郡守藺休祖又據楚、向、臨、容、開、信等州，地方二千餘里，阻兵爲亂。復詔騰討之。初與大戰，斬首二千餘級，俘獲千餘人。當時雖摧其鋒，而賊衆既多，自夏及秋，無日不戰，師老糧盡，遂停軍集市，更思方略。賊見騰不出，四面競前。騰乃激勵其衆，士皆爭奮，復攻拔其魚令城，大獲糧儲，以充軍實。又破銅盤等七栅，前後斬獲四千人，并舩艦等。又築臨州、集市二城，以鎮遏之。騰自在龍州，至是前後破平諸賊，凡賞得奴婢八百口，馬牛稱是。於是巴蜀悉定，詔令樹碑紀績焉。」所謂「樹碑紀績」，應即本碑文。《周書·武帝紀上》載天和元年（公元五六六年）「九月乙亥，信州蠻冉令賢、向五子王反，詔開府陸騰討平之。」《周書·異域傳·蠻》亦云天和元年。所以本文應作於是年。

〔二〕洞庭：洞庭湖。在今湖南省。彭蠡：彭蠡澤。即今江西省鄱陽湖。三苗：古南方之民族。《書·舜典》：「竄三苗于三危。」《戰國策·魏策一》：「昔者，三苗之居，左有彭蠡之波，右有洞庭之水，文山在其南，而衡山在其北。恃此險也，爲政不善，而禹放逐之。」

〔三〕太室：嵩山。陽城：山名，和嵩山同在今河南登封。《左傳・昭公四年》：「四嶽、三塗、陽城、大室、荆山、中南，九州之險也，是不一姓。」杜預注：「雖是天下至險，無德則滅亡。」以上言山川之險要不足憑借，無德不善，皆可滅亡。

〔四〕周衛：言防衛周密。《漢書・司馬遷傳》：「使得奉薄技，出入周衛之中。」師古注：「周衛，言宿衛周密也。」設險：於險要處建立防禦。《易・坎象》：「地險，山川丘陵也。王公設險以守其國。」所務非山川：所致力之要點不在山川。

〔五〕河岳：山河。休德：美德。《史記・孫子吴起列傳》：「武侯浮西河而下，中流，顧而謂吴起曰：『美哉乎山河之固，此魏國之寶也。』起對曰：『在德不在險。……若君不修德，舟中之人盡爲敵國也。』」

〔六〕三峽：乃長江中奉節至宜昌一段峽谷。九折：九折坂。在今四川省滎經縣西邛崍山。蹇産：猶蹇滻。《文選・左思・蜀都賦》：「出彭門之闕，馳九折之坂。經三峽之崢嶸，躡五屼之蹇滻。」劉良注：「崢嶸、蹇産，高深詰屈也。」

〔七〕尋雲：接雲。景：陽光。《淮南子・兵畧訓》：「山高尋雲，谿肆無景。」高誘注：「極溪之深，不見景也。」

〔八〕荷戟之虞：執戟而守。言其險要易守難攻。《史記・秦始皇本紀》載賈誼《過秦論》言：「秦地被山帶河以爲固，四塞之國也。」「秦小邑并大城，守險塞而軍，高壘毋戰，閉關據阸，荷戟而守之。」虞：守備。《國語・晉語四》：「衛文公有邢、狄之虞，不能禮焉。」韋昭注：「虞，備也。是歲，魯僖十八年冬，邢人、狄人伐衛。」閉，《類聚》作「閈」，俗字也。今從《百三家集》。

〔九〕束馬之利：束馬懸車之險，言道路難走。《管子・封禪》：「寡人北伐山戎，過孤竹。西伐大夏，涉流沙，束馬懸車，上卑耳之山。」戴望注：「將上山，纏束其馬，懸鉤其車也。」利：地利。《孟子・公孫丑下》：「天時不如地利。」趙岐注：「地利，險阻城池之固也。」按：秦惠王八年滅蜀，於成都置蜀郡。東漢初公孫述、東漢末劉璋，都在蜀建立割據政權。三國時魏、蜀、吳鼎峙。晉武帝司馬炎平蜀改爲成都國。因此説「秦開漢閉」、「魏塞晉通」。言蜀之動亂歷史都和其險阻地形有聯繫。

〔一〇〕開闢宇宙：開闢天地。《淮南子・原道訓》：「紘宇宙而章三光。」高誘注：「四方上下曰宇，往古來今曰宙，以喻天地。」《藝文類聚》卷一引《三五曆記》：「天地開闢，陽清爲天，陰濁爲地。」此以喻北周代魏建立政權。混同文軌：《史記・秦始皇本紀》載秦統一天下後，「一法度衡石丈尺。車同軌，書同文字」。

〔一一〕御六氣：《莊子・逍遥遊》：「若夫乘天地之正，而御六氣之辯，以遊無窮者，彼且惡乎待哉？」《釋文》：「六氣，司馬云：『陰陽風雨晦明也。』」天樞：天之中樞。庾信《賀平鄴都表》：「伏惟皇帝陛下，握天樞，秉地軸。」

〔一二〕頓：整。《文選・陸機・演連珠》：「臣聞頓綱探淵，不能招龍。」李善注：「頓，猶整也。」八紘：大地八極之綱維。《漢書·楊雄傳下》載《解難》：「日月之經不千里，則不能燭六合，燿八紘。」師古注：「八紘，八方之綱維也。」地絡：大地的經絡，指大地。何承天《白鳩頌》：「伏惟陛下，重光嗣服，永言祖武，洽惠和於地絡，燭皇明於天區。」紘，《類聚》作「紭」。應是因「紭」，即紘之俗字而訛。今從《百三家集》。

〔一三〕彭濮、邛笮：皆西南方國。《書·牧誓》：「千夫長、百夫長，及庸、蜀、羌、髳、微、盧、彭、濮人。」孔穎達疏：「此八國皆西南夷也。」《後漢書·公孫述列傳》：「邛笮君長，皆來貢獻。」李賢注：「邛、笮，皆西南夷國名。」未恭：還未順從。不討：不治。《左傳·宣公十二年》：「其君無日不討國人而訓之。」杜預注：「討，治也。」

〔一四〕劍道：古時入川劍閣山上之棧道。地勢險峻，爲蜀北門户。銅梁：山名。在今重慶市合川區南。左思《蜀都賦》：「緣以劍閣，阻以石門。」「外負銅梁於宕渠，内函要害於膏腴。」阸：險要。以上言大周統治區内，僅西南蜀地還未平定。

〔一五〕仗：憑依。奉辭伐罪：奉朝廷之命來討伐有罪之國。《左傳·哀公二十三年》載晉荀瑶伐齊，長武子請卜，荀瑶曰：「且齊人取我英丘。君命瑶，非敢耀武也，治英丘也。以辭伐罪足矣，何必卜。」長戟：代指帶武器的軍隊。巨艦：大戰船。《集韻·去聲·宥韻》：「舳，舟首也。」此處用作船的單位。

〔一六〕板楯、斯榆：並西南蠻族。《後漢書·孝桓帝紀》：「白馬羌寇廣漢屬國，殺長吏，益州刺史率板楯蠻討破之。」李賢注：「板楯，西南蠻之號。」《史記·司馬相如列傳》：「司馬長卿便略定西夷，邛、筰、冄、駹、斯榆之君皆請爲内臣。」酋豪、君長：並指頭目。榆，嚴可均《全後周文》作「褕」。按：兩字相通。《廣韻·下平聲·蕭韵》「褕」下云：「狄后衣。亦作榆。」

〔一七〕歷稔：歷年。《資治通鑒·梁紀》武帝普通六年十月，魏之辛雄上疏：「然將士之勳，歷稔不決。」胡三省注：「歷稔，猶言歷年。一年五穀一稔，故以年爲稔。」逋寇：流竄爲寇。《廣雅·釋言》：「逋，竄也。」累代：歷代。稽誅：同誅。《廣雅·釋詁四》：「稽，同也。」

〔一八〕江源：古人以爲長江之源是岷江。巴濮：四川東南。古巴郡在今重慶一帶。以上是寫陸騰平定信州蠻、蜑之役。

〔一九〕荆門：山名。在今湖北省宜都市西北。《水經注·江水》：「江水又東，歷荆門、虎牙之間。荆門在南，上合下開，闇徹山南。有門像虎牙，在北。石壁色紅，間有白文，類牙形，並以物像受名。此二山，楚之西塞也。」永安宫：在四川奉節縣東北長江邊卧龍山下。《三國志·蜀書·先主傳》載劉備伐吴敗後，還至魚復，改魚復縣爲永安。章武三年夏四月，「先主殂於永安宫」。

〔二〇〕巴水：古巴水包括今之嘉陵江下游。《水經注·江水》：「巴水出晉昌郡宣漢縣巴嶺山。……西南流，歷巴中，徑巴郡故城南，李嚴所築大城北，西南入江。」夷陵：古縣名。在今湖北省宜昌市東南。陸遜敗劉備於此。《三國志·吴書·陸遜傳》：「夷陵要害，國之關限，雖爲易得，亦復易失。」

〔二一〕巫峽：長江三峽之一峽。使君灘：在四川省萬縣之東。《水經注·江水》：「（江水）又東經羊腸虎臂灘。楊亮爲益州，至此舟覆，懲其波瀾，蜀人至今猶名之爲使君灘。」

〔二二〕建平：郡名。在今四川省巫山縣，三國吴置。督郵：官名。《水經注·江水》：「江水自建平至東界峽，盛弘之謂空泠峽。峽甚高峻，即宜都、建平二郡界也。其間遠望，勢交嶺表，有五六峰參差互出，上有奇石，如二人像，攘袂相對。俗傳兩郡督郵争界於此，宜都督郵，厥勢小東傾，議者以爲不如也。」督郵道，當是此處。棧徑：棧道。以上四句言陸騰所進軍之地，是從荆門到永安或巴水到夷陵之地段。中有巫峽、使君灘、棧道之險。

〔二三〕蠻陬、夷落：語本左思《魏都賦》：「蠻陬夷落，譯導而通，鳥獸之氓也。」劉淵林注：「陬、落，蠻夷之居處名也。」專，同擅。並恃意。《廣韻·下平聲·仙韻》：「專，擅也。」輕法侮吏：無視朝廷法令而欺慢官吏。

〔二四〕爰：乃。詔：皇帝之命令。有司：專職官吏。《孟子·梁惠王下》：「（凶年）有司莫以告，是上慢而殘下也。」趙岐注：「有司諸臣無告白於君。」天討：王師之征伐。《書·臯陶謨》：「天討有罪，五刑五用哉。」又《後漢書·光武帝紀贊》：「遞行天討。」

〔二五〕星言：喻行動急速。《詩·鄘風·定之方中》：「靈雨既零，命彼倌人。星言夙駕，説于桑田。」鄭玄箋：「星，雨止星見。夙，早也。文公於雨下，命主駕者：『雨止爲我晨早駕。』欲往爲辭說于桑田，教民稼穡，務農急也。」載途：《詩・小雅・出車》：「今我來思，雨雪載塗。」本句意謂上路。指日：猶即日。遄邁：疾驅。曹植《應詔詩》：「弭節長騖，指日遄征。」《爾雅・釋詁下》：「遄，疾也。」以上寫陸騰平涪陵郡守藺休祖之役。

〔二六〕《周書・陸騰傳》未載騰嘗任信州刺史。本文可補史書之闕。

〔二七〕韓信句：《史記・淮陰侯列傳》載蕭何月下追韓信歸，劉邦欲拜韓信爲大將。「（蕭）何曰：『王素慢無禮，今拜大將如呼小兒耳，此乃信所以去也。王必欲拜之，擇良日，齋戒，設壇場，具禮，乃可耳。』王許之。諸將皆喜，人人各自以爲得大將。至拜大將，乃韓信也，一軍皆驚。」

〔二八〕衛青句：《史記・衛將軍驃騎列傳》載漢武帝元朔五年春，衛青擊匈奴，「得右賢裨王十餘人，衆男女萬五千餘人，畜數千百萬，於是引兵而還。至塞，天子使使者持大將軍印，即軍中拜車騎將軍青爲大將軍，諸將皆以兵屬大將軍。大將軍立號而歸」。本句所言應即指此。後距：後備部隊。按《漢書・李陵傳》：「（武帝）因詔彊弩都尉路博德將兵半道迎陵軍。博德故伏波將軍，亦羞爲陵後距，奏言：『方秋匈奴馬肥，未可與戰。……』」使者拜青爲大將軍，當是隨後距之軍而往。

〔二九〕鍾鼎：古用金屬鑄成之器。大禮：隆盛的禮儀。《禮記・樂記》：「大樂與天地同和，大禮與天地同節。」鍾鼎用於宗廟祭祀，常鑄銘文來紀功德。《左傳・襄公十九年》：「且夫大伐小，取其所得以作彝器，銘其功烈以示子孫。」杜預注：「彝，常也。謂鍾鼎爲宗廟之常器。」昭德：光明顯著之德。《國語・鄭語》：「唯荆實有昭德，若周衰，其必興矣。」韋昭注：「昭，明也。」

〔三〇〕庸勳：功勳。《後漢書・朱景王杜馬劉傅堅馬列傳贊》：「帝績思乂，庸功是存。」李賢注：「庸，勳也。」斯樹：是立。意謂金石可永保不朽，於是將功績銘刻於其上。金石，義重在石。

〔三一〕遐觀：遠觀。命氏：《左傳・隱公八年》：「天子建德，因生以賜姓，胙之土而命之氏。」孔穎達疏：「謂封之以國，名以爲之氏。諸侯之氏，則國名是也。」眇，遠。求：探索。世禄：子孫世代爲官受禄。《史記・管晏列傳》：「鮑叔既進管仲，以身下之。子孫世禄於齊，有封邑者十餘世。」

〔三二〕龍圖：河圖。《宋書・符瑞志上》：「燧人氏没，宓犧代之。受龍圖，畫八卦，所謂『河出圖』者也。」又言：「禹觀於河，有長人白面魚身，出曰：『吾河精也。』呼禹曰：『文命治淫。』言訖，授禹《河圖》，言治水之事。乃退入於淵。」《易・漸卦》：「九三，鴻漸于陸。」王弼注：「陸，高之頂也。進而之陸。」此二句應「命氏」。龍圖出河是由河來到陸地上，鴻漸于陸也是來到陸地。作者從經典記載中尋找「陸」姓來源。

〔三三〕霸楚傳姓：指陸賈。《史記・酈生陸賈列傳》：「陸賈者，楚人也。」《索隱》引《陳留風俗傳》：「陸氏，春秋時陸渾國之後。晉侯伐之，故陸渾子奔楚。賈其後。」此即「傳姓」之義。陸賈爲劉邦出使南越王，使其稱臣。著有《新語》。

〔三四〕命吴啓族：指陸遜。《三國志・吴書・陸遜傳》：「陸遜字伯言，吴郡吴人也。」陸遜是江東大族，克荆州，敗劉備，爲吴丞相。其子孫襲爵領兵。此即「啓族」之義。命，如「命世」之命，言有名於吴。以上兩句是承上「眇求世禄」，從歷史上尋找陸騰一族中的顯貴人物。

〔三五〕篤生：得天之厚氣而生。《詩・大雅・大明》：「篤生武王，保右命爾」，孔穎達疏：「言武王得美氣之厚，天既降氣生之，亦安保而佑助。」降靈惟岳：《詩・大雅・崧高》：「維嶽降神，生甫及申。維申及甫，維周之翰。四國于蕃，四方于宣。」鄭玄箋：「申，申伯也。甫，甫侯也。皆以賢知，入爲周之楨榦之臣。四國有難，則往扞禦之，爲之蕃屏。四方恩澤不至，則往宣暢之。」此句意謂陸騰先祖出身高貴，有如周之申、甫。

〔三六〕朝陽：漢置縣名。《漢書・地理志上》：「濟南郡，縣十四：朝陽。」陸氏又出於嬀姓，齊田氏之後。朝陽在齊地，故言「朝陽擢彩」。《史記・酈生陸賈列傳》，《索隱》又引《陸氏譜》：「齊宣公子達食采於陸，號曰陸侯達。達生發，發生臯，適楚。賈其孫也。」

〔三七〕荆山，即楚山。璞：未經加工的玉。陸氏適楚，故言「荆山曜璞」。《韓非子・和氏》：「楚人和氏，得玉璞楚山中，奉而獻之厲王。厲王使玉人相之，玉人曰：『石也。』王以和爲誑而刖其左足。及厲王薨，武王即位，和又奉其璞而獻之武王。武王使玉人相之，又曰：『石也。』王又以和爲誑而刖其右足。武王薨，文王即位。和乃抱其璞而哭於楚山之下，三日三夜，淚盡而繼之以血。王聞之，使人問其故。曰：『天下之刖者多矣，子奚哭之悲也。』和曰：『吾非悲刖也，悲夫寶玉而題之以石，貞士而名之以誑，此吾所以悲也。』」王乃使玉人理其璞而得寶焉，遂命曰和氏之璧。」以上兩句寫陸騰其生不凡，能光耀祖先，又兼言其具有優良本質，如朝陽，如美玉。

〔三八〕自擅：自專。僰道：在今四川省宜賓市西南。《説文》：「僰，犍爲蠻夷。」段玉裁注：「按犍爲郡有僰道縣，即今四川敘州府治也。」夜郎：古國名。主要在今貴州西、北部，及雲南東北，四川南部一帶。

〔三九〕玉壘：山名。在四川理縣東南。《漢書・地理志上》：「（蜀郡緜虒縣）玉壘山，湔水所出。東南至江陽入江。」

〔四〇〕介視：藐視。介，同芥，微小。《孟子・萬章上》：「一介不以與人，一介不以取諸人。」趙岐注：「一介草不以與人，亦不以取於人也。」荒服：古代五服之一。王畿外圍五等地帶謂之五服，荒服最邊遠。《書・益稷》：「惟荒度土功，弼成五服，至于五千，州十有二師，外薄四海，咸建五長。」孔安國傳：「五服：侯、甸、綏、要、荒服也。」服：服事於天子。斗絶：險峭。《後漢書・竇融列傳》：「今天下擾亂，未知所歸，河西斗絶在羌胡中，不同心勠力，則不能自守。」李賢注：「斗，峻絶也。」以上言巴濮信州之蠻無視朝廷，在險阻的邊疆造反。

〔四一〕南仲：周文王時之武臣。《詩・小雅・出車》：「赫赫南仲，薄伐西戎。……執訊獲醜，薄言還歸。赫赫南仲，玁狁于夷。」方叔：周宣王之賢臣。曾平定荆蠻。《詩・小雅・采芑》：「方叔元老，克壯其猷。方叔率止，執訊獲醜。戎車嘽嘽，嘽嘽焞焞，如霆如雷。顯允方叔，征伐玁狁，蠻荆來威。」

〔四二〕遐征：遠征。越逐：越軍壘而逐。《書·費誓》：「馬牛其風，臣妾逋逃，勿敢越逐。」孔穎達疏：「軍士在軍，當各守部署，止則有壘壁，行則有隊伍，勿敢棄越壘伍而遠求逐之。」

〔四三〕竇氏：竇憲。東漢和帝永元元年夏六月，竇憲爲車騎將軍，出塞三千里，大破匈奴。乃登燕然山，令班固作銘，刻石勒功而還。銘中有「乃遂封山刊石，昭銘上德。」之句。（銘見《後漢書·竇憲列傳》。）

〔四四〕去病冠軍：指霍去病。漢武帝元朔六年，霍去病以擊匈奴功封爲冠軍侯。《漢書·武帝紀》元狩四年：「去病與（匈奴）左賢王戰，斬獲首虜七萬餘級，封狼居胥山乃還。」師古注：「登山祭天，築土爲封，刻石紀事，以彰漢功。」此二句是以竇憲、霍去病之事來喻陸騰之刻石紀功。又：《百三家集》「剋」作「刻」，「名」作「銘」。按：「名」與「銘」，古可通，參本書《送劉中書葬》注〔七〕。「剋」，古通「克」。《説文》「克」字段玉裁注：「俗作『剋』。」雖漢應劭《風俗通義·正失》有：「剋石紀號，著己績也。」然前句已言「刊」，此句不應又言「刻」。「剋勳」爲「克勝之勳」之意，是以從《類聚》作「剋」爲宜。

〔四五〕懸感：懸想。風雲：喻君臣之際遇相得。《文選》載漢之王褒《聖主得賢臣頌》：「故世必有聖智之君，而後有賢明之臣。虎嘯而谷風冽，龍興而致雲氣。」《後漢書·馬武列傳》後之史論言中興二十八將：「咸能感會風雲，奮其智勇，稱爲佐命，亦各志能之士也。」因本碑是朝廷所命建立，故如此言。

〔四六〕盛德句：《説文》：「祀，祭無已也。」意謂陸騰有盛大之功德，一定能得到後人之祭祀，此篇碑文也能流傳千載。

故陝州刺史馮章碑〔一〕

其先陶唐氏之苗裔〔二〕，堯少子生而手有馮字，因以爲氏。俾侯于魯，義等房心之地〔三〕；余與之廣，事符河汾之邑〔四〕。使君稟靈河嶽，比德璁珩〔五〕。閨門和美〔六〕。譽聖開宗，握文命氏〔七〕。濁水北流，秦關東徙〔八〕，巖險襟帶，山河枕倚〔九〕。陸離組甲〔一〇〕，從容青紫〔一一〕。《藝文類聚》五十。

〔一〕馮章：《周書》作馮漳。《周書・馮遷傳》：「馮遷，字羽化。父漳，州從事。及遷官達，追贈儀同三司、陝州刺史。」按：周孝閔帝踐阼後，馮遷方得宇文護委任，天和以後稍衰。考此碑乃馮遷爲其父馮章立碑，則王褒此碑即應作於這一時期。

〔二〕陶唐氏：帝堯。初居陶丘，後徙於唐，故稱陶唐氏。《吕氏春秋・古樂》：「昔陶唐氏之始，陰多滯伏而湛積，水道壅塞，不行其原。」高誘注：「陶唐氏，堯之號。」

〔三〕俾侯于魯句：《詩·魯頌·閟宫》：「王曰叔父，建爾元子，俾侯于魯。大啓爾宇，爲周室輔。」鄭玄箋：「叔父，謂周公也。成王告周公曰：『叔父，我立女首子，使爲君于魯。』」房心：天子之明堂。《公羊傳·莊公七年》：「君子脩之曰：『星霣如雨。』何以書，記異也。」何休注：「星霣未墜而夜中星反者，房心見其虚危斗。房心，天子明堂，布政之宫也。」《禮記·明堂位》載：「明堂也者，明諸侯之尊卑也。」成王以周公爲有勳勞於天下，於是「命魯公世世祀周公以天子之禮樂」。所以言「義等房心之地」。本句是用周公之子封爲諸侯來喻馮章之子受封。馮章之子馮遷，在西魏時封獨顯縣伯。周孝閔帝時進爵臨高縣公。後又進爵隆山郡公。馮章是因馮遷顯達後才追贈儀同三司、陜州刺史的，故言。

〔四〕余與之廣句：《史記·晉世家》載：「晉唐叔虞者，周武王子而成王弟。初，武王與叔虞母會時，夢天謂武王曰：『余命女生子，名虞，余與之唐。』及生子，文在其手曰『虞』，故遂因命之曰虞。」後成王封叔虞於唐，「唐在河汾之東，方百里」。故此言「河汾之邑」。本句是以天與武王之子封地，來指馮章之子馮遷被封爲公。余與：指所封乃天之所與，如同叔虞。廣：指所封之地廣大如方百里之唐。

〔五〕稟靈河嶽：承受山河之靈氣。《文選·蔡邕·陳太丘碑文》：「稟嶽瀆之精，苞靈曜之純。」李善注引《孝經援神契》曰：「五嶽之精雄聖，四瀆之精仁明。」比德：《禮記·玉藻》：「君子於玉比德焉。」比，《類聚》作「此」，誤。今從《百三家集》。璁珩：玉石。《説文》：「璁，石之似玉者。珩，佩上玉也。」璁，宋本《類聚》作「璁」，俗字也。

〔六〕閨門：内室。《後漢書・鄧禹列傳》：「（禹）有子十三人，各使守一蓺。修整閨門，教養子孫，皆可以爲後世法。」本句言馮章善教子弟，暗示馮遷之顯達。

〔七〕譽聖：指堯。《玉篇・言部》：「譽，聲美也。」握文命氏：即本碑文前「堯少子生而手有馮字，因以爲氏」。按：《通志・氏族略》言馮姓源於以邑爲氏：「畢萬封魏，支孫食采於馮城，因氏焉。」此握文命氏可補馮姓之來源。

〔八〕濁水：指河水。《詩・衛風・碩人》：「河水洋洋，北流活活。」秦關：指函谷關。《史記・商君列傳》：「而魏往年大破於齊，諸侯畔之，可因此時伐魏。魏不支秦，必東徙。東徙，秦據河山之固，東鄉以制諸侯，此帝王之業也。」又《水經注》卷四《河水》：「燭水又北入門水。水之左右，即函谷山也。門水又北逕弘農縣故城東。城即故函谷關校尉舊治處也。」是以濁水亦有可能爲燭水。北流之濁水與魏東徙後之秦關，言馮章之故鄉弘農郡之環境。《北史・馮遷傳》：「馮遷，字羽化，弘農人。」

〔九〕襟帶：山峰圍繞，形勢險要。張衡《西京賦》：「巖險周固，衿帶易守。」「襟」、「衿」字同。枕倚：凭臨。

〔一〇〕陸離：形容組甲之文飾光彩耀眼。《離騷》：「長余佩之陸離。」王逸注：「陸離，猶嵾嵯，衆貌也。」洪興祖《補注》引許慎云：「陸離，美好貌。」組甲：《左傳・襄公三年》：「使鄧廖帥組甲三百、被練三千以侵吴。」杜預注：「組甲，漆甲成組文。」

〔二〕從容：安然之貌，形容爲官之風度舉止。《史記・留侯世家》：「良嘗閒從容步遊下邳圯上。」《索隱》：「從容謂從任其容止，不矜莊也。」青紫：《文選・楊雄・解嘲》：「紆青拖紫。」李善注引《東觀漢記》曰：「印綬，漢制：公侯紫綬，九卿青綬。」

祭梁王僧辯母貞敬魏太夫人文〔一〕

維爾世基武子，族懋陽元〔二〕，金相比映〔三〕，玉德齊温〔四〕。既稱女則，兼循婦言〔五〕。書圖鏡覽，辭章討論〔六〕。教貽俎豆〔七〕，訓及平原〔八〕。楚發將兵〔九〕，孟軻成德〔一〇〕。盡忠資敬，自家刑國〔一一〕。顯允其儀，惟民之則〔一二〕。爰命師旅，既脩我戎〔一三〕；補兹衮職，奄有龜、蒙〔一四〕。母由子貴，亶爾斯崇〔一五〕。嘉命允集，寵章所隆〔一六〕。居高能降，處貴思沖〔一七〕。慶資善始，榮兼令終〔一八〕，崦嵫既夕，蒹葭早秋〔一九〕，奔駟難返，衝濤詎留〔二〇〕。背龍門而西顧，過夏首而東浮〔二一〕。越三宫之遐岳〔二二〕，經三江之派流〔二三〕。鬱鬱增嶺，浮雲蔽虧〔二四〕。滔滔江、漢，逝者如斯〔二五〕。銘旌故旐〔二六〕，宇毁遺碑〔二七〕。即虚舟而設奠，想徂魂之有知〔二八〕。嗚呼哀哉〔二九〕！《梁書・王僧辯傳》。

〔一〕王僧辯：《梁書》有傳。他爲梁元帝討平侯景之亂，封永寧郡公。元帝死後，他與陳霸先擁立梁敬帝。後因同高齊改立蕭淵明而爲陳霸先襲殺。僧辯母姓魏，死後梁元帝策謚貞敬太夫人。《梁書·王僧辯傳》載元帝承聖三年：「頃之，丁母太夫人憂，世祖遣侍中謁者監護喪事。……且以僧辯勳業隆重，故喪禮加焉。靈柩將歸建康，又遣謁者至舟渚弔祭。命尚書左僕射王褒爲其文曰：……」是本文爲代梁元帝作。

〔二〕武子：春秋時晉國魏犨之謚號。陽元：西晉武帝時司徒魏舒之字。《左傳·僖公二十三年》載重耳奔狄，「從者狐偃、趙衰、顛頡、魏武子、司空季子」。杜預注：「武子，魏犨。」《晉書·魏舒傳》：「魏舒字陽元，任城樊人也。」懋：美、盛。《廣韻·去聲·候韻》：「懋，美也。」《宋書·鄧琬傳》載尚書下符曰：「帝宋之基，懋業維永。」此二句是追溯歷史上的魏姓顯族，以明魏太夫人出身高貴。

〔三〕金相：《詩·大雅·棫樸》：「追琢其章，金玉其相。」毛傳：「相，質也。」指本質美好。

〔四〕玉德齊温：《禮記·聘儀》：「夫昔者，君子比德於玉焉。温潤而澤，仁也。」《詩·秦風·小戎》：「言念君子，温其如玉。」指有仁德。

〔五〕女則：婦人之榜樣。《詩·大雅·抑》：「敬慎威儀，維民之則。」鄭玄箋：「則，法也。」婦言：婦人四行之一。《周禮·天官·九嬪》：「掌婦學之法，以教九御。婦德、婦言、婦容、婦功。」鄭玄注：「婦言，謂辭令。」《梁書·王僧辯傳》載魏太夫人「性甚安和，善于綏接。家門内外，莫不懷之」。

〔六〕書圖：圖書。鏡覽：明覽，明察閱覽。鏡，如鏡見之「鏡」。辭章：文章詩賦。《文心雕龍·通變》：「晉之辭章，瞻望魏采。」書圖鏡覽，即鏡覽書圖。辭章討論，即討論辭章。

〔七〕教貽俎豆句：貽，通詒，傳的意思。《詩·大雅·文王有聲》：「詒厥孫謀，以燕翼子。」鄭玄箋：「詒，猶傳也。」《集韻·平聲·之韻》「詒」字下云：「通作貽。」《後漢書·劉昆列傳》：「（劉昆）教授弟子恒五百餘人。每春秋饗射，常備列典儀，以素木瓠葉爲俎豆，桑弧蒿矢，以射『菟首』。每有行禮，縣宰輒率吏屬而觀之。」又晉左九嬪芬《孟軻母贊》：「鄒母善導，三徙成教。鄰止庠序，俎豆是效。」本句言太夫人以禮教子。

〔八〕平原：平原兄弟。即曹丕，曹植兄弟。曹植曾封爲平原侯。《詩品序》：「降及建安，曹公父子，篤好斯文。平原兄弟，鬱爲文棟。」説明南朝詩人們習慣稱曹氏兄弟爲平原兄弟。《三國志·魏書·后妃傳》載曹丕、曹植之母卞皇后：「諸子無母者，太祖皆令后養之。……二十四年，拜爲王后，策曰：『夫人卞氏，撫養諸子，有母儀之德。』」是以此句指魏太夫人善於教子如卞后一般。《梁書·王僧辯傳》載僧辯下獄，其母詣闕，自陳無訓。及僧辯免出。夫人深相責勵，辭色俱嚴。云：「人之事君，惟須忠烈，非但保祐當世，亦乃慶流子孫。」

〔九〕楚發：春秋時楚國將軍子發。《列女傳》卷一：「子發攻秦絶糧，使人請於王，因歸問其母。母問使者曰：『士卒得無恙乎？』對曰：『士卒并分菽粒而食之。』又問：『將軍得無恙乎？』對曰：『將軍朝夕芻豢黍粱。』子發破秦而歸，其母閉門而不納。使人數之，……子發于是謝其母，然後内之。」

〔一〇〕孟軻：孟子。孟子之母曾三遷其居，最後居于學宫之旁，使孟子學六藝，卒成大儒。孟子曾廢學歸，其母以刀斷機織，教育他不可中斷學習。《列女傳》卷一載其事，又作頌曰：「孟子之母，教化列分，處子擇藝，使從大倫。子學不進，斷機示焉。子遂成德，爲當世冠。」此處用以比喻魏太夫人教育王僧辯成爲大材。

〔一一〕資敬：取敬，爲人所敬。資：取。《易·乾彖》：「萬物資始。」孔穎達疏：「萬象之物，皆資取乾元，而各得始生。」刑：型，榜樣。《詩·大雅·思齊》：「刑于寡妻，至于兄弟，以御于家邦。」《釋文》引《韓詩》云：「刑，正也。」

〔一二〕顯允：明信。《詩·大雅·湛露》：「湛湛露斯，在彼杞棘。顯允君子，莫不令德。」孔穎達疏：「此庶姓諸侯得王燕飲，皆威儀寬縱也。此庶姓明信之君子，雖得王之燕禮，飲酒不至於醉，莫不皆善其德，使之無過差。」明信，坦然心誠之意。如《左傳·隱公三年》：「苟有明信，澗谿沼沚之毛，蘋蘩薀藻之菜，……可薦於鬼神，可羞於王公。」儀：儀表。則：准則、模範。《詩·魯頌·泮水》：「穆穆魯侯，敬明其德。敬慎威儀，維民之則。」鄭玄箋：「僖公之行，民之所法傚也。」惟、維古通。

〔一三〕爰：乃。《百三家集》作「反」，誤。脩：治。戎：軍事。

〔一四〕補兹衮職句：衮職，三公之職。古時天子賜三公以衮衣，故以衮職稱三公。《文選·蔡邕·陳太丘碑文》：「每在衮職，羣寮賀之。」李善注：「衮職，謂三公也。」龜蒙，二山名，在山東境内。《詩·魯頌·閟宫》：「奄有龜蒙，遂荒大東。至於海邦，淮夷來同。莫不率從，魯侯之功。」《詩序》云：「《閟宫》，頌僖公能復周公之宇也。」此處則是用以喻王僧辯平定侯景之亂，恢復梁室，被授以三公之職。《梁書·王僧辯傳》載王僧辯平定侯景亂後，梁元帝「進授鎮衛將軍、司徒，加班劍二十人，改封永寧郡公，食邑五千户。侍中、尚書令、鼓吹並如故」。承聖三年，又「加太尉車騎大將軍」。

〔一五〕亶：《詩·小雅·常棣》：「是究是圖，亶其然乎。」毛傳：「亶，信也。」崇：崇高。指貞敬太夫人之謚號。

〔一六〕允集：已至。《文選·陸機·漢高祖功臣頌》：「三王從風，五侯允集。」吕延濟注：「允，信。集，至也。」寵章：因受君主寵愛而賜以體現威儀之旗章。《文選·潘勖·册魏公九錫文》：「崇其寵章，備其禮物。」李善注：「《禮記》曰：『以爲旗章，以别貴賤。』鄭玄曰：『章，識也。』」所，《百三家集》作「既」。按：「所」有體現之意，於義爲長。

〔一七〕沖：虚，指恬淡的境界。《淮南子·原道訓》：「沖而徐盈」，高誘注：「沖，虚也。」《晉書·魏舒傳》載魏舒遜位，武帝下詔，中有「而屢執沖讓，辭旨懇誠」之語。《梁書·王僧辯傳》：「及僧辯剋復舊京，功蓋天下，夫人恒自謙損，不以富貴驕物。朝野咸共稱之，謂爲明哲婦人也。及既薨殞，甚見愍悼。」

〔一八〕慶：褒賞。《孟子・告子下》：「則有慶」，趙岐注：「慶，賞也。」令終：善終。《詩・邶風・凱風》：「我無令人。」鄭玄箋：「令，善也。」《史記・樂毅列傳》：「臣聞之善作者不必善成，善始者不必善終。」而太夫人是以善始善終而獲榮耀。

〔一九〕崦嵫：日所入處。《楚辭・離騷》：「吾令羲和弭節兮，望崦嵫而勿迫。」王逸注：「崦嵫，日所入山也。」蒹葭：水草名。《詩・秦風・蒹葭》：「蒹葭蒼蒼，白露爲霜。」此處是以日夕、秋至來喻太夫人之逝世。

〔二〇〕奔駟：奔馬。駟，一乘四馬。衝濤：急浪。詎：豈。此喻逝者難留。

〔二一〕龍門：楚郢都之東門。夏首：夏水開始處。古夏水在今湖北沙市東南分江水東出，經監利至仙桃入漢水。因夏季才有水，故稱夏水。《楚辭・哀郢》：「過夏首而西浮兮，顧龍門而不見。」王逸注：「夏首，夏水口也。龍門，楚東門也。」按：此時梁元帝都江陵，楚之郢都紀南城即在江陵之北。夏首在江陵東。王僧辯母親之柩是從江陵運往建鄴去，所以稱「背龍門西顧」，「過夏首東浮」。

〔二二〕三宮：《太平御覽》卷一七三引《郡國志》：「廬山有三宮。上宮在懸崖之表，人所不及。次宮在山巖下，兩邊有陰陽溝，有石羊馬，夾道相對。下宮在彭蠡湖際。」遐岳：綿延的山岳。

〔二三〕三江：古代對三江有多種解釋。如郭璞注《山海經・中山經》，稱沅江、湘水、長江爲三江。盛弘之《荆州記》以長江上中下游爲南中北三江。總之，此處之「三江」指長江中下游之河流。

派流：支流。《説文》：「派，别水也。」

〔二四〕增嶺：重嶺。蔽虧：隱蔽。《文選·司馬相如·子虛賦》：「岑崟參差，日月蔽虧。」吕向注：「言山之詰屈高峻，擁蔽日月也。」以上狀沿途景色。

〔二五〕滔滔句：《論語·子罕》：「子在川上曰：逝者如斯夫，不舍晝夜。」逝者，原指時間，此代指逝去之人和江漢之水一樣不會復返了。

〔二六〕銘旌：記死者姓名之旗。《禮記·檀弓下》：「銘，明旌也。以死者爲不可别已，故以其旗識之。」旐：亦爲喪事之旌。《文選·潘岳·寡婦賦》：「飛旐翩以啓路。」李善注：「旐，喪柩之旌也。」

〔二七〕宇毁遺碑：宇，指天地。《淮南子·齊俗訓》：「往古來今謂之宙，四方上下謂之宇。」《晉書·羊祜傳》：「祜樂山水，每風景，必造峴山，置酒言詠，終日不倦。嘗慨然歎息，顧謂從事中郎鄒湛等曰：『自有宇宙，便有此山。由來賢達勝士，登此遠望，如我與卿者多矣，皆湮滅無聞，使人悲傷。如百歲後有知，魂魄猶應登此也。』」羊祜卒後，「襄陽百姓於峴山祜平生游憩之所建碑立廟，歲時饗祭焉。望其碑者莫不流涕，杜預因名爲墮淚碑」。本句意謂太夫人之德行能流傳永久，不會隨時代而湮滅。

〔二八〕虛舟：此處「虛」乃虛陋之意，如《南史·到溉傳》「虛室單牀」之虛。指臨行至舟渚弔祭，儀式禮節均較簡單。設奠：設祭。徂魂：亡魂。

〔二九〕嗚呼哀哉：弔祭文中表哀悼的常用感嘆語。

周經藏願文〔一〕

年月日，某和南云云〔二〕：

蓋聞九河疏迹，策蘊靈丘〔三〕；四徹中繩，書藏群玉〔四〕。亦有青丘紫府，三皇刻石之文〔五〕；緑檢黄繩，六甲靈飛之字〔六〕。豈若如來秘藏，譬彼明珠〔七〕；諸佛所師，同夫浄鏡〔八〕。鹿苑四諦之法〔九〕，尼園八犍之文〔一〇〕，香山巨力，豈云能負〔一一〕。以歲在昭陽，龍集天井〔一二〕，奉爲云云。

奉造一切經藏。始乎生滅之教，訖於泥洹之説〔一三〕。論議希有，短偈長行〔一四〕。青首銀函，玄文玉匣〔一五〕。陵陽餌藥，止觀仙字〔一六〕；關尹望氣，裁受玄言〔一七〕。未有龍樹利根，看題不遍〔一八〕；斯陀淺行，同座未聞〔一九〕。盡天竺之音，窮貝多之葉〔二〇〕。灰分八國〔二一〕，文徙罽賓〔二二〕。石盡六銖，書還大海〔二三〕。仰願過去神靈，乘兹道力，得無生忍〔二四〕，具足威儀〔二五〕。又願國祚遐長，臣民休慶〔二六〕。四方内附，萬福現前〔二七〕。六趣怨親，同登正覺〔二八〕。《廣弘明集》二十二。

〔一〕經藏：佛家之經典。經中各含事理，故曰藏。願文：造經藏之施主表白心願之文。

〔二〕和南：佛家語，如稽首、敬禮。《僧史略》上：「西域相見則合掌，曰和南。」云云：省略之辭。本文收入《廣弘明集》時當有省略。

〔三〕九河：古時黄河下游的九條分支，爲徒駭、太史、馬頰、覆鬴、胡蘇、簡、絜、鉤盤、鬲津。相傳大禹疏導九河。《書·禹貢》：「九河既道。」策：玉策。帝王受命之符，神仙相傳之書。《吴越春秋》卷四載大禹夢赤帝使者告以得神書之道。於是「禹退，又齋三月，庚子，登宛委山，發金簡之書。案金簡玉字，得通水之理。」靈丘：神靈之山。

〔四〕四徹句：《穆天子傳》二：「辛卯，天子北征，東還，乃循黑水。癸巳，至于群玉之山。容□氏之所守，曰群玉田山。□知阿平無險，四徹中繩，先王之所謂策府。」郭璞注：「（四徹中繩）言皆平直。（策府）言往古帝王以爲藏書册之府。所謂藏之名山者也。」

〔五〕青丘紫府：神仙居住之地。《海内十洲記》：「長洲，一名青丘，在南海辰巳之地。……有風山，山恒震聲。有紫府宫。天真仙女，遊於此地。」三皇：古之解説不一。《白虎通》中以伏犧、神農、燧人爲三皇。秦博士以天皇、地皇、泰皇爲三皇。《抱朴子内篇·地真》：「昔黄帝東到青丘，過風山，見紫府先生，受三皇内文，以劾召萬神。」刻石之文：刻於石上之道教經典。如《太平御覽》卷六七二引《酆都六宫下制北帝文》：「酆都山洞中，玉帝隱銘凡九十一言，刻石書酆都山洞天六宫北壁。六宫，萬神之靈也。」

〔六〕檢：書函。《説文》：「梜，檢柙也。」段玉裁注：「檢柙皆函物之稱。」六甲靈飛：道藏有《上清瓊宮靈飛六甲左右上符》。《漢武帝内傳》：「伏見扶廣山青真小童，受六甲靈飛於太甲中元，凡十二事。」此處是指黄繩捆扎的、在緑玉函中收藏的道教經典。

〔七〕如來秘藏：佛家之書。如來，佛十號之一。《增一阿含經・序品》：「其有專心持增一，便爲總持如來藏。」明珠：喻佛藏。《法華經・安樂行品》：「此《法華經》是諸如來第一之説。於諸説中最爲甚深。末後與賜，如彼强力之王久護明珠，今乃與之。」

〔八〕净鏡：如同明鏡、慧鏡。佛家譬鏡於佛智。如《弘明集序》：「覺海無涯，慧鏡圓照。」《智度論》五：「法之大將持法鏡，照明佛法智慧藏。」

〔九〕鹿苑句：鹿苑，鹿野苑之簡稱。在中天竺波羅奈國，由鹿王爲懷孕母鹿代命而得名。釋迦牟尼成道後，在此處首次説四諦法，講述佛教教義，度陳憍如等五比丘。《雜阿含經》二十三：「此處仙人園鹿野苑，如來於中爲五比丘三轉十二行法輪。」四諦：《大般涅槃經》十二：「所謂四聖諦，苦、集、滅、道，是名四聖諦。」

〔一〇〕尼園：即臘伐尼園。在劫比羅伐窣堵城之東。摩耶夫人分娩前，據當時習俗須回到母家，路過此園生下佛釋迦。又譯作藍毗尼。《大唐西域記》卷六：「箭泉東北行八九十里，至臘伐尼林。有釋種浴池，澄清皎鏡，雜華彌漫。其北二十四五步，有無憂華樹，今已枯悴，菩薩誕靈之處。」八犍：佛家分佛學爲八類的稱呼，即八犍度。分別爲雜犍度、結使犍度、智犍度、行犍度、四大犍度、根犍度、定犍度、見犍度。犍度，梵語，義爲法聚，謂諸法各别聚處。

〔二〕香山句：佛經中之香山，即崑崙山。《大唐西域記》卷一：「贍部洲之中地者，阿那婆答多池也。（唐言無熱惱。）在香山之南，大雪山之北，周八百里矣。」本句意謂佛經之巨力如同香山不可背負一樣。

〔三〕歲在句：歲，太歲。歲星右行十二年一周天，古人爲了計算便利而假設一个太歲和歲星相應而左行。歲在昭陽，即癸年。《爾雅・釋天》：「（太歲）在癸曰昭陽。」龍集，歲星所集。何承天《天讚》：「龍集有次，星紀乃分。」《癸辛雜識》云：「今按龍集者，歲星所集也。魏銘所指星也。」天井，星名。即井宿。歲星在井，歲支爲未。《史記・天官書》：「涒灘歲：歲陰在申，星居未。以七月與東井、輿鬼晨出，曰大音。」是以此一年爲癸未年，即周武帝保定三年。

〔三〕始乎句：生滅、泥洹，並佛家學説要點。佛家謂滅絶生滅諸現象便得佛果。《涅槃經》十四：「諸行無常，是生滅法。生滅滅已，寂滅爲樂。」泥洹，即涅槃。義譯爲圓寂、滅度。乃不生不死之地，一切修行之所依歸。

〔四〕論議希有，短偈長行：即希有之論議，長行之短偈。論議，經中設問答以辯明諸法。《智度論》三十三：「論議經者，答諸問者，釋其所以，又復廣説諸義。」偈，梵語「偈佗」之簡稱，爲佛家之詩體。義譯爲頌。每句不論字之多少，四句爲一偈。《晉書・鳩摩羅什傳》：「羅什從師受經，日誦千偈。」

〔一五〕青首句：青首，青色題簽。玄文，黑字。銀函、玉匣，均是指裝經的名貴器具。梁元帝《玄覽賦》：「紫臺石室之文，青首銀函之字。」青，《百三家集》作「責」，形近而誤。

〔一六〕陵陽句：用仙人陵陽子明之典。《列仙傳》卷下：「陵陽子明者，銍鄉人也。好釣魚於旋谿，釣得白龍，子明懼，解鈎拜而放之。後得白魚，腹中有書，教子明服食之法。子明遂上黄山，採五石脂，沸水而服之。三年，龍來迎去。止陵陽山上百餘年。」餌藥，服藥。

〔一七〕關尹句：用函谷關關守尹喜之典。《列仙傳》卷上：「關令尹喜者，周大夫也。善内學，常服精華。隱德修行，時人莫知。老子西遊，喜先見其炁，知有真人當過，物色而迹之，果得老子。老子亦知其奇，爲著書授之。」裁，才。

〔一八〕龍樹：菩薩名。佛滅後七百年，出世於南天竺，入龍宫齎《華嚴經》，開鐵塔傳密藏，大弘佛法，著作甚富，爲三論宗、真言宗等之祖。《龍樹菩薩傳》：「龍樹菩薩者，出南天竺梵志種也。……其母樹下生之，因字阿周陀那。阿周陀那，樹名也。以龍成其道，故以龍配字，號曰龍樹也。」利根：佛家謂根性明利。即天資聰慧之意。《法華經·方便品》：「有佛子心淨，柔軟亦利根。」

〔一九〕斯陀：即斯陀含，爲聲聞乘四聖果之一。聲聞，是小乘法中弟子聞佛之聲教而成道果者。四聖果：一爲須陀洹，義爲預流。謂初預聖道之法流，斷盡三界見惑之位。二爲斯陀含，義爲一來。謂斷欲界思惑中前六品，猶餘後三品未斷，尚須來欲界之人間與天界受生一度。三爲阿那含，義爲不還。謂斷盡欲界思惑之後三品，不再還欲界受生。四爲阿羅漢，義爲不生。謂一世之果報盡，永入涅槃，不再來生三界，爲聲聞乘之極果。按：佛分大小乘。龍樹爲大乘空宗之祖，所以本文説以龍樹之慧聰，猶未能遍觀，何況同座之人連斯陀含之淺行亦未能得聞呢？言佛經之多而精深。

〔二〇〕天竺：印度之古稱。天竺之音，指佛經。貝多：貝多羅之略，梵語多羅樹葉一詞之音譯。貝者葉之義。多羅樹之葉，謂之貝多羅，古印度用以寫經。《酉陽雜俎》卷十八：「貝多，出摩伽陁國。長六七丈，經冬不凋。此樹有三種：一者多羅娑力叉貝多。二者多梨婆力叉貝多。三者部婆力叉多羅多梨。並書其葉，部闍一色取其皮書之。貝多是梵語，漢翻爲葉，貝多婆力叉者，漢言葉樹也。西域經書，用此三種皮葉，若能保護，亦得五六百年。」

〔二一〕灰分八國：據《長阿含經》卷四載，釋迦牟尼於拘尸國雙樹間寂滅，焚身畢，波婆國、遮羅頗國、羅摩伽國、毘留提國、迦維羅衛國、毗舍離國、摩揭陀國並興兵來求分其舍利。最後由香姓婆羅門以瓶將舍利平分爲八份，八國國王取歸各自建塔。

〔二二〕罽賓：《婆藪槃豆法師傳》：「佛滅後五百年中，有阿羅漢名迦旃延子，住罽賓國，與五百阿羅漢及五百菩薩共製《八犍度論》，而欲更作《毗婆沙》釋之。時有馬鳴菩薩，舍衛國婆枳多土人，能通内外典。迦旃延子請之，與諸羅漢及菩薩共研定義意，使馬鳴著文，經十二年《毗婆沙論》方成。」

〔二三〕石盡六銖：言天衣拂石盡，喻時間之長。《智度論》卷五：「佛以譬喻説劫義。四十里石山，有長壽人每百歲一來，以細軟衣拂拭此大石盡，而劫未盡。」六銖，即六銖衣。極輕薄之衣。《長阿含經》卷二十：「忉利天衣重六銖。」梁簡文帝《望同泰寺浮圖詩》：「帝馬咸千轡，天衣盡六銖。」大海：大海衆。衆水入海則同一鹹味，四姓出家則皆爲一味如大海。《增一阿含經》四十四云：此閻浮提有四大河。一切諸流皆投歸於海。「衆僧如彼大海。所以然者，流河決水以入於海，便滅本名，但有大海之名耳。」

〔二四〕仰：敬慕之辭。無生忍：佛家術語。《智度論》五十：「無生法忍者，於無生滅諸法實相中，信受通達無礙不退，是名無生忍。」又同書八十六：「乃至作佛常不生惡心，是故名無生忍。」《普超經》：「阿闍世從文殊懺悔，得柔順忍。命終，入賓吒羅地獄，即入即出，生上方佛土，得無生忍。彌勒出時，復來此界，名不動菩薩。後當作佛，號浄界如來。」

〔二五〕威儀：容止尊嚴有則。《法華經·序品》：「又見具戒，威儀無缺。」佛經中以行、住、坐、卧各有儀則爲四威儀。小乘比丘有三千威儀，大乘菩薩有八萬威儀。

〔二六〕國祚：王位。《漢書·楚元王傳》載劉向上封事：「而令國祚移於外親，降爲皁隸，縱不爲身，奈宗廟何？」遐：長。休慶：多福。《左傳·襄公二十八年》：「以禮承天之休」，杜預注：「休，福禄也。」《爾雅·釋言》：「休，慶也。」

〔二七〕四方：鄰國。《禮記·中庸》：「柔遠人則四方歸之。」孔穎達疏：「四方則蕃國也。」内附：入附。現前：佛家語，在於現在目前，顯現於前。

〔二八〕六趣：佛家語。即地獄趣、餓鬼趣、畜生趣、阿修羅趣、人趣、天趣。亦稱六道。指衆生。趣，即靈魂在輪迴中之歸趣。衆生若不能求得解脱，則由業因之差别在六趣中回轉，生死相續。《法華經·序品》：「盡見彼土，六趣衆生。」怨親：害我者與親我者。佛家謂怨敵和親友同等對待。《智度論》二十：「慈心轉廣，怨親同等。」正覺：成佛稱正覺，謂證悟一切諸法之真正覺智。《净住子·一志努力門》：「經云：我與阿難空王佛所共發菩提心。我常勤精進，所以速成正覺。」

附録

王褒卒年考

王褒的生卒年代，史書之中語焉不詳。筆者願據現存史料來作一探索。

《周書・王褒傳》曰：

「建德以後，頗參朝議。凡大詔册，皆令褒具草。東宫既建，授太子少保，遷小司空，仍掌綸誥。乘輿行幸，褒常侍從。……尋出爲宜州刺史。卒於位。時年六十四。」

本傳只有終年而無卒於何年。但他既是卒於宜州刺史任上，便可以從他的繼任者何時上任來推出他的卒年。據《周書》記載，建德元年以前在北周任宜州刺史的有以下這些人：

公元五五七—五六〇年，爲盧辯、侯莫陳凱。公元五六〇—五六一年，爲柳慶。公元五六一—五六三年，爲鄭偉。公元五六三—五六四年，爲鄭孝穆。公元五六四—五六八年，爲厙狄峙。公元五六八—五七〇年，爲王傑。公元五七〇—五七二年，爲竇熾。

公元五七二年，即周武帝建德元年，任宜州刺史者爲陸逞。

《周書·陸逞傳》：「及護誅，坐免官。頃之，起爲納言。又以疾不堪劇任，乃除宜州刺史。」宇文護被誅事在建德元年三月，故知是此年。

陸逞於公元五七三年，即建德二年，解宜州刺史任太子太保，並隨即去世。繼任者是丘乃敦崇。

庾信《周太子太保步陸逞神道碑》：「尋授都督宜州諸軍事、宜州刺史。……乃授太子太保。……本有消渴之疾，常餌金石自理，舊疾微增，奄捐館舍。茂陵之下，不留封禪之書；校尉之營，惟餘服食之器。嗚呼哀哉！春秋四十有七，建德二年五月十一日也。」庾信《周使持節大將軍廣化郡開國公丘乃敦崇傳》：「建德二年，授使持節、都督宜州諸軍事、宜州刺史。」

庾信寫此傳正當丘乃敦崇任宜州刺史之時，因此惟説「崇清浄爲政，廉明爲法，人不忍背，吏不忍欺」，至於何時去宜州刺史之職，并不清楚。但他是參加了平齊之役的。《周書・武帝紀》載建德五年冬十月，帝總戎東伐。以「廣化公丘崇爲左三軍總管，齊王憲、陳王純爲前軍」。十二月平并州，以「大將軍廣化公丘崇爲潞國公」。因此丘乃敦崇不會一直任宜州刺史到平齊之時。

丘乃敦崇之後任宜州刺史者史書不詳。周武帝建德五年十二月底，任者爲穆提婆。

《北史・穆提婆傳》：「晉州軍敗，後主還鄴，提婆奔投周軍，令萱自殺，子孫小大皆棄市，籍没其家。周武帝以提婆爲柱國、宜州刺史。」又據《北齊書・後主紀》：「十二月戊申，周武帝來救晉州。……丁巳大赦，改武平七年爲隆化元年。其日，穆提婆降周。」故知穆提婆是建德五年十二月任宜州刺史。

穆提婆於公元五七七年，即周武帝建德六年冬十月被誣以謀反而誅。繼穆提婆任宜州刺史者史書不詳。公元五八〇年，即周静帝大象二年，任者爲長孫覽。

《隋書・長孫覽傳》：「宣帝時，進位上柱國、大司徒，俄歷同、涇二州刺史。高祖爲丞相，轉宜州刺史。」《隋書・高祖紀上》載大象二年五月，周宣帝死。静帝幼沖，「拜高祖假黄鉞、左大丞相，百官總己而聽焉。以正陽宫爲丞相府」。九月，又授大丞相，罷左、右丞相之官。故知長孫覽任宜州刺史在大象二年。

由上可知，北周任宜州刺史者，正好缺丘乃敦崇去任到建德五年十二月穆提婆接任這一段時期，以及周武帝建德六年十月穆提婆死後至周静帝大象二年長孫覽接任這一個時期。

那末在這兩個時期中，王褒是那個時期擔任的宜州刺史呢？我認爲是丘乃敦崇去任到周武帝建德五年這一時期。其卒年是建德五年。因爲：

其一，據《周書·庾信傳》：「時陳氏與朝廷通好，南北流寓之士，各許還其舊國。陳氏乃請王褒及信等十數人。高祖唯放王克、殷不害等。信及褒竝留而不遣。」《南史·殷不害傳》：「太建七年，自周還陳。」太建七年即周武帝建德四年，説明這一年王褒還在世。不論丘乃敦崇何時去任，王褒卒於宜州刺史任上不會早於這一年。

其二，《周書·王褒傳》既云：「建德以後，頗參朝議。」以《周書》《北史》大多數傳記的慣例來看，王褒不應卒於建德以後。建德一共六年，王褒建德四年還活着，建德六年又是穆提婆任宜州刺史，所以王褒的卒年只能是建德五年。還有，王褒既任太子少保，又曾寫過《爲百僚請立皇太子表》《皇太子箴》，而皇太子即位後史書中毫不提及王褒，也是他死於宣帝即位前的證明。

其三，據《北史·序傳》載李琰之有「二子綱、慧，並從孝武帝入關中。綱位宜州刺史，儀同三司」。《隋書·賀若誼傳》言高祖爲丞相時，「中州刺史李慧反，誼討之，進爵范陽郡公，授上大將軍」。既然楊堅爲丞相的大象二年李慧反，而且正好這一年楊堅使長孫覽任宜州刺史，故其原因即可能是因爲李慧造反才使人代其兄刺史之職。所以李綱任宜州刺史應是在穆提婆死後至大象二年這一時期。

如上所述，王褒卒於周武帝建德五年，即公元五七六年。這一年正是周武帝平齊之時。十月出擊晉州，十二月平并州，第二年正月擒齊主。所以王褒卒後即於十二月由穆提婆繼任宜州刺史。

王褒之卒年既知，他活了六十四歲，由此前推，其生年則是公元五一三年，即梁武帝天監十二年。巧得很，他和庾信同年出生。

（本文發表於《山西大學學報》一九九〇年第四期）

王褒年譜

王褒，字子淵。（《梁書・王規傳》作「子漢」，《北史・王褒傳》作「子深」。都因避唐諱而改。今從《周書》。）琅邪臨沂（今山東臨沂市北）人。

曾祖儉，齊侍中、太尉、南昌文憲公。祖騫，梁侍中、金紫光禄大夫、南昌安侯。父規，梁侍中、左民尚書、南昌章侯。（並見《周書・王褒傳》。《梁書・王規傳》於其曾、祖較略。）

公元五一三年（梁武帝天監十二年、北魏宣武帝延昌二年），王褒生。

是年改構太極殿畢，王規獻新殿賦。其辭甚工。拜祕書丞。閏三月，沈約卒。庾信生。

王規獻賦見《梁書・王規傳》，並言「歷太子中舍人，司徒左西屬，從事中郎」。

公元五一九年（梁武帝天監十八年、北魏孝明帝神龜二年），王褒七歲。即能屬文。

《梁書・王規傳》：「子褒，字子漢。七歲能屬文。外祖司空袁昂愛之，謂賓客曰：『此兒當成吾宅相。』」

公元五二一年（梁武帝普通二年、北魏孝明帝正光二年），王褒九歲。

王規爲蕭綱諮議參軍。

《梁書·王規傳》：「晉安王綱出爲南徐州，高選僚屬，引爲雲麾諮議參軍。久之，出爲新安太守，父憂去職。」《梁書·武帝紀下》：「（普通）二年春正月甲戌，……新除益州刺史、晉安王綱改爲徐州刺史。」

公元五二二年（梁武帝普通三年、北魏孝明帝正光三年），王褒十歲。

祖騫卒。王規丁父憂。

《南史·王騫傳》：「普通三年卒，年四十九。贈侍中、金紫光禄大夫，謚曰安。」

公元五二四年（梁武帝普通五年、北魏孝明帝正光五年），王褒十二歲。

王規服滿，侍東宫昭明太子。

《梁書·王規傳》：「父憂去職。服闋，襲封南昌縣侯，除中書黄門侍郎。敕與陳郡殷鈞（《南史》作芸）、琅邪王錫、范陽張緬同侍東宫，俱爲昭明太子所禮。」

公元五二五年（梁武帝普通六年、北魏孝明帝孝昌元年），王褒十三歲。

他少年隨蕭子雲學書法，又博覽史傳，見重於世。是年王規由侍昭明太子轉爲侍中。

《周書·王褒傳》：「褒識量淵通，志懷沉静。美風儀，善談笑，博覽史傳，尤工屬文。梁國子祭酒蕭子雲，褒之姑夫也，特善草隸。褒少以姻戚，去來其家，遂相模範。俄而名亞子雲，竝見重於世。梁武帝喜其才藝，遂以弟鄱陽王恢之女妻之。」《梁書·王規傳》：「六年，高祖於文德殿餞廣州刺史元景隆，詔羣臣賦詩，同用五十韻，規援筆立奏，其文又美。高祖嘉焉，即日詔爲侍中。」按：《梁書·武帝紀下》云，六年三月己巳，「以魏假平東將軍元景隆爲衡州刺史，魏征虜將軍元景仲爲廣州刺史」。是以《梁書·王規傳》之「景隆」應爲「景仲」。

公元五二六年（梁武帝普通七年、北魏孝明帝孝昌二年），王褒十四歲。

其岳父鄱陽王蕭恢卒於荆州。

見《南史·梁宗室下》。

公元五二七年（梁武帝大通元年、北魏孝明帝孝昌三年），王褒十五歲。

前一年丁貴嬪卒。這一年同泰寺開大通門。三月，武帝幸寺捨身。

公元五二八年（梁武帝大通二年、北魏孝莊帝永安元年），王褒十六歲。

是年梁築寒山堰。魏孝明帝卒，尒朱榮立孝莊帝，殺胡太后和幼主。梁立元顥爲魏主，遣陳慶之送還北。

公元五二九年（梁武帝中大通元年、北魏孝莊帝永安二年），王褒十七歲。

五月，陳慶之、元顥入洛陽。閏六月，尒朱榮殺元顥，陳慶之逃歸。九月，梁武帝幸同泰寺捨身，公卿以下以錢一億萬奉贖。王規任五兵尚書、步兵校尉。

《梁書·王規傳》：「普通初，陳慶之北伐，剋復洛陽。百僚稱賀。規退曰：『道家有云，非爲功難，成功難也。羯寇游魂，爲日已久，桓温得而復失，宋武竟無成功。我孤軍無援，深入寇境，威勢不接，餽運難繼，將是役也，爲禍階矣。』俄而王師覆没。其識達事機多如此類。」按：《梁書·武帝紀》及《梁書·陳慶之傳》所載，復洛陽在中大通元年，非普通初。《梁書·王規傳》又云：「大通三年，遷五兵尚書，俄領步兵校尉。」大通三年，即中大通元年。

公元五三一年（梁武帝中大通三年、北魏安定王中興元年），王褒十九歲。

四月，昭明太子蕭統卒。七月，立蕭綱爲太子。北魏尒朱兆廢元曄立節閔帝，高歡又奉元朗爲主。王規由吴郡太守徵爲左民尚書，辭疾隱居。是年徐陵爲東宫學士。

《梁書·王規傳》：「中大通二年，出爲貞威將軍驃騎晉安王長史。其年，王立爲皇太子，（《南史》下有「仍爲散騎常侍、太子中庶子，侍東宫。太子賜以所服貂蟬，并降令書，悦是舉也。」）仍爲吴郡太守。主書芮珍宗家在吴，前守宰皆傾意附之。是時珍宗假還，規遇之甚薄，珍宗還都，密奏規云「不理郡事」。俄徵爲左民尚書（民，《南史》作户），郡吏民千餘人詣闕請留，表三奏，上不許。（《南史》下有「求於郡樹碑，許之。」）尋以本官領右軍將軍，未拜，復爲散騎常侍、太子中庶子，領步兵校尉。規辭疾不拜，於鍾山宋熙寺築室居焉。」按：《梁書·武帝紀》載中大通三年「秋七月乙亥，立晉安王綱爲皇太子」。故「中大通二年」應是「三年」。

公元五三二年（梁武帝中大通四年、北魏孝武帝太昌元年），王褒二十歲。

魏高歡平尒朱氏、廢節閔帝和元朗，奉元脩爲孝武帝。是年，王褒舉秀才，任祕書郎，太子舍人。

《梁書·王規傳》:「(褒)弱冠,舉秀才,除祕書郎,太子舍人。」《禮記·曲禮》:「二十曰弱,冠。」

是年王褒作《玄圃濬池臨泛奉和》。

詩末云:「於茲臨北闕,非復坐牆東。」意謂現在侍奉太子,不再無官職象隱士一類人了。本詩應是和蕭綱《玄圃納涼詩》的。庾肩吾和詩題爲《從皇太子出玄圃應令詩》。蕭綱前一年七月爲皇太子,王褒本年初出仕,故應作於是年。

公元五三四年(梁武帝中大通六年、北魏孝武帝永熙三年),**王褒廿二歲。**

七月,北魏孝武帝入關,北魏分爲東、西魏。

公元五三六年(梁武帝大同二年、西魏文帝大統二年、東魏孝静帝天平三年),**王褒廿四歲。**

王規卒,褒丁父憂。

《梁書·王規傳》:「大同二年卒,時年四十五。詔贈散騎常侍、光禄大夫,賻錢二十萬,布百匹。謚曰章。(《南史》作「文」)皇太子出臨哭。……規集後漢衆家異同,注《續漢書》二百卷,文集二十卷。」又「(褒)以父憂去職。」按:皇太子與湘東王令中説：「去歲冬中，已傷劉子。今兹寒孟，復悼王生。」知是冬季。

公元五三八年（梁武帝大同四年、西魏文帝大統四年、東魏孝静帝元象元年），王褒廿六歲。

襲封南昌縣侯，爲宣成王文學。

《梁書·王規博附子褒傳》：「（褒）服闋，襲封南昌侯，除武昌王文學，太子洗馬，兼東宫管記，遷司徒屬，祕書丞，出爲安成内史。」《周書·王褒傳》則曰：「襲爵南昌縣侯。稍遷祕書丞。宣成王大器，簡文帝之冢嫡，即褒之姑子也。于時盛選僚佐，乃以褒爲文學。尋遷安成郡守。」按：《梁書·哀太子大器傳》載中大通四年，蕭大器封爲宣城郡王。大同四年，授使持節、都督揚徐二州諸軍事、中軍大將軍、揚州刺史。《陳書·顧野王傳》又言：「梁大同四年，除太學博士，遷中領軍臨賀王府記室參軍。宣城王爲揚州刺史，野王及琅邪王褒並爲賓客，王甚愛其才。野王又好丹青，善圖寫，王於東府起齋，乃令野王畫古賢，命王褒書贊，時人稱爲二絶。」説明此年王褒爲宣成王之賓客。因此《梁書》中「除武昌王文學」可能是由於上文有「南昌侯」而互奪，應以《周書》爲是。

公元五四〇年（梁武帝大同六年、西魏文帝大統六年、東魏孝静帝興和二年），王褒廿八歲。

其外祖袁昂卒，年八十。

見《南史・袁昂傳》。

公元五四二年（梁武帝大同八年、西魏文帝大統八年、東魏孝静帝興和四年）王褒三十歲。

出任安成内史。作《别陸子雲》。

王褒何時出任安成内史，史無明文。如上引《梁書》《周書》均含糊其詞。但《梁書・武帝紀下》云：「（大同）八年春正月，安成郡民劉敬躬挾左道反，内史蕭説（《張綰傳》作「侻」）委郡東奔。……二月戊戌，江州刺史湘東王繹遣中兵曹子郢討之。三月戊辰，大破之，擒敬躬送京師，斬于建康市。」可知王褒不會在大同八年前任安成内史。王褒《别陸子雲》詩中説：「邊江落騎塵」，和安成剛經過戰争相合。「細柳發新春」，其在春季出發和蕭侻逃奔、鎮壓劉敬躬的時間也相合。所以這首詩應作於這一年。其出任安成内史也應是這一年，是在蕭侻棄郡逃走後委任的王褒。這可能和當時任江州刺史的蕭繹同王褒關係甚好有關。又據《梁書・太祖五王傳》，安成是梁武帝弟蕭秀的封國，子孫襲至梁末，未嘗爲郡。所以應從《梁書》作「安成内史」，而不是《周書》所言的「安成郡守」。（此條見《周書》標點本校語。）

公元五四五年（梁武帝大同十一年、西魏文帝大統十一年、東魏孝静帝武定三年），王褒卅三歲。

仍任安成内史。是年，徐陵、庾信出使東魏。

公元五四七年（梁武帝太清元年、西魏文帝大統十三年、東魏孝静帝武定五年），王褒卅五歲。

東魏高歡卒。侯景歸梁。三月，武帝舍身同泰寺，羣臣以一億萬贖回。蕭淵明率師北征大敗。

公元五四八年（梁武帝太清二年、西魏文帝大統十四年、東魏孝静帝武定六年），王褒卅六歲。

八月，侯景反，十一月，攻陷東府城。

公元五四九年（梁武帝太清三年、西魏文帝大統十五年、東魏孝静帝武定七年），王褒卅七歲。

三月，侯景陷京城。五月，梁武帝卒。王褒仍任安成内史，據郡拒敵，爲人所稱贊。

褒之姑夫蕭子雲卒。

《梁書·王規附子褒傳》：「太清中，侯景陷京城，江州刺史當陽公大心舉州附賊。賊轉寇南中，褒猶據郡拒守。」（安成在今江西安福縣，當時屬江州。）《周書·王褒傳》：「及侯景渡江，建業擾亂。褒輯寧所部，見稱於時。」《南史·蕭子雲傳》：「太清元年，復爲侍中、國子祭酒。二年，侯景寇逼，子雲逃人間。三年，宫城失守，奔晉陵，餧卒于顯雲寺僧房。年六十三。」

公元五五一年（梁簡文帝大寶二年、西魏文帝大統十七年、北齊文宣帝天保二年），王褒卅九歲。

六月，王僧辯擊敗侯景將任約。十月，簡文帝被侯景所害。梁元帝蕭繹徵王褒赴江陵。

公元五五二年（梁元帝承聖元年，西魏廢帝元年、北齊文宣帝天保三年），王褒四十歲。

是年將家西上江陵，任吏部尚書、侍中。三月，王僧辯等平侯景。四月，蕭紀稱帝于蜀。十一月，蕭繹即皇帝位于江陵。

公元五五三年（梁元帝承聖二年、西魏廢帝二年、北齊文宣帝天保四年），王褒四十一歲。

是年任右僕射，遷左僕射。

《梁書·元帝紀》：「（承聖）二年春正月，……戊寅，以吏部尚書王褒爲尚書右僕射。」「冬十一月，……戊戌，以尚書右僕射王褒爲尚書左僕射。」《梁書·王規附子褒傳》：「大寶二年，世祖命徵褒赴江陵。既至，以爲忠武將軍、南平内史，俄遷吏部尚書、侍中。承聖二年，遷尚書右僕射，仍參掌選事，又加侍中。其年，遷左僕射，參掌如故。」《周書·王褒傳》：「梁元帝承制，轉智武將軍、南平內史。及嗣位於江陵，欲待褒以不次之位。褒時猶在郡，敕王僧辯以禮發遣。褒乃將家西上。元帝與褒有舊，相得甚歡。拜侍中，累遷吏部尚書、左僕射。褒既世胄名家，文學優贍，當時咸相推挹，故旬月之間，位升端右。寵遇日隆，而褒愈自謙虛，不以位地矜人，時論稱之。」按：南平是梁太祖第八子蕭偉的王國封地，在江陵南，今湖北公安縣西南。侯景未敗時，王褒在安成不可能赴元帝之徵去南平上任。《梁書·元帝紀》載王僧辯是大寶二年八月攻下湓城，九月爲江州刺史，是以王褒西上應在九月以後。《梁書·元帝紀》又載大寶三年正月「以智武將軍、南平內史王褒爲吏部尚書」，所以王褒到江陵應是大寶二年年底、大寶三年（即承聖元年）年初。雖轉南平內史，却並未去南平上任。應從《周書》所記。《北史·王褒傳》與《周書》所記微有不同：「轉南平內史。梁元帝嗣位，褒有舊，召拜吏部尚書、右僕射，仍遷左丞，兼參掌。」《通志》卷一七六《王褒傳》「參掌」下有「制誥」二字。張森楷云：「左丞位卑，非僕射所得遷。且『兼參掌』三字文誼亦未足，此文蓋有脱誤。」《北史》校點者認爲「疑《北史》原文當作『召拜吏部尚書、右僕射，仍遷左，兼參掌制誥』，『丞』是衍文，又脱『制誥』二字。」按：《梁書·王規附子褒傳》既云「仍參掌選事，又加侍中」、「參掌如故」，所以《北史》「兼參掌」應即「兼參掌選事」之意。《通典》卷二一「侍中」條説：「後選侍中，皆舊儒高德，學識淵懿，仰瞻俯視，切問近對，喻旨公卿，上殿稱制。……梁侍中高功者在職一年，詔加侍中祭酒，與散騎侍郎高功者一人對掌禁令，此頗爲宰相矣。」所以《通志》所言「制誥」應同於《梁書》中王褒所任的「侍中」。

七月，蕭紀戰敗被殺。八月，西魏軍尉遲迥陷益洲。梁元帝和朝士議定都，王褒認爲宜都建業，不被采用。

《周書·王褒傳》：「初，元帝平侯景及擒武陵王紀之後，以建業彫殘，方須修復；江陵殷盛，便欲安之。又其故府臣寮，皆楚人也，竝願即都荆郢。嘗召羣臣議之。領軍將軍胡僧祐、吏部尚書宗懍、太府卿黄羅漢、御史中丞劉瑴等曰：『建業雖是舊都，王氣已盡。且與北寇鄰接，止隔一江。若有不虞，悔無及矣。臣等又嘗聞之，荆南之地，有天子氣。今陛下龍飛纘業，其應斯乎。天時人事，徵祥如此。臣等所見，遷徙非宜。』元帝深以爲然。時褒及尚書周弘正咸侍坐。

乃顧謂褒等曰：『卿意以爲何如？』褒性謹慎，知元帝多猜忌，弗敢公言其非。當時唯唯而已。後因清閒密諫，言辭甚切。元帝頗納之。然其意好荆楚，已從僧祐等策。明日，乃於衆中謂褒曰：『卿昨日勸還建業，不爲無理。』褒以宣室之言，豈宜顯之於衆。知其計之不用也，於是止不復言。」《陳書·周弘正傳》曰：「時朝議遷都，朝士家在荆州者，皆不欲遷。唯弘正與僕射王褒言於元帝曰：『若東脩以上諸士大夫微見古今者，知帝王所都本無定處，無所與疑。至如黔首萬姓，若未見輿駕入建鄴，謂是列國諸王，未名天子。今宜赴百姓之心，從四海之望。』時荆陝人士咸云王、周皆是東人，志願東下，恐非良計。弘正面折之曰：『若東人勸東，謂爲非計，君等西人欲西，豈成良策？』元帝乃大笑之，竟不還都。」《南史》卷三四言之甚詳。《資治通鑒》卷一六五繫此事於八月庚子。

是年，王僧辯表送祕閣舊事八萬卷，詔比校，王褒校史部。

《北齊書·顔之推傳》中《觀我生賦》：「或校石渠之文」，下顔之推自注：「王司徒表送祕閣舊事八萬卷，乃詔比校。部分爲正御、副御、重雜三本。左民尚書周弘正，黄門郎彭僧朗，直省學士王珪、戴陵校經部。左僕射王褒、吏部尚書宗懷正、員外郎顔之推、直學士劉仁英校史部。廷尉卿殷不害、御史中丞王孝紀、中書郎鄧藎、金部郎中徐報校子部。右衛將軍庾信、中書郎王固、晉安王文學宗善業、直省學士周確校集部也。」之推到江陵時元帝已即位，所以是上年十一月以後事，故繫於是年。

公元五五四年（梁元帝承聖三年、西魏恭帝元年、北齊文宣帝天保五年），王褒四十二歲。

十月，西魏軍至襄陽，蕭詧會之。十一月，魏軍大攻，王褒都督城西城南諸軍事。二十九日江陵城破。十二月，梁元帝被害。王褒及百姓數萬被俘入長安，褒被授以車騎大將軍、儀同三司。

《梁書·元帝紀》：「九月辛卯，世祖於龍光殿述《老子》義，尚書左僕射王褒爲執經。乙巳，魏遣其柱國萬紐于謹率大衆來寇。」《南史》卷八：「冬十月丙寅，魏軍至襄陽，梁王蕭詧率衆會之。丁卯，停講，内外戒嚴，輿駕出行城柵，大風拔木。丙子，續講，百僚戎服以聽。」《周書·王褒傳》：「及大軍征江陵，元帝授褒都督城西諸軍事。褒本以文雅見知，一旦委以總戎，深自勉勵，盡忠勤之節。被圍之後，上下猜懼，元帝唯於褒深相委信。朱買臣率衆出宣陽之西門，與王師戰，賈臣大敗。褒督進不能禁，乃貶爲護軍將軍。王師攻其外柵，城陷，褒從元帝入子城，猶欲固守。俄而元帝出降，褒遂與衆俱出。見柱國于謹，謹甚禮之。」《梁書·元帝紀》：「十一月，以領軍胡僧祐都督城東城北諸軍事，右僕射張綰爲副；左僕射王褒都督城西城南諸軍事，直殿省元景亮爲副。……己酉，降左僕射王褒爲護軍將軍。辛亥（廿九日），……城陷于西魏。」應從《梁書》，王褒其時都督城西城南諸軍事。《南史》卷八又載：「及魏人燒柵，賈臣、謝答仁勸帝乘暗潰圍出就任約。帝素不便馳馬，曰：『事必無成，徒增辱耳。』答仁又求自扶，帝以問僕射王褒。褒曰：『答仁，侯景之黨，豈是可信？成彼之勳，不如降也。』乃聚圖書十餘萬卷盡燒之。答仁又請守子城，收兵可得五千人。帝然之，即授城內大都督，以帝鼓吹給之，配以公主。既而又召王褒謀之，答仁請入不得，歐血而去。遂使皇太子、王褒出質請降。」《資治通鑑》卷一百六十五説：「于謹徵太子爲質，帝使王褒送之。謹子以褒善書，給之紙筆，乃書曰：『柱國常山公家奴王褒。』」《南史》卷八：「汝南王大封、尚書左僕射王褒以下，並爲俘以歸長安。乃選百姓男女數萬口，分爲奴婢，小弱者皆殺之。」《周書·王褒傳》：「褒與王克、劉瑴、宗懍、殷不害等數十人，俱至長安。太祖喜曰：『昔平吴之利，二陸而已。今定楚之功，羣賢畢至。可謂過之矣。』又謂褒及王克曰：『吾即王氏甥也，卿等竝吾之舅氏。當以親戚爲情，勿以去鄉介意。』於是授褒及克、殷不害等車騎大將軍、儀同三司。常從容上席，資餼甚厚。褒等亦竝荷恩眄，忘其羈旅焉。」

是年，王褒作《燕歌行》。

《周書・王褒傳》：「褒曾作《燕歌行》，妙盡關塞寒苦之狀，元帝及諸文士竝和之，而競爲淒切之詞。至此方驗焉。」按：庾信亦作《燕歌行》，據《通鑑》載，庾信承聖三年四月出使西魏，所以應作於四月前。

又作《入關故人送別》詩、《祭梁王僧辯母貞敬魏太夫人文》。

見本文之解題。

公元五五五年（西魏恭帝二年、梁敬帝紹泰元年、齊天保六年），王褒四十三歲。

七月，王僧辯納貞陽侯蕭淵明，年號天成。陳霸先襲殺王僧辯，九月，立敬帝。是年三月，王克、沈炯還江南。王褒有《別王都官》詩，疑即送王克所作。王褒書法爲北人所重。

《周書·藝術傳》："及平江陵之後，王褒入關，貴遊等翕然並學褒書。（趙）文深之書，遂被遐棄。"按：本名文淵，唐人避諱改爲"文深"。

公元五五六年（西魏恭帝三年、梁敬帝太平元年、齊天保七年），王褒四十四歲。

十月，宇文泰卒。初建六官。十二月，西魏禪于周，宇文覺即位，是爲孝閔帝。

公元五五七年（周孝閔帝元年、陳武帝永定元年、齊文宣帝天保八年），王褒四十五歲。

九月，周晉國公宇文護殺閔帝，立宇文毓，是爲明帝。十月，陳霸先代梁敬帝，是爲陳武帝。王褒被封爲石泉縣子，邑三百户。加開府儀同三司，受到周明帝的欣賞。

《周書·王褒傳》："孝閔帝踐阼，封石泉縣子，邑三百户。世宗即位，篤好文學。時褒與庾信才名最高，特加親待。帝每游宴，命褒等賦詩談論，常在左右。尋加開府儀同三司。"

是年，庾信任司水下大夫，褒作有《和庾司水修渭橋》詩。

公元五五八年（周明帝二年、陳武帝永定二年、齊文宣帝天保九年），王褒四十六歲。

梁故觀寧侯蕭永卒于長安，王褒作《送觀寧侯葬》詩。

詳見本詩解題。

公元五六〇年（周明帝武成二年、陳文帝天嘉元年、齊孝昭帝皇建元年），王褒四十八歲。

四月，周明帝被宇文護毒死，立宇文邕，是爲周武帝。八月，齊高演廢主自立。王褒爲麟趾學士，刊校經史。

《周書·明帝紀》：「幼而好學，博覽羣書，善屬文，詞彩温麗。及即位，集公卿已下有文學者八十餘人於麟趾殿，刊校經史。」《周書·于翼傳》：「世宗雅愛文史，立麟趾學，在朝有藝業者，不限貴賤，皆預聽焉。乃至蕭撝、王褒等與卑鄙之徒同爲學士。翼言於帝曰：『蕭撝，梁之宗子；王褒，梁之公卿。今與趨走同儕，恐非尚賢貴爵之義。』」《北史·庾季才傳》：「武成二年，與王褒、庾信同補麟趾學士。」當是本年周明帝被害的四月以前爲麟趾學士。

周明帝作有《和王褒咏摘花》詩，見《類聚》八十八。褒詩已佚。

公元五六一年（周武帝保定元年、陳文帝天嘉二年、齊武成帝大寧元年），王褒四十九歲。

六月，周遣治御正殷不害等使于陳。王褒除内史中大夫。受周武帝的重視。

《周書·王褒傳》:「保定中,除内史中大夫。……褒有器局,雅識治體,既累世在江東爲宰輔,高祖亦以此重之。」

公元五六二年(周武帝保定二年、陳文帝天嘉三年、齊武成帝河清元年),**王褒五十歲。**

去年,也即公元五六一年,陳派周弘正到北周迎陳文帝之弟安成王陳頊,至是年正月,周弘正同陳頊還江南。王褒作《贈周處士》詩、《致梁處士周弘讓書》。二月,蕭詧死。

《周書·王褒傳》:「初,褒與梁處士汝南周弘讓相善。及弘讓兄弘正自陳來聘,高祖許褒等通親知音問。褒贈弘讓詩,並致書曰:……」《陳書·周弘正傳》:「天嘉元年,還侍中、國子祭酒,往長安迎高宗(即陳頊)。三年,自周還。」《周書·武帝紀》:「(保定二年春正月)丁未,以陳主弟項爲柱國,送還江南。」

是年十一月,以趙國公招爲益州總管。王褒《和趙王途中詩》作于這一時期。又王褒之《幼訓》中言「始乎幼學,及于知命。」是知也可能作于是年。

公元五六三年(周武帝保定三年、陳文帝天嘉四年、齊武成帝河清二年),**王褒五十一歲。**

作《周經藏願文》。

見文中「歲在昭陽，龍集天井」注。

公元五六五年（周武帝保定五年、陳文帝天嘉六年、齊後主天統元年），王褒五十三歲。

作《上新定鍾表》。

詳見本文解題。

公元五六六年（周武帝天和元年、陳廢帝天康元年、齊後主天統二年），王褒五十四歲。

正月，周露寢成，令羣臣賦古詩。二月，以中山公訓爲蒲州總管。五月，武帝御正武殿，集羣臣親講《禮記》。十月，周初造《山雲舞》以備六代之樂。王褒爲文學博士。

《周書・蕭撝傳》載蕭撝任上州刺史秩滿入朝，「及撝入朝，屬置露門學，高祖以撝與唐瑾、元偉、王褒等四人俱爲文學博士」。按：蕭撝是保定三年出爲上州刺史。一般刺史任期三年，「一秩滿當還」之時，即天和元年。

是年，王褒作《上庸公陸騰勒功碑》。

詳見本文解題。

公元五六七年（周武帝天和二年、陳廢帝光大元年、齊後主天統三年），王褒五十五歲。

九月，周衛王直等與陳將淳于量、吴明徹戰，周軍大敗，將元定被陳所俘。

公元五六八年（周武帝天和三年、陳廢帝光大二年、齊後主天統四年），王褒五十六歲。

十一月，陳安成王陳頊代廢帝自立，是爲陳宣帝。王褒作《送劉中書葬》詩、《太傅燕文公于謹碑銘》《爲庫狄峙致仕表》。

具詳見各詩文之解題。

公元五六九年（周武帝天和四年、陳宣帝太建元年、齊後主天統五年），王褒五十七歲。

周武帝製《象經》成，五月，集百僚講説。王褒注之，并作《象經序》。又作《太保吴武公尉遲綱碑銘》。

詳見各文解題。

公元五七二年（周武帝建德元年、陳宣帝太建四年、齊後主武平三年），王褒六十歲。

三月，周武帝誅晉國公宇文護。四月，立皇太子贇。王褒作《爲百僚請立皇太子表》。

十月，周免江陵所獲俘虜充官口者爲民。王褒頗被重用。

《周書·王褒傳》：「建德以後，頗參朝議。凡大詔册，皆令褒具草。」

陳宣帝曾想以元定諸人交換王褒、庾信。

《周書·杜杲傳》：「武帝建德初，爲司城中大夫，使於陳。陳宣帝謂杲曰：『長湖公軍人等雖築館處之，然恐不能無北風之戀。王褒、庾信之徒既羈旅關中，亦當有南枝之思耳。』杲揣陳宣意，欲以元定軍將士易王褒等。乃答之曰：『長湖總戎失律，臨難苟免，既不死節，安用以爲。且猶牛之一毛，何能損益。本朝之議，初未及此。』陳宣帝乃止。」按：陳宣帝還對杜杲説了「若欲合從，共圖齊氏，能以樊、鄧見與，方可表信」的話。《資治通鑑》記于本年秋八月，故繫於此。

公元五七三年（周武帝建德二年、陳宣帝太建五年、齊後主武平四年），王褒六十一歲。

是年四月增改東宮官員。五月，周太子太保陸逞卒。十月，六代樂成，周武帝在崇信殿集百官以觀之。蕭撝卒于是年。王褒爲太子少保，遷小司空。

《周書·王褒傳》：「東宫既建，授太子少保，遷小司空，仍掌綸誥。乘輿行幸，褒常侍從。」按：《周書·劉璠傳》：「世宗初，授内史中大夫，掌綸誥。」《通典》卷二十一：「後周置内史中大夫二人，掌王言，亦其任也。」説明王褒從保定中爲内史中大夫以來一直是掌綸誥。雖授太子少保，遷小司空，仍然擔任内史中大夫的掌綸誥之職。

是年，王褒作《太子太保中都公陸逞碑銘》《皇太子箴》。

詳見各文解題。

公元五七五年（周武帝建德四年、陳宣帝太建七年、齊後主武平六年）。王褒六十三歲。

秋七月，周伐齊。九月，因周武帝有疾班師。是年殷不害還江南。庾信、王褒被留不遺。（參前《王褒卒年考》）

公元五七六年（周武帝建德五年、陳宣帝太建八年、齊後主隆化元年），王褒六十四歲。

任宜州刺史，卒于任上。

《周書·王褒傳》：「尋出爲宜州刺史，卒於位，時年六十四。子鼒嗣。」

庾信在洛州刺史任上作有《傷王司徒褒》詩。

按：《周書》《北史》都没有記王褒任司徒，也没有記他死後朝廷所贈之官職。根據《周書》所記之人死後多有贈官來看，可能「司徒」是王褒死後朝廷所贈之官。

是年十月，周武帝總戎伐齊，克晉州。十一月平并州。第二年正月擒齊主。